叢書・ウニベルシタス　884

絶対の冒険者たち

ツヴェタン・トドロフ
大谷尚文 訳

法政大学出版局

Tzvetan TODOROV
LES AVENTURIERS DE L'ABSOLU

This book is published in Japan by arrangement with
ROBERT LAFFONT/SUSANNA LEA ASSOCIATES
through le Bureau des Copyrights Français, Tokyo.

目次

＊序　文＊

　その夜、ある友人が私たちをコンサートに招いてくれた。リナルド・アレッサンドリーニ指揮のコンチェルト・イタリアーノがシャン＝ゼリゼ劇場でヴィヴァルディを演奏するのである。私たちの知らない楽団である。ホールは満員、私たちの席は申し分ない。音楽はいつはじまってもいい。いつものことながら、私は集中するのに苦労する。私の想念はあちらこちらとめどなく漂い、つまらないことに引っかかる。とはいえ私は『スタバト・マーテル』の荘重さに惚れ惚れと聞き入っている。つぎの曲の冒頭で、突然、まったく別のことが起こる。弦楽器とフルートのこの小さなオーケストラが、有名なコンチェルト、いわゆる『ラ・ノッテ』を演奏しはじめる。だがこのオーケストラの演奏はきわめて正確無比であるがゆえに、数秒後にはホールは息をひそめ、身じろぎもしない。私たち全員が音楽家のゆるやかな動作を固唾を呑んで見つめ、音の一つ一つを吸収している。私たちは全員、まさにこのとき、ある並外れた出来事、ある忘れることのできない体験に参加していることに気づいている。私は鳥肌が立つのを覚える。曲が終わると、つかの間、沈黙があり、つぎに割れるような拍手がやってくる。

　この体験は何だったのだろうか。ヴィヴァルディは偉大な作曲家である。コンチェルト・イタリアーノはすぐれたグループである。だが問題はそれだけではなかった。私には音楽を分析することはできない。素直に聴くだけで満足している。そして想像するに、公衆の大多数は私の場合と同じではないだろうか。この曲がつづいていたあいだ、私たちを熱狂させたものは、音楽だけに属しているのではなかった。この完璧な演奏は、まれではあるがなじみ深いある体験へと扉を開いた。その演奏は、私たちはかならずしも名付けることができないが、それが私たちにとって本質的であると、ただちに感じられるある場所へと私たちをみちびいた。充溢という場である。私たちの内面の絶え間ないざわめきは、しばしば中断された。活動や反応がそれ自体のうちにみずからの正当性の根拠を含んでいることは、めったにない。活動と反応のいずれもが、ある結果を、つまりそれらの彼岸に位置するある意味を持ち来たらすためにある。私が語っているような祝福された時間においては、人は彼岸を熱望することはもはやない——すでに彼岸にあるからである。私たちは自分がこのような状態を求めていることを知らない。しかしこの状態にあるとき、私たちはこの状態が人生にとって重要であることがわかる。この恍惚の時は、ある差し迫った必要に呼応しているからである。その後しばらくして、この同じリナルド・アレッサンドリーニが別の偉大な作曲家について書いた小さな本のなかで、私はつぎのような一節を読んだ。「モンテヴェルディはこれを聴く者に美しさに指で触れる可能性をもたらす。[1]」いかにも、その通りである。美しさは、風景のそれであれ、出会いの、または芸術作品のそれであれ、それらの彼岸にある何かを指し示すことはない。そうではなく、私たちにそれらをあるがままに把握させるのである。私たちが『ラ・ノッテ』を聴きながら感じていたのは、まさに、十全に、ひたすら現在を生きているというこの感覚である。

音楽はこれを体験する唯一の手段でもなければ、美しさが、私たちがこの体験のなかに見出すものを呼ぶ唯一の名でもない。たとえ頻繁ではなくとも、私たちは全員が日常生活においてこのような体験に出会っている。私はある物を使っている——そして、突然、その固有の性質に打たれて手を止める。私は「自然」のなかを散歩している――で、空、夜、雪をいただいた峰々、またはボカージュ〔フランス西部の生け垣や木に囲まれた田園風景〕の薄暗がりを前にして、熱狂にとらえられる。私は私の子供を見ている――その笑顔は私を喜びでいっぱいにする。まさにこの瞬間、私はほかの何ものをも必要としない。私はだれかと話している――にわかに、私は前もってまったく予想もつかなかった愛情で胸が満たされる思いがする。私は数学の証明をしようとしている――そしてその証明はまるでよそから降ってきたように私の脳裏に浮かんでくる。それは快感以上のもの、さらには幸福以上のものである。というのも、これらの行為は残余の時間にはない、完全無欠の状態を一瞬、私に予感させたのだから。これらの時から私たちが引き出す満足感は、私たちを取り巻く社会に直接的には依存していない。それは物質的な報いでもなければ、私たちの虚栄心をくすぐる公的な承認でもない。物質的な報いも公的な承認もこれらの活動にとっては栄冠である。しかしそれらはこの満足感の一部をなしてはいないのである。

これらの体験はおたがいに混同され得ない。しかしどれもこれもが充溢の状態へと通じ、内的完結の感情を私たちにもたらす。つかの間の感覚だが、同時にかぎりなく望ましき感覚である。というのも、そのおかげで私たちの実存はむなしく過ぎ去ることはないからである。これらの貴重な時のおかげで、私たちの実存はいっそう美しくなり、いっそう豊かな意味に満たされたからである。私はときおり、これら同じ語をそのまま、私が敬服している亡くなったばかりのある人物の人生を特徴づけるのにもちいたい誘惑に駆られる。しかしその人の人生の「美しさ」は物差しで測ることは不可能であり、この「意味」はほかの意味によって名指しされるわけにはいかない。たとえこれらの意味がこれに近いとしてもである。にもかかわらず、このような評価は、この男性、この女性と知り合いにならなければならなかった人たち全員に容易に共有される。このような評価は何かしら真実を述べている。私たちはこの存在の完結の状態、充溢の状態で常時、生きることはできないということ、問題なのは限定された範囲《テリトワール》というよりも限界《オリゾン》であるということをよく知っている。とはいえ、この状態がなければ人生は同じ値打ちを有しているとはいえない。

充溢と内的完結への熱望は、どのような人間の精神のうちにもある。この上なく遠い昔からである。私たちがこの熱望に名前を付けることに困難を覚えるのは、この熱望が極端に多様な形態を帯びているからである。私がここで取り組もうと思うのは、これらの形態のうちの一つである。というのも、この形態は私たちに特別な魅惑を及ぼし、今日では私たちの個人的な探求の方向を決定しているからである。いつでもそうだったわけではない。というのも、何世紀ものあいだ、充溢への欲求は宗教的体験の枠内で解釈され方向づけられていたからである。もちろん、この宗教的体験という語もまたさまざまな現実を指し示す。宗教は宇宙論、道徳、共同体のきずな、国家と政治の土台であったし、いまなおしばしばそうである。しかしこの用語はまた、私たちの上方に位置する非物質的な審級、絶対とか無限、聖なるものとか恩寵のごとき用語でもって指示することができた審級との関係をも想起させる。宗教はたしかに数多いが、そのすべてがこの彼岸への関係を具体化し、一定方向にみちびいている。数千年ものあいだ、地球全体にわたって、諸宗教がおこなってきたのがこのことである。ほかの形態の内的完結もないわけではなかった。だがみずからを支え正当化する教義をもたなかったがゆえに、これらの内的完結は意識の余白にとどまり、ひそかに生きられたのであった。

二、三世紀前から、正真正銘の革命がヨーロッパで起こっている。宗教によって具現されていた神聖な世界への配慮は、純粋に人間的な価値観に場をゆずりはじめた。私たちは相変わらず絶対や聖なるものにかかわっているが、これらは天上を去り、地上に舞い降りたのである。問題なのは、この時代以降、ヨーロッパ人にとって「宗教は死んだ」ということではない。宗教は死んではいない。というのも、数世紀のあいだ絶対への熱望の、唯一とはいわぬまでも主たる形態であった宗教は、この人間的特徴そのものにみずからの痕跡を残したのである（宗教を指示する語にだけではない）。しかも、厳密に宗教的な体験、および神――その名が何であれ――への信仰は、私たち現代人のあいだから少しも消え去ってはいない。とはいえ宗教は、社会全体だけでなく個人の体験を構造化する義務的な枠組みを提供することはもはやない。狭義の宗教的信仰は今日では、この探求の他の幾多の形態の一つでしかない。そして宗教的信仰を選択することは個人の問題と化している。伝統から受け取った宗教を放棄し、若干のためいのち、私たちにもっとふさわしい他の宗教を選択する可能性そのものほど、この新しいステイタスを例証しているものはない。

一八世紀末の初期の段階では、相変わらず存在してはいるが弱体化した神的な絶対は、集合体――〈国民《ナシオン》〉――の形態を獲得した絶対と暴力的に衝突した。その後、他の似たようなライバルが出現した。たとえば、理想的な政治体制のイマージュ、すなわち〈社会主義〉、またはこれにみちびくべきプロセス、すなわち〈革命〉によって裏打ちされた〈プロレタリア〉または〈アーリア人種〉である。これらの語によってカバーされた現実は、幻滅すべきもの、さらには恐怖すべきものであることが判明したがゆえに、これらの体験のための枠組みの探求は第三の道に方向づけられた。この第三の道は同じく一八世紀末に敷かれていたが、その魅力が明らかになるのは、もっとあとになってからである。すなわち、個人の自律の道である。

個人的な絶対について語ることには、はっきり矛盾しているといわぬまでも、何かしら逆説的なものがある。絶対は万人にとって価値あるものでなければならないからである。個人にとってのみ善きものであるとすれば、それは相対的であるにとどまるだろう。だが、いまや二世紀以上もの昔から、現在に近づくにつれてますます顕著に、私たちが闘っているのはまさしくこの逆説なのである。私たちは聖なるもの（または無限、または崇高）との関係を放棄したくはないが、それが社会によって強制されることは受け入れられない。したがって私たちが聖なるものを探し求めるのは、私たちの体験の内部それ自体であって、集団的コードを通してではない。私たちは善き生活と平凡な生活とを区別するが、善き生活はもはやかならずしも〈公益〉に仕える生活ではない。私たちの選択は主観的である。だがしかしこの選択は少しも恣意的なものではなく、私たちの周囲にいる不特定多数の他者もその価値を承認できるという心ひそかな確信を抱いている。私たちはそれを「発見した」のであって、発明したわけではないからである。今日では万人になじみ深いこれら絶対の新しい形態は、重大な確認へとみちびいた。すなわち、宗教的体験は人類の根本的な一特徴なのではなく、厳密な意味で人類学的な（あるいは、そうもいわれるように「人類の起源に結びついた《アントロポジェーヌ》」）ある傾向によって捉えられたもっとも共通した形態にすぎないということ、つまり宗教的体験は種の突然変異を引き起こすことなくして消え去ることができないということが明らかになったのである。もう一度いえば、これら他の形態の絶対への熱望はずっと昔から存在してきた。だがそれらが個人の意識と公的な承認にとって身近なものになったのは、最近のこと、つまり「呪術からの世界の解放」と呼ばれ得たあのプロセスにおいてなのである。

　伝統的宗教の外部、および政治的な世俗宗教〔共産主義とナチズム〕の外部で、個人的な仕方でもって絶対を思考し生きようとしたすべての試みのなかで、私が採り上げようと思うのはただ一つ、この体験を美の探求として解釈する試みである。ここでも、問題となるのはきわめて広まっている感情である。時代の小さな特徴を数多くのなかから一つあげれば、二〇〇三年、『カノペ』という名のグラビア雑誌の創刊号が出版された。その社説はつぎのような言葉ではじまっていた。「美が世界を救うだろう。ドストエフスキーの文がこれほどの現実性を帯びたことはいまだかつてない。というのも、まさしく私たちの周囲でこれほど多くの事柄が混乱を極めているときだからこそ、地球の美しさについて、地球に住んでいる人間の美しさについて語らなければならないのである。[2]」これはつぎのように理解されなければならない。「美」という語はここでは通常の使用法ではかならずしも持たない広い意味を受け取っている。それは夕陽や月光を愛でながら人生を過ごすということでもなければ、店で買いそろえた何らかの装飾品で生活を豊かにせよという意味でもない。ここで私たちが相対しているのはむしろ、個人の意識にとって調和的だと判断できるような仕方で生活を秩序づけ、その結果、生活のさまざまな構成要素、つまり社会的、職業的、内面的、物質的な生活を理解可能な一つの全体に構成するような試みである。これはかならずしも美しい理想の犠牲に捧げられた生活でもなければ、よりすぐれていると判断された価値観に従って生きられる人生でもない。よくあることだが、美しい人生は政治的または道徳的な目印をもたないのである。ここではそれぞれの人がみずからの成功の基準を決定する。たとえそのためには、これらの基準をその人が生きている社会が提供するレパートリーから借用しなければならないとしてもである。このことによって、私たちはふたたび出発点に舞いもどる。内的完結と存在の充溢の体験である。

さらに、処世術《アール・ド・ヴィーヴル》も他の幾多の芸術《アール》の一つであって、人は自分の人生を芸術作品のように仕立てようとする、ともいうことができるだろう。この場合にも誤解を未然に防がなければならない。たしかに芸術は人間が美を産み出す典型的な場として解される。私たちの多くにとって、私たちが探し求めている充溢は——とりわけ——芸術的体験のうちに見出される。「芸術、それは他の手段による聖なるものの延長である」と、現代世界の呪術からの解放の歴史家であるマルセル・ゴーシェ(3)はクラウゼヴィッツを注釈しつつ述べている。私自身、充溢の感覚に言及するために音楽の体験から出発したのであった。今日では私だけではない。問題の音楽が極端に多様をきわめているとしてもである。たまたまグラビア雑誌を開いてみる。すると、ポピュラー歌手のフランソワーズ・アルディのつぎのような文を読むことができる。「私を音楽的に揺さぶるものはすべて神の存在の疑いを入れぬ証拠であると私には思われる。」しかしここで芸術が言及されるにあたいするのは、具体的な実践や実存の契機としてではない。活動の模範的なモデルとしてである。というのも、芸術作品はそれ自体、当か不当か、私たちが他方で私たちの人生に求めている充溢・完結・完璧の印象を私たちにもたらすからである。

つまり、美しき人生の模範として与えられるのは作品をめぐる瞑想でもなければ、作品の創造でもない。芸術作品そのものである。ところで、作品はもっとも共通した実存から深淵によって切り離されているわけではない。実存の美しさを発見するためには、だれも芸術を実践する必要もなければ、精魂込めて傑作を成就させる必要もない。だれもがみな想像力の働きによって現実を晴れやかにすることができ、自分の日常生活に調和に充ちた形態を与えようと試みている（少なくとも、それができなかったと後悔する）。芸術作品はたんに、これらの努力がそのもっとも輝かしい結果を生み出した場、したがって、これらの努力がもっとも観察しやすい場であるにすぎない。

私は神的なものについて語られることのない家庭で育った。両親は信仰をもってはいなかったし、両親の両親も――とはいえ、彼らが生まれたのは一九世紀半ばであったが――それ以上であったとは思えない。ブルガリア人は原則としてキリスト教徒（正教会派）であった。だが私の祖父母のような家庭では、頼りにされたのは神のご加護よりも人間的行為のほうであった。人間的行為が値打ちを認めたのは勉強と仕事であって、祈りではなかった。私はまた、〈第二次世界大戦〉直後、集団的理想を義務としていた社会で育った。共産主義体制によって私たちは「労働者階級」、「社会主義」、または「諸民族の親密な一体性」といった抽象概念、およびこれらの理想を具現していると見なされた幾人かの個人を偶像視することを強制されていた。しかしながら、ひとたび子供時代を脱すると、私はたちまちにして、これらの語はそれらの事実を指示するのではなく、そうした事実の不在をカムフラージュするのに役立っていることに気づいた。人々が尊敬していると見なされていた個人は血まみれの手をもった独裁者だった。私は神の絶対を頼みにしたことは一度もないし、集団的な地上の絶対に対する信仰はたちまち失ってしまった。

　東欧では、ある者たちは聖なるもののいっさいの形態を全面的に放棄することによってこうした状況に抵抗し、反世間的《シニズム》な態度に逃げ込んだ。彼らはこれを端的に明晰さの表現だと信じていたのである。だがほかの者たちは、何としてでも聖なるものを探し求めようとしていた。だが唯一、彼ら自身の内部においてである。このことによって、彼らは意識の内部に見出された基準の名において、自分たちが生きている社会に対して厳しい判断を下し、自分たちの内面生活――友情と恋愛、精神的または芸術的追求――を際立たせることが可能となった。これは同じく私を惹きつけた道であり、数年後、フランスに亡命した私が何の拘束もなくたどりえた道である。

　批評家および歴史家としての私の職業によって、私は多くのテクストとイマージュに触れることができた。私はそれらの美しさを堪能した。それらテクストとイマージュは、他方で私が熱望していた充溢を具現していると私の目には映じたのである。しかしこれらの体験だけでは、音楽によってもたらされた恍惚と同様、私には十分ではなかった。さかのぼれば、承認されたあらゆる形態における美――芸術作品、崇高な風景、エキゾティックな旅――が私には物足りなかったことに気づく。人生においては、私たちは自由に自分の道を選んでいる気がしないことがよくある。最初に、私たちを取り巻く大人の決定に服する。つぎに私たちの仲間から圧力をこうむる。さらに社会が提供する行動モデルに順応する。労働世界の要求に屈する。しかしいつも意識しているわけではないが、またすべてを言葉でもって自覚しているわけではないが、私たちひとりひとりは、ある種の人生計画によって駆り立てられている。自分の内部に自己をみちびく理想的な全体構想を有しており、その物差しでもって現在の自分の実存を判断する。充溢、内的完結、より高い生き甲斐への熱望は、その一部をなしていることを私は知っている。だがこの熱望は私をどこにみちびくことになるのか、そこでは絶対への関係はいかなる位置を占めているのかを私は知らない。私がこの探求に踏み出したのは、これを明らかにするためである。過去が現在を照らし出すことを期待しつつ、そもそも私が敬服する人々が、いかにしてこの同じ挑戦を受けて立とうとしていたのかを知りたかった。彼らはどこに完璧さを探し求めようとしていたのか。この探求は彼らの実存でいかなる役割を演じていたのか。この探求は彼らの幸福の追求に結びつけられていたのか。

つまり、この恐るべき問い、「いかに生きるべきか」にアプローチするために、私は回り道をして、若干の人々の運命をたどることにする。彼らの人生の物語は省察への仲介者として役立つだろう。私たちにとってモデルとして役立つことができるという意味では、これらの人生は模範的ではない。これらの個人は完璧ではなかったし、あまり幸福でもなかった。しかしすでにきわめて遠い昔から、私たちは聖人の人生から霊感をくむことをやめている。むしろ私たち自身のように間違えやすく落ち着きのない人々の人生のほうを好んでいる。ルソーが最初の身振りを最後までやってのけた。ルソーは自分の人生を物語ろうとしたのだが、それは彼の人生がすばらしいからではなく、それぞれの人に自分自身の人生をこの人生と比較対照することを可能としたからであった。自分の心を知るには――と彼はいった――他人の心を読むことからはじめなければならない。私たちの時代の不完全な主人公は模倣や服従ではなく、検討と問いかけへと駆り立てるのである。

　こうした選択によって、私たちは何人もの個人の内面に侵入し、臆面もなく彼らの秘密を掘り返すことを余儀なくされるだろう。本来、公衆には知られずにいるはずのこれらの契機に言及することによって、伝記作者《ビオグラフ》がおこなうのは一種のレイプである。実をいえば、この暴行だけではないし、これがもっとも激しいものでさえない。物語られた人生、生命《ビオ》の‐記述《グラフィ》とは何か。それは人生を構成する無数の事実と出来事のなかから、一つの物語を構成するいくつかのエピソードを選択することである。これこれの特徴、これこれの出来事、これこれの出会いは採り上げられるべきであり、しかも誇張されるべきであり、それに対してほかのものは忘却にあたいするなどと自己自身が決定することは、途方もない権力を不当に私物化することではないだろうか。ある伝記は長く、ほかの伝記は短い。しかしそれらの伝記はどれもこれもはなはだしく選別的である。はたしていかなる本が、何万日という生きられた日々の豊かさを捉えることができるだろうか。

　私物化された無力な個人に対して伝記作者がおこなう最大の暴力は、なおこれとも違っている。最大の暴力とは実体験に対して意味を付与するという身振りにある。主体自身が実体験に与えることができた意味とは異なった意味というばかりではない。そうではなく形容抜きの意味である。それぞれの人が開かれたもの、完成しえない歩みとしてつねに生きていたものに終わりを押しつけるからである――というのも、だれも自分の死を生きることはできないからである。伝記作者の希望は死者をよみがえらせることにはない。伝記作者の希望とは事実に忠実でありながら、伝記作者以前には存在しなかった意味を産み出し、この意味を読者に共有させることである。ひとたび言葉に転換されると、この実存は骨肉をそなえた人間に所属することをやめ、文学の登場人物の実存に類似してくる。歴史家が言及する人々は小説の主人公に似ている。これによって私たちが個人の内面に侵入することが正当化される。私たちはペーパー上の人間について語っているのである。

充溢の追求と絶対への熱望をめぐる私の「小説」のために、私はつぎの三つの名前を選択した。オスカー・ワイルド、ライナー・マリア・リルケ、マリーナ・ツヴェターエワである。これらの人々への私の感情移入と彼らの作品に対する賛嘆の念をのぞいても、いくつもの理由で私は彼らを選ぶにいたっている。

彼ら三人はまず第一に正真正銘の「絶対の冒険者たち」である。「冒険」はここでは二重の意味で解されなければならない。すなわち、彼らは標識を設置された道は通らない。彼らは新しい道を拓くのである。また大胆不敵にも、慎重を期して中途で立ち止まったりするようなことがない。幸福を、さらには生命を危険にさらしてまで行けるところまで行く。彼らは極端なものの開拓者なのである。彼らの体験は死すべき者たちの大多数の体験とは似ても似つかないがゆえに、万人にとって物事を理解するよすがとなるのである。

対象とすべきは、ある種の完璧を熱望していただけでなく、あらかじめそのための計画を立てており、この計画を著述によって記録していた、そのような個人であった。これが理論と実践を比較対照し、計画をその実現を物差しとして評価することができるために支払うべき代価である。こうした条件によって、私たちは絶対への関係が職業そのものとなっている人々の人生へと方向づけられる。そうした人々とは、芸術家、すなわち美への奉仕者であるだろう。そうした芸術家のうちでも、とりわけ自分たちの体験について豊富で、雄弁で、信頼できる証言を残した人々、つまり作家である。シュテファン・ツヴァイクは一九二八年に『三人の詩人とその人生』*Trois Poètes de leur vie* というエッセイを出版し、カサノヴァ、スタンダール、トルストイについて論じたが、自分の選択をつぎのように述べて正当化した。「詩人だけがゼルプストケンナー *Selbstkenner* であることができる」、すなわち自分自身を知っている人、である。[4] すべての詩人がこうした道に進むわけではない。詩人たちのうちでこの道に進もうと欲し、自分たちの試みについて書かれた痕跡を残した者たちが、私たちに探求すべき豊かな素材を提供してくれるのである。

しかし以下のページに文学批評を見出すことはないだろう。周知のように、作品を通じて筆者の人生に接近できるようになることは決してない。しかも重要な問題として私たちに関係するのは作品の構造と意味ではない。そうではなく、私たちの実存をよりよく調整するために過去のいくつかの実存を手本にすることが可能か否かである。あるいは、いずれにしても、私たちの実存を彼らの実存でもって照らし出すことが可能か否かである。問題とするのが作家の実存であるのは、便宜的なことであって必然ではない。ということは、私たちにとって特権的な素材とは、これらの筆者の作品ではなく心の内奥にかかわる著述だということである。これらの著述では、彼らは自分自身について、人生上の選択について、成功と挫折について語っているのである。

場合によっては他の情報源によって補完されるこれらの著述のなかで、特権的な位置を占めるのは書簡集である。純粋に秘めやかなものと公的なものの中途に位置する手紙は、自己を描き分析するために、すでに他人に宛てて書かれたものであるが、この他人とは知己の個人であって、没個性的な群衆ではない。手紙はつねにその筆者のある面を明らかにしている——とはいえ筆者のアイデンティティに向かって開かれた透明な窓であることはない。手紙では体験は言語活動のふるいを通り抜けるばかりではない。同時に筆者によって内化された受信者のまなざしによって課せられるふるいをも通り抜ける。だが一般に、手紙は第三者をもたない。著述の真の受信者であるような未知の証人をもたない。唯一、無遠慮さによって、今日、私たちは、本来はただひとりの目に触れるべきこれらの手紙の匿名の読者を自任するのである。

私の選択にのしかかった第二の要請は、歴史的な次元のものである。私は何よりもまず、私たちの時代に先行し、私たちの時代を準備した時期について考えようとした。私が物語る三つの運命は一八四八年から一九四五年にわたる歴史の一時期に属している。もっと正確にいえば、これらの運命は一八八〇年から一九四〇年の六〇年間に絡み合っている。これらの人々はおたがいに出会ったことは一度もないすんでのところで、そうなりそうになったことはあるが。だが年下の者は年長者の存在をよく知っていた。

選択の最後の条件は空間的な境界にかかわっている。意識的な方法で自分の人生を美しくし、意味豊かにしようとする夢は、特別にある国のものだということではまったくない。それは普遍的である。しかしながら、この夢はヨーロッパにおいて最大規模に達した。これに私が他に比べてこの大陸の近代史に抱いている親密さをつけ加えるならば、なぜ私がこれに由来する人たちだけにとどめることにしたのかをご理解いただけるだろう。ところで、私の筆者たちはまさしく大陸に住んでいたのであって、彼らの祖国だけではない。ワイルドはアイルランド人であった。だがイギリスだけでなく、フランスでもイタリアでも暮らした。定住生活に対してとりわけ反抗的だったリルケは、当時、オーストリア＝ハンガリー帝国に所属していたプラハで生まれた。彼はドイツ、フランス、イタリアに長期間、滞在し、もっと短期にはスペインとデンマーク、そして最終的に晩年にはスイスに居住した。ツヴェターエワはロシアで育ったが、つぎにドイツとチェコスロヴァキア、フランスで生活した。この三人のヨーロッパ人が、ある冒険、人類史に属するある冒険を体現したヨーロッパ人の運命のまさしく代表者なのである。

彼らのうちのだれもフランス人ではない。しかし三人ともフランスと強い関係を維持している。美の熱烈な信奉者である彼らが、ボードレールの詩と思想、あるいはほかのフランス人作者を知り、称賛しているからばかりではない。この年代にはパリが文化的ヨーロッパの首都の役割を演じているからでもある。彼らはパリにやって来、パリに住まい、パリの文学界に足繁く出入りし、彼らのいくつかの作品をフランス語――この借用言語――で書くまでにいたる。たとえばワイルドの『サロメ』、リルケの詩集『果樹園』、ツヴェターエワの『乗馬婦人《アマゾン》への手紙』、およびその他のテクストである。このパリの外国人という条件が、彼らを私にとっておそらく特別に愛しきものにしているのかもしれない。

しかしながら、フランスに対する彼らの好意はかならずしもお返しの好意で報われたとはいえない。パリをはじめて訪れた際、ワイルドは歓迎されもてはやされる。人々は彼の輝かしいエスプリと上品さに賛嘆の念を惜しまない。「私は共感によってフランス人である」と、彼は帰国前に宣言する。数年後、もどってくると状況は一変している。その間、イギリスでは良俗に対する侮辱で彼に対する訴訟がおこなわれたのである。彼がフランスに逃げ込むのは刑に服したあとである。もはやいかなる崇拝者のグループも彼を取り巻くことはない。で、ワイルドは苦々しい思いで確認する。「一〇年前には私のブーツをなめたパリジャンたちは、今日では私に会おうともしない。」アンドレ・ジッドはかつてはワイルドの取り巻きのひとりであったが、再会することを了承する――だが彼に教訓をたれるためである。

パリにおけるリルケの運命は逆の軌跡をたどる。リルケの運命は孤独と拒絶のなかで開始する。この体験に言及している物語の最初の文はつぎのように述べている。「人々がここにやってくるのは生きるためなのだろうか。私にはむしろ、これは死ぬための場所であるように思われる。」リルケはずっとあとでフランスの首都にもどってくる。いまやドイツ語の偉大な詩人として、いや、それ以上にヴァレリーやジッドといったフランス人作者のすぐれた翻訳者として認知されている。フランス人の作者たちは愛想よく迎えるが、彼はだまされはしない。パリから出発する際、彼は女友達に手紙を書き送る。「私は感銘を受けてくれる人にはほとんど全員、実際に感銘を与えました——私にはこの人たちは［……］気配りをしてくれるのと同じほど忘れっぽいとも思われました。いっぱいなのです、いずれにしても自分たちの距離を守ることで気持ちがいっぱいなのです。[5]」一九二二年、彼がずっと以前から称賛している作者であるプルーストにＮＲＦが捧げるオマージュに加わろうとした彼は、プルーストの兄弟から拒否を突きつけられる。「いかなるドイツ人作家もこの墓に近づいてはならぬ！」逆に、ドイツのマスコミは彼が裏切ったと非難する。彼はいまや敵の言語で詩を出版している……。

ツヴェターエワのほうは、一四年におよぶ長いフランス滞在の最初から最後まで文学上の同業者から知られぬままである。フランス人作家とのつかの間の出会いはその場かぎりのものであり、ジッドやヴァレリーに宛てた手紙には返事が来ない。フランス語のテクストを出版しようとして何度もおこなった試みは失敗に帰す。ロシア人詩人のフランス語への翻訳も、それ以上に歓迎されるわけではない。フランスを去る際に彼女は最後の詩を書く（ロシア語で）。そのなかで彼女は自分の運命を、フランスから出発して死刑台が待っているイギリスに赴くメアリー・スチュアートの運命になぞらえている。その詩は〈うましフランス〉と題されている。この詩はエピグラフとしてメアリー・スチュアートの文句を掲げている。三度くり返され、署名がついている。「さらば、フランス！　さらば、フランス！　さらば、フランス！」つぎはこの短い詩のテクストである。

フランスよりうまし
国はなし。
すべての思い出として
私にあたえられたのは二粒の真珠。

まつげの端に
その真珠はじっと動かない。
私は出発するだろう
メアリー・スチュアートのように。(6)

なぜ私は我らが三人の絶対の冒険者たちの運命をめぐるこのような特別な一ページを物語るのか。ただちに警戒をうながすためである。以下の物語は勝利の物語ではない。そうではなく、私たちが省察の材料を探し求めるのは、まさしく夢と現実、人生計画と実存の真実のあいだの距離のなかだということである。

＊ ワイルド ＊

一九世紀最後の数十年、ヨーロッパでも北米でも、ひとりの男が人生は美の要請によってのみみちびかれるべきだという理念をほかのだれにもまして体現している。この男の名前はオスカー・ワイルド。挑発すれすれの優雅な衣装をまとい、花と宝石の愛好家であり、芸術作品として構想された家に住み、高名な男たちとまばゆいばかりの女たちの友であり、芸術家の称賛者であり（サラ・ベルナールがロンドンを訪れた際、若者だった彼はその足下に白百合の絨毯をまき散らす）、凝りに凝った詩、危険な小説、魅了された公衆が毎晩、喝采を送る輝かしいコメディの作者であるワイルドは、同時代人の目には「美の使徒」[1]として映じる。彼は同時代人にとって新しい宗教の熱狂的な支持者、〈美〉による〈善〉の追放の信奉者、唯美主義、すなわち美しき実存という理想の推進者である。よき人生とはもはや神と道徳に仕える生活でもなければ、それらの現代的な集団的代替物、つまり〈国民〉、〈共和国〉、さらには〈文明《リュミエール》〉に仕える生活でもない。よき人生とは、美しくなるすべを心得ており、ワイルドの言葉と経歴が一致して肯定している生活である。彼は教義の輝かしいスポークスマンであると同時にその教義の模範的な化身である。

しかし今日の私たちにとって、ワイルドはまったく別の立場のシンボルであるように見える。すなわち、同性愛ゆえの訴訟でいきなり経歴を中断され、その時代の偏見の犠牲者となった芸術家という立場である。一八九五年、彼は若きアルフレッド・ダグラス卿、通称ボジーに対する混乱した情熱を生きている。ボジーの父親であるクイーンズベリー侯爵は、なりふりかまわずこの関係を断ち切ろうとし、ワイルドを公的に侮辱することにためらいを見せない。ワイルドは侯爵に名誉毀損の訴訟を起こすが、これが裏目に出る。侯爵は自分の申し立てが正当であることを証明するにいたるのである。ところで当時、イギリスでは同性愛は犯罪である。ワイルドは二年間の強制労働の刑に処せられる。彼はイギリスのさまざまな刑務所でこの刑に服する。打ちのめされて出獄し、三年半後、四六歳にしてこの世を去る。

この実存の悲劇的な結末は、彼の人生を美の星の下に位置づける計画にかんして私たちに何かを教えてくれるだろうか。否とも考えられるだろう。今日、私たちはワイルドの伝記を何よりもまず、ヴィクトリア朝の社会——人目につかぬかぎりにおいて同性愛を容認し、おのれの美徳をみずからに証明するために同性愛を厳しく罰することができる社会——を支配している偏見と偽善の例証として解釈する。しかしこういった告発だけでとどめておくわけにはいかない。これに劣らず重大なのは、このもう一つの破滅である。すなわち、出獄後、彼は自分が書けないことを発見するのである。解放と死（一九〇〇年一一月）のあいだのワイルドの生活を一望するならば、この時期が緩慢な、だが容赦ない退廃に呼応しているという印象をぬぐいがたい。この動きの開始は一八九五年、つまりワイルドの訴訟と投獄の時期にさかのぼるのではなく、それより二年後、自由を取りもどしてのちのことである。彼に生きるべく残されていた時間のあいだに、彼はますますひどくなる衰えの道を進んでいく。しかしこの衰えの原因は以前の有罪判決だけではないように思われる。すべてはあたかも、イギリスの牢獄から出た彼が相変わらず内的な牢獄に閉じこめられているかのように進行し、以後、彼はこの牢獄から逃れることができなかったのである。

オスカー・ワイルドの実存は、その中心部にある謎を隠している。なぜ牢獄の体験は彼にとってかくも致命的だったのだろうか。最後の悲劇は彼の以前の成功に影を投げかける。そしてこの中心部に位置する謎は、今度はよき人生という彼の構想にかかわる新たな問いを提起する。ワイルドは自分の人生を自分の哲学の例証として提示していた。したがって、当然のこととして、何かがこの哲学そのものの内部で、来るべき幻滅を予測することの妨げになったのではないか、と問わなければならない。

この謎を白日のもとに暴くために、私たちはもっとよくオスカー・ワイルドを知り、彼がこの計画——「美の使徒」になるという計画——にこめた意味を把握しようとしなければならない。

・美の星の下の人生——最初のアプローチ・

勉学の時代から、ワイルドはボードレールに並々ならぬ賛嘆の念を抱いている。彼はボードレールの詩句をノートに書き写す。好んでロンドンの通りでボードレールの詩句を声をかぎりに叫んだりもする。しかし彼はボードレールが自分の人生を美に仕えさせようとするすべての人々に、進むべき二つの道を用意していたことも知らないわけではない。ダンディの道と詩人の道である。そしてこの区別を自分の責任で引き受ける。ワイルドによれば、この世には二つの至高の芸術が存在する。「〈人生〉と〈文学〉、人生とその完璧な表現」。文学というのは、文学はもっともすぐれた芸術だからである。人生というのも、人生は芸術の尊厳にまで高められるだろうから。個人的な完璧さを熱望するすべての個人に二つの道が提供される。「あるいは芸術作品となるか、あるいは芸術作品をもち来たらすかでなければならない。」これら二つの道は、ワイルドによれば同等ではない。自身は芸術家であるにもかかわらず、彼は人生を作品生産のために捧げる道よりも、人生を作品に変化させる道のほうを好む。ドリアン・グレイの登場人物であるヘンリー卿がこの道を正当化する。芸術家はすべてを作品に注ぎ込むがゆえに、無私無欲の芸術家の生活は貧しい。「立派な芸術家は作品のうちにのみ存在していて、人間としてはつまらない。」詩人の人生が精彩に富んだものであれば、彼の詩句は必然的につまらないものになるだろう。「そういう詩人は、自分では書くことのできない詩を、身をもって生活しているのだ。」ワイルドはこの観点を共有する。「芸術作品になることが人生の目的である」と彼は書き、この規則を自分自身に適用して、ある友人を前にして叫ぶ。「私は私の人生そのものを芸術作品にしたいのだ。[2]」このような人生とは、いかなるものだろうか。

最初のうちは、ワイルドはこの問いに対して簡単な答えを見出すように思われる。美しき人生を送るということは、優雅であるということであり、美しい物に囲まれているということである。この時期にさかのぼるのがつぎのアフォリズムである。「私は私の青磁器の高みで生きることに日々、ますます困難を感じている[3]」(ワイルドは当時、二五歳である)。ダンディの生活——というのも、ダンディがここでふさわしい用語だからである——は、すでに堅固に確立された伝統に呼応している。これが公認の地位を獲得したのは、まさしくボードレールによってであった。人間関係においては、この伝統は肉体的な美しさ、つまり若さを優遇することへとみちびいていく。

しかしながら、この最初の解釈にはたちまち疑義が呈される。ワイルドの数多くの童話は、この解釈に対する反駁を主要なテーマにさえしている。『若い王』では、王子は「美に対する異様な情熱」にとらえられている。王子は「何か新しい神々の礼拝」を実践しているかのように、芸術作品や「珍しい高価なもの」で取り囲まれている。しかし王子はこれらの美しい物の値打ち、すなわちそれらを制作するのに支払った苦しみに徐々に気づいていき、しまいには富裕さよりも貧しさのほうを選ぶようになる。物乞いのぼろ着のほうが、苦悩への尊敬によって作り上げられる彼の新しい内面的な美に、よりふさわしいのである。『王女の誕生日』で物語られるのは、醜さと気高さで秀でたこびとと、氷のように冷ややかなエゴイズムで身を装った美しい王子の物語である。『星の子』で私たちが知るのは、捨て子の美しさは村人を驚かすが、この捨て子は「高慢な、残酷な、わがままな」[4]人間であり、他方、彼のやさしい母親はぼろをまとった物乞いだということである。この捨て子は自分が醜くなることによって、善良さを学んでいく。

ワイルドが美しき人生という自分の概念をあますところなく展開するのは、彼の小説『ドリアン・グレイの肖像』においてである。彼がこの小説で物語るのは、悪魔とある種の契約を結んだ特別に美しく優雅な青年、ドリアン・グレイの物語である。彼の肉体は老いることがない。彼の内面の変化の痕跡を帯びるのは彼の肖像画である。助言者であるヘンリー卿の諸原則に従い、外見に裏切られる恐れもなく、ドリアンは完全に堕落した生活を送る。愛人シビルの自殺を無関心に眺め、彼に夢中になり、彼をまっとうな道に連れもどそうとしていた魔法の肖像画の作者、バジル・ホールウォードをためらいもせずに殺す。しかしながら、ドリアンが肖像画から送り返される自分自身のひどく醜悪なイマージュを破壊するためにその肖像画に短刀を突き刺すとき、彼が貫くのは自分自身の心臓である。翌朝、召使いたちは床《ゆか》に横たわるひとりの老人の死体を発見するのである。

この小説の解釈はある問題を読者に投げかける。というのは、読者は自分の人生を美の要請に服させる必要性にかんして、この書物のなかで述べられている諸テーゼを文字通りに理解すべきかどうかわからないからである。もし諾《ウィ》ならば、その登場人物たちの悲劇的な運命は何を意味しているのだろうか。

この問題を解決しようとすることによって、読者はワイルドが自分の小説で美しき人生にかんして二つの——一つではない——異本を提示していることを発見する。

彼がとくに好んでいる第一の異本は、その教養をきわめて一般的な観点で説明している。この異本はまず、人生を芸術の一つとして扱うことができるというたんなる可能性を肯定することにある。「というのも、詩や彫刻や絵画に傑作があるごとく、〈人生〉そのものにも鏤骨《るこつ》の傑作が存在するからである。」勉学時代のワイルドの思索の師であるウォルター・ペーターの一文はダンテの作とされるが、ここではシンボルとして役立つことができる。その一文は「美への崇拝によって自己を完璧たらしめる人々を褒め称えているのである。人生は他と同様の芸術の一つであるばかりではない。それは「あらゆる芸術のなかで第一のものであり、もっとも偉大なものだった。すべての芸術は、ただこの人生という最高の芸術に対する準備行為でしかないように思われた(5)」。

ドリアンとの最初の出会いで教養の大原則を説明するのはヘンリー卿である。この教養のベースとなる公準はつぎの通りである。「人生の目的は自己の開花である。われわれ自身の本性を完全に実現すること、これこそがわれわれがこの世に生きている理由なのだ。」この公準は個人主義的と形容できるだろう(ワイルド自身、そう形容する)。というのも、出発点では自己以外の存在にいかなる場も用意していないからである——上方(神々)にも、側方(人間)にもである。つまり、各人は生まれながらに一つの自己と一つの本性を有しており、この自己と本性は各人の内部に静かに憩っており、ただ開花するのを待っているのである。肝心なことは、それらを抑圧しないこと、そして自由にしておくことである。断罪すべきは、まさしく私たちに固有なものを断罪する行為である。何を排除することも、どんな影響をこうむることも禁止すべきである。というのも、それは私たちから私たちの存在を奪い去るからである。ドリアンはそこから結論を引き出す。「情念の体験をいささかなりとも犠牲にするごとき説や体系を受け入れてはならない。」いかなる体験も、それが強烈でありさえすれば、それが実現されたという事実そのものによって、よきものである。存在するものはすべてよきものである——私たちに体験を変化させたり抑圧させたりする動きをのぞいて。いっさいの外的介入——余所《よそ》とか過去、または未来の名において、ここといまに対して判断を下すこと——を拒絶することによって、人間は「それ自体がすでに一つの瞬間であるこの人生、そのうちに去来する瞬間瞬間に自己を集中させる」(6)すべを学ぶのである。

　ワイルドはここで出発点にあるボードレールから離れている。美の追求はもはや自己の開花以外の何ものでもない。この事実から、美の追求はだれにでも接近可能なものとなり、最良の人々、エリート、貴族だけのものではなくなる。おそらくアイルランド人であり同性愛者であるがゆえに、ワイルドは自分が少数派で体制から外れたグループに所属していることを自覚しており、ボードレールの貴族主義には与しないのである。ボードレールと違って、ワイルドは社会主義に賛同している。自分と同じくアイルランド人であり劇作家であるジョージ・バーナード・ショーの仲立ちで、彼は一八八四年に設立されたフェビアン協会を発見した。フェビアン協会は社会主義の一異本を擁護している。メンバーはその理想を共有し、いっさいの革命と独裁の理念に反対する。彼らが奨励する社会改革は、平和で漸進的な方法で実現されなければならない。政治的自立、さらには独立に到達するためにアイルランド人がおこなっている闘いにワイルドもまた敏感である。一八八五年、チャールズ・スチュワート・パーネルが民族主義的政党を結成した。その結果、アイルランド問題がロンドンで侃々諤々の論争を巻き起こす。ワイルドの唯美主義はエリートだけのものではない。万人に開かれたワイルドの唯美主義は民主的社会と両立するのである。

有徳な活動もエゴイスティックな身振りも、孤独も社交性も、それらが各人の本性に呼応していさえすれば実存のなかに居場所をもっている。「体験というものにはすべて価値がある。」そこには、たとえば結婚も含まれる（放蕩だけではない）。これがヘンリー卿が「新しい快楽主義」と呼んでいるものである。これは一種の生命哲学であって、そこでは各人は自分自身の唯一の審判者であり、目的は最大限の快楽を蓄積することである。ほぼ同時期（一八八八年）に、ワイルドより一〇歳年長のフリードリヒ・ニーチェはその自伝に書いた。「人間の偉大さを言い表わすための私の定式は運命愛 *amor fati* である。すなわち、何ごとによらず現にあるものとは違ったふうなあり方であってほしいなどと決して思わないこと、前に向かっても、後ろに向かっても、永劫にわたって絶対に。」または、『権力への意志』というタイトルでまとめられた断片では、「一般に到来するすべてのもので、それ自体として非難しうるものは何もない。(7)」とはいえ、ニーチェはワイルドの民主的な諸選択をともにすることはない。

小説の登場人物たちの運命は、どの程度までこの一般的プログラムに一致しているのだろうか。私たちが教養の二番目の異本に出会うのは、ここにおいてである。この異本は最初の要請を真に満たすものではない。もっとも明確な例は、この本の主人公ドリアン・グレイによってもたらされる。ドリアン自身、二つのレベルの完結を区別している。一方は、彼自身はこれをもったいぶって重んじているが、ダンディの理想に一致している――「宝石のつけ方、ネクタイの結び方、ステッキのつき方」がちゃんとできることとである。彼が熱望しているもう一方のほうは、これよりはるかに野心的である。これがまさしく新しい快楽主義、あるいはまた「感覚の霊化(8)」、すなわち体験の全体性を包括するプログラムである。だが私たちが彼の人生で知っていることは、この野心に一致しないのである。感覚の霊化よりもはるかにその崇拝が問題となっているからである。ドリアンは香水の研究に没頭し、つぎには音楽の世界に沈潜し、その後は宝石に身を捧げる。最後は刺繡とタピスリーのほうに向かう（彼はこの点で、ユイスマンスの『さかしま』の主人公デ・ゼッサントを模倣している）。美にかんする彼の考えは完全に装飾的である。彼は美しい物に囲まれていることに満足しているのである。

彼の助言者であるヘンリー卿も、美にかんしてきわめて狭い考え方をしている。「若さが消え去れば、美しさもともに去ってしまう。[9]」この文がプロットの出発点になる。ファウスト的な契約により、ドリアンは自分の肉体、つまり美しさが、歳月の蓄積を無傷のまま通り抜けることができるようになる。肖像画のほうは年老いていき、しかもモデルが送っている堕落した内面生活の烙印を帯びていく。どうなるかは周知の通りである。それ以前の童話と同様、ワイルドは肉体的な美と精神的な美とはかならずしも相伴うものではないことを示すのである。

つまり私たちは、ヘンリー卿がドリアンの死の少し前に、自分の友人は完璧な芸術作品であり模範的な自己の完結であると相変わらず主張するとき、何から何まで間違っていることを知るのである。しかし彼はすでに心ひそかに、美しい魂はかならずしも美しい肉体のなかに出現するわけではないことを認めており、美しい魂よりも美しい肉体のほうをとることに、ただたんに決めていただけなのである。「善良であるよりは美しくあるほうがいい。」ドリアンはこの最後の規則に服し、さらに若干、これを推し進める。美は善よりも好ましいだけでなく、その上、悪の言い訳になりうるのである。「悪というものも所詮は、自分が抱いている〈美〉の概念を実現する一手段にすぎぬ」。ニーチェとの比較をつづけることができる。『権力への意志』の断片で、ニーチェは宣言する。「芸術、しかも芸術以外の何ものでもない！　私たちが生きることを可能ならしめ、私たちを生きることへと刺激するのは、芸術である。」そしてニーチェはそこで「道徳の美学への還元」を予告している。ニーチェの人生からこうした態度の逸話的な例を引けば、一八八五年三月にニースで地震が起こるとき、彼はその二年前にインドネシアのクラカトア火山が、あらゆる時代を通じて最大級の噴火を起こし、無数の犠牲者を出したことを思い出す。彼は恍惚として叫ぶ。「二〇万人が一気に全滅したとはすばらしい。人類はまさしくこのようにして滅びるべきなのだ！」(10)

師と弟子、ヘンリー卿とドリアンの誤りとは正確には何か。最初に描かれたプログラムに実際には従わなかったことである。個人の開花が前提とするのは、個人から何ものも切除しないことである。ところで、ドリアンとヘンリーは人間を作り上げるものの本質的な部分、すなわち人間の他の人間に対する関係をなおざりにし、まさにこのことによって人間の良心、つまり同時に人間の道徳的生活をなおざりにした。ドリアンが「善良である」とは何を意味するのかをヘンリーに訊ねると、ヘンリーは答える。「善良だということは、自分自身との調和状態にあるという意味だ。［……］大切なのは自分の生活だ。［……］もっとも高い目標としてあるのは個人主義なのだ。」つまり、ここで自己中心主義と自足能力として解されている個人主義は、私たちに他者を配慮しないことを命ずるだろう。だが、たったひとりであるとき、人間はそれでもなお人間なのだろうか。いかなる体験もその価値をもっているとすれば、なぜ同情とか共有された喜びを人生から排除しようとするのだろうか。ドリアンが動かされているのは全面的開花によってではない。「気違いじみた快楽に対する欲望」、実存の他の面をすべて犠牲にしてまで倦怠から逃れようとする必死の逃亡によってである。彼が挫折したのは最初のプログラムが悪かったからではなく、彼がこれを理解できず、これを完全な形で実施できなかったからである。「感覚を鈍麻させる禁欲主義などは」と彼は予期していた、「感覚を麻痺させる俗悪な放蕩と同様、その関知するところではないだろう。(11)」しかしながら彼は自分自身の命令の前半部分〔禁欲主義の否認〕にしか従わなかった。

ウォルター・ペーターは自分にドリアンの放蕩（さらには、ひょっとすると昔の弟子であるワイルドの放蕩）に対する責任があるとはおそらく感じようとはしなかったが、自分の理想に対するこの裏切りをただちに見抜いたのだろう。彼はこの小説について書いた書評（一八九一年一一月）のなかで説明している。「真のエピクロス主義［彼はヘンリー卿の〝新しい快楽主義〟とワイルドの〝個人主義〟の最初の異本をこのように指示している］は、人体全体の調和に満ちたあますところなき開花を目指している。したがって、ワイルド氏の主人公たちが可能なかぎり速やかかつ全面的にそうしようとしているように、道徳的感覚を失うこと、たとえば罪と美徳の感覚を失うことは、いっそう単純化することであり、発達のより高いレベルからより低いレベルへと移行することである。」美と真の関係についても同様である。美（たとえばドリアンの顔の美しさ）は〈存在〉の深い本性を暴き出すよりも、この本性を隠蔽するのに役立っている。小説の世界では、美と真を一致させようとするロマネスクな野心は放棄される。「〈真〉よりも〈美〉を好まないものは、〈芸術〉のもっとも奥に秘められた至聖所に到達できないだろう。」つまり、ワイルドは真実を犠牲にして虚偽を選んでおり、このようにしてそれと知らずにニーチェのもう一つ別の定式、当時は未発表の定式に一致する。「非真理がなければ、社会も文明も存在しない。悲劇的な葛藤。すべて善きもの、すべて美しきものは、錯覚に依存している――真理は殺す。［……］嘘をつく歓喜は美的である。(12)」

『ドリアン・グレイ』のプロットを形成する二つの主たる出来事――シビル・ヴェインの自殺とバジル・ホールウォードの殺害――は、私たちの本性の実現と自己の開花が私たちの行動の唯一の導き手でなければならないとする思想について過度に字義通りにおこなわれた解釈がたどり着く脱線の例証となっている。シビルが自殺するのは、ドリアンが彼女を見捨てるからである。ドリアンの反応は、みずから自分自身の人生の傍観者たらんと定めた人間のそれである。彼が彼女を称賛するのは外的な証人としてであるだろう――感情をともにすることもなくである。彼は美的以外のいかなる感動もなく、「愛の至高なる実在を示すために世界の檜舞台の上に送られたすばらしき悲劇的人物」のことを思うようにシビルのことを思うだろう。このようにして死ぬことによって、彼女はシェイクスピアのヒロインであるジュリエットと同じ台座に据えられたのである。しかし諸存在のこの現実感消失《デレアリザシオン》、すなわち他者を芝居の登場人物に、自己自身を観客にこのようにして変化させることは、私たちが他者の運命にも密接にかかわり合っているとき、少々安易にすぎないだろうか。それに、それは本質的な体験――苦痛と死別の悲しみの体験――の故意の喪失ではないだろうか。ドリアンは結論する。「自分自身の人生の傍観者となることは、人生の苦しみから逃れることだ。」(13) しかし苦しみの否認はそのとき高い代価でもって支払われる危険がある。人間の社交性の抑圧は自己の開花を不可能とするのである。

ドリアンがバジルを殺すのは、ドリアンが送っている放埒な生活をバジルが非難するからであり、バジルが変化した肖像画、いまや醜悪と化したこの魂の忠実な鏡を見たからである。ドリアンは自分の内面的堕落の証人である肖像画そのものを破壊するように――同じ短刀でもって――バジルを殺す。しかしこの身振りは、いかなる体験でも、これが強烈でありさえすれば受容するという、いっさいの体験の穏やかな受容とはもはや似ても似つかない。ドリアンは必要ならば暴力でもって自分自身の一部をそっくりそのまま除去することに決定している。その結果、彼は同時に、この隠蔽された面を知ったすべての者を除去しようとする。彼は自分自身の良心を厄介払いするために、まずはバジルを、つぎに肖像画を、つまり自分自身を殺すのである。しかし自己の一部を除去しようとすることは、自己の全面的開花に到達することとはまったく別なことである。人間の良心は偶然の出来事ではない。それは存在にとって必要な部分である。ペーターが小説の主人公に苦言を呈するのも当然である。

この本の別の登場人物も、この野心的なプログラムを実現することはできないということの例証となっている。巻末でメランコリックな老人となっているヘンリー卿は、十全な開花への到達からは遠く隔たっている。彼は自分を無関心な観客の役割に押し込めることによって自分の存在を貧しくした。バジル・ホールウォードはドリアンに対する盲目的な称賛と愛で自分自身の人生を破滅に追いやった。シビルのほうは排除と限定の身振りでもって自分の死刑宣告に署名する。ドリアンとは対称をなす逆のやり方で、彼女は愛のために芸術を犠牲にすることを決意する。彼のほうは芸術の支えとしてしか彼女を愛していない。彼女はつねに現実のなかにとどまるために、もう演技をしないことに決める。彼女が守ろうとするのは本当の感情だけであって、装った感情ではない。彼女の誤りとは、もう一度いえば、全体の開花を熱望する代わりに、自分の存在の一部を他者のために犠牲にしたことである。

つまり、『ドリアン・グレイの肖像』は、ある人生の理想の想起と、その理想に到達しない無数の方法の記述として同時に読まれなければならない——こうした道において、ひとりひとりをねらっている罠に対して喚起された注意として。

・美の星の下の人生——『ドリアン・グレイ』以後・

ひとたび小説が出版されると（一八九〇年）、ワイルドはこの小説において、とりわけ『社会主義下における人間の魂』というエッセイで概略を示した一般的プログラムをみずから引き受け、さらに増幅させる。美しき人生は――これは同時によき人生でもあるが――美しい物や高価な品々に囲まれていることではない。そのいずれもが生活を引き立たせることができるとしてもである。近代的人生の理想はこれとは違っている。「新しい世界の切妻壁に刻み込まれるだろう。〝汝自身であれ〟と。」ワイルドはおそらくこのスローガンをイプセンから借用している。当時、ヨーロッパの舞台で多大な成功をおさめているこのノルウェーの劇作家は、一八六七年に『ペール・ギュント』を出版した。その主要登場人物は自分の人生を支配している原則をつぎのように言い表わしている。「人間は何でなければならないのでしょうか。自己自身なのです。」イプセンの戯曲はこの命令を問題視している。だがワイルドはこの命令を全面的に自分の責任で引き受ける。「自己」の本性が何であろうと、自分があますところなく自己でありさえすれば彼にはどうでもいい。自分の好みや職業などどうでもいいのだ。「彼は偉大な詩人にも、偉大な学者にも、若き学生にも、荒野の羊飼いにもなることができる。シェイクスピアのような劇作家にも、スピノザのような神学者にも、公園で遊ぶ子供にも、海に網を投じる漁師にもなることができる。自分のうちに秘めている魂の完璧さを実現する瞬間から、彼は自分が何であろうとかまいはしない(14)。」アクセントは再度、この体験への到達可能性におかれている。この体験は下層民にも貴族にも、万人に対して開かれている。いかなる体験も、それが自己という存在の方向に向かいさえすれば悪いということはない。自己の完結が人生の目的である。唯一の誤りとは、魂と道を間違えて、みなさんにとって無関係な、自己以外の者の例を模倣することである。個人とはその運命を構築する出会いと体験とを通して、試行錯誤をくり返しながら形成されるのではない。そうではなく、つねに‐すでに彼のうちにあるアイデンティティを暴き出す――または暴き出さない――のである。

ワイルドにとって、この人生の理想は他の理想よりも好ましいだけでなく、人間のアイデンティティによりよく一致する——それは、よき人生にかんする他の理想、他の概念がゆがめている真実を述べている。自己自身でありたいということが意味するのは、何よりもまず、生命の方向に向かうということである。自己の存在と実存を外的なカテゴリーに服させるのではなく、自己のうちに卓越の基準を見出すということである。「人間がつねに求めてきたのは、実際は苦悩でも快楽でもない。たんに生命である。人間は強く、あますところなく、完璧に生きることをつねに求めてきた。」生命を凌ぐ価値は何もない。強く生きるとは、自己自身であることである。自分が生きていると感じることは、完成への第一歩である。残念なことに、これは広く共有されている体験ではない。「生きるとは、もっともまれな事柄である。大半の人々は実存することだけで満足している。」つまり、生命力を開花させる代わりにこれを抑圧することで満足しているのである。ワイルドの立場は、再度、ニーチェの思想（ワイルドはこれを知らない）を例証している。「人類はつねに同じ誤りをくり返してきた。すなわち、人類は生命に到達する手段をもって生命をはかる尺度にした。生命それ自体の最高に極端な高まりに生命をはかる尺度を見出す代わりにである」と、ニーチェは『権力への意志』のなかで書いた。あるいは、「われわれは生命の誹謗者なのであろうか。逆である。われわれは極端に高められた生命、危険に瀕した生命を本能的に求めている。[15]」

　自己自身になることは、他者に頓着せずに、たったひとりで首尾よくなし遂げなければならない活動である。というのも、強度な生命の基準はまったく個人的なものだからである。これについて社会はいうべきものを何ももたない。まさにそれゆえにワイルドはこの選択を指し示すために「個人主義」という用語を使用するのである。つまりこの語は、生命のいかなる部分も外的な取るに足りぬ義務のために犠牲にされることなく——また、生命がみずからの完結のためには外来の要因に依存することもなく

——自己をあますところなく全面的に肯定することの同義語と化すのである。どのようなものでも自己の存在に固執しようと努力する、と、すでにスピノザは述べた。いかなる人間もこれを自分の行動の一大規則にしなければならない、とワイルドは明言する。しかしながら、『ドリアン・グレイ』の登場人物のように、個人主義をエゴイズムと混同するわけにはいかない。というのも、自己自身を主張することは他者を侵害することを意味しないからである。「赤バラは自分が赤バラになりたいと願うときにはエゴイストではない。」赤バラがエゴイストになるのは、白バラを赤くしようと望むときだけである……。

愛他主義のほうもまた他者のためになることを意味しない。ワイルドはここでもヘンリー卿の逆説に一致する。ワイルドは宣言する。「愛他主義は自己自身が口出しすることなく、他者に自分の人生を生きるがままにさせることにある。」すべては、あたかも抑圧的な道徳的コードを放棄することは、それとともにいっさいの社会的相互作用を括弧に入れることになるかのように展開するのである。たしかに、ワイルドによれば、共感する能力は各人の本性に属している（ドリアン・グレイが知らなかったのが、このことである）。そして開花した存在、自分自身になり切った存在もまた自分を取り巻く人生に対して共感を抱くだろう――キリスト教が説いているように苦しめる者たちに対する同情だけでなく、他者の幸福に対する喜びもである。「友人の苦しみにはだれでも共感することができる。だが友人の成功に共感するには、きわめて気高い本性が必要である――実をいえば、真に個人主義的な本性が必要である。」(16)

二年後、いわゆる『深き淵より』〔抄訳『獄中記』〕の手紙で、ワイルドはこのテーマに立ち返り、この枠内で自分自身を検討している。彼は自分はそのとき「これまであったよりもはるかに強い個人主義者」――他者には何も求めず、すべてを自分自身に求めるという意味での個人主義者――であると宣言する。彼が変化させたのは方向ではない。行動様式だけである。「私の本性は自己実現の新しい様式を求めている。」この自己追求、このいっさいの体験の受容、価値観に対する人生の服従ではなく、人生に対するあらゆる価値のこの服従には、通常の松葉杖——道徳、宗教、理性——の助けを借りずに到達しなければならない。個人は自分自身のうちにしか助けるものを見出すことができない。この新しいプログラムが昔のプログラムに取って代わらなければならない。道徳はその助けにはならない。というのも、ワイルドは一般法則の正しさを信じていないからである。宗教は助けにならない。というのも、彼は「自分たちの天国を地上においた」人々の一員だからであり、同時に彼が服するのは自分にとって外的なものに対してではなく、唯一、彼が自分自身の内部に発見したものに対してだからである。理性も助けにならない。というのも、理性は判断し排除するからである。それに対し、彼は自分が体験したものをすべて受け入れることを望んでいるのである。「何であれ自覚するにいたったものは正しい。［……］みずからの体験を拒絶することは、みずからの発展をはばむことである。」[17]

この人生の理想、自己の完結は、芸術家、この「美の奴隷」の意識的選択と一致する。これがこの職業の定義の一つである。「真の芸術家は自分自身を絶対的に信じる人間である。というのも、芸術家は絶対的に自分自身だからである。」つまり、「真の芸術家」とは全身全霊をもって作品の創造に我が身を捧げる者であるばかりではない。「真の芸術家」はある特定の仕方で人生そのものを組織し、自分の作品を生きることができるようになり、その結果、外的世界と自我とを一致させる者のことである。芸術作品は外部の基準に服するにはおよばない。芸術作品は自分自身との完全な一致によって成り立つ——この意味で芸術は人生にとってモデルなのである。「〈芸術〉はこれまでに世界で知られている個人主義のうちでもっとも強度な形式である。」作品が美しいのは、作品があますところなく作品自体であるからにほかならない。そういうわけで、芸術の法である美は他のいかなるカテゴリーよりも上位にある。芸術を人間の活動の頂点に位置づけることは、芸術が最高度に美を具現しているかぎりにおいて正当化される。ワイルドは『深き淵より』のなかでこの等価関係を力説している。「芸術的生活とは自己の開花にすぎない。(18)」行動様式としての芸術的生活、これがワイルドがみずからに生きるべく残されている年月を捧げたいと述べているただ二つの主題のうちの一つである。

もう一方の主題も実をいえば、これとさほど隔たっていない。これを論ずるためにワイルドが選ぶ方法に驚きを禁じ得ないとしてもである。問題なのはイエス＝キリスト礼賛である。イエス＝キリストはワイルドが推奨しようとする理想を具現したものと解されているのである。何年も前から彼の作品のなかに、とりわけ『人の魂』にかんするエッセイのなかに姿を見せているこの人物を選択した理由とは、イエスが規範も慣例も尊重することを望まず、財産も富も必要としないということである。彼が望むのはそれぞれの人が自分のうちに王国を発見することである。このことによって、ワイルドによれば、イエスは個人主義的な信条――自己自身であること――を予告している。キリストのメッセージはつぎのように翻訳される。「あなたの完成が外部の財産の蓄積や所有にあると信じてはいけない。あなたの完成はあなたの内部にある。[……]イエスが述べていること、それは人間が自分の完成に到達するのは、自分が所有しているもののおかげでも、自分がなすことのおかげでもなく、もっぱら自分自身であることのおかげだということである。」キリストを模倣するには、完璧かつ絶対的に自己自身であるだけで十分である。物は不必要であり、物質的な所有は無益である。「人間はそれ自身として完全である。」この表現は他の人間の存在を承認することの拒否として解されてはならない。「人間は生まれつき社交的である。(19)」にもかかわらず、この表現はヒエラルキーを指し示している。だからこそ、ワイルドがこのエッセイのなかで素描しているユートピアにおいては、個人主義は社会主義のなかにはめ込まれている。社会主義は社会の働きを保証し、その社会のなかで人間は好きなように生活することができるのである。

ワイルドは『深き淵より』で、自分がイエスに定めている役割に立ち返ってもっと長々と述べている。ここでもまたワイルドを惹きつけるのは、規範の拒否と個人的な差異の承認として解されたイエスの個人主義である。「彼には法則がなかった。あるのは例外だけだった。〔……〕生命がいかなる思想もしくは道徳の組織にも犠牲にされることは、彼には承知しかねることだった。」この自己との一致、この外部の援助の拒否によって、イエスはまた現在の重要性を強調するにいたる。天国はここにいま見出されるのである。「彼はあますところなく刹那に生きることのきわめて緊要なことを諄々《じゅんじゅん》と説いた。」その結果、「キリストは最高の個人主義者である」[20]。ワイルドの表現が逆説的であるとしても、基本的な点では、彼の直観は何かしら正しいものを含んでいるといわなければならない。現代個人主義はまさしくキリスト教に由来するのである。

論理的にイエスは芸術家と混同される――いずれもが自己自身であるという目的を具現している。しかしこのように、いわば芸術家の例にインスピレーションをくんだのだとしても、イエスは芸術作品を創造することをもはや必要としない。彼はこの実存様式を人生全体に移し替えるのである。人間は作品を生産することによってではなく、自分たちの生活を美しくすることによって芸術家を模倣しなければならない。芸術家とイエスがどのように区別されるかを観察できるのも、まさしくこの点においてである。芸術家は人生を作品の生産に捧げ、イエスは人生そのものを作品にするのである（ワイルドにおける意味で）。「人をしてほとんど畏敬の念を抱かせんばかりの壮大な驚嘆すべき想像力をもって、彼は言葉にならないものの全世界、苦痛の声もなき世界を王国となし、みずからをその永遠の代弁者となした。[21]」劇場の舞台や小説のページを占める人物を創造する代わりに、イエスはみずからの人生を発明した。彼は人類の普遍的な話し相手になろうとした。したがって芸術作品の生産は、全面的に美の星の下におかれたこの人生の小さなひとかけらでしかない。神の計画が人間のうちに受肉したと想像したことはキリスト教の特性そのものである――通常の芸術作品が芸術家の計画の受肉であるように。この点で、イエスは芸術家ではなく作品それ自体に似ている。狭義での芸術家――詩人、画家、彫刻家――が芸術的生活を営むのは、創造しつつ、自己の深い存在を現実化するからにほかならない（だが最大の作品はこのようにして誕生する）。少し前、ワイルドによって区別された二つの道――「みずから芸術作品となるか、芸術作品を持ち来たらすか」――は、創造のプロセスが個人をみずからの完結へとみちびくかぎりにおいて一致することができる。

やはり『深き淵より』において、ワイルドは自分自身の人生を個人主義的な計画の例として引き合いに出しながら、自分の人生を作品創造にのみ限定せず、そのあらゆる多様性のもとで考察している。そして自分が何らかの体験をしたことで自分を非難するのではなく、むしろある種の体験を退け、人生の豊かさを過小評価したことで自分を責めている。彼は自分の実存をあらかじめ考えられた価値体系に、つまり自分の実存以外のものに服させようとした（彼がすでに暗々裏に彼の登場人物であるヘンリー卿とドリアン・グレイに突きつけたのも同じ非難である）。ワイルドが牢獄で何かを学んだとすれば、まさにこのことである。すなわち、人生全体を受け入れなければならない、ということである。オックスフォードでの勉学の時代から、彼は人生のあらゆる快楽を受け入れることに決めていた。そしてこのことについては後悔していない。だが彼は苦悩を退けるという間違いを犯した。「私のただ一つの間違いは、園の陽のよく当たる側と思われる木にのみ専心して、その反対側を日陰と陰鬱とのゆえに嫌って避けたことであった。」ところで、いっさいの限定は有害である。出獄の前日、彼が牢獄生活を送ってきたことを忘れるようにと忠告する人がいた。しかし彼は自分の間違いをもはやくり返しはしないだろう。「みずからの体験を否定することは、みずからの生命の唇に虚言を吐かせることである。」[22]

外部から押しつけられる規範という束縛のなかに自分の人生を押し込めようと試みていた日、彼は彼の人生で唯一の真に恥ずべき行為をおこなった。クイーンズベリー侯爵に有罪の判決を下させようとしたときである。状況を思い起こしてみよう。クイーンズベリーは息子のボジーがワイルドの愛人であることを妨げるためにワイルドを公然と攻撃する。父親を嫌っているボジーはワイルドをそそのかして名誉毀損で告訴させる。クイーンズベリーは訴訟のなかでワイルドの同性愛にかかわる自分の主張は無根拠でないことを証明するにいたる。よって、クイーンズベリーは無罪放免され、一方、ワイルドは逮捕され、「甚だしく不道徳な行為」で追及される。新たな二つの訴訟の結果、彼は二年間の強制労働の刑を宣告される。彼は自分の同性愛を認める代わりに、他者の目に対してこれを否定しようとしたのである。彼が罰せられたのは、そのせいである。個人主義の観点からすれば、社会が個人の行動に制裁を加えるように社会に訴えかけること自体、すでに間違いである。しかも加えて、法律を自分の側につけるために、ワイルドは嘘をつき、みずからを美徳の鑑として示し、自分の存在の一部を隠蔽し抑圧しなければならなかった――個人主義の諸要請に対する裏切りである。したがって彼の懲罰は、いうなれば当然至極なのである――彼が罰せられたとすれば、それは自分の教えを十分まじめに守らなかったことが原因である。

ワイルドはここで彼のドラマの核心をなすもののごく間近に迫っているような気がする。美の理念は二つの仕方で解釈される。最初の解釈では、美は外部の世界の特性である。美しいのは特定の物、特定の行為であって、ほかのものはそうではない。二番目の解釈では、美とは主体がこの世界に対してとる態度のことである。この第二の解釈に固執するのであれば、この世界のいかなる切れ端も前もって拒絶されることはない。ある人々が醜悪だと判断するものも、ほかの人々が愚劣だと断罪するものもである。すべてのもののうちに美を感得することを可能とするこのような態度は叡知と一つになる。ワイルドはこの二つの解釈のあいだで揺れ動いている。彼は二番目を引き合いに出したがるだろうが、最初のも捨て去りがたいことに気づいている。彼はある場合は世界をありのままに受け入れ、ある場合は「嘘の凋落」を嘆く。ところで、二つの選択の射程は同じではない。だれでもが快楽と成功を好む。唯一の問題とは、人生が敵対的であるとき、それでもなお人生を愛することができるかどうかを知ることである。

・ワイルドの悲劇・

一八九七年の最初の数か月間に書かれ（ワイルドは五月に出獄する）、心のなかではボジーに宛てられた『深き淵より』と呼ばれる手紙を読んでわかるのは、彼が自分の人生計画をふたたび採り上げ、これを強固にし、さらに増幅させるだろうということである。自己完結という理想、芸術作品として構想された人生という理想である。彼は新しい作品の制作に身を捧げることによってこの理想に到達するだろう。彼はここで書いている。「獄屋の壁の上にその姿をあらわしてしきりと風にそよいでいる樹々の黒い枝に葉と花とが必要であるように、私にとって必要なものは表現である。私の芸術とこの世界のあいだにはいまや幅広い深淵が横たわっている。しかし芸術と私自身とのあいだには何ものも介在していない。少なくとも介在しないようにと願っている。」というのも、書簡から判断すれば、ワイルドは有罪判決や牢獄が自分を破滅させたとは思っていないからである。たしかに、一八九六年七月二日に内務大臣宛に手紙を書いて、「私の劇作家および文筆家としての経歴は終わったということ」を知っていると述べている——しかし彼はその際、自分の立場をとりわけ暗澹たる色彩で説明しようとしているのかもしれない。というのも、これは特赦の要求だからである。彼は牢獄の体験に自分の執筆活動を益するものを見出すということもあり得るのではないだろうか。一八九五年六月に彼の独房を訪れる最初の人であるR・B・ホールデンは、彼を元気づけ、未来の作品のことを考えるように励ます。「私は彼の偉大な天賦の文学的才能はまだ十分に活かされていないと彼にいった。それというのも、悦楽的な生活を送っていたために、彼は何かしら大きな主題を自分のものにしかねていたからである。現在の不幸は、ひょっとしたら彼の経歴にとって天の恵みであることが明らかになるかもしれない。というのも、彼はそれ以来、ある大きな主題を抱えていたからだ。」彼自身、『深き淵より』を書いている時期にはそう考えている。「私の前途にはなすべきことが多くあるので、もしそのいくらかなりとも仕遂げずに死ぬようなことがあれば、それこそ恐ろしい悲劇だと考えるほかないだろう。」ボジー宛のこの手紙によって記録された彼の内面で起こったこの変化は、本質的な変化であると彼には思われる。彼は自分の道を発見したのだ。「私はついに、私の魂が向かうことができる真のゴール、単純で、自然で、妥当なゴールを見ている。[23]」出獄したとき、彼は同じく幸福感にひたっている。友人たちは彼が計画を山ほど抱え、元気いっぱいであると書く。

しかしながら、現実に起こるのはまさしく「恐ろしい悲劇」である。事実は動かしがたい。創造にかんしては、ワイルドが出獄後に制作するのはただ一つの作品、一八九七年に完成する長編詩『レディング監獄の唄』である。彼はまた監獄の状態にかんする公開書簡を出版する。一つは一八九七年五月、他は一八九八年三月である。創造するための他の試みは実を結ばない。

実をいえば、監獄にいるときに、ワイルドは自分のその後の人生に対して深刻な疑念を抱きつづけている。日付はないが、おそらく一八九六年五月と思われる手紙で彼は書いている。「たとえこの耐えがたい場所から出たとしても、もうのけ者の生活を送ることしかできないことを私は知っている——不名誉、貧困、軽蔑のなかで[24]」——彼を待ち受けているもののきわめて正確な記述である。しかしながら、この手紙では彼自身の内部に端を発する執筆への障害となっているものには触れられていない——ところで、ワイルドが徐々に発見していくように、彼の沈黙の深い原因は、彼自身の内部にある。

ひとたび解放されると、彼はフランスに行き、ノルマンディ海岸に沿ったベルヌヴァルに落ち着く。彼は何を必要としていたのか。海である。彼は海と向き合っている。また、ホテルよりも、おそらくは小さな家である。「私のためのプライベートな庭のなかに建てられた可愛らしい別荘を思い切って手に入れ、手足をもがれた人生の主人となって、我が家を思わせる家で暮らせるならば、私は他の弦によっていっそう豊かになった、と思われる楽器を奏でながら、美しい作品を創造し、なおも人々に語りかけることができるだろう。」したがって彼は住まいを借りる。創造の幸福感はすぐにはやってこない。しかし彼はあまり心配していない。「二年という長い沈黙の年月が私の魂を鎖でつなぎとめていた。インスピレーションはまたやってくるだろう。私はそう確信している。」彼が『唄』を書くのはこのときである。しかし彼が創造のためのすべての条件が実際には出そろわないことに気づくのもそのときである。一八九七年八月に彼はある友人に告白する。「もっとあとになって、ふたたび作品を制作するために、芸術を条件づけ支配している意志の集中を、もう一度、見出せることを願っている。」別の友人には、「私は自分が望んでいる仕事をすることができない。そして永久にその可能性はないのではないかと恐れている。私は創造する強い力を奪われてしまった。[25]」この挫折は予期されたものではなかった。ワイルドが構想していた人生においては、このような事態を想像させるものは何もなかった。これが彼にとって予想外だった驚きである。

何が起こったのだろう。これらの言葉を書いた数日後、ワイルドは恐るべき決断を下す。『深き淵より』のなかで非難したボジーと共同生活を再開するという決断である。それをみずから正当化するために、彼はもうひとりの友人に対して認めている。「ベルヌヴァルでの最後の二週間は、まさに自殺せよといわんばかりに、暗く恐ろしいものだった。これほど不幸だったことはない。」ワイルドが孤独を、牢獄で想像していたものよりもなおいっそう大きな孤独を嘆くのはこれがはじめてではない。しかしいまや書くことができないということが、これに加わっている。彼がボジーとふたたび暮らしはじめるのは、この二重の欠如を埋めるためである。ワイルドはボジーに自分の決断を説明するために書く。「きみは私のうちにあのエネルギーを、芸術が依存しているあの喜ばしい力に満ちた感情を、実際にもう一度、作り出すことができるのだ。［……］それが何であれ、私が書くことができるのは――私はそう感じている――きみのそばにおいてでしかない。[26]」ここで他人の存在は、ワイルドの理論のなかでそれまでに得たことのなかった位置を引き受けている。

ベルヌヴァルでは、彼にはたしかに海があったが、ほかの二つの要素が欠けていた。人の愛情と太陽である。その二つはナポリで結びついて見出されるかもしれない。だからボジーとナポリに行く。計画は少なくとも外見上は同じままである。「私がここにやってきたのは、私の芸術家としての気質を改め私の魂を改善する試みをおこなうためである。」ところが彼はそのいずれにも成功しない。ボジーは期待していたような助けにはならないし、太陽もまたそうである。一八九七年一一月初旬、すなわち解放されて五か月後、ワイルドは失望の証明書を作成する。すなわち、執筆活動と公的生活への復帰は予想以上に困難であることが明らかになるのである。ここから抜け出すにはどうしたらいいのか。「私は状況を再検討しなければならない。というのも、手持ちの金ではここで生活をつづけることはできないからだ。しかしながら生活を変えるという言葉は中身がないことを知っている。人は自分の個性の循環のなかで堂々巡りをするしかないからだ。」一一月の終わりに、別の文通相手に対する手紙で苦々しい結論に達する。「私とは解決することができない問題なのだ。」さらに三番目の相手には、「私は自分の人生に対して応急手当をすることができない。宿命が私の人生にのしかかっている。私自身にも他人にも、私はもはや喜びではない(27)。」

たしかにナポリでは、彼はほかのすべての友人たちや、彼にとってつねに刺激剤として役立ってきた芸術的で知的な生活から遠ざかっている。ボジーとの関係を断たざるを得なくなった彼は、パリに身を落ち着けることを決意する。「私は今度の日曜日にパリに着く。それが仕事をする唯一のチャンスだ。私には知的な環境が必要である。ギリシアのブロンズにはうんざりだ。［……］私の生活はここでは崩壊するしかない。もう頭脳もなければエネルギーもない。パリで努力してみたい。」パリでは、最初は、変化が起こったように彼には思われる。「パリの知的な環境に触れて、私は元気になった。いまではアイデアがわいてくる。情熱だけではない。ナポリは私にとって致命的だった。」しかしながら、数週間後、自分がなぜ新しい戯曲を書けないかを説明するために、彼は苦々しい決算書を作成する。「コメディにかんしては、私は芸術と人生にとって肝心要の原動力を失ってしまった。生きる喜びである。恐ろしいことだ。私はいまでも快楽や情熱を感じる。だが生命の喜びは私から立ち去ってしまった。」別の文通相手には、その数日後に書いている。「私に会いにお出でになれば、私が廃墟となってしまったこと、つまり私がかつてもっていた驚異的なもの、輝かしきもの、途方もなくありそうもないものが崩壊してしまったことがおわかりになるだろう。［……］私がいつの日かふたたび書きはじめるとは思わない。生きる喜びが逃げ去ってしまった。意志とともに、それが芸術のベースなのだ。」そして忠実な聞き役であるロスには、「私の文体は溶解する――私自身のように。私は刑罰を食らった薄ぼんやりした人間の屑にすぎない(28)」。

試みはつづけられる。そして相変わらずほとんど成功しない。「私はなおも仕事をしたい、来年のために。だが芸術的な考え方、日常生活に対する超然たる態度を取りもどすことは容易ではない。」困難が積み重なっていく。「私自身にとってはむろん、人生の目標は自分自身の個性を現実化することである。そして今も昔も、私が私の内部にあるものを現実化できるのは、芸術によってである。間もなくもう一つ別の戯曲をはじめたい。だが貧しさとそれによるくだらない金銭の心配、数多くの友人を失ったこと、この上なく不当な法律とこの上なく不当な判決で私の子どもたちが奪われたこと、二年間の沈黙と孤独とひどい扱いの恐るべき影響によって、私がかつて所有していたあの莫大な生きる喜びは、間違いなく、大部分が、おそらく永久に殺されてしまったのだ。」この疑念が確信へと変じる日もある。「私がふたたび書けるようになるとは思わない。何かが私の内部で死んでしまった。私は書こうという欲望をもう感じない。もうその力さえ感じない(29)。」当初の計画は維持されているが、いまやいくつもの条件と切り離せなくなっている――ところが、これらの条件が取りそろうことはない。

創造することの不可能は物質的手段の不在だけでは説明できない。一八九八年一二月、ある友人が落ち着いて書けるようにと彼をコート・ダジュールに連れて行く。出発する前に、彼は大急ぎで文通相手全員に自分は仕事をしに出発するのだと告げる。「私はそこでひと月を過ごすだろう。そのひと月をかけて私は芸術作品を制作しなければならない。何かを書くことができればいい。」「実際には、私がそこに連れて行かれるのは、私が傑作を制作するという条件によってでしかない。」だが同時に彼はロスに書いている。「私たちがラ・ナプールに到着したとき、私はいまや公然の秘密となっていることを彼に打ち明けるだろう。つまり、私は脳軟化症になっており、永久に天才とはなり得ないということである。」だがコート・ダジュールに着いても、彼は仕事をしようとさえしない。この滞在のあと、ワイルドはもう自分に幻想を抱くことはない。そして新たな試みに身を投じることもない。「私がしていることはすべて誤りでしかない。というのも、私の人生は正しい土台にもとづいていないからだ。」彼は日常生活のさまざまな心配事にのめり込み、底知れぬ不安を生きることに甘んじる。「私は私のいつもの状態にある。つまり、敗残者の状態。[30]」

ワイルドはいまや自分の以前の文学概念はもう自分の役に立ち得ないことに気づいている。彼はこの概念で、作家は作品で自分の伝記を決して使ってはならないという原理を擁護した。作品は純粋に作家の想像力の産物でなければならないからである。芸術家は一つの世界を創造する。彼がこの世界なのではない。そう信じることは、「『リア王』を書いたという口実でシェイクスピアを狂人だというのと同じほど愚か」である。『ドリアン・グレイ』の序文で、彼はこのフロベール的原理をなおいっそう強調した。「芸術を顕《あらわ》し、芸術家を覆い隠すことが芸術の目的である。」ところで、服役後に書かれた唯一の作品である『レディング監獄の唄』では第一ページで私が語られる。この時期の他の唯一の著作である監獄にかんする公開書簡も彼自身の体験を糧にしている。彼はこのことを知っており、これについて不快に感じている。「私的な体験から」詩作品を紡ぎ出すことは「何といっても私自身の芸術哲学の一種の否定である。［……］私は自分を否定をしたことが怖い。」彼にとってこれが『唄』の欠陥である。「私は当然のことながら、この詩はあまりに自伝的であり、生きられた体験は私たちが影響されてはならない有害な要素だと考えている。」しかしながらこの詩を読むと、以前の理論が新しい実践の妨げとなったと感じられる。『唄』が物語っているのは彼自身が牢獄で体験したこと以上に、ワイルドと英国詩との親近性だからである。そして彼はたちまち自分の昔の確信に逆もどりする。最後の出会いで、彼はジッドにつぎの忠告をしている。「だが、親愛なる人よ dear、約束していただきたい。今後、もう決して私とは書かないでいただきたい。芸術では、おわかりでしょう、一人称はないのです[31]。」

出獄したワイルドは二つの矛盾する呼びかけのあいだで引き裂かれている。一方で、自分が生きてきたことに忠実であるためには、彼は異なった書き方を採用しなければならない。装飾を断念すること、物をその名で呼ぶこと、明晰で直接的な文体を実践すること、自分の書物を自分の実体験ではぐくむこと。これはまた彼の友人と公衆が彼に期待していることである。「私が途方に暮れた人々のための祈りを書くならば、あるいは生きる喜びの福音を一ペニーの論説に縮めるならば、おそらく私は評価されるだろう。」しかしワイルドは実際にはこの道を行くことはない。彼が望んでいるのは、監獄の体験が変わることのない自分の人生の選択を強化し深めてくれることであって、この選択を無効にしたり排除したりすることではない。しかしながら、他方で、彼は以前のようにはもう書くことができない。彼の全作品のなかでもっとも成功した部分であるコメディは、彼にはもう引き受けることができない世界に対するある種の気分と態度に由来していた。晩年になって、印刷のためにコメディの台本を準備しなければならなくなるとき、彼は自分とこれとを隔てる深淵を確認せざるを得ない。それらのコメディは、「私が人生という虎と戯れていた時期に」書かれた。いまでは、「かつてしていたように、人生をあざ笑うことは私にはむずかしい[32]」。つまり、作品が芸術家の人生と全面的に無関係だということは真ではない。たとえワイルドが知らぬふりをしていようと、過去においては作品と人生とは一致していた。いまでは彼の人生は違っている。しかし彼はこの人生に見合った作品を書くことができない。実存の「太陽に照らされた側面」しか採り上げないということは、実存についてゆがんだ見方をすることである。つまり、彼の創造的な力は二重の禁止にさらされており、これがいっさいの執筆活動を不可能にするのである。

友人のフランク・ハリスは書くようにとワイルドを絶えず励まし、ワイルドは彼に対して自分の無力を正当化しようとするのであるが、そのハリスが報告している。議論の果てにワイルドはいったらしい。「私自身の内部で戦争が荒れ狂っている。私は生きることの喜びと誇りを、人生の快楽を、さまざまな世界でもっとも美しき世界のなかで、すべて美しきものを前にして感じた無上の喜びを歌うために生まれてきた。だが彼らは私を捕まえ、私を苦しめた。そのあまり私は悲しみと哀れみを学んだ。いま私はもう喜びを歌うことができない、フランク。というのも私は苦しみを知ったからだ。だが私は決して苦しみを歌うために作られたのではない。」投獄前には、ワイルドは自分の芸術家‐創造者としての人生は同時に芸術的な人生――開花と充溢の人生――であると想像していた。出獄の直後、彼はそれ以前の年月に回顧の眼差しを投じ、この年月に批判的な判断を下す。彼は自分の芸術家としての人生、すなわち美しい芸術作品の創造に捧げられるべき人生に成功しなかった。自分が送っていたのは――と、いまや彼はいう――「気違いじみた快楽の生活、低俗な物質主義の生活――芸術家にふさわしくない実存様式」だった。「常軌を逸した無為のなかで私がおこなったすべての放蕩、浪費、社交界の生活は、芸術家には有害だった。」彼は個人主義者としてみずからを考えたのは正しかったが、「十分に計算された意図的な物質主義」の要求に服したことは間違っていた。ところで、「人生において物質主義はすべからく魂を無感覚にし、身体の飢えと肉の欲求はつねに冒瀆的で、しばしば破壊的である。(33)」

最後の三年間は、ワイルドの生活は悲惨で孤独である。不幸をともにする仲間に取り巻かれて、町から町へ、ホテルからホテルへとさまよう。それはまず第一に、彼にはある特定のタイプの人間関係しか持ち得ないからである。裁判所と妻は手を結んで子どもたちとのいっさいの接触を禁止した。これが彼に残酷な苦しみをもたらす。彼の世界の人々はたまたますれ違うと顔をそむける。「文学者たちが私と出会うときに愛想よくしてくれるのであれば、私たちはまれには顔を合わせるだろう。私が仲間にしているのは、私がつき合うことができる人たちである。たしかにこの手の友情には金を支払わなければならないが、このような友情は気むずかしくもなければ高くもないといわなければならない。」彼の手紙はパリの酒場で喜びもなく過ごす長い夜を物語っている。それでも酒場で出会う若者たち――これがこの時期のワイルドの主たる仲間なのだ――の扶養費は最終的には多額なものとなり、これが抑えの効かない他の出費――とくにアルコール――にプラスされる。この時期のワイルドの書簡は金銭的要求の連禱である（この点でボードレールの書簡を思い出させる）。彼の財政的状況は実際には破局的ではない。しかし出費はつねに収入を上回っている。ところで、絶えず窮乏にあるということは創造には適していない。「苦しみはあってもいいし、おそらくは必要である。しかし貧しさ、極貧――これは恐ろしい。こいつは人間の魂を汚すのだ。(34)」

牢獄の体験は、R・B・ホールデンが彼のために願い、彼自身も期待していた変化をワイルドにもたらすことはなかった。彼の運命を、牢獄と強制労働の苦しみを知ったもうひとりの一九世紀の作家であるドストエフスキーのそれと比較するならば、コントラストはとくに顕著である。ワイルドはドストエフスキーの作品を知っており尊敬の念を抱いている（彼は『虐げられし人々』の書評を書いた）。彼はドストエフスキーの作品を何よりも苦しみの尊厳を認める方法として解釈している。出獄後におこなった出会いの一つで、ジッドは『死の家の記録』を見習うべき手本だとしてワイルドに話している。牢獄に対する反応のいくつかの点は二人の作家に共通している。彼らは少しも反逆者となって出獄するわけではない。むしろ、あちらではロシア皇帝が、こちらでは女王が具現している社会秩序に対する称賛の念を吐露している。しかしながら、コントラストは最終的にはきわめて大きい。二人は偉大な才能の作家として牢獄に入る。ところが、ドストエフスキーは天才としてそこから出るのに対し、ワイルドは沈黙に襲われるのである。対比を指摘していたシュテファン・ツヴァイクが述べているように、「ワイルドはすり鉢ですりつぶされたようにこれに粉砕されたままである。この試練は坩堝のなかの金属のようにドストエフスキーにその形をあたえる」(35)。

実をいえば、対比は完全ではない。ドストエフスキーはその政治思想ゆえに有罪を宣告される。ワイルドはその品行ゆえである。前者は自分の「罪」を認め、後者は否認する。解放の直後、ドストエフスキーは昔の信念を捨てる。ワイルドはふたたびめぐりあう。その結果、前者は自国にとどまり、後者は解放されるや自国を去って二度とまみえることはない。ツヴァイクは別の重要な対立を記している。ワイルドは徒刑囚と同列におかれることによって辱められたと感じる。ドストエフスキーは流刑囚が仲間のひとりとして自分を受け入れてくれたときに元気を取りもどす。前者は社会的地位を失って打ちのめされ、後者はもっとも惨めな人々のうちに自分の姿を認める。彼らの著作における差異が、別の説明要素をかいま見させてくれる。一方の作品は小説家の作品だが、他方の作品はそうではないということである。ドストエフスキーの小説には対立し合う多種多様な人物が数多く登場する。ワイルドは何よりも一つの声を聞かせる。彼が引き受けることを選んだ声である。才気煥発な人の声が、詩と童話、研究とアフォリズムの区別なく、それらを通して表現される。そして彼のコメディの登場人物はその著者と同じほど才気走っているのである。

・よい評判・

この無力の理由を理解し、彼自身の体験を物差しにしてワイルドの理論を評価するために、彼が共同生活に割り当てている位置から出発しよう。すでに見たように、彼は個人の能力を凌駕するいっさいの問題を解決するために社会主義に信頼を寄せている——これはこの広大な領域について考えないための方法である。社会はたしかに存在するが、ワイルドにとって社会とは類似した個人の総和にすぎず、実際には個人はおたがいを必要としないのである。隣人に対する共感はキリストにおいては称賛すべきものであり、万人にとって望ましきものである。しかし隣人の存在は実際には人間の定義に含まれていない。ワイルドが『深き淵より』で自分の理想の本性について考えるとき、彼は断固とした「個人主義的」な精神でもって宣言している。「私には自分自身のなかから取り出したもの以外、何ものも価値がないように思われる[36]。」この文句は、外部からもたらされる制裁や報酬と、心の奥底で形成される判断のあいだのコントラストをベースにしている。しかしここでは他人に対する個人の関係が特別な位置を得ていないことが重要である。

同じ手紙で、ワイルドは出獄後の生活を想像し、自分が拒絶されるかもしれないと述べている。彼は出獄が自分の幸福のはじまりになるとは思っていない。「私は自分ひとりで完全に幸福であり得る。自由と花と書物と月があれば、だれが完全に幸福になり得ないだろうか。」多くの人は、実をいえば、花と月といっしょにいるだけで、承認も会話も愛もなければ幸福でない可能性がある。ワイルド自身、ベルヌヴァルに落ち着くや、そこには人間的環境が欠けていることに気づく。実をいえば、牢獄以前のワイルドの生活を観察するならば、他者が彼について抱くイマージュに、彼がいかに敏感であるかがわかる――これはまた、彼がたったひとりでは完全には幸福では決してあり得なかったということ、自分自身からすべての価値を引き出すだけでは満足することが決してできなかったということを意味している。まさしく逆である。彼は社会的承認に対する抑えきれない欲求をもっているような印象を与える。ワイルドの最良の部分は会話にある――すべての証人の意見では、彼の会話は著作よりもなおいっそう輝きを放っていた。ジッドはワイルドのつぎの文を報告している。「私は天才のすべてを生活に費やした。作品には才能だけである。[37]」この文が意味するのは、彼が開花するのは社会の内部においてであって孤独のなかではないということである。噂のネタになり、名前が万人に知られることは、彼にとって空気と同じほど不可欠であるように思われる。よそからもたらされる制裁と報酬は彼にとって重要であることを決してやめなかった。『ドリアン・グレイ』についての批評に彼がいちいち答えるのを見るだけでいい。評判は用心深く守られなければならないのである。クイーンズベリーに対する名誉毀損の告訴は、これと完全に切り離された行為なのではない。

牢獄では、ワイルドは内務大臣に宛ててくり返し請願書を提出する。「いかなる公的生活も、いかなる文学的経歴も、いかなる喜びも、いかなる人生上の幸福も彼を待ってはいない。彼は妻、子供たち、評判、名誉、地位、財産を失った。彼には悲惨しか予想できない。彼が期待できるのは、世に埋もれた生活だけである」と、彼は自分自身について三人称で書いている。出獄が近づくと、四日はやく釈放してくれと嘆願する――監禁を短くするためではない。ぶしつけな眼差しから逃れるためである。「申請者は、もちろんあらかじめ日付がわかっている釈放の際に、ジャーナリズムが大っぴらに質問したり書き立てたりする不愉快さを何をおいても回避したい。［……］」彼は公の注目を引くことなく、ひそかに外国に出発することを願っている。」ことのほか彼に重くのしかかっているのは、昔の理想とは遠くかけ離れ、台なしになった自分の身体的外観である。そういうわけで、釈放される際にはジャーナリストの注目から逃れようとし、細心の注意を払ってイギリスからの出発の計画を練る。「他の乗客がいるようなファーストクラスのコンパートメントなど私には耐えがたい。私を見れば彼らは不愉快になるだろう。そんなことは十分承知している。(38)」彼の請願は、そもそも以前のもそうであるが、却下される——役所は彼に対して情け容赦ないのである。

監禁されているあいだに自分のボジーに対するラブレターが公表されるという考えに彼は我慢ならない。そして投獄されているあいだに彼をもっとも深く傷つけたシーンは、他者が彼に向ける眼差しに結びついている。一つの監獄から他の監獄に移される際、手錠をはめたまま半時間ほどプラットホームで放置される。群衆が彼のまわりに集まってくる。私はそこにいた、と彼は書いている。「群衆が私を見ることができるように。［……］列車が到着するごとに野次馬の数は増えていった。」他者が彼についてグロテスクなイマージュを抱いたという意識は、一年のあいだ毎日、同じ時刻に彼に涙を流させる、と彼は語っている。ひとたび牢獄を出てからも、ワイルドは自分の評判を気にすることをやめない。イギリスを見限ったとしてもである。ベルヌヴァルに落ち着くと、当時パリにいたボジーに手紙を書く。「私が願っているのは、芸術の世界に再登場すること、芸術でもって復権を果たすことがすべてだ。ロンドンではなくパリで。」そして翌日には、「やはり、パリから私について出版されたすべてのものを送ってくれたまえ——よかろうが悪かろうが。だがとくに悪いのを。公衆が私に対していかなる態度をとっているかを知ることは、私が生きていく上で重要なのだ。［……］私にかんするちょっとした言葉でも私にとっては雄弁なのだ。(39)」

公的承認への欲求、つまり外部からもたらされた制裁の内化は、ワイルドの人生におけるもう一つの大きな謎を解明することを可能にする。訴訟の翌日、逃亡することを拒んだ理由である。というのも、ある時期から彼の有罪の蓋然性はきわめて高くなるからである。ところで、彼はまだ自由なのだ。彼の友人たちはフランスに出発するようにせき立てる。フランスでは同性愛は同じ仕方では処罰されないし、彼には大勢の友人がおり、彼の作品は有名で尊敬されているのである。それから間もなく、似たような状況で、ゾラは『われ弾劾す』というパンフレットを発表したあと、懲役一年の有罪判決から逃れるために急いでロンドンに出発する。だがワイルドは、パリに逃亡することを拒否する。なぜか。『深き淵より』のなかで、彼はボジーに罪悪感を抱かせようとして、自分が出発しなかったのはボジーがホテルに対して借金を負っているせいだと説明している。「このホテルの勘定書がなければ、私は木曜日の朝にパリに出発していただろう。」しかしこの説明の真実性を疑うこともできる。事件が起こった当時のほうが、ワイルドはより真の理由に接近しているように思われる。「とどまるほうがいっそう気高く美しいと私は決断した。私たちはいっしょでも出発できなかっただろう。私は卑怯者扱いや裏切り者扱いはされたくなかった。偽名、仮装、追跡される生活、このようなものはすべて私のためにあるのではない。(40)」ワイルドの母親は彼が逃亡するよりも投獄されたほうがいいといったと伝えられている。だがこのような介入がなくとも、息子の選択はなされていたに違いない。逃亡することは、公に受け入れられている価値体系と手を切ることを意味しただろう。一方、彼はそれを望んでいない――というより、彼にはできないのだ。つまり、彼は亡命と追放よりも牢獄を選ぶ――自分がこんなふうに牢獄と国外追放に苦しむことになろうとはすぐには理解できなかった。ゾラは自尊心ゆえに救われる。社会が彼を断罪しようと無駄である。たとえ万人にたったひとりで立ち向かおうとも、自分が正しいと確信している。ワイルドは虚栄ゆえに破滅する。彼には公衆が送り返してくる、彼自身の自尊心を満足させるイマージュが必要だからである。

そういうわけで、ひとたび投獄されると、ワイルドはすぐさま自分に加えられる懲罰は正しいという結論に達する。同性愛は犯罪とみなされるにあたいするかどうかと、みずからに問いかけることもない。同性愛は法律と世論にとっては犯罪である。それだけで十分なのだ。この点については、今日、彼について想像されがちなように、彼には同性愛者の権利を公的に承認させようとする活動家的なところは何もない。彼はひょっとすると自分が断罪されるような、はっきりした行為は実行しなかったのかもしれない。そうではなく、彼が犯したのは別な行為であって、これについては法律にひっかかることを彼自身、ちゃんと知っているのである。これらのアヴァンチュールを生きようという欲望は、その大半が禁止されていることに起因していた。「それは豹たちと祝宴を催すことであった。危険は半ば快楽だからである。」釈放されても、ワイルドは合法的かつ社会的な価値体系にこれ以上、反抗しようなどと思わない。彼は「私の輝かしい汚辱——私のネロのような、豊かな、淫らな、臆面もない、物質主義的な時期について」(41) 語るように自分の過去について語っている。言い換えれば、この機会にもまた、彼は他者が彼に向ける眼差しを内化するのである。

この観点からすれば、ワイルドが自分自身の存在と人生について抱いたイマージュは、かならずしも正確ではなかった。そしてこのイマージュのなかに、彼の致命的な身振り、彼を破滅へと突き落とすことになる身振りの原因の一つを見ることができる。すなわち、クイーンズベリーに対する告訴である。

というのも、この行為には何かしら突飛なものが含まれているからである。ワイルドには不断に同性愛的体験がある。クイーンズベリーは彼を「男色家を気取っている」ことで非難する――換言すれば、彼は真実を述べているのである。ところで、ワイルドはこれは中傷だと公的に証明しようとする。自分の言葉の力に酔いしれた彼は、しまいに虚構と真実を混同する。自分が自分自身の価値観の源であると確信している彼は、世論に立ち向かうことを決意する――世論が彼の指示に従おうとしているかのごとく振る舞うことを決意するのである。こんなふうに過小評価されたことで侮辱された世論は、仕返しをして、彼を厳罰に処する。彼が受け取る教訓とは、結局、おまえは世論を知らないでいるわけにはいかない！ということである。彼は一度として知らずにいたことはなかった。だが世論が彼にとって重要だということが目に入らなかったのだ。

彼の戯曲は彼の個人的な宣言が述べているよりもずっと他人の眼差しに対するこの依存を述べている。すべてのコメディが存在と外観の距離、および立派に見える必要性をめぐって演じられる。ウィンダミア夫人は夫がアーリン夫人の言いなりではないかと疑っている。というのも、夫は自分の過去が暴かれることを怖がっているからである。「あの人は醜聞を恐れているのです。男って、そんな臆病者なのですわ。世間の掟という掟を破りながら、そのくせ世間の評判を恐れているのです。」『なんでもない女』では、イリングワース卿はすべての人間がもっている「上流社会」への欲求を説明している。それは上流社会が楽しいからではない。それが社会的実存の基礎を築いてくれるからである。「上流社会は必要物です。」これはワイルドが釈放後に苦い体験を経て発見することではないだろうか。彼の戯曲のプロットはしばしば恐喝をめぐって展開する。これが人物に対する効果的な攻撃になるのは、その人の評判に脅威が重くのしかかっているおかげである。アーリン夫人は暴露するといってウィンダミア卿を怯えさせるが、それは『理想の夫』のなかでシェヴリー夫人がロバート・チルタンをゆするのと同じである──チルタンは譲歩する用意ができている。「恐ろしい醜聞のせいで私がすべてを失ったら?」[42]『ドリアン・グレイ』でもすでに恐喝は中心的な役割を演じていた。ドリアンは恐喝によって共犯者を呼びつけて、バジル・ホールウォードの死体を消し去る手伝いをさせることができる。このテーマがワイルドの著作のなかでかくも頻繁にくり返されるのは、もちろん偶然ではない。彼自身の生活がゆすり屋の餌食になっているのである。ゆすり屋は彼の同性愛を秘密にしておくという約束と引き換えに彼から金を強奪する。いかにも、個人はあえて世論を無視することはできないのである。

ワイルドに彼自身にかんする真実を教える役をになうのは忠実な友であるロビー・ロスである。ロビー・ロスはワイルドの釈放後に書き送っている。「あなたは暴き出されるという許しがたい下品なミスを犯したということを、いつも思い出してもらいたい。」ミスは同性愛であったことではない。この事実を周知の事柄にしてしまったことである。ワイルドは返事の一つでこのことを認める。「私は私の人格を信じつづけていた。この人格が実際には私の地位という虚構にもとづいていたことが、いまになってわかる。その地位を失った私は、自分の人格が何ほどのこともないことを認めている。」実をいえば、人格と地位、内部と外部のあいだに存在するとされている区別は、支持することができない。一方は知らず知らずに他方に変化する。ワイルドの死の直後、ロスはワイルドの状況を要約する。「二つのものが彼には絶対的に必要だった。ペーターの言い回しに従えば、人生の楽しみとの接触、および社会的な高い地位である。」外見はどうあろうとも、釈放後、彼は人生の楽しみをふたたび見出すことができた。「だが社会的な地位──彼はこれを手に入れることができないことを五か月ののちに理解した。」ところで、ワイルドについて書いたエッセイでオーデンが指摘しているように、「ワイルドにとって、〈社会〉

の称賛は自己を尊敬するために不可欠であった。[43]」そういうわけで、彼が生きるために残されている三年間は悲劇となるだろう。もはや世論を自由に操作することはできず、世論なしで生きることもできないのである。

投獄される何年も前、ワイルドは犯罪の問題に強い関心を寄せたことがあった。『ペン、鉛筆、毒』のなかで、人を殺したある作家のケースを検討し、美的判断は法律的・道徳的配慮によってまったく妨害されるべきではないとした。「犯罪と文化とのあいだに根本的な不一致は存在しない。」作者が犯罪に手を染めるとしても、それは彼の作品にもっと多くの力をあたえることができるとさえ示唆した。「強烈な人格は罪から生まれると想像することができる。」しかしだれでもみな共通の法律に服し、世論を考慮せざるを得ないのであるとすれば、それでもなお芸術家にそれを免れることを要求することができるだろうか。ワイルドは偉大な芸術家であり同時に法律の目からすれば犯罪者であるベンヴェヌート・チェリーニについて述べているように、自分がそうであることを望んでいた。「共通の法律と共通の権威は、彼のような人間のために作られたのではない。」しかしながら、たったいま見たように、似通った状況に陥ると、ワイルドは自分自身の規則に従うことができない。すなわち、彼は共通の法律は自分のような芸術家のために作られているのではないとは考えていないということである。彼はドレフュス事件に対するのと同じ仕方で反応する。ドレフュス陸軍大尉は一八九七年にスパイ容疑で有罪判決をうけ、ギアナにある悪魔島に流刑にされた。パリにおける支持者は彼のためにキャンペーンをおこない、国内はナショナリストと普遍主義者（ドレフュス派の人）とに引き裂かれる。おそらく真犯人であるエステラジー陸軍大佐は一八九八年に無罪放免となる。これについて、ワイルドは法律的・道徳的判断よりも美的判断を下したがっている。「エステラジーはドレフュスよりも興味深い。実際にはドレフュスは無罪である。人は無罪であるという間違いをいつも犯している。罪人であるためには、想像力と勇気が必要である」と、彼はある友人に書いている。その上、彼はその後、エステラジーとつき合い、エステラジーに魅了される。この点においても、彼はニーチェの精神に忠実である。「陽気な怪物は退屈な感傷家よりもましである。[44]」

一八九一年にワイルドは書いた。「牢獄においてすら、人間は完全に自由であり得る。その魂は自由であり得る。人格は晴れやかなままであることができる。人間は平和であることができる。」体験は彼にその逆を証明した。だがワイルドはポーズをとり、逆説と戯れることを好む、とはいっておかなければならない。美の探求は本当に人生全体を方向づけるのに十分なのだろうか。牢獄を出ると、彼はもうそんなことは信じない。いくつかの困難はまったく別の扱いを要求する、と彼はいまや認めている。「たとえば財政問題は財政的手段によってしか解決されない。天才、芸術、小説、情熱などは、争点が数字の問題であるときには役に立たない。代数の問題の解決は、この問題がどれほど展開されようと、美の趣味のなかには見出され得ない。[45]」

こうした真実はすでに投獄以前にワイルドの知るところだった。しかし彼はこれをわきにおいておこうとした。彼のエッセイである『芸術家としての批評家』のつぎの結論のような例外的な場合をのぞいて。「意識的な文明の領域における〈美学〉と〈倫理〉の関係は、実際には、物理的世界の領域における性的淘汰と自然淘汰の関係に等しい。自然淘汰のように倫理は実存を可能にする。性的淘汰のように美学は人生を美しくもすばらしいものにする。新しい形式の頂点は、人生に進歩、多様性、変化をもたらす。[46]」ダーウィン的語彙に霊感を得たこの表現においては、美学はもはや倫理の位置におかれてはいないし、倫理の外部におかれているわけでもない。そうではなく、倫理によって確立された枠組みの内部に位置づけられているのである。とはいえ、美学はよけいなものではない。人生をもはや規範に一致させるのではなく、「美しくもすばらしいもの」にするのが美学である。ここでワイルドは、すべての体験を同じ次元に位置づけ、それらの体験がすべて完璧さに到達すると主張するだけでは満足していない。彼は同時に、これらの体験が必然的に一つの枠組みの内部、共同生活という枠組みの内部に位置づけられることに思いを致しているのである。

・愛の居場所・

青春時代、ワイルドは二枚の絵画に特別な称賛の念を表明している。グイード・レーニの『聖セバスティアン』（ジェノヴァ美術館所蔵）とジョージ・ウォッツの『愛と死』（現在、ブリストル美術館所蔵）である。二点とも共通して、緊張した、ほっそりとした少年の裸体を描いている（聖セバスティアンは半裸）。だがもう一つ別の特徴もこの二つの絵を結びつけており、ワイルド自身、これらの絵にかんする注釈のなかで、このことを強調している。矢に貫かれた聖セバスティアンは、自分が熱烈に愛するもの、自分の信仰、永遠の美しさ、〈神〉のために苦しみ、そして死ぬ。ウォッツの絵は、巨人である〈死〉を背後から描いている。この〈死〉を、天使の羽をもった少年が押しとどめようとしてむなしい試みをしている。愛はいずれにおいても死と不可分である。これと同じ密接な結合がワイルドの文学的著作のなかで例証される。愛は、あるいは愛する者に、あるいは愛される者に死をもち来たらす。愛は自殺、または殺人に到達する。

とりわけ童話は最初の異本〈愛＝自殺〉の探求である。『幸福な王子』はこのイマージュを二つに分ける。〈王子〉の像は彼が愛する人たち——病人たち、飢えた人々、貧しい人々——のために自分のすべての飾りを贈って自己を犠牲にする。その結果、像は解体され溶かされる。他方、アマツバメは冬がやってきたのに〈王子〉のそばにとどまることで〈王子〉のために自己を犠牲にする。アマツバメは〈王子〉を愛しすぎていて立ち去ることができないのである。『ナイチンゲールとばらの花』は図式に若干の変化をもたらす。〈ナイチンゲール〉は〈学生〉への愛のために自己を犠牲にする。〈学生〉が愛する女性に赤いばらの花を贈ることができるようにするためである。つまり、刺が〈ナイチンゲール〉の心臓を貫いたそのばらの花のなかに〈ナイチンゲール〉は自分の血を流させるのである。しかし〈学生〉のほうは、自分が恋する女性のためにまったく自己を犠牲にすることがない。恋人がはねつけると き、彼もまたばらの花を投げ捨て、平凡な職業生活に身を捧げることを決意する。ここではナイチンゲールひとりが「〈恋〉は〈命〉にもまさる」と信じ、「〈恋〉は〈死〉によって完成される[47]」と歌う。『わがままな大男』では、過ちを悔いた大男はひとりの子供の愛を発見して死んでいく。この子供はキリストその人にほかならないが、キリスト自身、犠牲へとみちびく愛の化身である。『忠実な友達』のハンスは自分の友達だと思う人——金持ちで冷酷な粉屋——に対してあまりに気前がよく、あまりにやさしかったために死ぬ。別の童話では、怪物じみた侏儒が、自分の愛は王女から決して応えを受け取れないことを理解し、心臓が破れて死ぬ(『王女の誕生日』)。死は愛する者たちの不可避の運命のように見える。

これに劣らずたくさんあるほかの作品では、この図式が逆の形象で補完される。愛する者が自分の愛の対象を殺そうとするのである。ワイルドはその処女戯曲で「ニヒリスト」の女性であるヴェラの物語を描いている。彼女はロシア皇帝を殺すことを約束したが、皇帝への恋に落ちる。ふたりが抱き合うや否や、皇帝ははっきりという。「いま私は死んでもいい。」そして弁明する。「おそらく命の杯は快楽であまりにいっぱいで、もう耐えきれないのだ。」ところが、死ぬのは彼ではない。ヴェラが短刀で自分の心臓を突き刺すのである。殺すことを断念した彼女は死ななければならない。もう一つの若き日の戯曲である『パドヴァ大公妃』は、愛と死を解きほぐせないまでに結びつける。グイードは大公を殺したがっている。だがグイードへの愛のために大公を殺し、グイードを救うために自殺するのは大公妃である。グイード自身、彼女が死ぬのを見て自殺する。「私たちは愛している。だからいっしょに死ぬのです。」同じ感興が『サロメ』で思う存分活用される。若き王女はヨカナーン（バプテスマの聖ヨハネ）を愛している。「おまえこそ、あたしの愛した、たったひとりの男であった。」だがヨカナーンはこの愛に応えない。だから、サロメは彼の首をはねさせるのである。切り取られた彼の首を前にして、王女は自分の愛をくり返すが、この愛は摂取の欲望とごっちゃになっている。「おまえだけを愛しているよ。あたしはおまえの美しさに渇《かつ》えている。おまえの身体に飢えている。」彼女は口づけをする。そして同時に、預言者の唇に食らいつく。「おまえの口にくちづけしたよ。おまえの唇は苦い味がした。あれは血の味だったか……。いいえ、ことによると恋の味かもしれぬ。(48)」このようにして、彼女は自分の有罪判決にサインする。兵士たちが彼女を打ちのめす。愛は愛されている者にも愛する者にも死をもたらすのである。

ときには同じモチーフはもっとメロドラマ的でない仕方で言及されるだろう。『アーサー・サヴィル卿の犯罪』では、滑稽なパロディ様式で、愛によって殺す若者の物語が描かれる——若者は自分の愛の対象を殺すだけでない。彼が殺人を犯すと予言した手相見をも殺すのである！　寓意的な童話である『漁師とその魂』では、若い漁師は若い人魚に恋をする。自分の魂のいうことに従い、一時的に人魚を見捨てた漁師は人魚の死を引き起こす。彼は人魚の死体を発見する。サロメのように、彼はその死体に身を投げかける。「くちびるは冷たかったが、それでも漁師は接吻しました。蜂蜜色の髪の毛は塩からかったが、それでも漁師はせつない喜びでそれを味わいました。」そのあとで彼はみずからを死にゆだねる。「おまえも死んでしまったからには、私もおまえとともに死のう。[49]」このテーマはワイルドの詩でもくり返される。私たちは、と彼は『パンシア』で書いている、「私たちが餌食となっている人々と、私たちが殺す者たちと一体に」なっている。愛は殺人者としてであれ犠牲者としてであれ死にみちびく。『レディング監獄の唄』の有名なリフレインは周知のところである。「すべての人間は自分が愛する人を殺す。」嫉妬によって妻を殺した男という特殊ケースの一般化である——この男は、この行為のせいで死ななければならなかった。

『ドリアン・グレイの肖像』では熱烈な愛は愛人の死を引き起こす。シビルはドリアンに恋をしている。ドリアンに棄てられた彼女は自殺する。別な仕方ではあるがバジルもドリアンを愛している。そしてこのことによって同じように自己の破滅へと突き進む。いさめようとして彼は殺人の身振りを引き起こすのである。ワイルドのコメディはこのテーマを活かすのにはそれほど適していない。というのも、愛はそこではたいていの場合、プロットの原動力でしかないからである。にもかかわらず、愛−死の結合がないわけではない。ウィンダミア卿夫人にとって、人生は「秘蹟なのです。人生の理想は〈愛〉なのです。人生を浄めるものは〈犠牲〉なのです」——だが愛はつねに犠牲として生きられなければならないのだろうか。『なんでもない女』のアーバスノット夫人にとって、「どんな愛も恐ろしいものです。どんな愛も悲劇なのです。[50]」愛が終わる、だから死んだ。あるいは愛が燃えさかる、だから殺そうとする。この二つの戯曲のプロットがこの理論を例証している。アーリン夫人は自分の娘への愛のためにみずからを犠牲にし、アーバスノット夫人は自分の息子への愛のために自分を犠牲にするのである。

愛についてのこのような考え方は、まず最初に、その偏りによって驚くべきものである。ワイルドはその作品で、出会いのあとも一つにはならず、その他者性を維持しながら愛し合うという、ふたりの人間のあいだの文字通りの関係を描くことは決してない。ワイルドにとって、愛は二つを一つにしなければならない。他者の消失がただちにプログラムのなかに書き込まれるのである。愛は人食いである。結局は、ふたりのうちのどちらが消え去るかは大した問題ではない。肝心なことは、ふたりのうちの一方が消え去ることである。このような情熱の理想とは、他者をありのままにしておきつつ、他者の開花に寄与しようと努力しながら、他者を愛することではない。他者を所有するか他者のために自己を犠牲にするかであり、他者を消し去るか他者のうちに消え去るかである。このような定義だけが、「人はそれぞれ自分が愛する人を殺す」とか、「恋は死によって完成される」とか、「どんな愛も悲劇なのです」とか考えることを強いるのである。

ワイルド自身は他の形態の愛の存在を――それに関心を示すことはなかったけれども――かいま見ることができたという事実が、『理想の夫』のロバート・チルタンという登場人物によって暗示される。チルタンは自分の妻を愛し、妻とともに幸福に生きることを望んではいても、彼女のために自分を犠牲にすることはない。「もっとも大切なのは愛です。愛しかありません。そして私は彼女を愛しています。」しかもこの登場人物は、人間はありのままで愛されなければならないのであって、愛によって理想のイマージュに変形されることによってではないと考えている。「完全な存在ではありません。不完全な存在が愛を必要としているのです。[51]」死のなかで愛は絶対に到達する。不完全さを受け入れるものは人生を受け入れる。

同時に、こうした愛の概念と、いまや私たちがワイルドの人生哲学について知っていることとを共存させることは困難である。理想の実存がみずからの多様性を受け入れ、充溢を熱望し、いかなる犠牲をも拒否する実存であるならば、いかにしてそこに愛の居場所を見出せばいいのだろうか——というのも、愛は他者の排除または自己犠牲によって定義されるのだから。あるいは、ワイルドがその一般的プログラムではほとんど語らなかった愛は、二次的な情熱にすぎず、「自己自身になる」という至高の計画に従属すべきなのかもしれない。しかし私たちはすでにドリアン・グレイの惨憺たる例を通じて、このような体験の一部を退けるようなやり方は挫折に通じることを知っている。愛の星の下の人生（犠牲を引き起こす）と美の星の下の人生（犠牲を拒む）とがおたがいに矛盾するならば、この二つのいずれを選択するのが私たちにとって正しいのだろうか。思い出そう。『ドリアン・グレイ』の冒頭で、バジル・ホールウォードは、まさしくドリアンの肖像画を描くことによって、自分は愛と美との総合に成功したと信じる。だがその後、バジルはこの二つがモデルのうちで切り離されていることに気づく。ドリアンは芸術の名において愛を軽蔑しなければならないと信じているのである。だからバジルは彼に注意をうながす。「〈愛〉は〈芸術〉よりもすばらしいのだ。」[52]だが、もし〈愛〉が頂点にあるのであれば、なぜ〈愛〉はワイルドの理論のなかに居場所をもたないのだろうか。そしてとりわけ、もし人がつねに同時に愛し愛されることを望むのであれば、「自己自身になる」は人生の目標となりうるのだろうか。選ばなければならない。もし至高の価値が偽りのなさ（自己）なのであれば、愛（他者）は損なわれる。逆もまた真なりである。自己崇拝は同時に理想としても（人が欲望するのは他者であって自己ではない）、現実としても（自己それ自体は不特定多数の他者との関係によって作り上げられる）疑問を呈される。

たしかにワイルドはこの文句を小説の一登場人物にいわせている。しかしバジルはそんじょそこらの人ではない。ワイルドはある手紙のなかで『ドリアン・グレイ』の主役についてつぎのように注釈をしている。「バジル・ホールウォードは私がそうだと信じている私の姿であり、ヘンリー卿は世間がそうだと信じている私の姿である。ドリアンは私がそうありたいと思っている私の姿である――たぶん、ほかの時代に。[53]」言い換えれば、ドリアンは彼に似ているのではなく、彼の欲望の対象に似ている。ヘンリー卿は公衆に向けられた仮面であって、ワイルドを冷笑的な逆説の作者と同一視する。逆に、三人のうちでただひとり真の芸術家であるバジルは、ワイルドがそのなかにみずからを認める人物である。

・男どうしの愛・

ワイルドは何人かの女性と恋愛関係をもったが、徐々に自分の同性愛を発見していく。彼が自分の人生の最後の一〇年間に愛を生きるのは、このような仕方によってである。出獄後、彼は異性愛を決定的に放棄する。「自分の国を愛したせいで投獄された愛国者は自分の国を愛する――そして若者を愛したせいで投獄された詩人は若者を愛する。生活を変えれば、同性愛はおぞましいということを認めることになっていただろう。それは高貴だと私は断言する――ほかの愛よりも高貴である。」

公的に自分の同性愛を引き受けたくないために、ワイルドは印刷するために書いた著作でも、非-同性愛者に宛てたメッセージでも、このことにはほとんど触れていない。ロバート・シェラード宛の手紙では、きわめて一般的・抽象的な観点から友情礼賛をおこなっている。彼の理想とは「同じ気高い芸術作品と歌の作品によって感動させられる能力」だろう。相互理解が実現すれば、そのとき私たちは「〈美の殿堂〉で再会を果たし、手をにぎり合う」ことができる。「あらゆるもののうちに美を見出そうという欲望において、私たちは一つである。[54]」これらの気取った文句は、包括的にとらえられたワイルドの哲学——美の崇拝のなかで生きる——と一致しているが、男どうしの愛という特別な形式を明らかにしてくれることはない。

『ドリアン・グレイ』もこのテーマについてはほのめかし程度にとどまっている。この道に通じたものには、小説で描かれる環境が男性の同性愛のそれであることが明白だとしてもである。ドリアンはシビルのうちの女優に称賛の念を抱いている。女にではない。ヘンリー卿の妻は無きに等しい。最後に、バジルがドリアンへの愛を告白する。たとえ、この愛がプラトニックなままであり、彼の美に対する崇拝と一つになっているとしてもである。「われわれ芸術家の心には、見えざる理想の追憶があたかも精美な夢のように去来しつづけるのだが、きみはぼくにとってまさしくその理想の権化となったのだ。ぼくはきみを崇拝した。きみが話し相手にする人間をすべて嫉妬した。ぼくはきみを独占したかったのだ。きみといっしょにいるときだけが幸福だった。」ドリアンはこのような愛を抱かせたことを誇らしく思うが、この独占欲の強い愛に応えないように用心している。彼はこれを同時代の社会にもっと受け入れ可能なように解釈することにする。すなわち、美と知性に対して共同で体験した愛としてである。バジルの愛には「高貴で精神的ならざるものはいっさい含まれていないのだ。それは感覚から生まれ、感覚が疲れれば死滅してしまう、たんに肉体的な美の称賛ではない。ミケランジェロやモンテーニュやヴィンケルマン、さてはシェイクスピアそのひとが知っていたような愛なのだ[55]」。この四人は同性愛をそのもっとも称賛すべき形式で例証するとみなされているのである。

この書物で描かれるロンドンの生活も、名指しされてはいないけれども、同性愛の雰囲気を漂わせている。一方には、隠し立て、二重生活、最下層社会への出入り、恐喝されやすい状況がある。他方には、美しい事物、生活環境、性以外の感覚的快楽に対する感受性、生物学的なものを犠牲にする鉱物に対する感受性がある。永遠に若くありつづけ、時間のもたらす荒廃をこうむることのない肉体という幻想そのものが、生命をもたらし死をもたらす母性的肉体に結びつけられる連想とは正反対である。小説のなかでは、ワイルドは人間関係よりも世界の認識のほうにより大きな関心を向けている——あたかも彼ら個人が、同じ性に属しているという事実そのものによって、補完的というよりもパラレルな立場を占めており、したがっておたがいに眼差しを向け合うことがないかのように。ここに同性愛的カップルの特殊性があるというのだろうか。オーデンはそのワイルド論のなかでそのように示唆している。「いかなる性的欲望も、愛される者が愛する者と何らかの仕方で〝異なっている〟ことを前提としている。同性愛者の永遠の問題、おそらくは解決不能の問題とは、男女のあいだの解剖学的、精神的な自然的差異に対する等価物を見出すことである。[56]」

ワイルドは『W・H氏の肖像』で同性愛のテーマにもう少し接近している。中編小説と文学研究の中途に位置するこのテクストは、シェイクスピアの数多くのソネットの受け手をその女役専門の一座のひとりの役者と同一視しようとしている。ここでもまた関係は理想化されている。関係がかかわっているのは官能——俗悪だ！——ではなく、美の産出である。シェイクスピアは作品を創造するためにこの男を必要としているのである。「シェイクスピアが彼に対して抱いていた愛は、演奏して喜びを覚えるデリケートな楽器に対する音楽家の愛のようなものであり、新しい形式の造形美、新しい様式の造形表現を示唆する魅力的で希少な材料に対する彫刻家の愛のようなものであった。」これと同じ系統の愛とは、第一にプラトンが対話篇で描いている愛であって、この対話篇では愛は美と叡知に対する崇拝と一つとなっている。第二に、宗教的な熱狂にとらえられ、「肉のとばり」を貫き、「肉のなかに囚われている神聖なイデア」を求めるミケランジェロが実践している愛であり、第三にプラトンの翻訳者であるマルシリオ・フィチーノが褒め称えている愛である。マルシリオ・フィチーノはこの「情熱的な友情」を「美しさへの愛と愛の美しさ[57]」として定義しているのである。

要するに、ワイルドが自分自身に対する訴訟で、彼がある男に差し出した熱烈な手紙を突きつけられたときにとるのは、これと同じ論法だろう。今回はこの愛の存在を否定せず、ふたたびプラトン、ミケランジェロ、シェイクスピアを引き合いに出して、この愛を高貴なものだとする同じ解釈を提出する。この愛は「美しい。純粋である。それは愛情のもっとも高貴な形式である。異常なものは何もない。それは知性的なものであって、成熟した男と若者のあいだに――年長者が知性をもち、この年長者を前にして若者が生命のいっさいの喜び、希望、輝きをもっているときには――絶えず出現する[58]。」

裁判官も世論もこの論法に説得されることはないだろう。いうまでもない。それはワイルドが――彼はこの点で多くの同性愛者と少しも変わらない――実際には二つのタイプのエロティックな関係をもっているからである。一方の関係はこの理想に多少とも似ている。文学に熱中した若者たち、ロビー・ロス、ジョン・グレイ、一八九二年五月からはボジーとの持続する関係である。他方の関係は、彼はこれについては口をつぐんでいるが、庶民階層の売春をする少年たちにかかわっている。彼はこれらの少年のサービスに金を支払い、彼らの側にゆすりのネタをあたえる。文学に熱中した若者たちとの関係が「美」の項目に分類されるとすれば、売春する少年たちとの関係は、危険の感覚によって何倍にもふくらまされる性的欲望にのみ属している(「豹たちと祝宴を催す」)。相手がだれであるかは無関係である。出獄したあとは、ワイルドはこれをためらうことなく認めるだろう。「私はかつては若者のことなどまったく気にかけなかった。私は少年を囲い、〝情熱的に〟愛し、つぎにはその少年に飽き、そしてしばしば興味を失うことを習慣としていた[59]。」ここでは愛と欲望は完全に切り離されている――このことから同時に、性的な交換においては忠実さが要求されることはまったくないという事実が結果として出てくる。

男性の売春の世界にワイルドを引き込むのはボジーである。彼らの関係そのものがそこに端を発している。ボジーがワイルドにはじめて出会ったのは一八九一年七月であるが、ボジーがせっぱつまって助けをワイルドに求めるのは一八九二年春である。ボジーは以前、その客だったのである――ゆすり屋――ボジーはゆすり屋――につきまとわれて、金の工面をワイルドに頼むのである。ワイルドは金を都合すると同時に、ボジーに恋をしてしまう。一八九二年から一八九三年、一八九四年から一八九五年、さらには一九八七年の共同生活全体を通じて、この同じ連中が、あるときは欲望され、あるときは脅迫し、だがつねに彼らの出費の原因となって、絶えず二人の関係にからんでいる。一八九二年の秋以降、ワイルドはアルフレッド・テイラーの同性愛者の連れ込み宿の常連となり（テイラーはワイルドに対する訴訟で、ワイルドとともに共同被告人になる）、自分の愛人たちのためにホテルの部屋を借りる。彼の手紙のあちらこちらでこのことが物語られている。一八九四年夏に、彼はボジーとヴァカンスに出かけるが、これにはボジーの大勢の友人が同行する。アーネスト、パーシー、アルフォンゾー、ステフェンなどであるが、彼らは全員が財政的必要にせっぱつまった状態にある。一八九五年一月にワイルドとボジーはアルジェリアにいる。一月二五日頃と思われるが、ワイルドはロスに手紙を書く。「私たちはカビリアの山々を散策した。カビリアには村がたくさんあって、そこには動物が住み着いている。数人の羊飼いが私たちのために葦笛を吹いてくれた。茶色い色をした愛らしい連中が森から森へと私たちのあとをついてきた。ここでは物乞いは物乞いの素質をもっている。だから貧困の問題は容易に解決される。[60]」

出獄のあと、ワイルドは上流社会の門戸が自分に対して閉ざされていることを知る。そのために、その後、明らかになったように、彼は金で買う若者たちとのつき合いだけをこれまで以上に余儀なくされる。これが彼のパリでの生活である（「愛という仮面の下に隠された情熱が私の唯一の慰めだ」と彼はロスに書き送る）。これは旅行でも同じである。ワイルドがふたたび書きはじめることを期待しているフランク・ハリスの費用で彼がラ・ナプールにいるときにも、彼の関心はすぐさま少年たちをナンパすることのほうに向かう。最初のうち彼は有徳な生活をせざるを得ないと思っている。「ラ・ナプールの松林に動物がいないのを見て寂しくなる。」しかし間もなく、彼はもっと自分の好みに合った環境を発見する。ニースに行く途中で、彼は「パリで知り合いだったとても魅力的な少年」に会う。「ブルヴァールの高貴な群れの一員」である。ニースでは、「ほっそりとした、とても可愛らしい金髪のイタリア人少年」を連れた「とても親切な若いイギリス人」に出会う。ワイルドは同時に地元の漁師とほとんど婚約の関係にある。しかも「一方はラファエル、他方はフォルチュネという名の、読み書きができるということをのぞけば、いずれもほとんど申し分のない二人の特別の友人」の同行を楽しんでいる。例のイギリス人の友人といっしょに、ふたたびニースを訪れる。「私はほれぼれするような目をしたすばらしいアンドレ、およびイタリア人少年ピエトロと知り合いになった。」数週間後、「まったく申し分のない容姿の三人の金髪の美青年と知り合いになった(61)」。

これらの手紙で述べられているワイルドの孤独な彷徨から、入牢以前の彼の作品のなかで記述された計画までには遠い距離がある。彼が『深き淵より』でおこなっている記述を信じるならば、彼の内面生活についてもすでに状況は同じであった。「高きにいることに飽きて、ことさらに新しい感興を求めて、深みへ深みへと、はまり込んでいった。思考の世界において逆説が私に対して占めていた地位を、情熱の世界においては倒錯が占めていた。ついに欲望が病へと昂じ、狂気となり、またいずれともなってしまった。私は他人の生活などにはまるで意を払わなくなってしまった。自分を喜ばせてくれるままに快楽を味わい、快楽から快楽へと移動した[62]。」これらの出会いは芸術創造の糧にはまったくならないし、美の崇拝にも役立たない。つまり、同性愛の関係が、ワイルドが他方で展開している愛にかんする犠牲的で殺人的な概念のほうに一致していないかどうかを見るには、昇華された同性愛関係のほうをふり向かなければならない。最後の何年間かに彼の心を占めた愛とはボジーに対する愛である。この愛の主たる曲折を思い返してみよう。

・宿命的な情熱・

ワイルドとアルフレッド・ダグラス卿、通称ボジーとの恋愛関係は、一八九二年五月から一八九七年一二月までの期間にわたっている。この関係はすでに数え切れないほど物語られ、細部にわたって、さまざまな観点から分析された。そのドラマティックな性格から、戯曲よろしく、この関係をいくつかの大きな幕に分けて提示してみたい。

第一幕　誘惑（一八九二年五月－一八九三年一二月）

二人はすでにおたがいを知ってはいるが、すでに指摘したように、関係はボジーがその愛人のひとりから恐喝されたことをめぐって開始する。ワイルドはこの若者の美しさに目が眩む思いをし、一方、この若者も自分が尊敬するこの有名人が関心を抱いてくれたことに心を動かされる。ワイルドがロスに書いた手紙では、ボジーはソファの上に置かれた花――水仙、ヒヤシンス――として描かれている。ボジーに宛てられた手紙では、ばらの花びらのような唇と永遠の愛が語られている。ボジーはワイルドがずっと以前から探し求めている美の化身なのである。「きみは私が必要としている神聖な被造物であり、優雅さと美からなる被造物なのだ。」ボジーから一葉の肖像画、一体の象牙の彫像以上のものを作らなければならない。ワイルドはボジーの話を聞かずに見てばかりいるような印象を受ける。問題なのはボジーの外観以外の何ものでもない。しかしすぐさま若干の影がきざす。ボジーは自分の男娼たちの群れと別れずに、ワイルドをそこに引き込むのである。そのためにワイルドは巨額の出費をせざるを得なくなり、さらにはシャンペンへの度しがたい嗜好がある。しかもボジーには贅沢なホテルとレストラン、これが二人の喧嘩の火種になる。ボジーはあとで回想している。「オスカーに金を無心することがどれほどの至福であったかを私はありありと覚えている。それは甘美な屈辱であり、私たち二人にとって稀有の快楽であった。[63]」この屈辱と快楽がたびたび起こる大騒ぎの源となる。その上、ボジーは絶えず暇をかこっており、ワイルドが文学上の仕事で忙しいのに我慢ならない。ワイルドはボジーに『サロメ』をフランス語から英語に翻訳するように提案するが、結果は惨憺たるものである。いずれにしても、仕事はあまり長くはつづかない。ボジーの母親は息子がこのようにあてどなく暮らしていることに不安を覚え、ワイルドに助力を求める。ワイルドはボジーを外国にやるように母親にいう。彼は同時に、そろそろ重荷になってきたこの関係と手を切りたくなっているのである。一八九三年一二月、ボジーはエジプトに出発する。彼はそこに三か月とどまる。体験の最初のサイクルが閉じられるのである。

第二幕　攻撃（一八九四年四月–一八九五年五月）

数か月のあいだ、ワイルドはボジーの誘惑とたたかうが、一八九四年三月末、会うことを受け入れ、関係は第二のサイクルに入る。愛がふたたび燃え上がる。ボジーは「陽気で、輝くばかりの、優雅な子供」で、彼がいないとそのつど「むしょうにさびしくなる」。いまやワイルドはボジーの美しさよりも知性を評価する。「私は一日中、きみのことを思い、きみの優雅さ、若々しい美しさ、きみの知性の切っ先となって光輝く目、天才の繊細な気まぐれを待ちわびている。」自分が希望するのはただ一つのことだとワイルドはいう。「きみのすばらしい人生が、私と手を携えてくり広げられていくこと」である。ボジーは美の化身であるばかりではない。彼がかかわるどんな人生をも美しくする。ワイルドにとって愛と美が彼のおかげでふたたび一つになるのである。二人は絶えず会い、ちょっとした逃避行をおこなう。たとえばアルジェに。そこで彼らはハシッシュの喜びを堪能する（「平和と愛」）。しかし高揚の時期は、『深き淵より』で詳細に報告されているような不和と入れ替わる。たとえばワイルドが病気になった結果、生じた不和である。ワイルドが病気のあいだ、ボジーは世話をすることを拒むのである。そして愛人の非難への返答として手紙を書く。「きみが台座にいないと、きみはおもしろみがない。つぎにまた病気になったら、私はすぐに立ち去るだろう。[64]」

しかしながら、ある危険が地平線上に浮上する。ワイルドとボジーの行動はますます慎みを欠いていく。ところで、同性愛は、たとえ広く行き渡っているとしても犯罪である。大目に見られるためには、目に見えないままでいなければならない。ワイルドとボジーの行動の仕方は、もはやこのようなものではない。脅威はボジーの父親、クイーンズベリー侯爵の形で具現される。侯爵はワイルドを公に侮辱し、自分の権限内のあらゆる手を使って対決に引きずり込もうとする。クイーンズベリーの非難の一つ（「男色家 sodomite を気取っている」という非難。彼は《somdomite》と書いていた）への反撥として、ワイルドは名誉毀損で彼を裁判に召喚する。告訴するや否や、彼は破局を予感する。「この男は私の全人生を終わらせにやってきたように思われる。私の象牙の塔は汚い連中に攻め落とされる。」こうした予感にもかかわらず、ワイルドとボジーは一週間、モンテ＝カルロにカジノ賭博をしに出発する。帰還すると、事件は急展開を見せる。クイーンズベリーはワイルドの交際の性格を明らかにするために多数の証言を集めていたのである。したがってクイーンズベリーは無罪放免され、同時にワイルドが糾弾される。逃亡しようとしなかったために、ワイルドは逮捕され、裁かれる。あらゆる手を尽くして自己弁護する代わりに、彼は劇作家として振る舞いつづける。彼が我が身に惹きつけようとするのは公衆の拍手喝采であって裁判官の好意ではない。「〈真実〉は絶対的かつ全面的にスタイルの問題である」と、彼は芸術の原型である嘘を礼賛するあるテクストで書いた[65]。ところで、裁判にとって嘘は芸術の一つであるどころではない。犯罪とみなされる。五月、ワイルドに有罪判決が下される。

ボジーに対するワイルドの愛が極みに達するのは、彼が入牢したときである。万人から見捨てられ軽蔑されたと感じて、彼は自分にとってもっとも愛しいものにしがみつく。ボジーは毎日、面会に来てくれる。「ボジーはとてもすばらしいので、私にはほかに何も考えられない。」「アルフレッド・ダグラスの日々の面会だけが私を元気にしてくれる。」「私はほかに何も考えられない。」保管されている何通かのラブレターを読んでいると、あまりにも強い情熱の奥底をのぞき込むような気がして、ばつの悪い思いをせざるを得ない。ワイルドはそこで、自分の永遠で不滅の愛について、またギリシアのある島の小さな家でボジーといっしょに生活する夢について語っている。「きみの愛は私のすべての時間を照り輝かせる光だ。［……］私たちの愛はつねに高貴で美しかった。［……］おお、きみの髪と手を撫でつつ生きられんことを。」「私の人生で、きみほど私にとって愛しい人は決していなかった。愛がこれほど偉大で、神聖で、光輝いたことは決してなかった。」「絹のような髪から繊細な足先まで、きみは私にとって申し分ない。［……］きみは人生に対する至高の完璧な愛だった。それはそれ以外ではあり得ないだろう。[66]」

第三幕　断絶（一八九五年六月－一八九七年五月）

投獄の前日にワイルドは、自分がボジーと離別しようという気になったことを悔いていると明言している。もし離別が実現していたならば、彼の芸術は終わっていただろう（愛はつねに美の生産に役立つ）。彼は牢獄に滞在することによって自分の感情が開花すると期待しているのである。だが事態はそのようには進行しない。第一に、牢獄の生活はワイルドが想像していたものよりもずっと過酷である。他方で、外国に旅立ったボジーがもう面会に来てくれなくなる。一八九五年八月、ワイルドは自分の愛人がフランスで同性愛と自分たちの関係を擁護する記事を公表しようとしていることを知る。これにはボジーが受け取った最後の何通かのラブレターが含まれている。自分がおかれた状況とこうした記事の発表がもたらす不可避的な影響に無頓着であることに囚人は腹を立て、まったく別な仕方で過去を再解釈しはじめる。彼は手紙を返してくれとボジーに頼むが、かなわない。ともかく、手紙を公表しないこと、ボジーの詩をもう彼に献じたりしないことの了承は得る。ワイルドはますます理解を深めていく。父親に対するボジーの敵意が、自分が牢獄を耐え忍ぶことになった原因である。ボジーの放埒な生活が彼、ワイルドの実存に投獄以前の乱脈を引き起こした。「彼は私の人生を台無しにした。彼にはそれで十分なはずだ」と、彼はいまやロスに書く。彼はまた考える。「私は日夜、私の狂気を呪っている。この狂気のせいで、彼が私の実存を支配するようなことが可能になったのだ。［……］私は彼に対する友情を心底、恥ずかしく思う。というのも、ひとりの人間を評価できるのは、その人間の友人関係からだからだ。[67]」

こうした事情のなかで、一八九七年初頭、ワイルドはそれまでつねに拒絶されていた書くことの許可をついに獲得する。そしてボジーに宛てて長い手紙を書くことを決意する。自分の思想と人生のまとめである。これが『深き淵より』であり、ワイルドの死後、一九〇五年から断片的に発表され、はじめてその全貌が明らかになるのは一九六二年である。この手紙は第一に、その受取人に対する起訴状である。ワイルドは受取人に対して、「どぶ」または「泥」(つまり男娼)に対する嗜好、桁外れの出費、二人の男のあいだに恐ろしい緊張を生み出す怒りの発作、腹を立てさせるエゴイズム(たとえばワイルドの病気のとき——引用されたボジーの言葉は愛の不在の典型的な表現である)を非難する。詳しく述べられたこれらすべての物語は、しまいには読者を納得させる。すなわち、ボジーがきわめて不愉快な人間だということである。

だがこの報告におけるワイルドの立場は、かならずしも明確ではない。ワイルドはまず自分自身を批判すると宣言して手紙をはじめている。ところが、彼が真に自分自身を非難する唯一のこととは、ボジーがこれほどまで自分に影響をあたえるのを許したということである。そして愛人のほうに振り向いて、何よりもまず自分の天才を正しく評価しなかったこと、そして自分が創造的な仕事をするのを励ましてくれなかったことを非難している。「私が自分を責めているのは、知的なものとはまったく異なった友情、美しい作品の創造と熟視を目的としていない友情に、私の人生を完全に支配することを許したことである。[……] 私たちがいっしょにいる間中、私はただの一行も書かなかった。」彼はほかの作家や芸術家と別れて、もうボジーとその友人たちとしかつき合わなくなったことを苦い思いで後悔している。「きみが私のそばにいたことは、私の芸術の絶対的破滅となった。」このことを通じて私たちが理解できるのは、書いているときには、この点でバジル・ホールウォードと似て、ワイルドはボジーの(同様にドリアン・グレイの）耽美的で、いささか軽佻浮薄な「芸術としての」生活よりも芸術家の生活のほうを深く愛しているということである。さて、対立はいまや「私がかつてそこで王であった芸術の非現実的な美しい世界」と「不完全で俗悪な情熱、何もかもごっちゃになった欲求、際限のない欲望、および漠然とした渇望からなる不完全な世界(68)」のあいだの対立として定式化される。

この非難から私たちが知ることができるのは、第一にボジーは美の純粋な化身でもなければ、美しい作品を制作するために役立つ助力者でもないということである。スタンダールのような言い方をして、私たちに愛の対象を自動的に理想化させる「結晶作用」の影響を強調してもむだである。同時に、愛と美の調和、あるいは人生における美と芸術における美の調和は、ワイルドが以前にそう思わせていたほど容易には実現されないことがわかる。逆に、一方は他方を完全に妨げるように思われる！　さらに、ワイルドが装った途方もない受動性には驚かざるを得ない。ワイルドは従順な犠牲者、ボジーの手中の玩具であって、ボジーだけが意志をあたえられているように見えるのである。「盲目と化した私は、屠殺場の牛のようによろめいた。［……］決定的なときに、私には意志が完全に欠如していた(69)。」

ワイルドは決して自分の奇妙な行動に説明を加えようとしない。絶え間ない喧嘩で、なぜこのように辱められっぱなしなのか。ボジーの途方もない勘定書、さらには彼を取り巻いているゆすり屋グループの勘定書を、なぜ彼が全部、支払わなければならないと考えるのか。なぜ自分の芸術家の仕事を犠牲にするのか。なぜ「屠殺場の牛のように」言いなりになっているのか。これらの不可解な事実を説明するのは、ただ一つの答えである。なぜなら、彼がボジーを熱烈に愛しているからであり、愛が慎重さと理性、芸術と美に対して優位を占めているからである。愛だけが、もっと特異な言い方をすれば犠牲的な愛だけが――この愛が彼の宿命だと思われるが――、ワイルドの実存の大きな謎、つまり自分自身の破滅への性急な歩み、自分自身の幸福の執拗な破壊を形成するものを説明できるのである。さもなければ、ヴィクトリア朝社会の仕組みに通暁したこれほど繊細な玄人が、なぜその仕組みに一杯食わされたり、やっつけられたりするのだろうか。ある瞬間、同じ手紙で、ワイルドはこの説明に近づく。だがそれは説明をうまく回避するためである。「私は承知しているが、私がきみにいったすべてのことに対して一つの答えがある。それはきみが私を愛していたということだ。」しかしながら、ボジーの愛はワイルドの愛ほど自明ではない。そして愛の至高の力は、ワイルドが愛について提供する不本意な証拠にもかかわらず、彼が同時につぎのように書くことを妨げはしない。「〈芸術〉とともにいる半時間は、私にはつねに、きみといっしょにいる一世紀以上のものだった。私の人生のいかなる時期においても、芸術と比較されるもので私にとって取るに足りぬものなど、真実、決して何もなかった。」事が起こったあとでさえ、ワイルドは自分の芸術は「私の人生の至高の情熱であって、この愛の眼差しには、他のすべての愛は赤ワインと比較される塩辛い水のようなもの[70]」だったと考えたがっている。

ワイルドがこの手紙でいおうとしないこととは、ボジーが彼を愛してくれさえすれば、どんなことでも受け入れる用意があるということである。まして、この愛は完全には死んでいず、ただ傷つけられただけだ——とりわけ、ワイルドが投獄されて以降、いっさいの愛情のしるしの不在によって（ボジーは金持ちで、有名で、健康なワイルドのほうが好みなのだ！）——ということは認めようとしない。ほかの友人たちは訪問し、手紙を書き、金を渡す。ボジーからは皆無である。最後の数ページで、ひそかな要求が白日の下に爆発する。「二年前の八月以来、［……］つまり、きみがいかに私を苦しめたかを、そして私がどれほどこのことを理解していたのかをきみが知ったとき以来、なぜ私に手紙を書く努力をしようとしなかったのかを私はきみから聞きたいのだ。[71]」この偉大な手紙はにわかに、ワイルドとボジーの共同生活という果てしない夫婦げんかで発せられる報復のせりふの様相を呈する。この手紙は一見、「きみは卑劣だ」といっているが、言外に「私を愛してくれ」を意味している。

それでも『深き淵より』を書いている時期には、ワイルドがボジーと決着をつけたと信じていることは事実である。このようにして彼らの愛の第二のサイクルは終わる。

第四幕　フィナーレ（一八九七年六月‐一二月）

ワイルドは釈放されるとすぐにフランスに亡命する。最初の日々こそ、彼は依然としてボジーの「卑劣な」または「腹が立つ手紙」について語り、二度と会いたくないと述べている。だが自分の愛は元のままであると誓う手紙をボジーから受け取るとすぐに、返事を書く――たしかに最初のうちは距離を保っている。だが数日後、ワイルドはすでに「新しい喜び」について語っている。毎日、ボジーに手紙を書くことができる喜びである。語彙は徐々に愛情に満ちていく。もっとも、第三者に手紙を書くときには、ワイルドはボジーの欠点に目を閉ざしてはいない。彼らが再会しないのは、会いたくないからではない。ボジーの両親もワイルドの妻も会うことに激しく反対し、彼らの糧道を断つと脅かすからである。しかしながら、ワイルドにはほかに多くの感情的資源があるわけではない。万人が彼を拒絶しているのだ。それに対し、ボジーは再会したいと懇願している。彼らは八月二九日に会う約束をする。再会は魔法のような効果を発揮する。彼らは再度、いっしょに生活しはじめることを決意し、そのためにナポリに出発することにする。ワイルドはボジーに、新たな芸術創造と愛が結びつくことを期待している、二度と過去をくり返したくない、と述べている。だがロスに対してはもっと明断である。「私は愛の雰囲気がなければ生きていけない。私は愛し愛されなければならない。」それにつけ加えて、いまや愛‐犠牲の理論に一致して、「たしかに私はしばしば不幸になるだろうが、いまでも彼を愛している。彼が私の人生を破滅させたという事実そのものが、私をして彼を愛させるのだ」。別の友人にも説明している。「彼は私の人生を破滅させた。だがだからこそ私はますます彼を愛さざるを得ない。［……］私の人生はつねに小説じみていた。そしてボジーは私の小説なのだ。私の小説は間違いなく悲劇だ。しかしそれでもやはり小説なのだ[72]。」

ナポリでの二人の生活は、すでに見たように、ワイルドが期待していたほど幸福ではないことが明らかになる。とりわけ、ボジーが自分の習慣から恋人に囲われるままで、共同の出費にまったく貢献することがないからである。ところで、ワイルドが自由にできる財力はいまやかぎられているのである。ボジーは自分自身に忠実である。魅惑的な人物であり破壊者、すなわち「汚辱の金箔を貼った柱」である。二人の愛人がそれぞれの両親に、もしいっしょの生活をつづけるのであれば最後の財源を失うことになると脅されると、ボジーはワイルドをナポリに置き去りにして立ち去ってしまう。数か月後、ワイルドはロス宛の手紙で自分たちの愛の第三の最後のサイクルを要約している。離れ離れになっているあいだは、ボジーは彼に途方もない約束をしていた。いったんいっしょになると、彼はたんにワイルドに囲われるままであった。「自分の分を返金するときがやってくると――それは当然のことだったが――、自分の快楽にかんすること以外では、彼は不愉快で、意地悪で、けちで、しみったれになった。そして私の支給がストップしたとき、彼は立ち去った。」そしてワイルドは結論を出す。「それは苦渋をたっぷりと吸い込んだ人生における、もっとも苦い体験である[73]。」

これがワイルドの偉大な愛の物語である。この物語は――これは十分に認めなければならない――彼の全作品のなかに見出すことができた一般的な記述と一致している。すなわち、愛は悲劇的であり、殺人と犠牲を含んでいるのである。たしかに全員が自分が愛する者を殺すわけではない。ある者は愛しているから殺すが、他の者は自分を殺す者を愛すのである。破局が訪れないかぎり、愛は完結されなかった、とワイルドはいっているように思われる。「いかなる偉大な愛も悲劇を含んでいる。そしていまそれが私たちの愛の番である」と、投獄の際にボジーに書いている。[74] 二人の役割ははっきり異なっている。その役割をマゾヒストとサディストと呼ぼうが、あるいはオーデンのように「愛されすぎた者」と「十分に愛されなかった者」と呼ぼうが大したことではない。この文脈では二人の家族的な布置を想起することができる。ワイルドは母親に崇拝され、ボジーは父親に拒絶されたのであった。また、この愛の同性愛的性格はこの愛の形態を決定していないことに着目することもできる。もっとも、ワイルドの純粋に性的なアヴァンチュールについては、そうであったと思われるが。すなわち、ほかの男にとって女性がそうであり得るように（または、女性にとって男性がそうであり得るように）、ボジーはワイルドにとって「宿命的な男」なのである。言い換えれば、苦痛と破壊をもたらすことは知っているが、愛することをやめられない存在である。最後に、ワイルドの読者と賛美者には、ボジーは不吉な人物のように見えることを指摘しておこう。ところでこの文脈では、道徳的評価はいささか場違いである。個人の意志が完全に疎外されることは決してない。ボジーといっしょにいることを望むのはワイルドなのである――ボジーを必要としているからである。ワイルドが体験した苦痛がいかなるものであれ、満足はなおいっそう大きなものとして映じたはずである。結局、オーデンも指摘しているように、ボジーはワイルドの詩の女神《ミューズ》だった。そして、ワイルドが『なんでもない女』から『レディング監獄の唄』にいたる円熟期の作品を彼が書いたのは、それがいかに苦悩に満ちていようが、彼がボジーに対する情熱を生きている時期なのである。この点においても、『深き淵より』は真実のすべてを述べたのではなかった。

このことから、ボジーとの関係はワイルドの創造にとってつねに有益であったと考えることまでには、しかしながらまだ一歩が残されている。ワイルドの手紙は、愛に高揚した時期のものをのぞいて、その逆を述べており、これを通じて、芸術家にとって愛と美の追求とを一致させることのむずかしさを明らかにしている——ワイルドはこのむずかしさをそれとして理解できなかったが。実際には、彼の愛の体験はその作者の一般理論を二重の意味で裏切っている。第一に、ワイルドが知っている愛は、人生全体の穏やかな受容なのではなく、暴力と断念に存するということである。彼は自分に苦痛をもたらすものを選んでいるのである。さらに、一方の愛と、他方の創造の仕事と美の探求のあいだに容易に調和を見出すことができないので、ワイルドは結局は、美しい芸術作品を書くよりも、ボジーの忠告とわがままをあきらめて受け入れるということである。彼の芸術の概念は自己犠牲としての愛の概念とふたたび結合したのではないだろうか。たとえば、彼は作家としての経歴のいっとう最初につぎのように述べている。「自己の感情の支配者であることは甘美である。自己の感情に支配されることは、なおいっそう甘美である。芸術家の人生とは、長い、うっとりするような自殺である。私にはときおりそう思われる——そして事情かくなることを私は後悔しない。[75]」ひとたびボジーに出会うと、ワイルドの実存はもはや美の星のもとでくり広げられることはない。悲劇的で自己破壊的な愛の星のもとで進んでいくのである。

・人生、一つの小説・

ワイルドが自分の人生を美に服させるために美を真剣に探し求めようとしたことは異論の余地がない。この美という語をその大きな広がり全体において理解するならば、この試みには心をそそるに十分なものがある。しかしワイルドの運命がたどり着いた破局的な結末に直面すると、つぎのように問わざるを得ない。その責任の一端はこの人生計画にあるのではないだろうか。というのも、ワイルドの実存は、だれでもがそうであるが、当初の野心と希望を下回っているだけではない。その悲劇的な結末によって、当初のもくろみそのものに疑念を呈するように思われるからである。いま私たちが確認できるのは、欠陥は計画全般にではなく、この計画が実現されるその仕方にあったということである。原則として、世界をその多様性全体において、人間をその充溢において受容することを要求しながら、ワイルドはきわめて貧弱な人間性のイマージュから出発する。彼は人間主体をつねに安定したアイデンティティをそなえたものとして想像する。彼はこのアイデンティティを開花させることを使命としているのである。「自己自身である」は彼には人生の必要にして十分な目的であると見える。しかしながら、晩年になって多大な犠牲を払って気づくように、主体の自給自足は幻想である。このようなイマージュは、すべての実存の、とりわけ彼自身の実存の、本質的な次元をなおざりにする。すなわち、各人は他者を必要としているということであり、人は感覚の快楽と混同される、今回は狭義の美の追求を引き合いに出して、この必要を回避することはできないということである。

この必要はまず最初に公的承認の要求としてあらわれる。ワイルドの場合はこの要求はとくに強い。

彼が自分は公衆の好意的な注目を浴びなくては書けないことを驚きをもって発見するのは、釈放後である。「詩人」であるか「呪われたもの」であることはできる。だが同時にその二つであることはできないのだ！　つぎに、なおいっそう差し迫った必要とは、愛し愛される必要である。これがいっさいの美と調和への配慮にまさるのである。ワイルドが自分の同性愛的関係を偽善的なヴィクトリア朝社会の目にいよいよ危険なまでに見せびらかすように仕向けられるのはボジーへの愛のせいである。ワイルドをそそのかしてクイーンズベリー侯爵を起訴させるのはボジーである。このようにして、ワイルドは自分にとって書くのに必要な当の社会から排除されることになるのである。すべてはあたかも、ワイルドによって特定された二つの道、すなわち彼が結合するのを見ることを夢見ていた「あるいは芸術作品となるか、あるいは芸術作品をもち来たらすか」という二つの道が一致し得ないことが明らかになるかのように進行する。意識的な選択をおこなわなかった彼は、創造の道を犠牲にして人生の道を選択する。ところで、彼の人生は美的原理に服することからは遠くかけ離れている。彼の芸術家としての経歴は愛の祭壇に生贄として捧げられるのであって、美の祭壇にではない。すべての愛がワイルドによって生きられる愛ほど破壊的だというわけではない。だが今回こそ、ここでは意志は大きな役割を演じてはいない。それぞれの人の愛し方は、主体が働きかけることのできない一連の事情に応じて、それぞれの人にとって不可避的だからである。意志はきわめて制限された役割しかもたない。意志が可能にするのは同意するか拒否するかであって、発明することではない。

周知のように、ワイルドの場合、芸術は世界を解釈して、形のないものに形をあたえる。その結果、私たちは芸術に教えられてはじめて私たちを取り巻く事物と人間の知られなかった側面を発見する。ターナーはロンドンの霧を発明したのではない。そうではなく、彼はロンドンの霧をそのように見て、絵画のなかでそれを描いた最初の人なのである——万人がロンドンの霧を見ることができるようになったのは、このときからである。文学についても事情は同じである。バルザックは登場人物を「創造する」のであって、模倣して書いているのではない。だがこのようにしたことによって、彼はこれらの登場人物を人生のなかに導き入れ、以後、私たちは絶えず彼らとふれ合っているのである。ワイルドが警句の形式で表現しているのが、このことである。すなわち、「〈芸術〉が人生を模倣するより以上に〈人生〉が芸術を模倣する」。人生はそれ自体としては「恐ろしく形式を欠いている」。人生は「形式と精神のあいだの微妙な照応を知らない。この照応だけが芸術家と批評家の気質を満足させることができる」。この形式の不在に芸術の役割が由来する。「文学の機能とは、現実の実存の生の素材から出発して、一般大衆の目に見える世界よりも、いっそうすばらしく、いっそう持続し、いっそう真実の新しい世界を創造することである。(76)」ワイルドの伝記もまたこの法則を例証している。童話から『ドリアン・グレイ』を通ってコメディにいたるまで、彼の作品が、今日、私たちには予言的と思われる数多くの箇所を含んでいることは、それほど驚くべきことではない。結局、彼を取り巻いているボジーとその他の若者たちはこれらの作品を読み、それらを模倣しようとしているのである。ボジーは、ヘンリー卿の仮面の背後に身をひそめているこのオスカー＝バジルのドリアンになろうとしたのである。

しかしながら、人生と芸術の比較は、ワイルドの伝記のなかでもう一つ別の意味を獲得する。ワイルドの実存は、彼自身が指摘しているように、ますます小説じみていく。そしてこの小説は、結局は、少なくとも彼の著作と同じだけの広がりをもつ読者層に衝撃をあたえた。計画していたように、彼は自分の人生を芸術作品にすることに成功した。だがそれは彼が想像していたようなものではなかった。悲劇が牧歌に取って代わったのである。訴訟以前のワイルドの実存は大した重要性をもたない。快楽と気晴らしが執筆活動の時期と交互にやってくる。訴訟以後の彼の運命は驚くべきものである。ワイルドは新しい小説を書くことができない。というのも、彼が小説のヒーローになったからである。彼の手紙とは、全体を再構成することを可能にするこの作品の断片であり、小説のなかの膨大な対話の丸写しである。彼の謎は彼の作品で演出されたさまざまな秘密よりもずっと魅惑的である。だから彼の私的な著述から浮かび上がるようなオスカー・ワイルドの肖像を『ドリアン・グレイの肖像』よりも好きになることは不可能ではない。しかし三面記事、さらには小説のヒーローであることは、かならずしも羨むべき運命ではない。

ワイルドは運命が自分にゆだねた役割が何であるかをしっかり理解した。彼の同時代人にして精神的な兄弟であるフリードリヒ・ニーチェは、苦悩と狂気の底に沈む前に、自分をディオニュソスだと想像した。彼のほうは、自分をやさしいヒュアキントス〔アポロンに愛された美少年〕を追い求めるアポロンだと考えることを好んだ。しかしながら、ひとたび投獄されると、彼は古代のもうひとりの人物のなかに自分の姿を認める。半獣神マルシュアスである――このアポロンの不幸なライバルは、音楽芸術で絶対に到達したと信じ、葦笛を吹くことによってアポロンに挑戦した。罰として彼は生皮を剝がれた。敗れたマルシュアスはもう歌わなくなるのである。ワイルドも同様である。だがいずれの物語も残っている。愛し方と同様、人は自由に自分の運命を選ぶことはできない。たとえ運命の方向を変えることはできるとしてもである。「残念ながら」と、ワイルドは死ぬ寸前に、ある友人に書き送っている。(77)「私は苦悩の叫びについて話すことにする――マルシュアスの歌であって、アポロンの歌ではない。しかし私がこれほど愛した――愛しすぎた――人生は、まるで虎さながらに私を引き裂いたのだ。」

＊リルケ＊

一九〇〇年の夏、死の数か月前に、オスカー・ワイルドは、当時、絶賛の声とともに話題になっていたある芸術作品を見に行った。ロダンの『地獄門』である。ワイルドはそれをとくと眺め、ロダンに質問するために話しかけたらしい。質問するといっても、まるで卓越した彫刻のせいでふたたび自分自身の人生の歩みについてみずからに問わざるを得なくなったかのように、ロダンの作品についてではなく、むしろロダンの人生の選択についてである。自分は人生を美の星のもとにおこうとしたが、どこで間違えたのだろうか。作家は彫刻家に訊ねた。「あなたの人生はいかがでしたか？」すると彫刻家は答えた。

「よい人生でした。

――敵はおありでしたか？

――私が仕事をする邪魔にはなりませんでした。

――では栄光は？

――仕事をすることを私の義務としました。

――では友人は？

――私に働くことを要求しました。

――では女性は？

――私は仕事のなかで女性に感嘆するすべを学びました。」

ワイルドは自分の人生を芸術作品のように美しくしようと試みた。ロダンであればつぎのように返答しただろう。芸術家の人生は、その全体が美しい芸術作品の創造に捧げられるときに美しい、と。いずれにしても、リルケは一九〇七年にこの二人の芸術家の出会いをこのように筆写している(1)。

今日、ふつう、ライナー・マリア・リルケは二〇世紀でもっとも偉大なドイツの詩人であるといわれる。ある者は「ドイツの」という形容辞によってもたらされる制限を省略するだろう。ワイルドのように、彼も絶対の探求は人生の理想たるにあたいすると考える。しかし先達者と違って、人生そのものが美しくならなければならないとは考えない。彼の道はまったく異なっている。完全に芸術作品の創造に捧げられるのである。かなり若くして(彼は一九〇二年には二七歳である)ロダンに出会った彼は、ロダンの教訓を採り入れ、しかるべく自分の人生を組織することを決意するのである。

数か月の体験だけで、リルケにはこの計画は、彼にとっても――とはいえ彼は決して断念することはないが――茨の道であることを実感するのに十分だろう。その追求は彼に満足をもたらすこともなければ、慰めをもたらすことさえない。逆に、それは徐々に彼を抑鬱へとみちびいていくといえるだろう。リルケがこの抑鬱から解き放たれるのは、短い愛の高揚のときとか、執筆活動に没頭するまれな時期でしかない。この状態は一九二六年の彼の死にいたるまで維持される。この二五年全体を通じて彼が体験するものとは、とりわけ、深い疲労、鈍化、意志を麻痺させる無気力、「絶え間ない内的な気晴らし」、彼を無力へとみちびき、子供の頃に体験したのとよく似た、息苦しい不安をともなう消耗である。この恒常的な衰弱のせいで、致命的な病が宣告される前から、彼はサナトリウムや療養所に出入りすることになる。

こうした精神状態はただちに身体的な苦痛として表現される。リルケは頭、首、舌に痛みを覚え、血によって循環する筋収縮、額と目の鬱血に苦しむ。病的な肉体は精神に仕返しをする。そしてリルケの信じるところによれば、「自分の身体のごくかすかなざわめきさえ聞こえ、それに楽しみさえ覚えるほどになりました」。もっと悪くいえば、支配されるようになった。「身体は私の意識に何か故障したようなものとしてのしかかり、そのあますところなき実体を獲得し、意識全体をその悲嘆で染め上げる。これが退いていくのは、機会がありしだい別の色、前のに劣らず暗い色でもって意識によみがえってくるためでしかありません。」一つの不安が彼から消え去るのは、別の不安へと追いやられるからでしかないのだ！「いまや日々は過ぎていく、あたかも一つの病から別の病へと渡り歩いていくかのように。いずれにしても、私は私の宇宙を楽しんでいてはならないのです。」彼には自分の病が絶えずよみがえり、彼が逃れようとしていた場所に侵入するような気がする。肉体と精神の連続性は、リルケの場合、とくに血のイマージュとして具現される。血の流出は無意識の表象である――だが血はまたあの液体でもあって、彼はそこに自分の苦痛の源を見るのである。彼はさまざまな異常が自分の血液の循環を混乱させていると固く信じており、「世界は一瞬ごとに、そっくりそのまま、みずからの血のなかに崩れ落ちていく(2)」ような気がしている。かくして、血液の致命的な病――白血病――にかかるとき、彼は精神と肉体の連続性が断絶したとは考えない。この病気が引き起こす口中の嚢胞《のうほう》は、二〇年かそれ以上前の苦しみを彼に思い出させるのである。しかも、彼が自分の症状についておこなっている直観的記述は、臨床的正確さによって胸を打つ。

死の一年前、リルケは彼の最大の友にして打ち明け話の相手であるルー・アンドレーアス＝ザロメに悲痛な手紙を書く。この手紙自体が自分を痛めつける種となってしまったために送ろうとはせず、ひと月以上も自分の手元に残している。この手紙を見れば、彼は錯乱とはいわぬまでも、正真正銘の幻想の餌食になっているのがわかる。彼は「悪魔の憑依」について語っている。それは「私が誘惑に打ち勝ったと思ったまさにその瞬間に絶頂」に達する。その結果、彼は自分が「ブリューゲルの地獄」に幽閉されたように感じる。彼が感じる苦痛（彼の症状は実際には白血病に関係している）は耐えがたい。彼は助けを求めて絶望的な訴えを発する。「どのようにすれば、このまま生きつづけることができるかわからない。[3]」

彼が選択した道は彼に穏やかさをもたらすことはなかった。作品の制作も自分の選択が正しかったと自分を納得させるのに十分ではなかった。芸術的成功がいかなるものであれ、彼の苦しみは途切れることがない。『ロダン』のあとも『マルテ・ラウリス・ブリッゲの手記』のあとも、一九〇〇年代の詩のあとも十四行詩《ソネット》と悲歌《エレジー》の最後の爆発のあとも、彼は同じ苦痛を味わっている。彼がアンドレ・ジッドに告白するのは、一九二六年、彼の作品がすでに完成したときである。「ずっと以前から、私は脱出不能な体調不良の袋小路で足踏みしています。」人生最後の年の打ち明け話の相手であるナニー・ヴンダリーに宛てた手紙は、ほとんど絶え間ない苦痛の叫びである――そしてその主題は病気の進行だけではない。「悪い時期がまさっている。」「私はこの一両日、あなたに書くことができませんでした。私は孤独のなかであまりに胸ふさがれ、不安に駆られていたのです。」「どんな不可解な不幸のなかを、私ははいずり回っていることでしょう、致命的な悪循環のなかで堂々めぐりをしながら！」そして当時、彼のもっとも親しい女友達である女性に差し向けられたこの悲嘆の叫び――「あなたには思い描くこともできません、親愛なる女性よ、私がどんな生活を送っているかを、いかなる出口なしの輪のなかを私が何年も前からぐるぐる回っているかを[4]」。リルケは死にいたるまで不安に責めさいなまれているのである。

リルケはある人生計画を立てており、それにずっと忠実である。すなわち、自分の全実存を芸術創造のために犠牲にするという計画である。彼の苦悩を発見するにつけ、私たちはつぎのように問わざるを得ない。これはたんなる偶然の一致なのだろうか。それとも、この計画がそれに何らかの役割を果たしているのだろうか。生きられた苦痛は、成功した作品にとって必要な代価なのだろうか。

・芸術に資する・

一九〇二年八月末にパリにやってくるとき、リルケはすでに数多くの文学テクストを書いている。ルー・アンドレーアス＝ザロメとの強い恋愛関係を体験し、若き彫刻家クラーラ・ヴェストホフと結婚した。しかし自分の道を見出したという気持ちにはまだなっていない。彼にはただがむしゃらにこれを探求しようという覚悟があるだけである。「私は自分の内的な選択をおこなうほどには熟していた」と、ずっとあとになって彼は書く。唯一、彼が知っているのは、自分が「私たちを超えるすべてのものと関係[5]」をもつ方法を知りたがっているということである。だが、いかなる仕方ですればいいのかはまだわからない。パリに到着して二日後の一九〇二年九月一日、彼はロダンのもとを訪れる。ロダンについてエッセイを書かなければならないのである。そしてこの出会いから光がほとばしり出る。フランスの彫刻家は、彼がたどらなければならない道を具現しているのである。というのも、彼がロダンのうちに発見するのは、たんに芸術についての考え方ではない。生き方なのだ。で、今度は彼がこの生き方を採り入れることを決意する。

実際、この有名な彫刻家を訪問しても、若きリルケは作品について彼に問いかけるだけでは満足しない。数日後、彼はロダンに手紙を書く。「私はあなたのもとにお訊ねするために参りました。いかに生きるべきなのか、と。するとあなたはお答えになりました。仕事をすることによって、と。」つまり、ワイルドが受け取った答えとは、リルケ自身が手に入れた答え以外の何ものでもないのだ。「つねに仕事をしなければならない――つねに。」これが若き詩人が突きつけるすべての問いに対するロダンの変わらざる返答であった――もちろん、若き詩人が絶対を受け入れる、正真正銘の芸術家になろうとしているという仮定してである。あるいは、この最初の出会いで、リルケがロダンに送った別の言い回しが述べているように、「仕事をすること、それは死ぬことなく生きることだと私は感じています」。このように創造の仕事を特権化することによって、芸術家は必然的に実存の他の面をなおざりにする。物質的な生活、他の人々との関係である。これがまさにロダンがおこなおうとした選択である。芸術家は選択することを要求されている。芸術家の人生という大河は、もし二つの河床、つまり実存の河床と創造の河床に分離されなければならないとすれば、力強くあることはできないだろうということである。「そして私は、ルーよ、こうでなければならないと思うのです。というのも、これも人生、あれも人生であって、私たちは二つの人生を生きるようには作られていないからです。[6]」

いかなる人生も、相対と絶対の混合物、この世で生きていく必然性と上昇への差し迫った欲求の混合物である。芸術家の人生をとくに特徴づけるものとは――と、いまやリルケが教えている――最初の側面を取るに足りぬものに追いやり、ぎりぎりの最小限に切りつめなければならないということである。ここで犠牲にされる最大のものとは人間関係である。人間関係のためのスペースは制限されなければならず、創造者は孤独へと定められているのである。実際、これがロダンである。彼には妻がいる――しかしその役割は下等なものである。彼にとって女性とは「男のための食物のようなもの、ときどき男のなかにしみ通る飲み物のようなもの、つまりワインである。」だが実際にはロダンには友人がいないわけではない。

創造者の目には、生きているものは無機物と同一視されるだろう。この創造者が唯一の人間であり、ほかの人間は彼には事物と似たようなものと化している。これがみずからの創造に成功するために支払わなければならない代価である。絶対に到達するためには相対的なものを放棄しなければならない。これが、リルケがロダンに比較しているもうひとりの天才――ベートーヴェン――の告白が確証していることである。「私には友人はいません。私は私自身を相手にたったひとりで生きなければならないのです。しかし私の芸術のなかでは、神のほうが他人よりも私の近くにいるということを私は知っています。[7]」自分が創造する芸術の美しさを通じて芸術家は神に接近する。彼が自分の同類と生活することで満足していれば決して実現できなかったのが、このことである。要求される代価は高い。だがリルケは自分にはこれを支払う覚悟があると感じている。彼はとうとう偉大なものが人間のうちに具現されているのを発見したのである。ロダンの人生は掛け値なしの称賛の念を彼に抱かせる。道がいまや敷かれたのである。

五年後、リルケはあらためて一連の手紙を妻のクラーラに送るが、そのメッセージの大半はこれと似たり寄ったりである。今回はセザンヌの人生を例にあげている。セザンヌはある日、仕事への嗜好を発見し――リルケがロダンに出会うことによってこれを発見したように、ピサロとの出会いの結果である――、この瞬間から「彼に生きるべく残されていた三〇年のあいだ、彼はもはや仕事しかしなかった」。ロダンと違って、セザンヌは内的な歓喜を知らない。彼の仕事ぶりはむしろフロベールに似て、「喜びもなく、絶えざる熱情をもって」である。だが彼は仕事をする。リルケが引用しているセザンヌの数少ない公的な発言は、ロダンの言葉と同じ方向に向かっている。「だれに気兼ねすることもなく仕事をすること、そして強くなること。」強さを獲得するためには、他者の眼差しを放棄しなければならない。あるいは、「私には仕事よりよいものは何もないと思われる[8]」。

この選択によって放棄せざるをえなくなる。セザンヌはひとりぼっちで、だれとも話さず、食うや食わずである。彼は母親を愛しているが、母親の埋葬の日も仕事を中断しない。彼は仕事の時間をむだにしないために埋葬に立ち会いもしない（リルケ自身、死の床の父親に会いに行こうとしないだろう。だが彼は父親を心から愛している）。それはセザンヌにとって「唯一、重要なこと」――しかも『知られざる傑作』においてバルザックが想像した画家にとってそうであったように、真に本質に、絶対に、かかわること――とは、自分が描きつつある絵を成功させることだからである。これは表面的には世界を拒否することであるが、実際には拒否ではない。というのも、この苦行のおかげで、画家はより高い世界に到達するからである。「情熱の道を数歩進むだけのために、セザンヌはすべてのものに背を向けなければならなかった。だが軽蔑をもってではなく、人生を愛するがゆえに死の外観を選ぶ者のヒロイズムをもってである[9]。」同じ時期に、リルケはパウラ・ベッカーに捧げた「鎮魂歌」を憂鬱そうに結んでいる。パウラ・ベッカーは友人の女流画家で、自分の母親としての立場と芸術創造を共存させるのに苦しんだのであった。

というのも　いずこにか存在するからだ
人生と作品とのあいだには古き敵意が[10]。

芸術家一般——とりわけリルケ——が「人生」という分流よりも「創造」の分流を好むのは、他の人間が本質的にストレスの源だからでもある。それに対し、作品をめぐる作業は、彼が信じるところによれば、神の領域に上昇することを可能にする。そういうわけで、孤独の要求はたんに個々の創造者に必要な沈黙と平安という平凡な意味で解されてはならない。もっと深い意味、すなわち喜びと人間に対する配慮の放棄という意味で解されなければならない。ルー宛の手紙で、リルケは自分にとってもっとも重要な二つのテクスト、ヨブ記とボードレールの散文詩とを結びつけている。同じ結合は『マルテ・ラウリス・ブリッゲ』でもおこなわれるだろう。ヨブが語っているのは、ばかにし、踏みつけにし、害する人々である。彼は人間の悲惨を記述する。しかし苦しむ人間は、たとえ嘆きと嗚咽しかもはや発することができないとしても、みずからのハープとフルートをしっかり抱いている。「午前一時に」で、ボードレールは神に美しい詩句を書く手伝いをしてほしいと要求している。詩人としての成功は、人間としての失敗をつぐない、あがなう。芸術的活動には神と結ばれた部分がある。というよりもむしろ、神はいまやこの新しい理想——美——に到達することを可能にする仲介者でしかない。リルケはこうしたボードレールのうちにみずからの姿を認めるのである。「そのとき私たちのあいだに不思議な一致が生まれたのです。すべてを共有し合い、同じ貧しさと、おそらく同じ苦悶を分かちもったのです[11]。」

詩を書くことは気晴らしであってはならないし、読者の喝采を浴びる手段であってもならない。さし迫った必要性、生の欲求でなければ、これに手を染めてはならない。しかしそうであるならば、これに服することは義務である。というのも、これはより高い人生に到達することを可能にするからである——そしてこのことによって、世界と人間とをより美しくすることを可能にするからである。自分より若い芸術家や詩人に対するすべての忠告のなかで、リルケは同じ要請をくり返す。書きたいというさし迫った欲求を感じないのであれば、書いてはなりません。しかしもし感じるのであれば、この仕事を首尾よくやり遂げるために、すべてを犠牲にする覚悟をもちなさい。「そのときはあなたの人生をこの必然に応じて組み立ててください。あなたの人生は、そのもっとも取るに足りない瞬間、そのもっとも些細な瞬間にいたるまで、この欲求の証拠であり証言でなければならないのです。」この使命は神の呼びかけと同じほど強制的である。「それはマホメットに劣らず否応なく芸術家を必要としているのです。」だがそれはこの使命が同じ本性を有しているからである。書くという行為は「天使の天空への必死の逃亡を誘い、天使の嫉妬を買うという効力」をもっている。実際、比較は一目瞭然である。芸術による世界の変貌――リルケが没頭しているこの崇拝は、まさしく神への礼拝に取って代わったのであり、同じ熱意をもって実施されなければならないのである。実体は変化したとしても、問題なのはつねに聖なるものである。そのとき、いかなる代価、いかなる犠牲も、高すぎるということはない。だから、リルケは自分の使命を狂気にいたるまで追求することを受け入れたヘルダーリンに賛意を表する。リルケ自身、ここにみずからの運命を見ているのである。「実在の口述を最後にいたるまで筆記すること。[12]」

なぜ、通常の人間生活よりも芸術に捧げられた生活のほうを好むことが正当なのだろうか。この問いに答えようとした試みにおいて、リルケはふたたびボードレールから出発する。彼はロダンにかんする最初のエッセイのエピグラフをボードレールから借用する。もっと正確にいえば、これはエマーソンからの引用であるが、リルケはこれをボードレールのうちに見出したのである――彼が引用しているのは、エマーソンのボードレール的解釈である。「〃英雄とは絶えず集中している者のことである。〃アメリカの超絶主義のリーダーが生活の仕方と実業の領域とに適用しているこの格言は、そのまま詩と芸術の領域に適用される。[13]」同じ長所が生活と芸術における価値の源なのである。ただ芸術はいっそう直接的な仕方でこの長所に到達する。それが集中、密度、強度である。つまり、リルケが考えている「仕事」は、粘土と格闘している彫刻家とか、イーゼルの前の画家の仕事だけではない。それは芸術家に自分の内面をよりよくとらえることを可能にする仕事なのである。

リルケはこの思想を我がものとして、自分の芸術の概念と作品の価値のベースにする。ロダンが偉大な芸術家であるのは、彼の作品が、通常の実存を支配している「偶然と時間とから」表現対象を抽出し、この対象が必然と永遠の性質を帯びていることを示す諸特徴を暴き出すことに成功するからである。芸術は人生が例外的にしか体験できない強度でみずからを維持するのである。ゲーテは書いていた。「ブールブールが恋人の女に贈るほんの小さな瓶の香水を生産するためにも、千の花が炎のなかで滅びなければならない。」リルケはこのイマージュを変化させる。「創造者のただ一つの思いのなかにも、忘れ去られた何千という愛の夜が生きつづけている。それらがその思いに高邁さと高貴さをあたえるのだ。」芸術の目標は世界の外観をとらえることではない。たとえ、この外観がきれいであろうともである（「美」という語はリルケにおいては大きな価値を付与されていない）。そうではなく、「もっとも深くもっとも内的な原因、この外観を出現せしめる秘められた存在[14]」をとらえることである。芸術家が名声から逃れなければならないのは、名声が創造という内的な欲求を外部からやってくる報酬という快楽で置き換える危険をはらんでいるからだけではない。名声が散漫さを、つまり芸術創造の不可避の出発点である集中とは正反対のものを招き寄せるからでもある。

作品のこの密度は作用の広がりをその代価としている。作品の形式の密度が高ければ高いほど、その意味は一般性を帯びる。詩人が凝縮させればさせるほど、読者は普遍的になる。「芸術家とは」とリルケはロダンについて書いている、「結局は、数多くの物からただ一つの物を作り、ただ一つの物のほんのわずかな部分から一つの世界を作る者のことである。」すべての芸術が同じ論理をうちに蔵している。ロダンの彫刻を発見した二〇年後、リルケはピトエフの演劇の仕事に接して同じような感覚を覚える。ただ一点に働きかけることによって、だが想像しうるいっさいの強度をもって、その内的必然を暴き出し、「思いがけない仕方で宇宙を手に入れ、その創造の中心から出発して宇宙を汲み尽くせないものにする(15)」者を前にした喜びである。正真正銘の芸術家の特権であるこの能力は、この世に存在するもっとも貴重なものであり、一つの実存に意味と価値をあたえ、実存のあらゆる悲惨さを相殺するのである。これが、芸術家の人生が、たとえ苦悩に満ちていようと、他の人生よりも好まれるにあたいするゆえんである。それは創造者を、また同時に宇宙を、絶対と接触させる。ところで、この関係は人間にとって不可欠なのである。

すべての事物、すべての行為のうちに、その内的な必然を発見することが、芸術という仕事の唯一の目標である。芸術家にとって、不適切な事物というものはないし、取るに足りない体験というものもない。あるのはただ、芸術家がその本質を捉えそこなった事物と体験だけである。芸術家の仕事は世界への愛からはじまる。そしてその仕事はそこから何も排除しなければ、ますます完成に近づいていく。通常の人間は感嘆することもあるし敵意を抱いたりすることもある。芸術家は後者をむき出しにすることをみずからに禁じる。「いかなる拒否もない。無限の同意である。」この上なく否定的な体験も芸術家の完成に寄与する。したがって、いかなる否定的な体験でも、芸術家はこれを回避することをみずからに許すことができない。「いっさいの選別が禁じられているように、創造者には実存のいかなる形態にも背を向けることが許されない。」芸術は世界の反映でもなければ、そのもっとも美しい部分の選択でもない。芸術とは「世界を壮麗なものへと全面的に変化させること(16)」である。芸術家がこの規則に対するいかなる例外も自分に許しさえしなければ、彼はもっとも苦渋に満ちた試練をも乗り越え、もっとも醜悪な事物の美しさを発見するだろう。芸術家は天使の領域で行動しているのである。

ボードレールが――また彼である――「腐屍」を書く際におこなったのが、これである。リルケは世界のこの全面的受容を象徴するために別の文学的イマージュを見出すだろう。そしてこれが彼の好みのイマージュとなるだろう。フロベールがその短編小説で書いているような、修道士聖ジュリアンのイマージュである。彼は聖ジュリアンのうちに、芸術家の条件の模範的な寓意《パラボール》を見るのである。「癩者に寄り添って寝、愛の夜の熱気を思わせるまでに、自分の身体の熱気を癩者と分かち合うこと。芸術家の実存のいつの日にか、自分自身に対する勝利のように、このようなことが起こらなければならない。これが芸術家を新しい種類の至福へとみちびくのです[17]。」芸術創造の条件とは、人生を、その美も醜も、その卑しさも良さも、ありのままに愛することである。思い出していただきたい。これと同じ愛をワイルドはイエスに付与したのであった。このイエスという存在は癩者の運命にも盲人の運命にも自分の姿を認めることができたのである。

・〈歴史〉に面して・

リルケの世界観は、彼が自分自身の実存にきわめて独特の位置を割り当てることを前提としている。この位置は補助的・道具的な役割ときわめて近く、それ自体としては重要性をもたない。彼がこの位置に求めるのは、自分の芸術家としての精神を過度に侵害しないこと、創造の仕事に従順に仕えることがすべてである。これが前提条件として立てられた以上、リルケは残余の世界――目的であって手段ではない残余の世界――に対して観想的な態度をとり、したがって公的な問題に介入することを拒否してはばからない。「政治においては、私はまったく発言権をもたない。まったくである――そして私は政治に対していっさいの感情をさしはさむことを、みずからに禁じている」と、彼は一九二三年に書く(18)。公的な問題がそっとしておいてくれさえすれば、リルケは政治も大きな〈歴史〉もまったく知ろうとせず、それらを評価することを拒否する。詩人の使命は世界に耳を傾けることである以上、同時に世界を変化させることを望むことは詩人にはふさわしくないだろう。自分を取り巻いているものすべてに対する情熱とそれに対する拒否のあいだで、詩人は選ばなければならないのである。

文献学者ヘルマン・ポングス（彼は一九三〇年代に愛国精神の欠如ゆえに自分の文通相手を公然と非難する）に宛てた、一九二四年の日付をもつ長文の手紙で、リルケはこのように静寂主義を選択したことの意義を説明している。自己否定したり二つに分裂するのでないかぎり、自分は政治的行動を起こすことはできないし、たんに社会的行動をおこなうことさえできない、と、彼はただちに宣言する。世界を受容することを義務としてもつ者にとって、世界を改良しようとする試みは、いっさい禁じられている。つまり、彼は「それがだれのものであれ、状況を変化させせようとする、あるいは、よくいわれるように改善させようとする思想に対して私が抱いている嗜好の乏しさ、さらには嫌悪」と呼んでいるものを要求する。芸術家は必然的に保守的である――というのも、彼は現実をありのままに収集し、これを愛さなければならなかったからである。それは社会問題に対して提案される解決策がしばしば幻想であって、慣れ親しんだ苦しみを別の苦しみ――異なってはいるけれども苦しみそのものは少しも減らない別の苦しみ――で置き換えることになるからだけではない。あるいは、もっとも深刻な状況そのものをよりよく理解するならば、この状況そのもののなかに、この状況を別な仕方でもっとよく生きる方法を見出すことができるからばかりでもない。これは無関心の選択ではない。そうではなく、芸術という仕事の条件、つまり絶対への到達の条件そのものの選択なのだ。「多数の苦悩を前にした詩人の喜びを唯美主義への逃避と理解することほど表面的なことはないだろう。[19]」象牙の塔のなかに閉じこもるどころではない。芸術家が行動を放棄するのは、彼がありのままの世界と一体化するからである。彼は状況を判断することをみずからに禁じ、抑圧者に反対して被抑圧者の、豊かな人々に反対して貧しき人々の、虐殺者に反対して犠牲者の味方になることをみずからに禁じる。芸術家は──このほうが格段にむずかしいが──宇宙の内的必然を暴き出すことによって、宇宙を称賛することだけで満足する。

そういうわけで、リルケは穏やかで控えめな人間である自分のうちに、ヒューマニストと正義の擁護者を見ようとする文通相手に警戒をうながす。たしかに彼は青春時代には大いにトルストイを賛美し、ロシア旅行の際には二度、会いに行っている。しかしリルケがトルストイのうちで評価しているのは、自分が思い描いているようなロシア精神であって、道徳家的な熱情ではない。ところで、一八九七年、トルストイは『芸術とは何か』というエッセイを出版した。このエッセイでは、つぎのような宣言を読むことができる。「宗教意識がごく自然に現在の芸術の導き手となるためには、快楽を芸術の目標とする偽りの美の理論を捨て去るだけで、今日の人々には十分である。」トルストイは自分の敵対者のひとりをとくに強く非難している。「オスカー・ワイルドのごときデカダンと耽美主義者たちは、自分の作品の主題に道徳の否定と放蕩の礼賛を選択している。」一八九九年には彼の最後の小説『復活』が上梓される。この小説では、物語の芸術は作者のイデオロギーに従属している。同時期に、リルケは「〈美〉の新しい福音書」を援用している。その後、彼は『芸術とは何か』を「惨めで愚かなパンフレット」と形容する。彼がトルストイを敬愛したのは、この人物が相反する二つの力──芸術家としての使命と説教師としての確信――の壮大な戦場と化しているからであり、対立する二つの要求を同時に体現しているからである。すなわち、世界を描くために世界を受容すること、および世界をもっと住みよくするために世界を拒絶することである。リルケは葛藤の過酷さを評価するが、ロシアの小説家の例に倣おうとはしない。

リルケは世界を改善したがっている他の同時代の芸術家たち、たとえばラビンドラナート・タゴールとかロマン・ロランのなかには、なおさら自分の姿を認めようとはしない。というのも、彼らは文学創造の本性そのものについて思い違いをしているからである。すなわち、彼らは文学創造は善に奉仕しなければならないと信じているのである。作品の偉大さを決定するもの、「それは慈悲深く情け深い意図ではない。それは善も悪も欲することのない権威ある口述への服従である」。詩人はいっさいの判断、いっさいの意志を放棄し、「私たちを超える上位の次元[20]」に自己を支配させなければならない。

リルケ自身は、自分がこのように称賛している道にかならずしも従わなかったといわなければならない。日常からはみ出すさまざまな出来事に直面して、何度もくり返して、この道から逸脱することを選ぶ。これらの場合、彼は人生が創造することを可能にする――あるいは妨げる――芸術作品との関連で人生を判断することをやめ、芸術作品にふさわしい美と強度を人生に要求する。しかしながら、これらの高揚の時期は短い。

一九一四年の宣戦布告の直後、彼はこうした陶酔の動きに押し流される。新しい状況は平和な生活にはなかった偉大さをもっているように彼には思われるのである。だから、彼は熱狂のうちに『五つの歌／一九一四年八月』を書く。これらの歌の表現様式は、同じ時期に彼が読んでいるヘルダーリンの『頌歌』から霊感を得ている。彼はそこで、それまで不在であった一つの神を称賛している。「神‐戦い」

である。

はじめて　私はきみが立ち上がるのを見る
遠くに　噂では知っていた　ありそうにもない戦争の神

平和より戦争が優位に立つのは、美的な次元においてである。日常生活は色あせ、平凡であった。戦争は未知の諸力を暴き出した――それまで詩だけが容れることができた諸力を。

歓喜！　これらの情熱が生まれいずるのを見ることは

と、リルケの第二歌はつづける。同じ時期に、彼は軍隊に召集された編集者アントン・キッペンベルクに手紙を書き、自分は彼が祖国の軍隊に編入されることを羨んでいると語る。しかしながら、その月が終わらぬ先から、リルケの熱狂は冷め、いつもの穏やかな感情にもどってしまった。

一九一七年の終わりに、〈一〇月革命〉のニュースがドイツに届く。リルケの親ロシア的感情が目覚める。そしてカタリーナ・キッペンベルク宛の手紙で、「輝かしきロシアの思想」[21]を喜んでいると宣言する。この時期にリルケがつき合っているのは、彼の賛美者の女性たち、すなわち伯爵夫人や公爵夫人たち、および彼女たちの知り合いの高位の人々からなるいつものサークルだけではない。戦争に抗議する極左の人たちともつき合っている。たとえば、彼の愛人であるクレール・ゴール、あるいはゾフィ・リープクネヒトである。ゾフィは、ローザ・ルクセンブルクの側に立ってスパルタクス団運動を率いているカール・リープクネヒトの妻である。リルケはまた、ソヴィエト・ロシア共和国の反映である、つかの間のバイエルン評議会共和国の指導者たちの何人かの友人である。たとえば、クルト・アイスナーとかエルンスト・トラーである。リルケにとっては例外的なことであるが、彼は「ビール、煙、群衆のむっとする熱気」にもかかわらず、公的な大集会を魅惑的だと感じる。というのも、そこでは生命が未知の強度に達していたからである。「このような瞬間は奇跡である。」だがこの場合にもまた熱狂は長つづきしない。数週間後、彼は自分の「純粋で新しき開始」への希望が裏切られたことを確認する。[22]

芸術によって要求される通常の特性をそなえた政治活動に対するリルケのもっと長つづきする熱中は、イタリアの〈統領《ドゥーチェ》〉ベニート・ムッソリーニにかかわるものである。一九二二年一〇月の勝利のローマ進軍の結果、ムッソリーニは王より政府を樹立することを依託される。議会は彼に全権を委譲する。一九二四年の社会主義者ジャコモ・マッテオッティの暗殺のあと、他の政党は排除され、一九二五年一二月、ムッソリーニは体制を独裁制に変化させる。リルケはこのときを選んで、イタリア人の文通相手アウレーリア・ガッララーティ・スコッティに〈統領〉に対する称賛の念を表明する。この賛美においては政治が詩の評価のなかに含められていることは示唆的である。称賛する何冊かのフランスの書物に言及したあとで、リルケは言葉を継ぐ。「だがイタリアにおいてもである。何という飛翔であろうか、文学だけでなく、公共の生活においても！　ムッソリーニ氏がローマ総督に対しておこなったのは何と美しい演説であろうか！　あなたの美しい詩人たちのなかで、私がパリで賞美するよう大いにすすめられたのはウンガレッティである。[23]」

リルケの文通相手の女性は、彼のムッソリーニ頌にまったく同意しない。そして、このことをはっきりと申し渡す。その後、詩人が二通の長文の手紙を書いて自分の選択を正当化しなければならないのは、そのせいである。これらの手紙の内容は驚くべきものである。〈統領〉の活動に対する美的称賛を論証するために、リルケは自分の以前の作品がむしろ反駁しようとしていた二つのテーゼを擁護せざるを得なくなる。一つのテーゼによれば、いまや無政府状態に同一視された個人の自由は危険なものと化し、たとえ暴力によろうとも、強い権力と厳格な秩序を強制するほうがよいということになる。強権体制のほうが議会主義よりも好ましいのである。もう一方のテーゼは、熱烈なナショナリズムは不可欠であり、「インターナショナル」や「人類」のような抽象概念よりも間違いなくすぐれていると主張することに存する。リルケは新聞や他の作家――ドイツ、イタリア、フランスの作家――の宣言を通じてもたらされるファシスト的レトリックに全面的に同意しているように思われる。彼は同時に、技術の勝利によって象徴される現代社会を拒否して、控えめな職人と厳格なヒエラルキー秩序を賛美している。

これらの論法の彼方に浮かび上がるのはひとつの正当化、それ自体、人生を一つの芸術作品であるかのように判断しようとする欲望の流れをくむ正当化である。ムッソリーニのイタリアがよいのは、これが強く、生気に満ち、充実しているからである。「不正を避けようとして時間をむだにしてはならない」とリルケは書いている。「行動によってこの不正を乗り越えなければならない。」行動の強さが行動それ自体の正当化と化し、活力が他のいかなる価値に対しても勝利を占める。「いずれにしても、一九二六年のこのイタリアは見事なまでに生命感に満ちあふれている。」リルケがイタリアの政治のなかに認めるこの「生命の充足」は、そのイデオロギー上のつまらない欠陥などよりもはるかに重要である。「どうでもいいのだ。もしこれによって心が上昇し、精神が外気に当たるならば！」つまり、ムッソリーニが古代ローマ人の征服の精神を復活させたことは正しかった。「イタリア的意志を構築するこの建築家、古代の火からやって来たこの炎で新しい意識を形作る鍛冶屋(24)」を称賛しなければならない。リルケにとって、ムッソリーニがイタリア国家を造形するのは、リルケ自身が言語に形をあたえ、あるいはロダンが粘土を加工するのと同じことである（この比較はムッソリーニの気に入らなかったわけではないだろう。もっとも、彼は自分をミケランジェロに比較するほうを好んではいたが）。スタイルのほうが内容よりも彼には重要なのである。二人の文通相手の不一致はここに極まり、リルケの病状がすでに深刻であることも相まって、この主題にかんする意見交換はここでストップする（リルケはこの年の暮れに他界する）。

これら三つの例――〈第一次世界大戦〉、〈一〇月革命〉、イタリア・ファシズム――によって、美的な基準を政治活動に直接に適用することは、リルケにおいてはあまり成功していないと考えることができる。人的費用を考えるならば、戦争、革命、独裁制は、仮にそれらが美しく充実しているとしても、受け入れ可能にはならない。こうした判断を下す前に、リルケが自分の原理を放棄しなければならなかったことをつけ加えよう。戦争と平和、圧政と相互理解を内部から理解しようとする代わりに、彼は一方を犠牲にして他方を選ぶ――まさしくこのことこそ、彼が芸術家としておこなうことを拒否していたものであった。彼が唯美主義の非難を受け、ポングス宛の手紙で正しく退けていたのが、これである。そういうわけで、彼の最初の立場のほうを第二の立場よりも好むことができる。彼がいっさいの選択を放棄するとき、彼はよりよい政治的選択をおこなっているのである。

・孤独、愛・

今度は内的な生活にもどろう。孤独な生活を送ることは、創造活動を成功させるために支払わなければならない代価というよりもむしろ、この仕事に必要な条件である。そういうわけで、自分の使命を生きる方法について彼に忠告を求める駆け出しの著者に対して語りかけるとき、リルケは、すべての創造者と同様、詩人が運命づけられている孤独を慰めるだけでは満足しない。彼は孤独を推奨するのである。孤独は壮大であり、これがむずかしいのは、それが実り豊かであることのしるしである。このように孤独を好む理由は、内部からやってくるものはすべて本物だということである。それに対し、他者からやってくるものは借り物である。「あなた自身の内部に出現するものに注意して、それをあなたの身辺に認められるすべてのものの上位にお置きください。」私たち自身の内部に生まれるものだけが、私たちの愛にふさわしい。「[自分と]人々との関係を解き明かすために」時間を費やしてはならない。リルケは人間の真実は、人間を孤独なときに観察すると、よりよくとらえることができるとつけ加えている。「孤独な個人だけが、一つの事物のように、生命の深い法則のもとに置かれているのです。[25]」いまやこうした要求の理由を理解することができる。しかし、事物の地位に還元され、人間にはいかんともしがたい法則に服させられても、人間はそれでもその生命の真実を明かすとはいえない。根本的に孤独な人間は、もはや人間ではない。そして外部からやってくるものと個人の内部に見出されるものとは、実際にはいかなる深淵によっても隔てられていない。内部とは、以前には外部であったもの以外の何ものでもない。

リルケ自身は初期のパリ生活から死にいたるまで、つねに自分の規則に一致しようと努める。彼の書簡はよき孤独を見出そうという希望と、孤独の不在によって引き起こされる嘆きが交錯する連禱である。彼が熱望するのは、「外部の不動と内部の活気」である。おせっかいな賛美者たちが彼の邪魔をする。だから彼とすれば逆説的な結論に達したがっているといえるだろう。すなわち、彼らが彼の詩を称賛しながらも、彼を個人的に嫌いはじめることである！　彼の偉大な庇護者にしてドゥイノ城の主人であるマリー・フォン・トゥルン・ウント・タクシス大公妃でさえ、彼の世界意識、すなわち「私の内的条件の整序」が明確な形をとることができるために、彼の孤独を妨げることをつつしまなければならない。孤独は芸術作品の根本的な特性である集中を可能にし、散漫さ、動揺、饒舌を回避する助けになる。リルケは仕事をするために、「他人との接触を断つ」ことを必要としている。他人との接触は「私の力と注意をすり減らす」。人生の終わりに当たって彼が熱望しているのは、持続的な孤独、「安定した孤独」である。「そして私が求めているのはもはや――正直にいえば――私の人生の残りの部分のためのこの孤独以外の何ものでもない！」それはまた「絶対的に完全な孤独」である――動物たちに好感を抱いているにもかかわらず、いやむしろそうだからこそ、リルケは一匹の犬を飼おうというアイデアさえ退ける。いかなる生き物も彼には誘惑である。だから彼の存在の一部を独占する。それに対し、彼は自分の全体性を持していることが必要なのである。単語は会話でもちいられるがゆえに詩的使用には不向きとなる。おそらく、一九二二年の詩的な多産は、日常生活でフランス語をますます多用しているがゆえに可能となったのではないだろうか。このようにしてドイツ語を詩のために使用できたのである。フランス語をあまりに多く使用しているのを見て不安になったルーに対して、彼自身がいったらしい。「とにかく、平凡な日常のなかで台なしにせずに、私が節約している数え切れない単語のことを考えていただきたい[26]。」

ある種の孤独が要求されるのは、芸術家の快適さのためだけではない。孤独は人間の条件の真実を述べている。そして芸術家だけでなく、だれでもがみな自分の実存の真実に到達しようと試みなければならないだろう。「私たちは孤独である。みなこのことについて思い違いをしていて、まるで孤独などまったく存在しないかのごとく振る舞っている。それだけのことである。だが私たちが孤独であることを理解し、さらには、すべてをそこから出発させることが好ましい。」他人と共有しているような気がするものは、実際にはごく少ない。たとえ、いつもはこれについて思い違いしているとしてもである。一見、気持ちがよくても、交流はしまいには反感を催させる。もっとも重要なものの全体、すなわち「無限なるものすべては、単独の人間の内部に存する。ここに、もろもろの奇跡、もろもろの完結が産み出される。ここで試練が乗り越えられる」。そういうわけで、クラーラの弟が失恋するとき、リルケはクラーラと連署で説教の手紙を送り、そのなかで彼は若者に──当時、二〇歳である──気に病んではいけないと説明する。あなたは実存の真実に少し近づいただけなのだから。「人生においては、何人も何人をも助けることができない。対立が起こるたびに、新たな苦しみが生ずるたびに、あなたはこのことを学ぶのです。人は孤独だ、と。」だがここには不満に思うべきものは何もない。「同時にそれは、それぞれの人が自分の内部にあんなにもたくさんもっている、人生においてもっとも建設的なものなのだ。すなわち、みずからの運命、未来、空間、世界の全体である。」つまり、この観点からすれば、創造者がたんなる地上の人間《モルテル》と区別されるのは、創造者が「孤独な人々のなかでもっとも孤独であるからにほかならない(27)」。

孤独を選択した者たちは、ある特権を享受している。死も彼らに影響を及ぼすことができない。死んだ詩人はまるで生きているかのように私たちに語りかける。彼らが自分たちの条件を受容することから導き出す利点がこれである。そして孤独を自分の人生の真実として抱きしめる者には、近親者の死も他の幾多の別離の一つにすぎない。「私たちが、あらゆる変容のうちでもっともはっきりしたこの変容のある瞬間に、おたがいに決定的に離別することを受け入れなければならないように、私たちは文字通り、いついかなるときにも、おたがいにあきらめ合い、相互に執着しないようにしなければならない。」各人の真実がひとりであることであるならば、その場合、他者の生命と死はほとんど重きをなさない。

リルケが愛に高い地位を割り当てていることを知ったあとで、この響きのよい孤独礼賛を聞きながら、どうしても提起せざるを得ない問いとは、もちろん、この二つをいかにして一致させるかということである。リルケにとって、通常の愛の概念を乗り越えるならば、そこに不一致は認められない。「すぐれて共有財産のように思われる愛そのものも、人が孤独で切り離されているときにしか、最後まで発展し、いわばまっとうされることはあり得ない。」それはリルケにとって、性が個人のもっぱら身体的な体験、対他関係——彼によれば「美しい果実が舌の上に産み出す純粋な感覚[28]」に匹敵する体験——の痕跡が見出されないもっぱら身体的な体験であるからばかりではない。このことによって説明されるのは、自慰に対する彼の好みである。リルケがいいたいのは、完全な愛は主体の拡張、つまり主体の空間がいっそう大きく開くことを結果として伴わなければならないということである。それに対し、一つの愛の対象への愛着は、自由の剝奪、限界の付加、制限である。孤独な愛は上昇である。二人の生活は下降である。

リルケは『マルテ・ラウリス・ブリッゲの手記』で、この愛の概念を展開する。真に恋する女は「自分が愛する存在を超える」。というのも、「彼女は贈り物としての自分自身が無限であることを欲するからである。彼女のフラストレーションは「彼女がこの贈り物に制限を課すことを求められる」こと、つまり愛よりも愛する男のほうを選ぶことを求められることに由来する。これがまた、リルケが意味深長にこの物語の最後に配置した〈放蕩息子〉の伝説の意味である。愛の偉大さは、尽きざること、無制限であることである。ところで、愛が明確な対象をもつならば、愛はすでに低下している。愛されることは、相手の愛を制限することを意味する。愛の主体でありつづけることができるためには、愛の対象となってはならない——愛は相互的であってはならないのである。「愛されることは滅びることである。

愛すること、それは持続することである。」〈放蕩息子〉は自分の家族のなかで愛されていた――だから、彼はこの制限を逃れるために家を出た。真実を知ったあと、「そのとき彼は、愛されるという恐ろしい立場にだれも陥れないために、決して愛すまいと固く決心した」。何度も波乱を経たあと、彼は自分の家族のもとに帰還し、「愛してくれるなと哀願しながら(29)」彼らの足もとに身を投げ出す。

この愛の理想的な形は、神に捧げる感情である。というのも、神は神を愛する者にいかなる制限も押しつけないからである。「神は愛の方向でしかあり得ない。愛の対象ではない。」「この名高い最愛の方は」と『マルテ』と同時期の手紙でリルケはつけ加えている。「用心深い叡知を獲得した。いかにも[……]、決して姿を見せまいという高貴なたくらみである。」だから、人が彼に向ける愛は無限なままであることができる。人は孤独のなかで、十分に時間をかけてこの愛を育て、拡張し、深めることができる。自身は信者ではないが、リルケはスピノザの文句に魅了されている。「神を愛する人は、神が自分に愛をかえすようにつとめることができない。」神を愛しているとしても、神の側からの感謝を期待してはならない。神は私たちに何も負っていない、とジャンセニストも私たちにいうだろう。このことは人間世界に置き換えれば、愛する人が目の前に存在していることよりも、不在であることのほうを好まなければならない――愛する人よりも愛のほうを好まなければならない――を意味するだろう。これが「愛し合う者どうしが、おたがいに離れていく理由」である。愛される対象は、愛のきっかけにすぎず、当初のいささか人目を欺く喜びにすぎない――リルケによれば、それは調教している馬を発憤させるためにあたえる砂糖のかけらのようなものである。だが、ひとたび始められると、愛は開花するためには愛の対象を厄介払いしなければならない。「以来、私たちの体験はすべて、つぎの事実を明らかにする傾向にあるのではないだろうか。すなわち、愛される対象の存在は生まれつつある愛にはたしかに刺激物となるが、愛が大きく育つや、対象の存在はもはや愛に被害や損害しかもたらさないということである。」見捨てられた恋人は、対象の存在によって自由を奪われる満たされた恋人よりも、はるかに大きな愛を知る。満たされた恋人は相対的なものにしか到達しないのに対し、見捨てられた恋人は絶対とコミュニケートする。自分が愛する者が消え去ることは、ここでは望ましきことである。「愛の価値を認めることができるのは、私からすれば、死からでしかない[30]。」

不首尾のなかで体験された愛のこの理想は、リルケによれば、「愛がかなえられることを何よりも恐れていた」中世のトゥルバドゥールの理想であった。とりわけ何人かの有名な女性、「偉大な愛の女性たち」の理想である――というのも、リルケにとって、この観点からすれば、女性は男性以上に人間の条件を体現しているからである。しばらくのあいだ、彼は彼女たちの肖像で構成された書物を書く計画に固執する。そこに登場するのは、サッフォー、エロイーズ、一七世紀イタリアの女流詩人であるガスパラ・スタンパ、ルイーズ・ラベ、ベッティーナ・フォン・アルニム――「こういう愛は応えを必要としない[……]。自分の愛を自分で受け入れるからである[31]」――、エレオノーラ・ドゥーゼ、アンナ・ド・ノアイユ伯爵夫人である。その作家としての経歴の全体を通じて、リルケはこれら偉大な愛の女たちの著作を例として引用しつつ、これに注釈を施し、これを推奨し、翻訳するだろう。

彼は『ポルトガルの修道尼の手紙』の作者であるマリアーナ・アルコフォラードを際立ったケースとして挙げている（今日ではむしろ、これは男性の作者によって書かれた虚構の手紙だという説が有力である）。ひとりの女性から、その女性を捨てたぱっとしない男に宛てられたこれら五通の手紙は、リルケによれば、愛の本質を表現している。というのも、このポルトガル人の女はついには、愛の対象は愛にとって不可欠ではないということを理解するからである。「愛はあなたが私をどう扱ったかには、もう左右されないのです。」そして愛が偉大さに、「何ものも打ち負かすことができない苦く冷たい偉大さ」に到達するのは、この瞬間からである。孤独が完全な愛の必要条件である。そしてこのポルトガル人女性は、「愛の本質は共同性に存するのではなく、それぞれのパートナーが力のかぎりに、相手を何ものかに、無限に偉大な何ものかになるように強いるという事実に存する」[32]ことを他のだれよりもはっきり示したのである。

・人生のなかの愛・

リルケが自分の理論を自分自身のケースに適用する場合には、人生と創造の関係を連続性の観点ではなく、断絶の観点で解釈している。彼は既存のものを凝縮させたり昇華させようとするのではなく、排他的な選択、つまり「もしくは、もしくは」を選んでいる。たとえばルー宛の手紙で述べている。「私を感動させる詩のなかには、私が生きているいかなる関係や愛情よりもはるかに多くの現実性がある。私が創造しつつあるところにおいては、私は真実である。そして私はこの真実の上に全面的に私の人生の基礎を築く力を見出したい。〔……〕私は私の作品の実現以外のものを求めたり欲したりしてはならないことを知っている。私の問題はここにある。すなわち、私が求めたり欲したりしてはならないものとは、私にとって本当に身近な人々、私が必要としている女性たち、成長し、これから長く生きる子供たち。[33]」ここで重要なのは「全面的に」という語である。創造は人生を排除するのである。

リルケのいくつか手紙を読むと、実際、彼が自分の作品で表明したり他人に教示している規則を、ためらいもなく自分の人生に適用しているような気がしてくる。若く美しいヴェニスの女性ミミ・ロマネッリとの関係がそうである。一九〇七年一一月、彼は自分が彼女に恋していることに気づき、熱情的な手紙を書くが、彼女が彼に執着していることに気づいたとたんにヴェニスを立ち去り、この関係に新しい色合いをあたえる。彼らの関係は、もはや限界を知らない普遍的な使命をもった愛のなかに融解しなければならないのである。「私は私が愛しているすべての人々を十分に愛さなければならない。というのも、いつの日か、私はたくさんの人々に私の作品を愛してもらわなければならないからである。」彼はミミに対して倣うべき例を指摘する。ガスパラ・スタンパとマリアーナ・アルコフォラードである。若い女は理解できず、あくまでも彼を待ち、彼に会いたいと望み、お返しの愛を求めようとする。ふたたびヴェニスに滞在することになった折、彼ははっきりと念を押さざるを得なくなる。「私たちがおたがいに犯すかもしれない致命的な間違いがただ一つあります。それは私たちがおたがいに執着し合うということです。ただの一瞬でも。[……]私が孤独に向かっているということ、私がだれを必要としてもならないということ、私の力さえも、すべてこの離脱から生じるということを決して忘れないでいただきたい(34)。」

実のところ、孤独はそれ自体としては目的ではない。孤独はたんに芸術創造の必要条件であるにすぎない。リルケは神に捧げられる崇拝を美と芸術への崇拝で置き換え、これに満足することによって、神への愛と人間への愛の関係を元のままに、つまりジャンセニストが解釈したようにとらえ直した。私と彼らという項を入れ換えれば、パスカルが自分を取り囲んでいる人間について書いたつぎの文にリルケが署名することもできただろう。「彼らは私に執着してはならない。彼らは神を喜ばすため、または神を求めるために、その人生と考慮とを費やすべきだからである(35)。」

ミミとの関係はここで止めておこう。

しかしながら、理論と実践、すなわち一方の芸術・孤独・愛の概念と、他方の生きられた体験のあいだの調和にみちた照応の印象――こうした印象は偽りである。実際には、問題はそれほど簡単ではない。リルケの生活は、想像されるのとは逆に、隠者の生活とは似ても似つかない。彼の男性としての三五年間の人生において、女性とのつき合いがないことはまれである。女の友人の何人かは、たんに打ち明け話の相手や庇護者である。だが他の多数の女性とはエロティックな関係を維持している。リルケは女性にもてる男である。小柄で、取り立てて美男子でもない。だが青い目は忘れることができない。言葉は魔法のような力をもっている。彼において女性の心をとらえるのは、地上的なものと天上的なものとの出会いである。「彼のうちには」と、女たちのひとり、クレール・ゴールは述べている。「修道士と誘惑者がおりました。」彼は「背広姿の大天使(36)」のような印象をあたえたのである。

とりわけルー・アンドレーアス゠ザロメ宛の手紙において自分自身にかんする真実を追求するとき、リルケは、問題なのは自分の意識で決定された自由選択なのではなく、こうむった――自分から望んだものではかならずしもない――強制だということを認めざるを得ない。たしかに、彼は人々との接触を警戒しており、通俗的交流では自分が行きたいと望んでいる場所、すなわち「もっとも重要なもの、根本的なもの、至高なもの」へと行くことはできないと思っている。しかしこのことを誇りにしているわけではない。「このもっとも重要なものへの制限は、私のうちでは叡知の結果ではいささかもない。これは私の本性の欠陥である。」まさにそれゆえに、彼の日々は陰鬱で空虚である。日常生活は退屈である。それにはもっとも重要なものが欠けているからである。彼が知っているのは、すべてか無かでしかない――ところで、すべてであることは例外である。「結局、欠陥のあるこの心的傾向によって、私はいっさいの交流を禁じられている。」他者との関係は誤解にもとづいている。友人は真の友人ではない。

愛は不意に終わりを迎える。(37)

ところで、そしてこのことは決定的なことだが、リルケは交流をおこなわずにはいられないのである。その上、すぐれたコミュニケーションを夢見ざるを得ない。一九〇三年にルーに書いたように、彼には「私たちは二つの人生を生きるようには作られていない」という事実を受け入れることができない。彼の公準が主張しているのとは逆に、孤独は彼にとってかならずしも恵み豊かではない。たしかに創造には不可欠だが、それだけで創造を触発するには不十分である。ところで、不毛な孤独は不確かなコミュニケーションよりも悪い。つまり、リルケにおいてはインスピレーションへの期待と一体感への希望が交互にやってくる。後者は前者の挫折から生じるのである。「私が人々を当てにするとき、彼らを必要とするとき、彼らを探し求めるとき、それはうまくいっていないということである。」しかし、こうした要求もまた前もって挫折するよう定められている。というのも、リルケが他者に頼るのは、その場しのぎでしかないからである。なぜなら、最初の道で失敗しているからである。他者はそれ自体としては彼の興味を惹かない。「人間は私にとってつねに偽りの解決策、私の無気力を救済することはないが、これに活気をあたえる何かである。」

ドン・ジュアンのように、リルケは女性によって愛されたいというさし迫った欲求を感じている。だが女性の愛情を保証されるや、女性から逃げ出す。したがって、彼はあるときは彼自身の要求の高みに達していないという罪の意識にさいなまれ、あるときは彼の身の回りにおり、絶対を前にした彼の挫折感を自分たちに対する関心と取り違えている人々をだましているという罪の意識にさいなまれるのである。人間とのコミュニケーションが禁じられているのであれば、人間相互のコミュニケーションについての彼の考察に何の値打ちがあるのだろうか。「時間とともに、私という怪物に対する警戒心がますます募ってくる。それがだれであれ人間のことなど、自分自身を絶えず責めさいなみながら気にかけているようには、気にかけたことは一度もないのだ。かくも恐ろしい怪物には、人間のあいだでおこなわれている事柄、人間どうしを対立させている事柄について語る権利はあるのだろうか。(38)」リルケは他者に絶えず手紙を書く欲求を感じている——彼らとコミュニケートするためではない。彼らの前で自己を表現するためである。彼には耳を傾けてもらう必要があるのだ。彼の関心を惹くのは、ルー・アンドレーアス゠ザロメとかマリー・タクシスというよりも、彼女たちの好意的な耳であり、彼女たちが彼の発言に寄せる同意である。

リルケがこれほど孤独について語るのは、彼が孤独を恐れると同時に望んでいるからである。スイスに隠棲した晩年においてさえ事情は同じである。いついかなるときにも——彼はこれを承知している——「私の住処のきわめて深い孤独は、私はこれにかくも多くのものを負っているが、過剰と化し、脅威に変ずる危険をはらんでいる」。最期にいたるまで、孤独は望まれると同時に恐れられるだろう。友人の存在が全面的に称賛されるのは、彼の最晩年の手紙の一通においてでしかない。この手紙はナニー・ヴンダリーに宛てられたものである。リルケの最期を看取るのは彼女である。「地獄！　私は地獄を知った！　あなたが全存在を挙げて(私にはそう感じられるのだ)、これら名の知れぬ地方において私のそばにいてくださることに感謝する。(39)」リルケは女性の関心を必要としている。だがそれと同じだけ、女性の関心から逃げ出せることを必要としている。ひとりの女性と出会い、彼女を誘惑し、彼女を愛することは、彼には簡単である。だが女性とともにいることは不可能である。彼の恋愛関係は呪われている。彼は恋愛関係の必要を感じているが、だが恋愛関係がはじまるや、彼はひたすら急ぐ、遠くに出発しようと。これらの人々のその後の運命には、彼はほとんど無関心である。彼女たちが苦しもうと、病気になろうと、死のうと——たとえ実際には、このような死はあとで美しい詩の出発点になりうるとしても。

同じく身を落ち着けることができないことは、彼と場所との関係の特徴にもなっている。彼は実際には我が家をもたない。彼の特権的な滞在地は居心地のいいホテル、友人の貴族の城、あるいは人が彼に貸してくれる住居である。彼はオーストリア゠ハンガリー帝国にある生まれ故郷のボヘミアから逃れたが、他の国に決定的に身を落ち着けることは望まなかった。だからロシアとスペイン、スウェーデンとデンマークに数か月間、滞在することが可能となる。フランス、ドイツ、イタリアに長期滞在したことはいうまでもない。だがパリも、ミュンヘンも、ヴェニスも、決定的な根拠地とはなり得ない。晩年にはスイスに居を定めるとしても、この国がそれ自体、近隣諸国のさまざまな言語と伝統の出会いの場だからだと考えることができる。

詩人の活動と、人間関係の組織のなかにとらわれた個人の活動を併行しておこなうことは可能だろうか。それとも、大河の二本の分流は、一方だけが特権化されつつ、分離されたままでいなければならないのだろうか。この問いがリルケにはじめて課されるのは、一九〇一年のクラーラ・ヴェストフとの結婚の際、そして同年一二月に彼らの娘ルートが誕生した際である。自分の理論と一致して、リルケは、この結婚が創造のプロセスに必要な孤独と両立しないわけではないことを望んでいる。夫となったばかりの彼は、ある友人に書いている。結婚においては、「一方は他方の孤独の擁護者でなければならない」と。彼らは二人とも芸術家である。クラーラは彫刻家、彼は詩人である。つまり、彼らは芸術の偉大さに到達するためにはひとりでいる必要があるのである。娘が誕生して六か月後の一九〇二年の初夏、リルケは家族の住居から立ち去り、実際には二度と共同生活を営むことがない。数か月後、クラーラはパリでリルケに合流し、二人は同じ建物に住むが、同じ部屋《アパルトマン》ではない。この決定は二人によって、まったき自由のなかで選択されたと述べられている。たとえば、クラーラの兄弟に手紙を書いて、自分たちは納得ずくだとリルケは主張する。たとえ何らかの苦しみをもたらすとしても、「いかなる共同の生活も、これが成り立ち得るのは、隣り合った二つの孤独を強化することによってでしかない」(40)。その後、リルケはこの均衡を維持することに意を払うだろう。つまり、クラーラとの関係を断つことなく、二人のあいだの距離を守るのである。

このようにして事物の純粋な声を聞くことができるためには、それを望むだけでは、あるいは身体的に自由であるだけでは不十分である。はるかに重く残酷なつとめが詩人に対して要求される。愛にとっての危険は、創造が愛とは異なっているということに起因するのではなく、創造が愛に似ているということからやってくる。愛と詩を両立させることが不可能だとすれば、それは詩がすでに愛――もう一方の愛よりもすぐれた愛――だからである。リルケは両者の近さをつねに意識していた。「芸術的体験は実際、性的な体験およびその苦痛と喜びの、信じられないほどごく間近に出現するので」と、彼はF・X・カップスに書いた。「二つの体験は、厳密にいえばただ一つの同じ欲望、ただ一つの同じ至福の異なった形式でしかない。」「恋人の熱烈な贈与から詩人の叙情的な放棄にいたるまでには、ただの一歩しかない」と一九〇七年にも主張する(41)。そして両者を絶えず比較する。彼の仕事について話すのを聞くことは、彼にとって、彼が愛している女について他人があれこれいうのを聞くのと同じほど無益である。世界の集積装置たる芸術家が自分の姿を認めるのは、女性の「受動的な」性《セクシユアリテイ》のなかであって、男性のそれではないことに注目していただきたい。

しかしながら、同じ時期にルー・アンドレーアス゠ザロメと続行している文通からは、もっと自信がなく、もっと不満をかこつリルケの姿が明らかになる。彼は自分の妻と娘が自分の存在と援助をもっと必要としていることを痛感している。だが自分には二人にこれをもたらすことはできないと感じている。「私には、それがどこであれ、有用であったり、何かを稼いだりすることはできないのです。」これは愛よりも孤独な仕事のほうを選択するという決意などではなく、むしろ欠陥、愛することの不可能、禁止であろう。人間関係から出発してもっとも重要なものに接近することは、不可能である――だがつねに心をそそる。その結果、これら身近な人たちが彼を少しも非難したりしなくても、彼のほうは彼らに何もあたえることができないことに罪の意識を抱くのである。罪悪感のせいで、今度は彼が彼らに対して攻撃的になる。こうした考えが仕事の妨げになるからである。彼は創造のなかに逃げ込み、夫と父としての自分の義務が産み出す日常的な心配事から逃れようとする。「私は何らかの方法でもっと深く私の内部に引きこもりたい。大きな鐘がつり下がっている、私の内部のこの僧院に。私はだれのことをも忘れてしまいたい。妻も子も。」ところで、この願いは実現され得ない。だれも自分から逃れることはできないからである。そして「いたるところに声、声、声がある」。妻と子供への関係は彼を強くしなかっただけではない。この関係は彼が自己の実存の感情をもつことを妨げ、彼が熱望している目標、「実在する事物のあいだの実在するだれかであること[42]」、つまり詩を書く詩人に到達することを妨げる……。リルケは人間関係のなかに喜びを見出すことができない。仕事のなかには、なおさらである。仕事はその上、彼には意識的に選択したプログラムというよりも不吉な運命のように思われるのである。ロダンが彼に約束したこととは逆に、彼には幸福であるためには仕事をするだけでは十分ではない。おそらく、彼の本性はロダンの本性ほど「首尾一貫し単純」ではないのである。

　とりわけ、娘ルートとリルケによって生きられた関係は、晴れ晴れしたものではない。ライナーとクララは二人とも自分たちの芸術家としての営みをつづけようとする。だから、小さな娘をほかの身近な人たちによくあずけたりする。クリスマスのお祝いのために家族が集まる。これはリルケにとって、自分に喜びをもたらすはずのもの――彼に対するルートの愛情――が苦しみの源と化すのを確認する機会となる。「愛すること、つまり愛を形成するこの関心、この力、この善意、この自己贈与を維持することは、あまりにもむずかしい[43]。」ルートはほとんどいつも両親から離れたところで成長するだろう。リルケは娘の結婚式にも行かず、個人的な贈り物を何も送らない。娘の夫にも彼らの最初の子供にも決して会おうとしないだろう。ルートもまた彼の臨終にも埋葬にも立ち会おうとしない。しかしながら、彼女はその後、彼の作品の目録作成と出版に自分の人生を捧げる。

一九二一年のルートの結婚を目前にして、リルケは自分の未来の女婿に手紙を送り、そのなかで自分の父親としての体験、またそれを超えて、自分の地上での実存を概括している。彼は自分がルートから奪ったもの――父親との不断の関係――をはっきり自覚している。だがこの犠牲は不可避的であったと考える。「私の人生の内的な実現に対する私の使命はあまりにさし迫ったものであったために、短い試みのあと、その外的な実現という仕事は断念しなければならなかった。」仕事が愛情に打ち勝った――しかも、愛情自体、「仕事」の観点で理解されている。だがそれほど尊敬にあたいしない性格をもつ仕事として。この使命のおかげで、彼は同じく絶えず住居を変更せざるをえない。いかなる場所にも自己を同一化できないのである。彼は自分が「外的世界のどこにも固定され、根ざしていると感じる」ことができなかった。そのために、彼は「[自己]そのものの内部に亡命する[44]」ことを余儀なくされた。娘の婚約者にいわなかったことがある。だが他の身近な人たちには告白している。それはこの亡命が彼を根本的に不幸にしたということである。

・「心の仕事」——ベンヴェヌータ・

一九〇一年の自分自身の結婚と娘の誕生の時期には、リルケはまだ自分の道を見出していない。彼はためらっている。もし彼がもっとはやくロダンの教訓とセザンヌの例を知っていれば、彼にとって何よりも大切なことに自責の念を抱くこともなく没頭するために、家庭を築くことは控えていただろう。彼にとって何よりも大切なこと、すなわち絶対とコミュニケートするための王道としての芸術創造。この体験のあとにつづく歳月に明らかになるリルケとは、実際、持続する感情的関係に巻き添えになることを回避するリルケである。しかしながら、〈第一次世界大戦〉の前夜——すなわち、『マルテ』の完成のあと、これにつづいた深刻な抑鬱状態のあと、ドゥイノで書かれた第一の悲歌のあと——、ある変化が起こるように思われる。リルケはこの時期に書いた、まさしく「ディ・ヴェンドゥング」*Die Wendung*（「転向」）と題する詩のなかでこの変化を記録する。彼はこの詩で、一つの段階——事物の世界の発見という段階——が突破されたことを確認している。したがって、別の段階が開始することができるだろう。

というのも、ここにいたって、眼差しには限界があるからだ。
そして十分に見つめられた世界は
愛のなかで完成されたいと願う。
目の仕事はなされた、

いまや心の仕事をなせ[45]。

事物の知覚から人間の相互作用に移行すべきときがやって来たとでもいうのだろうか。実際には、変化はそれより数か月前に起こっている。一九一四年一月末である。リルケはパリに住んでいる。ある日、彼は読者でファンの女性からメッセージを受け取る。彼は彼女に返事を書く。彼女の名はマグダ・フォン・ハッティンベルク。ブゾーニの弟子のピアニストで、ベルリンに住んでいる。リルケは手紙のなかで彼女を「ベンヴェヌータ」と名づける。感情の高まりは急激で、二月にはじまる文通は急速に絶頂へと到達する。しかもベンヴェヌータ宛のリルケの手紙には、彼がかつて書いたなかでもっともインスピレーションにみちたページのいくつかが含まれている。その月末、彼はもう我慢することができなくなり、ベルリンへと出発する。彼らは二週間をいっしょに過ごし、つぎにパリにやってくる。ひと月後、彼らは、相変わらずいっしょに、トリエステ近くのドゥイノ城に出発する。トゥルン・ウント・タクシス大公妃邸である。しかしながら、五月はじめ、ヴェニスの駅で最終的な決別がおこなわれる。リルケの死後、何年かたって、ベンヴェヌータはみずからの身の上を物語り、これに関連する記録を出版する。

ベンヴェヌータに宛てたリルケの手紙は、生活と創造を両立させるむずかしさを、あらためて言い直そうとしている。詩人の天賦の才、と同時に使命とは、アインゼーエン *Einsehen*、すなわち、世界を理解すること、世界をそのもっとも取るに足りないあらわれにいたるまで「内部において見る」ことである。一匹の犬についても同様である。詩人の目標は、学者よろしく、眼差しでその犬を貫き通すことではなく、むしろその内部に、犬が犬となる場に宿ることである。だからといって、むろん、そこで我を忘れることなくである！　さもなければ、さらにもう一匹の犬が出現することにしかならなかっただろうから……。世界へのこのような没入を成功させ、言葉によってその痕跡を保存すること、リルケが「私の現世的至福」と呼んでいるのがこれである。彼はふたたび癩者に寄り添って寝る聖ジュリアンのイマージュを思い出す。詩人であるとは、みずからのすべてを世界にあたえることができるということ、したがって醜さと苦しみを美しさ――対立物をもたない美しさ――へと変換することができるということである。「私のつとめとは事物の上方に位置することではなく、内部にあることだった。」逆に挫折とは、世界に対するいっさいの先入観をなくすことができないことである。「愛がないために、私は癩者に寄り添って寝ることができなかった。私は癩者をその輝かしき対立物へと変換することはできなかったでしょう。(46)」

ところで、もしだれかをすでに愛しているならば、と彼は考えた、世界が嫉妬して要求するように、世界に全面的にみずからを捧げることはできない。いま見ている世界の小部分――自己の目の前にいる犬――に保留なしにみずからを貸し与えることはできない。「犬が近づいてきた。それとともに、名をもたぬ一つの苦悩が。なぜなら、人は犬の内部に惜しみなく移り住む自由を失っていたから。」いまや第三者――愛される者――が存在する。そして詩人と犬は保留なしに一体化する許可をその第三者に求めなければならない。そして「だれかが事情に通じており、これをときおり(「もう一度」)許可してくれるということだけで、この魅惑の瞬間をほとんど永久に不可能にするのに十分でしょう」。ある個人を愛する者は、世界と一体化して、真の詩の誕生をつかさどっているあの認識を実践することは、もはやできない。というのも、彼はもはや自己の全体を所有してはいないからである。ところが、この実践は完全な贈与を要求するのである。そういうわけで、リルケは友人であるルドルフ・カスナーの格言――「誠実から偉大に通じる道は犠牲を通っている(47)」――に熱烈にしがみつき、そこにみずからの運命の記述を見たのであった。内面性を備えている人は数多くいる。リルケもそのひとりである。しかし真の詩的な偉大さに到達するためには、犠牲が要求される、と彼は考えたのである。人生の犠牲である。

つまり、ベンヴェヌータ宛の手紙で語られているところによれば、リルケは人生（愛）を犠牲にして芸術（仕事）を選択したのであった。だからといって、それは聖性と禁欲の道を歩むことではなかった。たとえ、ときおり、彼がそうした誘惑に駆られることがあったとしてもである。リルケは、世界の放棄それ自体が、今度は彼の計画への裏切りであることを知りすぎるほど知っている。「私の芸術は私をして人間的なものの内部にさらに深く根をおろさせはしなかったのだろうか。私は人間的なものから遠く身を持し、それを知らないままでいなければならないのだろうか。」これが詩人に重くのしかかっている矛盾した悲劇的な要求である。詩人は芸術のために人生を犠牲にしなければならない。だが彼は人生でもって芸術を作り上げる。つまり、彼は人生に専念してはならないし、背を向けてもならない。彼は人生に対して自分を開いていなければならない。だが関与することなくである。リルケが自分自身のために見出した解決策とは、自分の好みに合わせて手直ししたりせずに人間的接触を維持すること——人類に、むしろもろもろの人間存在に語りかけることであった。「人間的なものが私に関与せぬかぎりにおいて、私は人間的なものに友情にみちた理解を抱くのです[48]。」

これらのテーマは、いまや私たちにとってなじみが深い。しかしながら、ベンヴェヌータとの文通において新しいのは、リルケが芸術と人生のあいだに截然と確立されたこの分離を前にして強い不満を抱いていることである。リルケは気前のよい人間である。彼は献身的であることができる。彼と身近に接した人たちはみな、これを認めている。彼にできないこと、それは受け入れることである——あたかも、他者を迎えることは、彼のアイデンティティそのものを脅かすことでもあるかのように。ところで、高次の気前のよさが開始するのは、受け入れること、つまり他者への依存を了承することからである。ベンヴェヌータとともに、以前の他のいかなる女性の場合よりもはるかに強く、彼はもう一方の道をたどろうとする。すなわち、たとえこれが芸術の放棄を意味するとしても、愛を選ぶこと。こうしたひらめきは、彼が彼女に送る初期の手紙から見られる。しかし警戒心はまだ強い。決めるのはあなただ、と彼はただちにいう。このようにして武器を預けるのである——すぐさま後退するために。いや、それはいまのところ不可能だ。彼は筆を進めながら、この動きを納得しようとする。私が愛することができるという最良の証拠は、私が一か八かでやってみようとしていること、そのことに存するのではないだろうか。このような愛を生きることは、芸術を無益なものにするだろう。「おお、恋人よ、あなたの手が私のために生ぜしめる暗さと、あなたの音楽から生じる永遠の光の空間のあいだでのみ揺れ動くことができるということ。」ベンヴェヌータは彼に、あたえるだけではなく、受け入れることも可能にする。だから彼は「私の人生においてもっとも気前のいいこの出来事(49)」について語るのである。そして彼を彼女のほうにみちびいていく列車のなかで、この詩句を彼女のために書く。

あなたは想像することができようか、こうして永年、
私が——異邦人たちのなかの異邦人として——旅をつづけ、
ついに　いま　あなたの家へ迎えられるのだということを(50)。

だがリルケはベンヴェヌータを、とりわけ自分自身を警戒することをやめてはいない。彼を彼女のほうに押しやるいっさいの跳躍には、保留、恐れ、後退、防護柵が先行し、同伴し、またそのあとにやっ

てくる。自分はむしろベートーヴェンの例に倣い、つまり世界に対して聾者となって自分の内的な音楽を聴くことができたベートーヴェンの例に倣い、孤立したままでいるべきなのかもしれない、と彼は考える。さもなければ、ベンヴェヌータは、彼が自分には彼女を思いのままにする権利があると考えていると想像して、身を引くおそれがある。彼女が身を引いても、彼女は心配するにおよばない。彼は完全に納得するだろうから。それに、彼は自分がそんな権利にふさわしくないことを知っている。しかも、自分は期待していた以上のものをすでに受け取っている。彼女と出会っても、その任に堪えられるだろうか。自分の治癒は早すぎないだろうか、戸外の野山に適応できるようになるだろうか。現実は夢に比肩しうるようになるだろうか。最後の瞬間まで、彼は深入りすることを、執筆活動の快適さを放棄することを、そして出発することをためらっているのである。

だが、彼は出発する。彼はこの危険を伴う出会いのすべてを危惧することができた。そしてもし、にわかに幻滅したり、身体的な嫌悪を感じたりすれば？　とんでもない。夢から現実への移行は、さほどの軋轢を伴わずにおこなわれるように思われる。ここでベンヴェヌータの回想録を参照しなければならない。彼女のいうことを信じるならば、すべては申し分なくおこなわれる。彼自身、当時、書いた手紙でルー・アンドレーアス＝ザロメに「思いがけない、幸せなめぐり合わせ」について語っている。ベルリンでは、リルケがホテルの部屋を借りる。パリではベンヴェヌータである。彼らは散歩し、話をし合い、手をつなぎ合う。彼は彼女に本を読んでやり、彼女は彼ひとりのために演奏して、彼に音楽を発見させる。「ピアノがやむと、暗闇があたりを領していました。ツグミはもうさえずりをやめていました。すべては長い間、沈黙したままでした。そのとき、私の背後に、ライナーが音もなく近づいてきたのを感じました。彼の手が私の髪に触れ、涙に濡れた、熱い顔が私の頰に押しつけられるのを感じました。」[51]

一見したところ、関係が悪化するのは、ドゥイノのトゥルン・ウント・タクシス大公妃邸においてである。そもそも、この印象は偶然ではない。大公妃自身が積極的にこの愛の頓挫に一役買うのである。ベンヴェヌータはこれに気づくが、彼女がそこに見るのは、故意の介入よりもむしろ現実がいかなるものであるかの解明である。実際、大公妃は彼女を話し合いのために呼び出すのであるが、その話し合いで、大公妃は、椿姫よろしく、あなたはうぬぼれを捨てるべきだと彼女に説明する。リルケがあなたを愛していることは確かだが、この愛は彼からその真の存在を奪うことになる。というのも、彼はもう仕事ができないからだ。もし二人がいっしょに生活するならば、芸術は被害をこうむるだろう。崇高な作品の代わりに、人間的な、あまりに人間的な愛しか残らないだろう。ところで、「彼の義務はひとりでいることなのです。犠牲は苦しみですが、この苦しみが彼を創造という新しい偉大なつとめへと高めるのです[52]。」

大公妃は、自分自身の回想録では、なおいっそう敵対的である。大公妃はこのピアニストが自分の城に到着するのを見ると即座に決断する。リルケは耳を通り抜ける音楽を捨て、もっぱら内的な音楽の聴取に身を捧げなければならない。彼が音楽である。だから音楽をもつことは、これをしてはならない。彼女のいうことを信じるならば、リルケ自身が、自分のところに助けに来てほしい、そしてベンヴェヌータを遠ざけてほしいと彼女に懇願したらしい。だが同時に、大公妃は、リルケが新しい情熱に盲目になり、身近な人たちに目覚めさせられなければならなかった様子を描き出している。芸術と生活のあいだのヒエラルキーはあまりにしっかり確立されているので、大公妃はこのヒエラルキーが変更されるのを見るにしのびない。つまり、彼女は実践が理論を打ち消すことがないよう、ありとあらゆることをするのである。彼女はリルケに対して、あたかもそれが永遠の真実であるかのように、以前の彼の生活の規則を突きつける。「セラフィクス博士［これが彼女が彼にあたえる示唆的な名前である］、孤独があなたの婚約者なのです。[53]」リルケが一度だけ、人間生活――その苦しみ、だが同時にその喜び――を分かち合いたいという欲望を彼女に打ち明けたとき、彼女は反駁した。「セラフィコ、あなたは〈不滅の精神〉の営みのために生まれたのです。必要なのはただ一つのことだけです。それがあなたが支払わなければならない代価なのです。あなたは他人のように、生きても、愛しても、楽しんでもならないのです。」

彼がベンヴェヌータに出会う以前においてさえ、彼女は彼に対して、自分が彼の運命について抱いている考えを明らかにしていた。「あなたがこれほど絶望なさっていなければ、おそらくこんなすばらしいものは書けないでしょう。ですから、絶望なさって！ 強く絶望なさって、もっと絶望なさって！」彼らの共通の友人であるカスナーは、リルケがベンヴェヌータと関係をもった際、つけ加えたらしい。「彼は同伴者をあきらめなければなりません。一般に人が人生において孤独なのだということを理解しないとすれば、それは大きな勘違いです。人は成長すればするほど、おたがいにますます遠ざかっていくのです。[54]」以前の状況への回帰が大公妃自身を満足させることは明らかである。そうなれば、芸術と文学の友である好意的な庇護者の役割をつづけ、孤独な天才が創造の頂点に到達する手伝いができるからである。これが、大公妃のさしひき計算を信じるならば、リルケが必要としている理想の女性なのである。見返りを何一つ要求することなくあたえることができる人――言い換えれば、リルケをいっさいの相互性の義務から解放するような人である。

しかしながら、リルケとベンヴェヌータの恋愛の挫折に関係している大公妃やその他の友人を過度に非難してはならない。大公妃たちが可能なかぎりこの挫折に荷担しているとしてもである。この破綻のもっと根本的な理由は、二人の主役自身の態度にある。ベンヴェヌータには、自分を愛してくれ、自分のためにすべてを犠牲にする用意ができている男、いずれにしても、もう愛から逃れたりすまいと覚悟をしている男が目の前にいても致し方ない。リルケの著作から明らかになるイマージュ、リルケが自分自身について作り上げる物語、あるいは他人が作り上げる物語にあまりに強烈に印象づけられているために、リルケは彼女を愛することによって、自分の存在に対して許しがたい暴力を加えていると、彼女は心の底では感じないわけにはいかないのである。彼は他の男たちと同じような男であるという未知の喜びを彼女とともに味わいたがっている。彼女は彼のうちに例外的な存在を見ざるを得ない。そして、これがまさに彼女が彼を愛する理由なのである。回想録を書く際に、彼女が最終的な挫折の源そのものを見出すのは、ここ、つまりリルケを平凡な男として思い描くことが不可能だという事実のうちである。つぎは彼女の最初の印象である。「私は思っていました。〝これは人間ではない。奇跡によって私たちの地上につかわされた超自然的なものの出現なのだ〟と。まさしくこうした考え方が、その後、私たちに言語に絶する苦しみをもたらすとは思ってもみませんでした。」この最初の印象は、時間がたつにつれて固まっていくばかりである。そして、パリで、きわめて実践的な問い——私は彼と結婚したがっているのかしら？——をみずからに課すとき、彼女は認める。姉妹宛の手紙である。「私は答えなければなりません。いいえ、と。彼は私にとって神の声です。不滅の魂、フラ・アンジェリコ、存在するすべて善きもの、崇高なもの、この世を超越した聖なるものです。でも人間ではありません。私が彼だけに抱いている深い感情が人間化するのを見ることに、日常生活とこの世の生活に彼がまみれるのを見ることに言い表わしがたい恐怖を覚えます。日常生活にもこの世の生活にも、彼は自己を否定せずにはとどまることができないのです(55)。」リルケが人間化する決意を固め、自分が女を愛して日常生活に身を落ち着けても、自分を否定することにはならないと考えるときですら、彼女はアベラールに手紙を書くエロイーズの身振りを逆さまにして、彼がやっかい払いしたがっている彼のイマージュを抱きしめ、そのイマージュを回避できない彼の運命として送り返す。彼が台座から降りてたんなる人間《モルテル》になることを許容しないのである！

　ベンヴェヌータは、リルケの他の友人たちと同様、リルケを援助し、さらに不幸に陥るのは承知の上で、天才的な芸術家としてとどまるように強制することを決意しているのである。この決意は悔恨からはじまる。「私はリルケが仕事をしないのを確認すると」と彼女はその日記に書いている、「言いしれぬ不安を感じる。孤独を人生の至高の義務と見なし、孤独をあらゆる事柄の上に位置づける彼は、もはや音楽と旅行計画のなかでしか生きていない。」だがひょっとしたら、彼はもう孤独を望んでいないのではないだろうか。いや、彼の身近な人たちの信念は、あまりにも根強い。ドゥイノで彼が第一の悲歌を読むのを聞くとき、ベンヴェヌータの確信はますます強固になる。「彼がそれを完成させないなどと私は認めるわけには参りません。私に理解できるのは、苦しみのさなかで産み出されたこの作品は、おそらく決定的な仕方で、人間的な安住の地と両立できるいっさいの生活を放棄することを要求しています。」「私としては、フラ・アンジェリコ、あなたが前言を取り消すのをやめていただきたいのです。そして私自身はそれに一役買うことを差し控えたいのです。私はあなたに出発することをお勧めしたい。もし船があなたを遠い孤独の海へと連れて行くべく艤装されているのであれば。あなたの孤独の海では、仕事はあなたの人生を左右する権利、すなわち私がいつの日かもつ権利よりも、もっと古くからの、もっと永遠の権利を有しているのです[56]。」こうした状況では、大公妃がベンヴェヌータにライナーと別れるよう説得するのにあまり苦労することがなかったのは当然である。

　リルケ自身の態度も問われなければならない。それは自分の栄光の運命から身を引き離そうとする欲望に真剣さが欠けていたということでも、彼が芸術のなかの人生に対する確信――たとえ嘆かわしき確信であるとしても――にひそかに立ち返りたくなったということでもない。そうではなく、リルケは実際にはそれまで知らなかった躍動《エラン》に動かされている。彼は未曾有の幸福を味わい、自分の身振りの結果を引き受けることを覚悟しているのである。だが彼が夢見ているような愛は、これを生きることすら可能なのだろうか――この愛は、彼がこれを生きるような仕方で共有されうるのだろうか。リルケは人間ではなく天使なのだと考えるとき、ベンヴェヌータはおそらく間違えている。しかし彼自身、現実のベンヴェヌータを見ているのだろうか。あなたが私にとって何であるかをあなたにいうことは決してできないだろう、と、彼はすばらしい逆言法《プレテリシオン》〔ある主題に触れないといっておいて、逆にその主題に注意を惹くレトリック〕で彼女に書いている。私の代わりに、夜空の星だけがそうすることができるだろう。私はこれほどまであなたに浸透されているので、人間たちの死すべき条件を逃れているのだ[57]。ベンヴェヌータは理想的な人《ペルフェクシオン》である。だがこの人生においては、理想的な人とともに暮らし、その人と教会で結婚し、日々、その人を愛しつづけることはできない。現実の人間生活は完全《ペルフェクシオン》さの世界には属していない。個人は自己の不完全性を乗り越えることは決してない。したがって、この上なく愛される人もその不完全性を保持している。リルケはこの女性を絶対へと変化させる。彼女を神聖化し、彼女に自分の芸術に対するのと同じ場をあたえる。その結果、芸術と愛は両立不可能となる。彼の計画そのもの――もはや恍惚しか味わわないこと、共通の現実を絶対でもって置き換えること――を特徴づけているのは、何かしら悲劇的に不可能なものである。というのも、日常性は崇高なものによっては置き換えられ得ないからである。美は、まるで癩病そのものの内部で発見されるように、あらゆる不完全性を保持している日常性の内部それ自体で発見されなければならないのである。

リルケがもっている変容させる力とは彼の天賦の詩的才以外の何ものでもないが、今回は大きすぎて、彼が人間をありのままに見ることの妨げとなっている。彼がベンヴェヌータに書き送る手紙には対話を思わせるものはない。これらの手紙は感嘆の念を誘い、返答を求めるよりも同意を呼び覚ます。芸術作品のように味わわれ称賛されることを要求するのである（彼自身、その後、これらの手紙の美しさについて語る）。これらすばらしい手紙のなかで、彼は人間を発見している。マグダではない。彼自身を発見するのである。これらの手紙には、ただ一つの主観性が宿っている。彼の主観性である。恋をしていることが、ついに彼が自分を語ることを可能にするのである。彼は手紙の相手の女性を賛美しているが、実際には彼女を認めてはいない。だから、文通相手の女性の現実の名が、このベンヴェヌータという異名によって押しのけられるのは、おそらく偶然ではない。この異名が彼との関連で彼女を規定しているのである。彼の知らぬ間に、おそらくは彼の意に反して、詩がもう一度、人生に対して勝利したのである。二人の恋人はどうしても苦しむように定められている。彼らは愛し合いたがっているが、愛し合うことができない。それぞれが相手を幸せにしようと願いながら、自分を相手の不幸の原因だと感じている。彼らには状況をとがめることができない。過ちは彼ら自身のうちにあるのである。

ひとたび関係が終わると、この悲劇的な恋物語の二人の主役は、この物語の意味を明らかにしようと試みる。リルケは自責と自己批判の世界に閉じこもるだろう。幸福のためにすべてが出そろっていた、と彼はいう。チャンスをとらえることができなかったことは、自分の無能の決定的な証しである。「人間はだれも私を助けることができない。だれも」と、彼は一九一四年六月にルー・アンドレーアス゠ザロメに書く。「私には純粋で喜ばしいつとめに対処する能力がなかった。［……］実際、私は自分が病気であることを、もう疑おうとは思わない――そして私の病は危険なまでに勢いを増した。」数年後、彼はベンヴェヌータにも手紙を書くが、この手紙が彼女に送り届けられるのはリルケの死後でしかない。彼はここでも過ち全体の責任は自分と自分の弱さにあるとしている。「私には太陽を捕まえる勇気はなかったし、自分にそんな能力があるとも思わなかった。」しかしながら、彼は何も後悔していない。「ところが、神は私を山頂へと連れて行き、私にあなたを見せてくれたのだ。あなたを、ベンヴェヌータ！だれが、いつの日か、私が見たものを私から奪い返すことができるだろうか。死それ自体ですら、それを私のうちに閉じ込めることしかできない……。」[58]

彼らのアヴァンチュールからすべての教訓を引き出すことが、ベンヴェヌータの役割だろう。リルケの性格を明らかにするためではなく、人間の条件そのものに固有の悲劇的な分裂を明示するためである。この悲劇的分裂のせいで、私たちは合法的な目的をすべて同時に追求するわけにはいかないのである。リルケは——と彼女は考える——だれにもまして世界を聴取する能力に長けた人間である。だが、まさにこの事実によって、彼は世界に所属することができない。「ライナーはだれよりもこの陽気な心を理解するが、彼自身はそうした心をもっていない。彼に許されたのは、自然や人間の内部でくり広げられるものを際限なく把握することだけである。彼に許されたのは、万物の不可視の意味を理解し、表現し得ぬと思われるものを表現することである。その結果、私たちは奇跡を前にするように、彼の神聖な人間性の深さ・善良さ・明晰さを前にしている。だがしかし、彼の分裂と苦悩の原因は、まさしくこの人間性なのだ。」[59]

私たちは人生を認識することと人生を生きることを同時にはできない、とベンヴェヌータはいっているように思われる。ところで、認識することと生きることは、単独の個人にとっても人類全体にとっても望ましい。宿命の道への最初の歩みは、どっちつかずのなかでおこなわれる。だが偉大さと幸福のあいだで、人類に資するかまたは身近な諸個人に資するかのあいだで、選択を迫られるときが不意に訪れる。いずれが選択されるのであれ（選択は主体の意志に完全に依存するわけではない）、そこでおこなわれるのは人生の本質的な一構成要素の悲劇的な放棄である。これら精神の高次の営みは、人類にとっても、他人を配慮し愛することができる個人にとっても不可欠である。そして各人は、みずからの個別的な人生において、それぞれの慎ましき尺度で、この自己損傷の身振りを反復する。神々と人間とを同時に満足させることはできないだろう。しかし、それを望むことを妨げることはできない。自分の人生をとらえ損ったという感情は、人生をむだづかいしたという感情以上に、安心感をもたらすわけではない。そしていずれのケースにおいても、もっぱら明らかにされるのは、リルケ自身が「取り返しのつかないひび」[60]と呼んでいるものなのである。

リルケが知ったのは愛の喜びである——共同生活の喜びではない。

・最後の大恋愛・

つまり、リルケの運命とは孤独ではない。そうではなく、むしろ孤独から逃れんとする——不幸な——試み、愛を追求し、同時に愛を恐れる、矛盾した、したがって悲劇的な欲求なのである。大公妃の叱責と彼が彼女におこなう約束にもかかわらず、彼はかならずしも自分の心を自分に繋ぎ止めておくことはできないだろう——どのようにすれば、そのようなことが彼にできるというのだろうか。彼が生きる最後の大恋愛物語は、一九二〇年の夏の終わりにはじまる。それはバラディーヌの異名をもち、彼が手紙で「メルリーヌ」と呼ぶ、エリザベート・クロソウスカとの恋物語である。このアヴァンチュールの輪郭はつぎの通りである。出会いは八月の初旬におこなわれた。再会と別離が秋のあいだ交互におこなわれる。これは豊かな個性を備えた女性である。リルケの他の数多くの愛人と同じく芸術家であり、だが同時に亡命した多言語併用者であり（彼女はポーランド人であって、ドイツ、スイス、フランスで生活している）、リルケの人生においてはじめての母親である。その上、彼はメルリーヌの息子、ピエールとバルテュスの世話をする。自分自身の娘であるルートよりもはるかにである。

一一月になると、リルケは冬に備えてベルクの館に居を定める。この人里離れた住居を彼は当てにしている。何年も前から聴くことができなくなっていた世界の声をふたたび見出そうというのである。しかしながら、一二月になって、彼はメルリーヌの健康について心配な知らせを受け取る。そして自分が彼女の身の上にすっかり気持ちを奪われていることに気づくのである。感情の強度は彼にとって危険なまでに高まっていく。そして一九二一年一月のはじめ、ライナーはメルリーヌに合流するためにジュネーヴに急行する。彼は一月末まで彼女とともに過ごし、つぎに二月半ばになって彼女がベルクに彼を訪ねる。手紙、電報、電話が、その後の数週間、頻繁に飛び交う。四月のはじめ、彼女はもう少し遠ざかる。ベルリンに出発するのである。ライナーは徐々に以前の状態にもどっていく。だが遅すぎる。五月にはベルクの館を去らざるを得ない。その冬は不毛だった。リルケは書く代わりに、女性への情熱に我を忘れた。人生と詩、愛と作品の悲劇的な不一致がもう一度、例証されたのである。

リルケがこの挫折、この不一致について思いをめぐらせるのは、メルリーヌ宛の手紙と、自分自身のために書きとめている、だが明らかに死後出版を予定しているノートにおいてである（これらのノートは五〇年後、『遺言』という題名で出版される書物を形成するだろう）。彼がそこでおこなおうとしているのは、自分が囚われている対立の本性をよりよく理解することであると同時に、自分がおこなうであろう選択を擁護し、愛は創造のために役立たなければならないとする自分の理想を表明することである。

詩人リルケが自分の作品を追求することは、何ら驚くべきことではない。ところで、何年も前からつづいている創造的無力に終止符を打つために、自分自身の難聴を打破するために、彼は全力を尽くさなければならない。彼は自分の詩人としての声に取り憑くために、自分の実存の他のすべての場所を放棄しなければならない。「私にはかくも強度で急激な熱が必要なのです。ですから、この熱を産み出すために、私の血液をすべての器官から引き出し、これを心臓と頭のために使うのです。」そうすることができるならば、彼はそのとき、世界——だれもが目の当たりにしている無限に変化する形態ではなく、その魂そのもの——を言い表わすという目標、事物の「本質的な生命を表現」し、「目に見えぬ魂、星辰のなかのこの踊り子を具体化する」ために、みずからを「無拘束」の状態におくという目標に接近できるのである。詩とは何か。芸術とは何か。それは現実の全体性への開口部である。それは実存の小片の一つ一つのなかに実存の美しさを発見する能力である。芸術家とは「自由で決定的な諾《ウィ》を世界に」差し出し、「全体性への情熱」を生き、人間存在の本質をなす不完全性を乗り越える者のことである。だが、そこにいたるには、芸術家は自分の愛のすべてを必要とする。「私の仕事の原則は、私の心を占める対象、言い換えれば私の愛が捧げられる対象への情熱的な服従である。[61]」リルケにおいては、情熱は必然的に受動的な受容として生きられるのである。

すでにベンヴェヌータに説明していたように、選択は、未知の受け手と既知の存在のあいだにある。無数の〈彼ら〉と特異な〈あなた〉のあいだ、すべての人間存在を含む、無制限な、世界への愛と、個別的な人への、結局はエゴイスティックで小さな愛のあいだにある。そしてリルケは断ずる。「私の内的空間の明るさと暗さが決定され得るのは、一存在の主導的な影響によってではなく、唯一、匿名の人の影響によってである。」このコンテクストでは、個別的な人への愛は乗り越えられ、退けられなければならない。私的な愛とは、もう一方の愛とは逆に、内的な必然性にではなく成り行きに依存する愛である。偶然に私たちの途上におかれたこの特異な人は、自己と世界のあいだの障害となる。目の間近にあるものにこのように焦点を結ぶと、世界全体の像はぼやける。「このようにして、恋愛のアヴァンチュールは創造的体験の不毛な、いわば退化した二次的な形態のように、つまりその貶下《へんげ》のように思われる。[62]」

これが理論である。だがベンヴェヌータの時期と同様、実践が伴わない。ライナーはたちまち、芸術と人生のあいだに打ち立てられたヒエラルキーに疑念を抱き、恋愛体験を創造の喜びの近くに持ち上げる。つぎに彼は懇願する。「おお、もしあなたが、私の能力だけでなく私の本能まで麻痺させるこの愛への恐れを、その最後の名残にいたるまで、私から奪い去ることに成功なさるなら……。」ところで、愛はすでに獲得されたものだけで満足することはできない。愛は絶えずその欲望の位置を変えていく。メルリーヌが病に倒れると、ライナーは彼女のために、彼女によって苦しみ、詩句を書く代わりに彼女のことを思いやる。彼女は彼を独り占めしたのである。心穏やかに自分の作品を追求することを選ぶどころか、リルケは似たような強度をもつ二つの関心の極のあいだで引き裂かれる。まさにこのことによって、彼の集中力は破綻を宣告されている。「私の心はその領域の中心から周縁へと締め出されていました。その周縁部で、私の心はあなたのもっとも近くにあったのです」――だが同時に、彼自身からもっとも遠くに。彼を豊かにすべき恋愛体験は、彼を荒廃させた。彼は幸福の代わりに苦しみを見出したのである。「気がかりと圧迫感で私を押しつぶしている問題が、私が隠棲しているここにも忍び込んで来て、私を不安にしました。その結果、いかなる防御も幻想であることがはっきりしたのです」と、彼はいささか当惑してマリー・フォン・トゥルン・ウント・タクシスに告白している。そしてメルリーヌといっしょにいるときに、やっと書くテクスト（これは『遺言』に採録されている）は、一種の自動筆記であり、繋がりも形式もない単語の羅列である。リルケ自身はこれを「悪夢」[63]と呼ぶ。

同じ時期の一通の手紙で、リルケはこの問題のすべての所与を、みずから引き受けようと試みる。彼の人生の偉大で永遠の葛藤とは、「生活と仕事をもっとも純粋な意味で一致させる」ことである。というのも、「問題なのが芸術家の無限の、計り知れない仕事であるとき、二つの方向は対立する」ことは明白だからである。他の者たちは、この二つを出会わせることなく交互におこなうことによって、これを切り抜ける。ある者たちは禁欲主義に避難することによって、実存の喜びを断固として放棄する。だがリルケは、もう一度、自分の詩の本性そのものに由来する要求の名において、これらの解決策を拒絶する（彼はこのようにしてベンヴェヌータの解釈を確証する）。「私の生産力は、結局のところ、生活に対するもっとも直接的な賛嘆の念、生活を前にした無尽蔵の、日常的な驚嘆の念に由来する以上（これがなければ、私はいかにしてこの生産力に到達できただろうか）、生活の気前のよい寄与を、それがいかなるときであれ拒否することのうちに、私はもう一つ別の虚偽しか見ることができないだろう。[64]」このような身振りは彼の芸術全体を欺瞞の上に根付かせることになるだろう。実存的体験の果てに、リルケは当初の計画を断罪する。芸術を偉大なものにするためには、生活を放棄することができない。もし大河が二つに分離すれば、それぞれの分流は枯渇するよう定められている。しかし「私たちは二つの人生を送るようには作られていない」ことも真実である。これこそ矛盾した要請である。ここに、リルケがみずからを追い込んだ正真正銘の袋小路があるような気がする。彼が望むような仕方で詩人であるためには、生活は彼にとって不可欠であると同時に不可能である。だがこれらの要請のそれぞれは、彼の存在の真実の一つに一致している。つまり、対立は解消不可能なのである。

メルリーヌとの関係をふつうの世界への新たな転落だと解釈するマリー・タクシス大公妃は、自分の意見をくり返す。すなわち、自分の好みの詩人はこの世の愛には向いていない。「おお、詩人よ！　詩人には、彼にあたえた天才と交換に、［神が］彼の生を要求することを理解できない［……］。詩人もまた生の泉からつねに新たに飲もうと試みる。そしてつねに、嫉妬深い神は、詩人に甘い水にまじえて苦渋をたっぷりと飲ませるのだ。」リルケは、まるで神を愛するかのように、だが応答も義務も伴うことなく、女を愛そうとする。ところが、彼はこのような女を見出すことができない。だが彼は女の存在がなければ生き長らえることができない。どうすべきか。高みからの脱出は不可能である。ロダンがすでにおこなったように、もう一方の極端に求めなければならないだろう。すなわち、「おそらくは頭が鈍く、何の取り柄もない、自分のちっぽけな生活のことなど慮りもせずに、彼のために生きる」[65]ことを受け入れてくれる女とリルケは出会わなければならない。大公妃はメルリーヌの感情には興味がない。リルケの苦しみを思い描いているのである。

この一九二一年には、彼はこの矛盾を克服することを可能にする、もう一つ別の狭い小道が存在するという予感をもっている。彼はたしかにいずれの側にも多大なる熱意を要求する。愛される女性もまた、愛を放棄するのではなく、自分の愛が創造にとって不可欠な普遍的愛へと通じる架け橋に転じることを受け入れなければならない。自分では手に入れられないもの、リルケはこれを女性に要求する。彼は離れていることの必要性について道理にかなった論証によって女性を説得し、女性自身がこれを彼に要求するようにするのである。もう一度いえば、問題なのは物理的孤独、身体の自由を確保するだけではない。このようなことは、大した苦労もなく獲得できる。同時に確保しなければならないものとは、精神の自由なのだ。そのためには、あまりに頻繁であまりに情熱的な手紙はあきらめなければならない。二〇年近くの訓練にもかかわらず、リルケは屈しやすいことにかけては人後に落ちないけれども。まして電話での会話はあきらめなければならない。最高の犠牲であるが、愛する人に、愛がこのように宙ぶらりんであっても不幸にならないことを要求しなければならない。メルリーヌがあまりに苦しむならば、ライナーは彼女に思いを馳せざるを得ないだろう。そして罪の意識から逃れることができないだろう。「愛している人を苦しませる恐れほどひどい牢獄はない(66)。」

リルケの努力全体が、愛する男と愛する女との理想的な関係のイマージュを、メルリーヌに素描することにそそがれる。メルリーヌにこのような関係を実行に移させるためである。というのも、そしてこれが肝要なのだが、リルケはいかなるときにも、断絶しようとは、つまり恋愛と愛情の関係を絶対的に放棄しようなどとは思っていないからである。彼は孤独を獲得するために闘うが、絶えざる人間的接触を可能にする無数の手紙によって、これをおこなうのだ。彼は恋愛を警戒するが、これを退けることはない。仕事とは愛なのだということを理解することを可能にする、仕事と恋愛の関係の同じ解釈のくり返しによって、彼は人間的愛それ自体をも尊重せざるを得ないのである。というのも、人間的愛は彼の仕事の領域と無縁ではないからである。詩人としての目標がいっさいの事物の中心部へと向かい、いっさいの行為の美しさを発見することである以上、彼には自分の地平から愛だけを排除するわけにいかないのである。

メルリーヌの出現はリルケにとって、彼の身を焦がす不安（いつの日にか、愛されるべき女性はやってくるのだろうか）を消すために必要であった。だがいまや、この愛そのものの名において、メルリーヌは彼の孤独を守らなければならない。恋愛関係は、彼をその探求から逸脱させないために、十分に穏やかで落ち着いたものでなければならない。だが恋愛関係にはそれ以上のことができる。彼の世界を拡張し、彼の体験を押し広げ、彼と真実のあいだの障害物ではなく、真実へとみちびく道となることである。「それが私にとって、実存の拡張された空間における窓となること……〔……〕（鏡ではない）。」このとき、だがこのときだけだが、愛する女性もまた自己犠牲の果実を収穫し、詩人から「無尽蔵にわき出る」ものを吸収することができるだろう。一見、離れているように見えることは、このようにして最終的な歩み寄りに資するのである。「私はあなたから離れていく——だが私はぐるりと一周するのである以上、私は一歩ごとに、ふたたびあなたに近づいていく。(67)」もし愛する女性がこの高みにまで昇りつめれば、この営為は彼らを引き離す代わりに結びつけるだろう。

そもそも、これが若干の手探りの果て、つまずきのあとで、おこなわれることである。ライナーに対する大きな愛ゆえに、メルリーヌはこの愛をあきらめることができる。彼女はいわば、リルケが夢見ていた理想的な恋人、マリアーナ・アルコフォラードとガスパラ・スタンパの姉妹、恋人よりも恋のほうを好み、愛する対象をもはや必要としない女性と化すことを受け入れるのである。愛が不在のなかで花開く女性である。「私があなたをそっとしているかぎり、私はあなたを愛しているのです」と、ある日、彼女は彼に書く。彼女は彼の創造への絶対的欲求に服することを決してやめないだろう。彼女は詩人が探求しているものを理解しており、詩人がそれを見出す手伝いをする。一九二一年の夏、彼女は彼とともにスイスに人里離れた住居を発見する。ミュゾットの館である。これを彼に受け入れさせ、設備を整える。ついで、秋になって、彼女はベルリンに帰る。そこから、彼女は遠く離れた愛情でもって彼を支えるのである。リルケは大公妃に報告することができる。「私の恋人は今後、彼女がいてくれることを私が必要とする期間しか、ここにいないでしょう。」そして、あれほど待ち望んでいた奇跡が生じる。

一九二二年の冬、リルケはふたたび宇宙の声を聴く。そして一週間で、円熟の作品を書く。『ドゥイノの悲歌』と『オルフォイスに寄せるソネット』である。啓示の翌日、彼の最初の手紙は彼女宛である。「メルリーヌ、私は救われました！　私に重くのしかかり、私をもっとも苦しめていたことが、なし遂げられたのです。しかも、思うに、光輝くばかりにです。たったの数日でした。でも、かつて私は心と精神のこのような嵐に耐えたことはありません。いまなお打ちふるえています――昨夜、私は卒倒すると思いました。しかし、ご覧の通り、私は打ち勝ったのです……。[68]」

この高揚状態は長くはつづかない。数週間後、リルケはふたたび抑鬱に陥る。彼に白血病の症状があらわれはじめるのは、このときからである。人生の最後の数年は、リルケは基本的に翻訳に身を捧げる。

・不器用な愛し方・

リルケの運命をこのように観察してくると、どうしても二つのきわめて異なった道に足を踏み入れざるを得ない。一方は彼のケースの特異性を明確にすることを可能にし、他方はここから普遍的な意味を明らかにしようとする、そのような道である。リルケの生きづらさは彼特有のものであり得る。彼が擁護し、実行しようとする人生計画は、どんな人にでもかかわっている。いずれの道にも関係するいくつかの指標を集めてみよう。

なぜ――とリルケは執拗に自問する――私の人生はこのように耐えがたい苦痛なのだろうか。なぜ私は不安からも、抑鬱からも、慢性的な身体的苦痛からさえ逃れられないのだろうか。当初、彼は外的な理由を求めざるを得ない。彼は仕事をしすぎた。あるいは、邪魔をされすぎた。あるいは、彼の母親が訪ねてくる恐れがあった。あるいは、この場所の風土が彼に合わなかった。大都市であるパリが彼に襲いかかる。「その果てしない喧噪が私の静寂を打ち砕いた。そのおぞましさは私の惨めな部屋にまで追いかけてきた。そして、その日々の光景は私の視覚に重くのしかかった。」彼が受け取る感覚を制御することはできない。彼を貫き、彼を燃え上がらせる。「私がさまざまな印象を捕まえるのではない。それらの印象は、そのあらゆる角と先端でもって、ほとんど無理矢理に、深々と、私の手に突き刺さるのだ。(69)」一九一四年から一八年の戦争のあいだ、外的な事情――パリにもどることが不可能であること、収入の欠如、兵役の脅威――が、彼の私的な苦境を悪化させる。白血病の影響に参ってしまう前の、彼の人生の最後の三年間は、自分が苦しんでいるのは、度を超した恒常的な自慰行為が原因だと確信している。

しかしながら、これらの状況による説明は、肉体の医者の分析がそうであるのと同様、彼の生きづらさを解明するには不十分であることを彼は知っている。自分に幸福に生きる能力がないことのもっと一般的な原因を考えるとき、リルケはしばしば自分の幼年期の物語、とくに母親との関係の物語に思いを馳せる。彼はこの初期の愛が決定的であることを知っている。彼は初期の愛の強さを、何編かの詩や、プルースト的な調子をもった『マルテ』のいくつかの場面で記述している。たとえば、母親が熱のある子供を慰めるために、両親が夜会から帰ってくるときである。「ぼくは母の髪に触れ、母の手入れされた小さな顔に触れ、耳につけていた冷たい宝石に触れた［……］。そして私たちはこのようにして泣きつづけ、何度も接吻をした。やがて、私たちは父がそばにいることに気づき、離れなければならなかった。」ところで、彼の人生の現実は異なっている。大人になったリルケは母親と折り合いが悪く、母親を避ける。だが彼の回想録によれば、ごく幼い時期から事情は同じであった。「私は、ごく幼い時期からすでに、彼女から逃れなければならなかったような気がする。」このような愛の形態、すなわち、要求のあとにただちに撤退が――どちらも同じように必要だから――つづくような愛の形態は、彼が大人になったときの女性との関係にも見出される。これについて、みずからに問いかけながら、彼はベンヴェヌータに書いている。「これこそ、私が子供のころから、他人との関係のなかで絶えずくり返してきた身振りなのです。すなわち、あたえようとする無限の激情を、理解しがたい後退によって無効にすること。[70]」この説明はおそらく心的外傷の起源にさかのぼることを可能にする。だがそれは、この心的外傷をいかにして克服すべきかは教えてくれない。

自分が愛情のなかでコミュニケートし、助力をあたえたり受け取ったりすることの永遠のむずかしさを理解しようとしながら、リルケはマリー・タクシスに、いっそう乱暴な仕方で書いている。「私はいかなる関係においても〝愛人〟ではない。外的な方法でしか私を捉えられません。ひょっとすると、だれも私の心を揺り動かしたことがないからかもしれません。ひょっとすると、私が私の母を愛していないからかもしれません。[71]」これはまた――ひょっとすると――、自分の恋愛関係につねに不満をかこっているリルケが、自分に対して母親や姉の保護者的態度をとる女性たちとの関係を穏やかに生きることができる理由なのかもしれない。たとえば、マリー・タクシス自身、あるいは晩年におけるナニー・ヴンダリー＝フォルカルトである。同じく、彼の人生でもっとも重要なきずな、ルー・アンドレーアス＝ザロメとのきずなも、このようにして進展していく。短期間の騒々しい恋愛のあと、関係は一九〇三年から変化するが、つねに強度を保ちつつ詩人の死までつづいていく。リルケはルーのうちに好意的な関心、理解に富んだ聴取、彼を少しも脅かすことのない愛情を見出すのである。だがこれら母の代替物が彼の愛し方――というよりも、不器用な愛し方――を変化させることができないのは明らかである。

リルケはもちろん、これらの強い苦悩の状態から逃れたがっている。だが彼はどう手をつけたらいいかわからない。だれか女性に対する恋愛の情熱も、幸福な執筆活動の時期によってもたらされる高揚も、すでに見たように、彼が陥っている苦しい状態を治癒させることがない。そうなると彼は医者の助けを求めざるを得ない——肉体の医者のみならず魂の医者である。リルケはすぐに精神分析の存在を発見する。妻のクラーラがゲブザッテル男爵の治療を受けているのである。だが彼は同時にその影響を恐れている。というのも、精神分析は——と、彼は一九一一年のルー・アンドレーアス゠ザロメ宛の手紙で書いている——自分の魂から、創造の腐植土として役立っているものそれ自体を排除する危険があるからである。だから、選択はここでもまた、創造を優遇するか人生を優遇するかのあいだにある。そしてリルケは最初の道を選択する。数週間後、ゲブザッテルに手紙を書くとき、やはりこの強い保留を伴っている。彼は治癒したいが、自分の創造を犠牲にしたくはないのだ。「親愛なる友よ、それがいかなる種類の格付けと抑制であっても、たとえそれらが救いをもたらそうと、無限に上位にある秩序を混乱させることを私が恐れていることを、ご納得いただけますでしょうか。この秩序は、結局のところ、たとえ私を滅ぼすとしても、私はこれを正しいとしなければならないのです。」そもそも、仕事それ自体が「似たような自己治療」であることを彼は期待している。つまり、数日後、「私から私のデーモンたちを追い出せば、私の天使たちもまた、少々、つまりほんのちょっぴり怖がる[72]」ことを——と彼はゲブザッテルに書く——恐れて、彼が分析を受けようというアイデアを放棄するのを見ても、驚くほどのことはないだろう。

彼の大の打ち明け話の相手であり共犯者であるルー・アンドレーアス゠ザロメもまたこの観点を共有していると、いわなければならない。この女性、最初はニーチェとの、つぎにニーチェの友人である哲学者ポール・レとの強度の関係を生き、一八九七年から一九〇〇年にかけてリルケが恋に落ちたこの女性は、精神分析家となり、フロイトの側近のひとりとなった。ところで、何年ものあいだ、度重なるリルケの嘆きに対する彼女の反応は、個人としての幸福よりも詩人としての成功を尊しとするものだろう。苦悩は芸術家には絶対に不可欠である、というのも苦悩は創造をはぐくむからだ、と彼女は確信している。彼らの友情の当初から、彼女は確認する。「あなたのなかの詩人は、個人としての不安を出発点にして創造するのです。」つまり、不安を取り除くことは、詩の源泉を枯渇させることに帰着するのである。創造の仕事は創造者の内的な苦痛なしには済まされない。リルケの嘆きがひどくなると、彼女が細大漏らさず説明する。もし彼がもっとも重要なものの間近に居つづけたいのであれば、その代償は支払わなければならない。「この点については、いかなる緩和措置も不可能であると私は確信しています。それに私はこのことを喜んでいます。あなたは苦しまなければなりません。なぜなら、緩和措置はすべて、この上なく残酷な断絶を前提としているからです。あなたは苦しまなければなりませんし、これからもずっと苦しまなければならないと私は思います。」つまり、ルー・アンドレーアス゠ザロメは、しかしながら彼女自身、精神分析の実践に深入りしつつあるが、リルケに精神分析をやめるよう忠告する。彼女は精神分析が彼の芸術的創造を損なうことを恐れているのである。彼自身、彼女に宛てた手紙のなかで同じことを述べている。自分は自分の内面のこの「掃除」に反対である。自分は「何か消毒された魂のようなもの」[73]を取りもどさせられることを心配している。

しかしながら、精神分析を断念したくせに、一九一四年のベンヴェヌータ宛の手紙で述べているように、リルケはこのアイデアと戯れつづけている。彼は一九一三年にフロイトと知り合いになり、一九一五年に一度、その自宅を訪ね、一九一六年には、分析をはじめることを決しかねていると彼に書き送っている。リルケはむしろ肉体の医者、にもかかわらず魂の問題に応じることのできる医者を選ぶだろう。しかしながら、彼の苦しみは募っていく――その結果、一九二五年末のルー・アンドレーアス＝ザロメ宛の手紙で、デーモンから解放されるために、自分が分析治療を受けることを勧めるか否か、さらには、もっと正確には、彼女にはこの役割を演じる用意があるか否かを（「私にはあなたしか思い当たりません」）、あらためて問うている。リルケが求めなければならないのは美であって、幸福ではない。彼女はマリー・タクシスの観点を共有している。だが女友達は耳を貸そうとしない。彼女はマリー・タクシスの観点を共有している。リルケが求めなければならないのは美であって、幸福ではない。彼は幸福で平凡であるよりも、不幸な人間であって天才的詩人であるべきである（これらの属性のまったく異なった割り振り方は、彼の場合は不可能である）。少し前、彼女はつぎのような説明を彼にしていた。すなわち、神経症はおそらくは芸術的価値のしるしし、「だれかが自分自身の最果てまで行こうとした」ことのしるしである、と。彼が救いを求めるのに対する応えとして、彼女は彼を慰めるだけで満足する。彼が想像しているのとは逆に、「これは悪魔の憑依では少しもありません！」[74]リルケは屈服する。

そもそも、彼はルーには秘したままで、一九二五年の夏にすでに精神療法を受けていた。だが直接的な軽減をまったく感じられなかったので、このアイデアを断念していた。創造や恋愛と同様、医学も彼を楽にすることはできない。ほかの文通相手の女性に述べているように、「おそらく学問のプロが、どれほど強い意図をもっていようとも、その深みに接近することを容易にすることは禁じられているのでしょう［……］。私はあまりに長期間、私自身の医者でした。だから、その職業によって、私の本性の秘密を私よりもよく知ろうと努める人には、愚かな嫉妬を感じざるを得ません。みずからを打ち明けようとする身体はどこで終わるのか。みずからの神秘によって生きる魂はどこではじまるのか。[75]」この治癒することへのためらい、つまりもっと幸福に生きることへのためらいは、リルケにおいては、若き日々に信仰箇条として採り入れた信念に一致している。すなわち、苦悩は、たとえその保証にはならないとしても、選別のしるしだということである。幸せな天才というものは存在しない。自分自身の神に接近するために、創造者は殉教者にならなければならない……。

数多くのファクターが陰に陽に、リルケの運命を、したがって同時に彼がこの運命についてもたらす表象を変化させることができた。すなわち、母親の性格、平均よりも顕著な両性性《ビセクシュアリテ》、器質性疾患、恒常的な自慰行為。だがワイルドの場合と同様、これらすべての理由、さらにつけ加えることのできるその他の理由を寄せ集めたところで、彼の思想と運命を産み出すのに不十分だろう。まさにそういうわけで、これらさまざまな原因の可能性に言及するとしても、いつまでもそこに踏みとどまっているつもりはない。私はむしろ、もっと前に想起した第二のパースペクティヴのほうに助けを求めたい。

・人生と引きかえに・

リルケの運命は唯一無二である。その一方で、この運命から引き出される意味は普遍的である。彼の公的な著作ならびに書簡集から発せられるメッセージは、一般的な射程をもっている。このメッセージは一個人のみを説明しているのではない。それは過去および未来のあらゆる読者に向けられている——だから各人はみずからの体験に即してこれを読むことができるのである。その場合、私たちの関心を惹くのは、継続的に愛したり、人生と作品を一致させたりすることの無能力、日常的なものを芸術との対立においてではなく連続性において生きることの無能力といった形で見出すことのできる何らかの個別的な理由ではもはやない。そうではなく、リルケの公式がどれだけ創造・美・絶対に捧げられた実存の真実を述べているかを——この私的な個人に重くのしかかっている宿命的な不幸を指摘するよりもむしろ——知ることである。すべての詩人がリルケと同程度にこのような苦悶を知っているのではないと言い立てても、彼の体験の普遍性を無効にするわけではない。いかなる芸術家も知っている分離のプロセスが、彼の変遷にまつわる特別な諸事情によって極端にまで押し進められるのである。だが、それでは、いかなるときから、リルケによって記述された道は袋小路と化すのだろうか。

リルケはロダンの人生と作品から想を得た計画をはじめて表明したとき、若干の犠牲の必要性を予測していた。だがこの犠牲は大した重要性をもたないと判断していた。「そのなかには人生に対する一種の断念のようなものがあった。だがこの人生を、まさにこの忍耐によって、彼［ロダン］は得たのであった。というのも、この道具の先端に、世界が出来《しゅったい》したからである。」詩人の関心の対象とは宇宙全体であり、もっとも高いものからもっとも取るに足りぬものまで、例外なく、この宇宙のすべての要素である。芸術家はみずからの芸術によって、宇宙全体をその充溢において出来させるために、自分の私的な実存の一部を断念する。そうするだけのことはあるのである。ある種の対象は内在的な尊厳を有し、この内在的尊厳のおかげで、それらの対象は詩的素材としてとくに適したものとなる、とはリルケは考えない。創造者がそれらの対象に美を授けるのである。それらの対象の存在を特定し、暴き出し、その精髄を抽出するために、癩者を抱きしめる聖ジュリアンのように、それらの対象にみずからを投影し、それらの対象と一体化することによってである。みずからのつとめを果たすために必要とされる無限の自由によって、詩人は公的私的とを問わず、ある特定の生活様式を強要されるのである。

しかしながら、その後、何年間か、リルケは相変わらずロダンと接触を保ち、また同時にロダンとの深刻な不和も体験したのであったが、ある厄介な不連続性を発見する。ロダンがいかにすばらしい作品を創造したところで、彼がそれらの作品のなかで示している円熟と叡知は、彼の残余の人生に影響をおよぼしていないのである。残余の人生は、ほかの人々のそれと同じく凡庸である。ロダンは「まるで彼の莫大な仕事が無であるかのように」生活しつづける。そして人生の最後には、「そこからはいかなる栄光ももはや出てくることのない、最悪の混乱のなかに！」[76]引きずり込まれる。人生は作品をはぐくむ。だが作品は人生を高める助けにはならない。これは一方通行の関係である。これがリルケがロダンの例から引き出す苦々しい教訓である。

これと併行して、リルケが詩人の運命を見る見方も暗くなっていく。一九〇三年には、若き詩人に対して、若干の軽妙さをもって、若き詩人が人間との関係で知ることになる失望に心をかき乱されたりせずに、客観的世界というこの広大な領域に到達することによってみずからを慰めるべきだと勧めることができた。「人々とあなたのあいだに共通点がないのであれば、事物の近くに身を置くように試みてください。事物はあなたを見捨てることはないでしょう。」一〇年後——一〇年の抑鬱ののち——、リルケはクライストの著作に敬服しているのだが、そのクライストの運命に思いをめぐらせながら、事物に助けを求めることが人間関係の失敗に対する満足すべき治療薬だとして提示することはもはやない。そして、詩人の役割に言及するために、ほとんど希望の余地のないイマージュを選んでいる。「私たち詩人‐モグラは、いかなる不幸の土地を掘り進むのだろうか。私たちが何にぶつかるのか、また私たちが地面からほこりだらけの鼻面をわずかでも突き出すや、だれが私たちをむさぼり食うことになるかを知りもせずに。」[77]そういうわけで、彼がカイロに滞在していた一九一一年のある日、発見した、カスナーの犠牲の必要性をめぐる格言が、かくも執拗に彼の脳裏によみがえってくる。この格言は詩編「転向」にエピグラフとして引用されているほどである。この詩編自体、創造の仕事のつぎに、心の仕事をする必要を予告していた。リルケは自分の詩人としての運命を、もはや人生の実現としてではなく、その犠牲と見なしているのである。その結果、創造活動はなおいっそう強く宗教的使命に似てくる。どちらも絶対への道であるばかりではない。そのいずれもが同じ自己放棄を要求する。神的なものに到達するには、芸術家は人間的なものを断念し、みずからの十字架を受け入れなければならないのである。

リルケはキリスト教徒の信仰を共有していない――カトリックの信仰もプロテスタントの信仰も正教徒の信仰もである（ロシアに対する賛嘆の念にもかかわらず）。彼は、かつては自明であった関係の強度を復活させるために同時代人たちが払っている努力を皮肉をもって観察することさえ可能である。「二〇〇〇年来、煎じられてきたこのお茶のエッセンスに、あえてもう一度、お湯を注ごうとしている！」今日の信仰の実践者は、いささか滑稽である。彼らは自分たちが「唯一神」に近づいていくと想像しているが、この唯一神とは、「毎朝、堂々と会話することが許されており、〝キリスト〟専用電話の助けなど借りようともしない。もしもし！　どちら様ですか？　と絶えず叫んでいるのに、だれも答えようとしないのだから」。キリスト教において、彼にとってとくに無縁なのは、神と人間の直接の話し合いを混乱させる仲介者という考えである。根本的には、伝統的諸宗教がもたらす慰め、よそに存在し、あとでやって来るより善き世界という約束は、彼の気に入らない。「もっとも神聖な慰めは、人間的なものそれ自体のうちに含まれている。私たちは神による慰めをどうすればいいのかわからないだろう。」この神聖な慰めを発見できるのは、いっさいの感覚、いっさいの体験の極限に到達することによってである。そうすることができるならば、「私たちは私たちの直接的な体験のなかにさまざまな慰めを見出すことができるだろう」[78]。リルケが熱望している絶対は、よそにではなく、私たちのあいだに求めなければならない。絶対が誕生するのは、異なった実体からではなく、私たちの要求の強さそのものからである。超越性はこの地上に宿っている。だがそれはもっとも気むずかしい者にしか接近できないのである。つまり、リルケが選ぶのは、あきらめや希望ではない。積極的な態度、つまり人間的体験をより上位の力へといたらせることができる創造者の態度である。ロダンは彼にとってメシアの等価物、よき知らせをもち来たらす者、「これでもって現代が永遠に到達する福音」である。思い出せば、自分は『イエス＝キリストのまねび』を読みながら「〝神〟という語があれば、これをすべて〝彫刻〟という語に」置き換えていた、とロダン自身がリルケに語っている。「そしてそれは正しかったし、それですんなりと通ったのです[79]……。」今度は、リルケの読者もまた、往々にして神的なものと接触するような印象をもつ。すでに見たように、何人かの女性は、この男と出会ったとき、地上のものならぬ精神と接しているという感覚を覚えたのであった。実際には、リルケは人間的、あまりに人間的であり、ロダンと同様、自分の作品のなかで到達する叡知を、生活のなかで利用するすべを知らない。

　それでもやはり、宗教的なモデルが、自分自身の運命についてリルケが抱く想念に形式を与えていることに変わりはない。彼の創造体験は宗教的恍惚に背を向けてはいるが、宗教をモデルにして作られているのである。そして芸術への愛が、これが前提とするすべてのものとともに、神への愛に取って代わっている以上、人間的生活への同じ断念が見出される。リルケが想像したような詩人たちの神は、残酷な神である。この神は自分のために人生を犠牲にする者にしか姿をあらわさない。レーベン *leben* とディヒテン *dichten*、生きていることと詩人であることは、一致できない二つの状態である。芸術創造が信仰者の神の位置を占めているだけではない。それはどんな神でもいいというわけではないのだ。リルケが崇拝している神は、『新約聖書』からではなく『旧約』から来ているように思われる。福音の神は人間に接近した。この神はマリアの息子に受肉し、隣人を愛することは、それだけですでに律法に従うことであり、神に仕えることであると教える。ヤーヴェのほうは、偶像を崇拝することを禁じる有名な第二の戒律を述べながら、宣言する。「わたしは熱情の〔＝嫉妬深い〕神である。(80)」ところで、人間存在はそれ自体、イエスについては語らぬとしても、神の似姿ではないだろうか。一方での神的なものと人間的なものの連続の可能性に対して、他方での乗り越えがたい分離が対立しているのである。

リルケと多くの同時代人にとって、絶対はもはや伝統宗教の神に具現されてはいない。伝統宗教の神の消滅は、さまざまな代替現象を引き起こした。人間は神ではなく、ほかの人間を愛することで満足する。人間は天にではなく、みずからの実存において超越性に到達することを願う。自分自身の実存を強烈に生きることによって、また実存を美の創造に捧げることによってである。だがこの変化は同時に連続性を伴っている。彼らの先駆者たちと同様、美の熱烈な支持者は高低のあいだに乗り越えることのできない距離を保存する。その結果、近代の人間に提供される二つの道である愛と美は、かならずしも折り合いがよくない。そして二つとも、リルケがどうしても乗り越えることのできない困難によって刻印されている。日常的実存は相対的なものしか知らないにもかかわらず、この日常的実存のなかで絶対を生きるという困難である。絶対の要請によってみちびかれるクライストは自殺する。ヘルダーリンは狂人と化す。死と狂気は、人間的なものの不完全な実現と違って、絶対である。絶対は生命を奪い、荒廃させる——だがこれがなければ、実存はみずからがもっている人間に特有なものを失う。それは偶然的なものの中核に本質的なものを見出し、千の愛の夜と詩人の崇高な文のあいだに安定した連続性を確立することができなければならないということである（前者は後者と同様、必要である）——しかるに、この連続性はリルケには禁じられているのである。だが彼が閉じこもった袋小路は、すべての創造の真実、いわんや、すべての実存の真実を述べているわけではない。この袋小路は、彼が自分の意志で自分に押しつけた限界の不幸な結末を例証しているにすぎない。

詩人が死んで二か月後の一九二七年二月二〇日、シュテファン・ツヴァイクが、ミュンヘンで開催されるあるセレモニーで、思い出のスピーチをおこなう。よく知っていた者の運命について彼がおこなう解釈によって、リルケの悲劇をよりよく評価することが可能になる。ツヴァイクが彼のうちに見るのは、第一に絶対への熱望の完全な具現である。最若年期から――とツヴァイクは述べている――リルケは「完全さに向かう疲れを知らぬ歩み」をはじめた。成熟するにつれて、彼は自分の詩を徐々に「無限という接近不可能な頂上のほうに」引き上げることができるようになった。この頂上への上昇は、二重の断絶を代償と引き換えになし遂げられる。第一に、詩人は自分を取り巻く凡庸な人々に対して断固として背を向けなければならない。これは不可避である。詩人は彼らに似ていないのだから。天才と群衆のあいだのいっさいの連続性が断ち切られる。「何百万という凡庸な個人のあいだには、いかなる詩人も誕生することはない。」それだけではない。もし高みに身を持したいのであれば、詩人は残余の人類と手を切るだけでなく、自分自身の地上的存在とも手を切らなければならない。リルケの人生と作品は完全に首尾一貫している。というのは、人生と作品が似ているからとか、同じ原則に従っているからではなく、前者が全面的に後者に奉仕しているからである。つまり、ツヴァイクはリルケのさまざまな宣言に同意しているのである。これらの宣言によれば、人生を断念することは、作品が完成するために支払わなければならない代償である。この宣言から生じる帰結は重大である。絶対のなかで生きようとする者は、生に反対して死を選ぶということである。リルケは「無限との対話、死との友愛に満ちた対談」を開始していた。人生と絶対のあいだで選択を迫られたならば――とツヴァイクはこの結末をいささかも怖がらずに言明する――、絶対を選ぼう。この選択の両項そのものを拒否できるなどという考えは、彼には無縁である。ツヴァイクはリルケの死を悼むどころか、死がなし遂げたものに感謝している。すなわち、人生の不純さと人間たちの凡庸さから詩人のイマージュを守るということである。「この気高い形象を、その相貌をゆがめることもなく、私たちのために保存したことを、死に感謝しよう!」[81] 一五年後、ツヴァイク自身、みずからの日々に終止符を打つ。

すでに見たように、ルー・アンドレーアス゠ザロメもまた、リルケは美しい詩を書くためには苦しまなければならない、人生は芸術の祭壇に生贄として捧げられなければならない、と考える。ときには、彼女は、リルケは自分の悲嘆をいささか誇張しているのではないかと自問する。リルケの誠実さを疑っているのではない。リルケが実際におこなっているようにみごとに書くためには、口にするほど参っているはずがない。彼の文の意味が、それらの文を産み出すという行為によって疑問にふされるのである。リルケはベンヴェヌータに対する自分の愛の挫折をルーに物語り、綿々と自責の念を書き募る。ルーは答える。「あなたがこの体験をよみがえらせる仕方は、まさに、まさにです。まさに、死を生へと変ずる、確固たる、あのいつもの同じ力なのです。」あるいはまた、「実際には、あなたが常時、病気で惨めであろうとも、あなたはそれを言い表わす言葉を見出すのです。これらの言葉は、もしもあなたの内部のどこかで、あなたがこれほどまでに分割され引き裂かれていると感じていることが、ただ一つの体験に再構成されるのでなければ、そのままの形では考えられません〔……〕。あなたは自分で感じたり考えたりしているほど、絶対的に統一性を奪われているわけではありません。あなたは自分が行動不能に陥っていると感じて苦しんでいます。でも、このような事態の内部にある幸福の部分は、あなたには隠蔽され、隠匿されています。にもかかわらず、いまいったすべての条件が、あなたの内部に備わっており、外にあらわれていいるのです。というのも、だれも何らかの幸福を伴わずには、あなたのようにアネモネについて語ることは不可能だからです（ただ、人は完全に意識するにいたらないだけなのです）！」書いているリルケの部分は、それ自体、みずからを認識することがない。ところで、この部分は申し分ない状態にあり、したがって悲嘆するにはおよばない。だが、自分自身が知らない幸福に、何の価値があるだろうか。[82]

リルケの書簡を読む読者もルーの感情と同じようなものを感じる。このようなコミュニケーション様式は、とりわけその著者にはぴったりである。執筆行為によって媒介される交流である手紙は、語りかける人との接触を確立すると同時に、身体どうしの隔たりを維持するからである。手紙は作品と愛の中間の第三の道であるが、いずれの性質をも帯びている。手紙の存在そのものが、リルケが信じる善悪二元論的対立が克服不可能ではないことを示している――一般的にも、彼自身にとっても、である。ここでは、他者は存在と不在の中途に位置している。リルケは出会いを回避するにもかかわらず、自分に手紙を書く人たちには、喜んで、真剣に、長々と返事を書く。彼は何千通もの手紙を書いた。そのボリュームは作品の量をはるかに超えている。もちろん、彼はときには自分の生活で手紙が占める位置に不満をもらしている。手紙の位置はますます大きくなる恐れがある。手紙に返事を書くたびに、その返事にまた返事がやって来るからである。彼は自分の文通相手の呼びかけを、切られるとすぐに生えてくる九頭竜《ヒドラ》の頭に比較している。そういうわけで、創造の幸福感に恵まれるまれな瞬間には、文通は中断されなければならない。「いっさいのコミュニケーションが、私には作品のライバルである。[83]」だが残余の時間は、つまりほとんどつねに、彼はこの束縛に満足し、飽くことなく文通相手に返事を書く。手紙を送ってくる匿名の人が、自分の散文にあたいするか否かという問いをみずからに課すことはない。

彼の手紙は量が膨大であるだけではない。それらの手紙はまた、かつて彼が書いたなかでもっとも強烈なページを含んでいる。それらの手紙は彼の実存を記述するだけでは満足しない。彼の実存を変化させるのである。人生の最期に当たって、彼はその合法的な遺言書のなかで、自分の手紙は作品と同様、出版することができると告げている。さらに彼は、これらの手紙は最大限の評価にあたいすると述べていないだろうか。すなわち、日に日を継いで書簡のなかで物語られたリルケの小説は、彼の詩編や散文のように見なされるにあたいするだけではない。それは、ほかでは見出すことのできない感動と感性のレベルにさえ到達しているのである。逆説はまさにそこにある。大半は創造することができないといい、生きることは苦しいと述べているこれらの手紙は、あますところなく成功した作品であって、それを通して、人生と創造は対立することをやめ、とうとうおたがいにはぐくみ合い守り合うのである。

＊ ツヴェターエワ ＊

彼の作品を発見して以降、マリーナ・ツヴェターエワは彼を知っている。ライナー・マリア・リルケは彼女の好みの作者のひとりなのである。いかなる最上級をもってしても、彼を記述するのにゆきすぎということはない。彼は凡百の人間のひとりではない。彼は一個の神話、オルフェウス、「過去と未来、すべての時代を通じて、たんにもっとも偉大な詩人」である。「彼のことを、たんに〈詩人〉と名付けてもいい。いや、詩である。」彼女は自分の仕事机の上に、このドイツの詩人の写真を飾り（シーグリズ・ウンセットの写真のわきに）、彼の『若き詩人への手紙』をロシア語に翻訳し、いつの日か彼について一冊の書物を書くことを期している。彼女が彼を愛しているのは、たしかに彼がロシアに対して抱いている関心のせいもあるが、とりわけ彼の言語の質のせいである。そして、たとえリルケの詩編が同時代の世界について語っていないとしても、それらの詩編はその最良の流出《エマナチオ》である。つまり、反映ではなく、答え――この世界のアイデンティティを逆さまに描き出す答えである。「彼の対立によって、つまり必然によって、つまり現代に対するバランスとして、リルケは自分の内部にしか誕生できなかった。［……］リルケは戦場の司祭と同様、現代に必要である。[1]」

読書によってかき立てられたこの称賛は、ツヴェターエワにとって驚天動地、好意をありありと示すリルケの手紙を受け取る日から、ますます募っていく以外にない。このメッセージが届くのは、一九二六年春である。彼女はただちに返事を書く。熱烈な交流が二人の詩人のあいだに確立する。これは長くはつづかない。同年末に、リルケが白血病で死去するからである。ツヴェターエワはこの遠くからの出会いを忘れることは決してない。彼女の記憶は、この出会いを急速に純然たる恍惚へと変貌させる――リルケが自分の最後の詩編の一つを彼女に献じているがゆえにますますである。「マリーナへの悲歌《エレジー》」である。彼女は彼の死に、まず一編の詩「新年の手紙」で応える。つぎに物語『あなたの死』でもって応える。彼女はリルケの死後も彼に向かって書きつづける。そして『若き詩人への手紙』の序文を書きながら、はっきりさせる。「私は彼について語りたいとは思わない。まさにこのことを通じて、彼を私の外にいる第三者、つまり語られる事物にすることによって、彼を空っぽにし、彼から距離をとりたいとは思わない。［……］私は彼に語りかけたい。」まさにそういうわけで、彼女はリルケが自分に差し出した手紙がすぐに出版されることを望まない。そうすることは、彼がすでに死んだこと、決定的に死んだことを含意しているからである――こんなことは、彼女には容認できない。「私は彼の死が成就することを欲しない。(2)」これらの手紙を出版する、いかにもその通りだ――だが五〇年後である（彼女の願いは尊重される）。

しかしながら、この称賛とこの近接の感情は、ツヴェターエワが同時に、この独特な点で、自分がリルケに似ていないこと、自分がリルケの選択に与しがたいことを確認するのを妨げるものではない。このことはすでに、『あなたの死』という物語で感取される。彼女はこの出来事を想起するだけでは満足しない。彼女はこの出来事をある枠組みに組み入れるのである。リルケがほかのすべての人々よりも上位に位置する例外的な存在だとしても、彼女は彼の死を一連の死の物語の一部だと認識する。だがこの物語の他の主役たちは、まったくの無名の人々である。フランス人の年老いた女性教師、ロシア人の幼い少年である。そしてツヴェターエワは指摘する。「あなたは一度も生きたことがなかった。」数年後、彼女はこの印象をある手紙のなかで詳しく述べている。「一生涯、彼にはできませんでした。生きることも、食べることも、眠ることも、書くことも。書くことは彼にとって――責め苦であり苦悩でした。彼は世界中を歩き回りました――ロシアからエジプトまで――自分が書くことができる場所を求めて。［……］そして彼が探していたのは、場所だけではありません――時間もでした。(3)」

ここで争点になっているのは、二人の個人、リルケとツヴェターエワの差異だけではない。同時に二つの人生観の差異でもある。リルケの人生観は実存と創造を分離し、さらには対立させる。ツヴェターエワにとって賛成できないのは、このことである。彼女はリルケを〈現世〉がもたらしたもっとも偉大な創造者のなかに分類はするが、この断絶は彼女には受け入れがたいように思われる。一九三五年に、彼女はこのことを力強い表現でパステルナークに述べる。「リルケは亡くなりました。奥さんもお嬢さんお母さんも呼ばずに。でも、みなが――彼を愛していました。彼は自分の魂を気遣っていたのです！」彼女の道は異なっている。たとえ、自分をこれら例外的な芸術家、リルケ、プルースト、またはパステルナーク自身に近いと感じてはいても、である。「私はあなた方、非‐人間的な人々のなかの、たんなる人間でした。私はあなた方が高級な人種であることを知っています……。(4)」リルケは人生を怖がっている。それに対し、ツヴェターエワはためらいもなく人生に飛び込んでいく。つまり、彼女はワイルドとリルケについで、美の要請に従って自分の人生を支配する新しい方法の代表者なのであるが、絶対に到達することを熱望しながらも、ワイルドがおこなったように創造を犠牲にして実存を特権化したり、リルケのように実存を犠牲にして芸術を特権化することを拒否する。彼女が望むのは、この二つの道が、同じ物差しでもって測られることである。

ところで、ワイルドの人生が悲嘆のなかで終わり、リルケの人生が抑鬱に刻印されているとしても、ツヴェターエワの人生から明らかになるイマージュは、なおいっそう暗澹たるものである。彼女の運命は、二つの世界大戦と二つの全体主義体制の到来によって刻印されたヨーロッパの同時代史と解きほぐしがたく絡み合っている。〈第一次世界大戦〉によって流血の場と化した彼女の故国、ロシアは、〈一〇月革命〉の舞台と化し、この革命はロシアを内戦と恐怖政治にゆだねる前に、混沌と飢饉に陥れる。ツヴェターエワの娘のひとりは飢餓と衰弱で死ぬ。夫は〈白軍〉とともに〈赤軍〉と闘い、亡命に追いやられる。彼女は夫と合流するために祖国を離れる。その後、家族がパリに居を定めると、夫は完全に意見を変え、ソヴィエトのスパイになり、ある暗殺にかかわり合う。彼女はまた夫のあとを追わなければならない。ロシアにもどると、家族全員が情け容赦もない抑圧をこうむる。とどめの一撃は一九四一年のドイツ軍侵入によってもたらされる。生きる可能性を完全に奪われたツヴェターエワは、みずから命を断つことしかできない。彼女の実存は、ご覧のように、この上なく耐えがたいものの一つである。だが彼女の悲劇的な運命と彼女の世界解釈の方法のあいだに関係は存在するのだろうか。

・ロマン主義的ヴィジョン・

一九二七年、彼女はマクシム・ゴーリキーに一通の手紙を書く。ゴーリキーは当時、カプリ島〔イタリア・ナポリ湾入口に位置〕で暮らしている。彼女は読んだばかりの本について彼に話したくてたまらない。それはシュテファン・ツヴァイク『デーモンとの闘争』の一巻である。これは一九二五年に出版され、詩的狂気の三つの形象について書かれたものである。すなわち、クライスト、ヘルダーリン、およびニーチェである。ツヴェターエワは読んでひどく感動したために、この著作をゴーリキーに送りたかったらしい。これは「驚くべき書物」であり、ヘルダーリンにかんしては、「彼について書かれた最良のもの」[5]である。この関心は理解することができる。ツヴァイクのエッセイは、ツヴェターエワをいつも魅惑してきた、詩人と詩人の人生にかんするロマン主義的概念を数ページに要約しているのである。つまり、彼女の称賛は彼女自身の選択を示しているのであって、ツヴァイクによって提示されるヘルダーリンの解釈に帰すことができる価値とは無関係である。

　ツヴァイクははじめに、すべての詩人、すべての創造者が、彼が描きつつある理想的な肖像画のなかに自分の姿を認めるわけではないことを容認する。「悪魔に取り憑かれた人々《デモニアック》」、つまりデーモンによって打ち負かされた人たちのそばに、たとえばゲーテのような、この同じ闘争に勝利したほかの者たちがいる。しかしながら、彼女の注目を惹くのは、これら「古典主義者」ではない。彼女の関心全体がロマン主義的な人物像を対象としている（ツヴァイク自身はこの語を使用していない）。これらの創造者を通じて勝利をおさめるデーモンとは、「本源的不安」の別名であって、この本源的不安のせいで、人間は「あたかも、自然が私たちの魂の奥底に、昔のカオスを若干、残していたかのように、無限なるものに、基本要素的なものに」[6]身を投じるのである。この記述によって、詩人のつとめはいかなるものでなければならないかを想像することが可能になる。まさしく、しっかり秩序づけられた私たちの世界の内部で、私たちにはもはや接近できない、これら本源的な、制御できない、カオス的な基本要素に命を吹き込むこと。私たちが無限のために有限を見捨てることを可能にさせ、地上の規則をして天の命令に譲歩せしめること。

　これはまさしく、他の時代、他の場所においては、宗教に定められていた役割である。だがまさしく

――とツヴァイクは主張する――ヘルダーリンにとって、詩は宗教に取って代わった。詩は「彼にとって、ほかの人々の場合の福音と同じである」。詩は彼の目には「宇宙を支える創造原理」と化した。または、もっと正確にいえば、詩人は神々を生かすために人類にとって必要である。詩人たちの熱狂がなければ、神々は死ぬだろう。「詩人がいなければ、〈神的なもの〉は存在しない。厳密にいえば、これに存在を付与するのは、詩人である。(7)」

ツヴァイクによれば、ヘルダーリンによって具現された詩人のロマン主義的概念は、神的なものと人間的なもの、天と地、高と低、芸術と人生のあいだに、乗り越えることのできない二元論の存在を前提としている。両者のあいだでは、いかなる調停も不可能である。そしてヘルダーリンは自分の作品を通じて、「凡庸さ、妥協、無価値なものからなる外的世界と、魂の事象の純粋な世界との両立不可能性の感情」を伝達する。二種類の存在が宇宙に住み着いている。高所には「不死なるものが、光のなかを、幸福に満ちて歩いている。」低所では、「私たちの人種が、神的なものは何もない［……］夜の闇のなかを歩いている(8)」。日常的な物質的生活はヘルダーリンを怖がらせる。彼は卑俗さを恐れ、これを変化させるよりも回避しようとする。

この高と低の截然とした分離は、神々と交際する者は人間から逃れなければならないということを含意している。二つの次元で同時に成功することは、だれもできないだろう。ツヴァイクがここで宣言していることは、彼がリルケの死の直後におこなうスピーチで述べることと同じである。すなわち、創造者は子供を産むことを断念しなければならない。詩の女神《ミューズ》の恋人は、女性の愛を犠牲にしなければならない。神々のあいだに滞在しようとする者は、地上の居住形態を十全に享受することはできないだろう。「彼は知っている。詩は、無限は、自分の心や精神を分割することによっては、また、それに表面的でつかの間の一部分を割くことによっては到達され得ないことを。神的な事象を告げようとする者は、それらの事象に身を捧げなければならない。そのために完全に自己を犠牲にしなければならない。(9)」リルケもこれ以外のことは何もいわなかった。

その結果、地上の生活においては、詩人は完全さだけでなく、幸福をも断念しなければならない。天才的な芸術家の日常生活は、悲惨さと苦しみによって作られている。「人生はこれを軽蔑する者に対して復讐する」とツヴァイクは書いている。ヘルダーリン自身、絶対に到達するために支払わなければならない代償を受け入れた。「世界の生命の歌が私たちのうちですばらしい音色を響かせるのは、苦悩の深みにおいてでしかない。まるで暗闇のナイチンゲールの歌のように。(10)」詩人は自分が神々とともに長くとどまることができないことを知っている。しかし、こうしたまれな瞬間だけで、詩人には自分の実存の残余の部分を輝かせるのに十分なのである。

天上の火に近づくために要求される代価は、なおいっそう高価である可能性がある。詩人は地上の幸福を断念し、自国の規則を放棄しなければならないだけではない。公共の世界、詩人が同時代人たちと共有する世界から立ち去らなければならないかもしれない。ヘルダーリンに訪れたのが、まさしくこのことである。ヘルダーリンは狂気に陥ったのではない、とツヴァイクは信じている。彼は狂気を選んだのだ――というのも、彼は人間世界にはもはや住みたくなかったから。あるいは、なおいっそう根本的な解決策として、詩人は生命よりも死を好むことができる。これが、デーモンのもうひとりの犠牲者であるクライストの運命であるだろう。クライストにとって、人生は十分な分量の無限を提供しない。それに対し、死は絶対最上級である。したがって、彼は、彼に追随して自殺する女性と「共にする墓」のほうを「世界のすべての女帝の褥《しとね》よりも(11)」好むと宣言する。無限の物差しにとって、世界の喜びに何の価値があるだろうか。クライストはみずから命を断つ。今度はリルケの運命が、ツヴァイクによって、すでに見たように、死の意識的な（そしてみごとな）選択として解釈される。

このロマン主義的概念のもっとも驚くべき特徴は、おそらく芸術と宗教の同一視ではない。そうではなく、芸術と宗教のいずれに対してもなされた二元論的《デュアリスト》、さらには善悪二元論的《マニケエヌ》な解釈である。神々の世界は人間の世界と混じり合うことはない。芸術家は俗悪な大衆との接触を決定的に断たなければならない。この選択は極端である。どんな宗教、どんな芸術も、そうするわけではない。ツヴァイクが「神々だけが、絶対的純粋さ、混じりけのない世界で暮らすことができる」(12)と書くときには、絶対的純粋さを熱望するのではなく混合を受け入れる多くの宗教的体験に背を向けている。絶対を熱望するからといって、機械的に相対的なものを軽蔑しなければならないわけではない。高と低の不連続性、無限と有限の調停の不可能性を押しつけるのは、宗教ではない。ロマン主義的ヴィジョンの忠実なスポークスマンであるツヴァイクである。

・芸術の本性・

ツヴェターエワは、詩人の運命と芸術の本性についてツヴァイクがもたらすイマージュに有頂天になる。しかしながら、彼女の作家としての実践においても、エッセイ、手紙、または手帳で展開される理論的省察においても、彼女はいくつもの重要な点でロマン主義美学と手を切っている。

まず第一に、彼女は芸術創造を人間的活動の頂点に位置づけることはない。同じ機会に、彼女は芸術と宗教との同一視を拒否している。たしかに、ヘルダーリンのように、彼女は、詩人は神々のメッセージを翻訳するために、神々にとって必要だと考える。「詩は神々の言語である。神々は語らない。詩人たちが神々に代わって語る。」詩人たちは神々のあいだに滞在し、ついで人間たちのさなかにもどってきた。「いかなる詩人も結局は移民である。ロシアへの移民も含めて。〈天国〉からの、また自然という地上の楽園からの移民。［……］不死から時間への移民。自分の天上への帰還を禁じられた亡命者。」そういうわけで、詩人たちは永遠と天上へのノスタルジーを保持している。だが彼らはそこにはもはや住んでいない。芸術は聖なるものである――だが芸術だけが聖なるものなのではない。しかも、すべてにおいて聖なるものなのではない。したがって、芸術はもっとも聖なるものなのではない。芸術は精神世界の純粋な流出《エマナチオ》ではない。それは具象化《アンカルナシヨン》、つまり精神的なものと肉体的なものの出会いである。それは、それ自体、精神と肉体の中間の審級である魂に対応している。あるいは、さらに、煉獄に。「精神の天上と人間の地獄のあいだにあって、芸術は煉獄なのであり、そこからは、だれも楽園に行こうとしない[13]」――つまり、天上的なものと地上的なもののあいだの第三の王国。

ツヴェターエワは詩人たちそのもののなかに「崇高な」という語で形容する者と、「巨きな」と判断する者を区別している。崇高な詩人とは、天上の高みにとどまっていようとする者である。たとえば、ヘルダーリンである。巨きな詩人――たとえばゲーテ――は、ヘルダーリンが亡命している頂上への訪問者にすぎない。だがそれゆえに、彼らはすべてを見、すべてを聞くことができる。天上においても、地上においても、両者のあいだででも。「巨きな詩人は包み込む――そして均衡を回復する。」天才は人類の残余の部分と手を切ってはならない。「天才。対立する諸力の合力。つまり、結局は、均衡。つまり、調和。」すべての詩人が雲のなかを翔ぶとはかぎらない――巨きな詩人は翔ばない。詩人は司祭の代わりにはならない。「詩人はもっとも偉大な者なのではない［……］」。詩人の領域とは魂である。魂全体、魂の上方には精神が存在する。精神はまったく詩人を必要としない。もし必要とするなら――預言者である。」詩編が祈りであるのは、それが精神の世界に呼びかけるからにほかならない。だが、それが神に役立つことはない――あるいは、その代わりに、すべての神々に役立つ。肉の神々と精神の神々、自然、恩寵。「力を真実、魅力を神聖」[14]と見なすことはやめなければならない。

ツヴェターエワは、芸術の自律を保護し、芸術を政治と道徳に従属させせまいとするロマン主義者の配慮を共有している。詩はそれ自体以外の何ものにも役立ってはならない。詩はみずからの完全さの追求だからである。「書く事柄がそれ自身の目的である。」「私が作品に取りかかるときには、私の目的は、だれかを、つまり私自身や他人を楽しませることではない。可能なかぎり完全な作品をもたらすことである。」「芸術作品が実現されるときの芸術作品の唯一の目的――それはその完成である。［……］一つの全体として捉えられた芸術作品は、それ自体が目的である。[15]」高貴と卑賤とを問わず、外的な目標に役立つことをこのように拒否する理由は、詩人のわがままではない。そうではなく、従属させられた芸術は失敗した芸術であり、共通の目標のためには、ほかの手段のほうがもっと役立つという意識である。その上で、芸術が共通の目標に役立つときは、それは芸術家が必要だと判断した闘争に参加しようとしたからではなく、まったく別の理由から、つまりその作品が世界の真実を顕現させるからである。

詩人の使命にはある挑戦が含まれている。ツヴェターエワはこれを指摘するすべを心得ていた。すなわち、世界を聴取するすべを知っており、他者に、つまり当代の、また時代を超えたその読者に、自分たち自身の体験に名を付け、これを理解することを可能にする文を発見するすべを知っているということである。彼女は自分の墓の上に墓碑銘として「〈存在〉の速記者」と書いてもらいたかったらしい。彼女はこの点で、「権威ある口述のもとで」書くと述べたリルケに近い。偉大な作家は発明するのではない。発見するのである。「詩人たちのいわゆる〝想像力〟とは、観察と伝達の正確さ以外の何ものでもない。［……］詩人の大義――世界に新たに名を付けること。」詩人は美しい詩句を書き、印象的なイマージュを産み出し、魅惑的な物語を語ることだけでは満足しない。もっと高邁な野心を抱いている。強度に思考し、真実を――緊急事態のなかで――述べることである。しかしながら、この思考は教義の形式をとらない。そのために、詩人は学者だけでなく、万人に語りかけることが可能になる。ツヴェターエワはこのことを知っており、そのように述べている。「私は哲学者ではない。私は思考することもできる詩人である。」あるいはまた、「世界観をもたぬ代わりに――私は世界感覚をもっている[16]」。

詩人のつとめが世界を顕現させることであるならば、ツヴェターエワはもはや、芸術に――しかも芸術にのみ――身を捧げるというロマン主義の掟に従うことはできない。だがこの点で、すべての偉大なロマン主義者は、みずからのドグマに違反しているといわなければならない。詩人は自分を取り囲む物質的な事実の彼岸を発見しなければならない。この意味で、詩人はロマン主義者の敵対者である。だが詩人が身を投じた闘争は、相手の深い認識を前提とする。「彼が認識を通じてのみ打倒する敵。可視のものを練り上げて、これを不可視のものに役立てること――これが詩人の人生である[17]。」ここにおいて、詩人は万人の問題と関係する。彼は詩の専門家からよりも、世界にかんする「専門家」――学者、労働者、農民――から学ばなければならない。この意味で、詩人は歴史家に近いが、能力において歴史家に勝っている。彼は理解しようとする存在と事物の内部に自己を投影し、それらの肉体だけでなく魂を復元することができるからである。そして、これは動かしがたい事実であるが、ツヴェターエワの詩も散文も、きわめて人間的な感情と体験の深い認識で作り上げられている。人はそこでは〈地上〉に住んでいるのであって、天空の上天に住んでいるのではない。

リルケは——この点でツヴェターエワは彼に賛意を表するのだが——、すでに見たように、芸術家は自分の使命をまっとうするためには、癩者に対する修道士聖ジュリアンのように、世界に対して振る舞うことができなければならないと主張した。癩者の隣に寝、癩者を抱きしめ、愛するのである。この観点からすれば、こうした存在が悪人であろうが聖人であろうが、大した問題ではない。芸術家は彼のうちに自分の姿を認め、その真実を顕現させることができなければならない。プガチョフの物語を語ることをもくろんだとき、プーシキンはこのように行動したのであった。だが彼はプガチョフが犯罪者であることを知らずにいたのではなかった。詩人は自分の芸術に身を捧げることによって、自分の人間的な自然な反応、たとえば身内をかばって敵を排斥するような反応は断念しなければならない。すべての人間を理解しようとするために、詩人はしまいには、みずから非人間的になってしまう。人間の真実を聴かせるために、自分自身の良心の声を押し殺すことを受け入れたのである。

つまり、これが芸術家を〈善〉に奉仕させることが不可能である真の理由である。芸術家の根本的な忠誠は〈真〉に対するものであって、両者が対立するときには、勝利をおさめるのは後者である。たとえば、ゲーテはヴェルテルの命を奪わなければならなかった。「ここで芸術の法則は、道徳の法則に真っ向から対立する。［……］ある種のケースでは、芸術創造は［……］良心の必然的衰弱である。この道徳上の欠陥がなければ、芸術は存在しない。」芸術が善に役立つことを望むということは、すでに芸術を断念していることである。「そういうわけで、もしあなたが神や人間に役立ちたいのであれば、もし何ごとにおいても役に立ち、善として振る舞いたいのであれば、〈救世軍〉かほかのどこかに登録しなさい——そして詩を見捨てなさい。」これがマヤコフスキーの自殺の深い理由である。すなわち、あるいは人間が詩人を打ち負かさなければならなかった（彼が生きているあいだに実際に起こったように）。あるいは詩人が人間に勝利をおさめ――このようにして人間の死を引き起こさなければならなかった。彼はもっと早くこのことに気づくことができただろう。「詩人であり党人であることができるだろうか――否。[18]」世界の声を聴くや否や、詩人はそれに答えなければならない――さもなければ、彼は詩人ではない。詩人は自分の思想と判断の主人ではない。つまり、詩人は自分の思想と判断をいかなるプログラムにも役立たせることができないのである。

芸術が世界と人生の顕現以外の何ものでもないとすれば、ロマン主義者が自分たちのプログラムにかんする宣言において望んだように、芸術と人生を対立させることは、もはやできない。ツヴェターエワはつねにこの点を強調する。すなわち、詩人は特別な種に属してはいない。「魂の詩的構造」なるものは存在しない――構造は万人にとって同一である。唯一変化するのは、体験の強度と言語を支配する力である。「詩人とは人間×一〇〇〇である。」詩的技法について語りかけられると、ツヴェターエワは自分の無能力を明言する。「それは詩の専門家の問題である。私の専門――それは〈生〉である。」言語活動が彼女の職務である。だが唯一、世界に到達するための――これを超えるもののない――方法としてである。「言葉によって生きていながら、私は個々の単語を軽蔑する。」彼女が称賛する他の芸術家についても事情は同じである。たとえば、パステルナーク。「人生のみ。」真の詩人は世界の聴取にたずさわっているのであって、文学の専門家ではない。芸術と人生は同じ要求に服さなければならない。ナポレオンとヘルダーリンは同じ資格で万神殿《パンテオン》に祀られている――極端、力、天才という資格である。芸術を人生から切り離すことはできない。人生は芸術の不可蝕の法則に接近しなければならない。「詩編、それは存在そのものである。ほかにどうしようもない。[19]」

彼女の選択に与せず、あくまでも詩を世界から孤立させようとする者たちを、ツヴェターエワは「唯美主義者」という軽蔑的な用語で名指している。それはまさしく批評家たちである。批評家たちは、あたかも形式が内容と切り離されうるかのように、文学作品のうちに形式しか見ない。だがそれはまた、もっと一般的には、人生を犠牲にして芸術を特権化させる者たちの態度である。ツヴェターエワが拒絶するのは、彼らがおこなう分離そのものである。「一般的には、私は文学者が嫌いである。私にとって、詩人はそれぞれ――生きていようと死んでいようと――私の人生の中心人物である。私は書物と人間をまったく区別しない。夕陽と絵とを。――私が愛するものすべてを、私は同じ愛で愛する。」そして、彼女が自分が取り憑かれていると感じるのは、芸術によってではない――世界によってである。「文学？――否！――私が世界中のすべての書物――ほかの人の書物と私の書物――を、ジャンヌを燃やす火の、一つの、たった一つの小さな火の粉のために差し出す覚悟があるとすれば、私はいかなる〝文学者〟なのか！　文学ではない――火による自己焼尽。」ジャンヌ・ダルクに生と死をあたえる炎は、どんな詩編の炎よりも激しく燃えさかる――これこそ、唯美主義者が、この「頭脳で快楽を求める人[20]」が忘れていることである。そして詩をもてはやすという装いのもとで、詩は言葉だけの問題、形式と甘美な響きの問題だと主張し、詩人が自分の全存在をあげて書いていることを忘却して、詩をけなしている。このように存在を犠牲にして作品を特権化すると、逆説的に、作品を軽視することになる。

さらにもう一つの点で、ツヴェターエワはロマン主義的な世界観から切り離されている。すでに見たように、ツヴァイクが詩を、原初のカオスへの開口部、荒れ狂った基本要素の承認、つまり有限に対する無限の勝利と考えていたのに対し、ツヴェターエワはもっと複雑な立場を擁護する。詩人は、たしかに、基本要素にみずからを開き、大地の諸力のスポークスマンとならなければならない。しかし詩人はまた、万人にとって理解できる作品に、それらを変化させなければならない。彼女の手帳の一九一九年のメモは述べている。「私がこの世界よりも好きな二つのこと。歌——そして決まり文句。」その二年後、彼女は読み直しながら、つぎの注釈をつけ加える。「つまり、荒れ狂った基本要素——そして、それらに対する勝利！」(21) 生きなければならない世界の局面がいかなるものであろうと、またその局面がこの上なく暗く混沌としていようと、いかなる芸術も形式、秩序、意味の礼賛なのである。正確な語と真のリズムを探し求めて無数の時間を費やしながら、ツヴェターエワは悲鳴を作品へと変化させる。問題なのは、一方を犠牲にして他方を選択することではない。その両者を守ることに成功することである。創造の状態では、詩人は彼の意志を凌駕する、それもはるかに凌駕する諸力の餌食になることが要求される。詩人は〈存在〉の速記者になり、その口述のもとに書く。作品のほうは意志を介入させる。この意志が限界を定める。芸術はカオスに対してみずからを開くだけでなく、カオスを飼い慣らすことにある。そういうわけで、ツヴェターエワはヘルダーリンを強く称賛するとしても、ゲーテのほうが巨きいと判断するのである。

・芸術に照らした実存・

世界と作品のこの連続性は、さらに芸術家の生活に延長される。この点で、ツヴェターエワはリルケや大半のロマン主義者と対立する態度を引き受ける。生活と創造を、芸術家が余儀なくされる選択として提示するよりも、彼女は同じ原理を両者に拡張しようとする。リルケは、すでに見たように、友人であるカスナーの格言を我がものとしていた。すなわち、「誠実から偉大に通じる道は犠牲を通っている」。個人的幸福を犠牲にすること、個別的存在への愛を犠牲にすることは、作品を成功させたいのであれば不可欠であると彼には思われる。ツヴェターエワはこの緊張関係を知らないわけではない。だから彼女もまた、友人のヴォルコンスキーの公式を引用する。「断念の道による勝利。[22]」だが彼女はこれをしりぞける。彼女自身の道は、禁欲主義の道ではまったくないからである。

実際、彼女とともに、詩人の生活をその創造活動から切り離すことは、もはや不可能となる。「問題なのは、生き、そして書くことでは少しもない。生きる‐書くである。書くこと――それは生きることである。」この連続性はいくつもの意味で解されなければならない。第一に、書くこと、それは生きることである。詩が語の気の利いた結合でしかないとすれば、詩は何を望むというのだろうか。書くためには、詩人は自分の全存在を使用する。死の少し前、ツヴェターエワは苦々しく指摘している。「人は詩編を読ませるために私を呼ぶ。各詩節――それは愛であることを理解せず、もし私がこのようにして詩編を読むことで私の全人生を過ごしたならば――ただ一行の詩句も存在しないことを理解もせずに。〝何とすばらしい詩句だろう！〟すばらしいのは――残念ながら、詩句ではない。[23]」詩は語の問題ではなく、世界体験の問題である。詩編が目標に到達することを望むのであれば、深められ、解明されなければならないのは、この世界体験である。

同時に、生きること、それは書くことである。第一に、もっとも実践的な意味で。ツヴェターエワの全実存は、自分のノートとともに閉じこもるために時間を確保するというさし迫った要求の周囲に組織される。たしかに、このような選択は職業作家のみの事実である。しかしながら、別な意味では、体験は万人に開かれている。執筆活動とは、ツヴェターエワにとって、日常生活の流れのなかに意味を発見する手段である。彼女はこのことを文通相手の女性のひとりに対して述べている。「私はありのままの生活は好きではない。私にとって、生活が意味しはじめるのは、つまり、意味と重量をもちはじめるのは——唯一、変貌させられたとき、つまり——芸術においてのみである。[24]」ところで、この変貌は職業的芸術家のみに定められているわけではない。変貌はすべての人の意識のなかで——かならずしも外部にあらわれるわけではないが——なし遂げられる。

最後に、生活それ自体が作品のように組織されうる。生活も作品も、最大限の美、豊かさ、強度を熱望するのである。

ツヴェターエワは自分自身の実存に、この大河の二つの「河床」の統一原理を適用する（ふたたびリルケふうの言い方をすればである）。生きているどんな人よりも故ナポレオン二世——〈鷲の子〉——を愛し、彼のために死にたいと公言する期間である、純然たる「ロマン主義」的な若い段階を経たあと、彼女は一つの態度を採用し、これを人生の終わりまで守り抜く。その態度とは、自分の文学作品と自分の個人的関係のなかに同じ充溢を追求することにある。成人としての生活をするようになると、文学界の他のメンバーの態度を模倣すまいと決意する。彼らは夢見、「いつも第一線で活躍している」だけで満足している。彼女自身は自分の実存を他人のそれと絡み合わせようとする。そして、それに成功する。詩に執着するのと同じだけ、いやそれ以上、彼女は生活しながら「自分の身内」、つまり一九一二年に彼女の夫となる者、セルゲイ（セリョーヤ）・エフローン、および同年に生まれた彼らの娘アーリャに執着する。その後、彼女の絶対の探求は、つねに二つの道に従って続行される。一方には、個々人に対する愛、「私の節度で、つまり節度なく愛するという、私にとっての可能性」、そして他者が彼女を必要としているという感覚。他方には、芸術創造。というのは、詩句は「絶対の学校」だからである。そして芸術作品は、残余の生活にはつねに欠けている厳密さと密度に到達することを可能にするからである。作品は「絶対的な必然性という不可蝕の法則[25]」に従って構築されたのである。

創造と人生は、対立するのではなく同じ要求に従っている、ばかりではない。ツヴェターエワはさらにもう一歩を踏み出す。この一歩は、リルケによって例証された教義からなおいっそう彼女を引き離す。作品と存在のあいだで選択しなければならないとすれば、彼女はためらわずに存在を選択するだろう。「この世界で私が何よりも愛するのは、人間である。生きている存在、人間の魂である――自然よりも、芸術よりも、いかなるものよりも。」彼女の詩的才能は、彼女を自分の道からそらせることはない。「言葉が私を熱愛してくれるのは明らかである。ところで、一生涯、私は言葉を裏切ってばかりいる――人間たちのために！」自分の実存の残余の部分を、紙をひっかき、脚韻を探し、自分の想像力から出てきた人物たちとだけつき合って過ごすなどという考えは、彼女には耐えがたい。「私は詩句を書くために生きているのではない。私は生きるために詩句を書く。」まさしくそういうわけで、彼女はすべての偉大な作家たち、しかも彼女が称賛している作家たちと自分とは異なっていると宣言する。彼らは芸術と自分たちの神のごとき魂を崇拝することを選んだ。彼女は自分が人間の一族に所属していると感じている。いまわの際に、自分は考えることだろう――と彼女は述べている――私の不滅の魂のことではなく、きわめて不完全な近親者たちのことを。「私は、死ぬ間際、それ（つまり、私）のことを考える暇はないだろう。私の最後の住まいまで私に付き添ってくれる人たちが食事をしたかどうか、彼らが、私の近親者が、これらすべての医学によって害されはしまいかを知ることで、あまりに心を占められているために……。」(26)

ツヴェターエワは芸術と人生の二元論をためらいもなく拒絶する。しかしながら、この分離を克服しながらも、彼女はもう一つ別の二元論を維持し、これをますます強固にする。天と地、内部と外部、存在することと実存することを対立させる二元論である――はるかに古い二元論である。というのも、この二元論はロマン主義革命に由来するのではなく、無限の神を有限な世界に対立させる一神教の二元論に由来するからである。つまり、下界には、嫌悪すべき日常的実存（ブィチ byt）。というのも、日常的実存は、たんなる生存のために費やされるからである。来る日も来る日も、自分のために、そして他者のために（とくに女性であり母親である場合には）、起きて、飲むための水、食べるための食料、暖房のための木を探さなければならない。子供たちを散歩させ、風呂に入れ、病気のときは看病しなければならない。これらすべては、「変わることのない物質性」であり、毎日、くり返し持ち上げなければならない岩である。ほかの人々が人生〔生、生活〕と呼ぶのが、これである。つまり、ツヴェターエワは、この語のこうした制限された意味においては人生を愛することがない。この人生において成功することがない。「私は地上の生を愛さない。これを愛したことは一度もない。」「私にはこの下界で生きるすべを知らない。」「私は生きること、つまり生きながらえること、ができない。私は日々を、その日その日を生きるすべを知らない[27]。」

この生に住まう代わりに、彼女はもう一つの生に避難する——外部よりも、彼女は内部を好む。実存より存在を、地上より天上を好む。「私は天上と天使たちを愛する。天国では、そして天使たちといっしょであれば、私はいかに振る舞うべきかを知るだろう。」別世界で、天国で、彼女は歓喜に到達するだろう。〈魂〉の王国では、彼女は第一位だろう。言語の最後の審判で、彼女の真価が認められるだろう。この別世界は、もっと具体的には内面生活と呼ばれる。あるいはさらに魂と呼ばれる。ツヴェターエワは諦めて、これにしがみつく。そこに住み着くことは、彼女の「不治の病」である。だがこの諦めを、彼女は自由選択として提示する。「私は強い。私は何も必要としない。私の魂をのぞいて！」「魂がなければ、魂の外部では——私は何かを、それが何であれ必要とするだろうか。」あるいはまた、原則的な不可能性として——「存在しない、私のいまあることを支えてくれたであろうような人生は」。もっと正確にいえば、ツヴェターエワが高次の現実の必然性を演繹するのは、この人生を幸福に生きることが不可能だという事実それ自体からである。「人生は私をますます（深く）内部へと追いつめる。［……］生きることは私の気に入らない。そして私はこのきわめて明らかな拒絶から、この世には別なものが存在すると結論する（明らかに——不死が）(28)。」しかし現在と永遠のあいだの距離をあまりに非難するがゆえに、彼女は自分が軽蔑する、生きる‐書くを知らない唯美主義者に似ている恐れがある。

ツヴェターエワの宇宙の特徴は、これら二つの実存レベルの分離ではない——理想と現実を区別するのは、結局は人類の特性である。彼女の「世界感覚」を際立たせるのは、存在することと実存することのあいだで移行を成立させることが不可能だということである。彼女の周囲の他者は、一連の媒介物を自分のために整えている。彼らは社会的関係に沈潜する。友情、気晴らし、義務。そのいずれも、直接に「天」にみちびくことはないが、彼らが「天」に接近するのを手助けすることができる。ツヴェターエワのほうは何ももたない——生皮を剝がれた彼女は絶対と直面する。彼女は日常と崇高を関係づけるすべを知らない。「永遠にもとづいて——分断された日々の段取りをつける(29)」ことができない。彼女は自分の妻と母としての義務を果たすが、同時に魂のなかに引きこもり、自分の現実生活の段取りをいかにつけるかは成り行きにまかせることを選択する——これが彼女を破局にみちびく。

これが最大限の強度に——何ごとにおいても——到達するために、ツヴェターエワが支払う覚悟をしているように思われる代価である。きわめて偉大な作家のあいだにあっても、彼女は独自の位置を占めているといわなければならない。実際、実存の高次の段階、実存の絶頂の段階と絶え間なく接触しながら、生き、書いたという印象をこれほどあたえる作者と出会うことはまれである。一つの語が、彼女の恒常的な特徴となる精神状態を指し示すために作られているように思われる。白熱した、である。彼女が焚刑で滅ぶ人々に魅惑されるのも偶然ではない。ジャンヌ・ダルク、サヴォナローラ、あるいはジョルダーノ・ブルーノである。ある文通相手に彼女は述べている。「私は火となるでしょう。」別の相手には、「私のうちでは、すべてが火災です！」[30] なぜ、火なのか。なぜなら、この基本要素は内的なやけど、白熱するまで熱せられた魂を具現しているからである——この極端さがなければ、ツヴェターエワは生きることができない。彼女の全実存とは絶対への熱望であって、彼女はこれを同時に二つの道によって追求する。すなわち、つねにますます深く「詩句を掘り下げ」、可能なかぎり完全さへと接近しようとする執拗さによって、および彼女が自分の近親者と結ぶ関係によってである。というのも、彼女の理想は同じままだからである。狂気の愛、全面的信頼、揺るぎなき誠実さである。

これが波乱に満ちた実存を通じて、ツヴェターエワが実現しようとする人生計画である。

・革命の衝撃・

ツヴェターエワが自分の運命を物語るのは、〈一〇月革命〉後からでしかない。

だが人生の最初の二五年間は、彼女には多くのことをおこなう時間がある。モスクワで教養の高い環境に生まれた彼女は、一四歳のときに母親が死ぬ。母親は熱愛の対象であったが、同時に苦しみの源である。ツヴェターエワは自分が愛されていると感じられないのである。彼女は華々しい言語能力をもっている。彼女の機嫌を取る何人もの詩人たちに出会い、何編かの詩を書く。二〇歳で処女詩集を出版し、批評に注目されるだろう。

外で起こっていることは、とくに彼女を動かすことはない。〈第一次世界大戦〉が勃発する。ロシアに動きが起こる。だがツヴェターエワはこのことに気づいていないように思われる。結婚して数年して、連綿とつづく、きわめて特殊な一連の色恋沙汰が開始する。彼女の熱中の対象は、彼女の夫セルゲイと敵対関係にならない。少なくとも彼女にとっては。これらの情熱は、多くの場合、短期間で終わったが、肉体関係にいたることはまれである。だが彼女自身が「頭でっかちの田園詩《イディル》」と呼ぶものを産み出し、いくつもの詩編群に霊感をあたえる。これらの詩が物語っているのは、最初に彼女の恋愛、つぎに不安、最後に幻滅である。この時期、ツヴェターエワは好んで演劇のボヘミアン的環境に足繁く出入りし、詩の夕べの集いに参加し、夢見る。一九一七年四月、彼女は次女、イリーナを産む。この時期、〈二月革命〉がすでに起こっており、皇帝《ツアー》が退位して一〇〇〇年に及ぶ君主制に終止符を打つのに対して、彼女はひとりの近親者に手紙を書いている。「あらゆる種類の大量の計画——純粋に内的な(詩句、手紙、散文)——、そして、どこで、いかに生きるべきかという問いに対する全面的無関心。[31]」ツヴェターエワはこの無関心をみずからに許容する——とりわけ、彼女が裕福な家系の出であり、直接的な物質上の心配事から守られているからである。

このような生活が長くつづくことができれば、それも彼女の人生でありえただろう。ツヴェターエワは他と同様のすぐれた作者のひとりであったかもしれない。だが〈一〇月革命〉が別なふうに決着をつける。

この時代の多くのロシア詩人と同様、ツヴェターエワは頭から革命思想に異を唱えることはしない。一九〇五年の革命は、流血のさなかで鎮圧されたが、彼女の青春期の熱狂を目覚めさせていた。その結果、ひとりの恋人に宛てて大まじめに書くことができた。「私に自殺を思いとどまらせるのは、近々革命が起こるという可能性なのです。」同じ手紙で、最大限の強度の瞬間である戦争に自分が魅惑されたことを宣言するために、彼女はニーチェ的なアクセントを見出した。「戦争が起きれば！　いかに生はスリリングで、キラキラしたものになることでしょう！　この瞬間、人は生きることができる、人は死ぬことができる！」だがこの若々しい錯覚は長くはつづかない。現実世界がその権利を取りもどす。ツヴェターエワを革命思想に惹きつけるものとは、基本要素の猛威、既存の秩序の拒否、非‐順応主義の大胆さである。ところで――と、彼女はいまや考える――、この解放こそ、各人が自分の精神のなかで追求しなければならないものなのだ。しかも、彼女は根源的な力を排除せずに、これに骨組みを付与するところまで行かなければならない。既存の慣習を揺り動かすべき時代には、職業的革命家は詩人と折り合うことができる。だが職業的革命家の目標は、この不安をつねに生き生きと保つことではない。まさしく逆である。彼らは現在の権力者の代わりに権力を奪取し、権力をなおいっそう強大にし、拘束力を強めることを熱望している。ツヴェターエワはこの革命から何一つよいことは期待しない。数年後、彼女は二つの態度の区別を想起させる。「反逆に対する各詩人の情熱［……］。さらに先に行こうとする者に味方するこの情熱がなければ――詩人はいない。［……］だがここで革命家たちは誤りを犯している。詩人の内的な反逆は、外的な反逆ではない(32)。」

一九一七年一一月のボルシェヴィキの勝利は、詩的反逆にあまり似ていない。これが最小限いえることである。ボルシェヴィキの勝利がツヴェターエワやロシアのほかの何百万という住人の人生にもたらすのは、いくつかのきらびやかなスローガン（人民の勝利、ソヴィエトの権力）の実現ではない。それは何よりもまず貧窮と破壊である。私的所有が問題にされ、財産が差し押さえられる。世代間の連続性は断ち切られる。ツヴェターエワも、ほかの多くの人々も、たちまち生活に困窮する。人間はもはや自分自身の主人ではない。徐々にこの国の唯一の雇用者となった国家のほうを向かなければならない。というのも、すべてが国家のものであり、万人が国家を当てにするからである。個々人も、もはやおたがいに依存し合うことはない。万人が、国家権力、すなわち非人格的であるが無視できない媒介物に依存している。詩人も、労働者や農民と同じ資格で国家権力に仕えなければならない。

以前に存在していたような社会的きずなのこの破壊に、きわめて急速に、新しい脅威がプラスされる。飢饉である。〈赤軍〉と〈白軍〉の内戦が猖獗《しょうけつ》を極める。収穫物は破壊される。農民は残された食糧を剝奪された。だから、もう種をまくことはできない。政治警察であるチェカの報告書は確認する。「もはやだれも働かない。人々は怖がっている。」大都市の住人は、革命の新しい顔を発見する。飢餓という顔である。ツヴェターエワはその手帳で逸話を伝えている。「プラカードを背負った犬を見た。〝トロツキーとレーニンを打倒せよ――さもないと、ぼくは食べられてしまう!〟(33)」チーホン総主教はすべての教会で、一通の司教教書を読ませる。それは報告している。「腐った死骸は、飢えた住民にとって極上の料理となった。そして、こんな料理でも見つけるのがむずかしい。」

このぞっとするような状況は、直接にツヴェターエワの家族に襲いかかる。彼女は自分の二人の娘が衰弱していくのを目の当たりにする。娘たちに食糧としてあたえられるのは、公営食堂で彼女がもらってくるスープだけである。だが、ひとりの子供にやっとの量しかない。その上、「それはジャガイモの切れ端が数個と何のものかわからない脂のしみが少し浮いた、たんなる水である」。彼女はモスクワ周辺にある、ある孤児院について語られるのを耳にする。そこに娘たちを預けることができれば、生活はもっとよく、食べ物もいいだろう。彼女はそこに行き、子供たちを託す。そして間もなく、飢餓は孤児院でも猛威をふるい、それに不潔さ、病気、暴力がつけ加わっていることを知る。「子供たちは、喜びを長持ちさせるために、レンズマメを一粒ずつ食べている。[34]」アーリャが重病に陥る。ツヴェターエワはアーリャの看病をするために自宅に連れ戻す。彼女は飢餓によって荒廃したこの生活の錯乱した様子をありのままに書いている。次女は引き取る前に死ぬ。ツヴェターエワは、イリーナに対してはいつも愛情をかけてやれなかったと思うだけに、ますます打ちひしがれる。この出来事は永久に彼女に刻印を押すだろう。革命以前の型破りな若い女性との断絶が、はっきりするのである。

ツヴェターエワはボルシェヴィキ権力との二重の関係を保っている。一方で、彼女はこれを断罪することしかできない。旧世界において彼女に親しかったすべての生活形態が消滅した責任は、ボルシェヴィキ権力にある。それは物質的な社会生活の解体をうながし、飢えを引き起こした。その上、反対と自由な発言権を抑圧し、歴代皇帝の検閲よりもひどい検閲を実施した。住民の監視をチェカにゆだねた。チェカは、ボルシェヴィキのクーデターの直後に創設された政治警察である。この時期、彼女の夫のセルゲイが〈白軍〉の側について〈赤軍〉と闘っていることも想起しなければならない。つまり、ツヴェターエワは自分に政治に対する関心があることを発見し、「悪の正当化」と題する論文を書く計画を――実現をあまり信じてはいないが――立ててさえいる。悪、それはボルシェヴィズムである。しかし逆説的なことに、この悪に対する反動として、いくつかの人間的な長所が推奨されている。たとえば、人々は物質的幸福に執着することをやめ、精神的価値を特権化するのである！　その数年後、彼女は結論している。「共産主義は、生を内部へと追いやることによって、魂に解決策をあたえた。[35]」

同時に、ツヴェターエワは〈赤軍〉と〈白軍〉の衝突の上方へと上昇し、いずれの軍隊にも背を向ける。今回、問題なのは、超政治的な、あるいはひょっとしたら、たんに人間的な観点である。彼女は狂信と盲目が、暴力と苦痛もまた、いずれの側にも見出されると判断する。権力に対するこの熾烈な闘いにおいて、彼女はいずれの陣営にもみずからの姿を認めない。かくもつかの間の目標のために費やされる莫大なエネルギーは、彼女にはむなしいものに見える。そして、その色が何色であれ、彼女はどちらの側の犠牲者にも、ためらわずに涙を流す。一九二〇年には、〈赤軍〉も〈白軍〉も、このようなメッセージに耳を傾けようとしない。どちらも賛成と反対しか知らない。両者を包括するような観点は存在してはならないのである。

実存をめぐるツヴェターエワの考えにかんしては、ソヴィエト・ロシアの到来は、高所と低所、内部と外部を分離させようとする彼女の決断を確証することにしかならない。彼女が二五歳まで住んでいた国は、彼女のような女流詩人に、周辺的だが穏当な実存を追求する可能性を残していた。自分の個人的自由を守り、屈従せずに生計を立てる創造者の実存である。だがソヴィエト・ロシアという、みずからを確立しつつある全体主義体制においては、自分と天上との関係を失うまいと決意して以来、彼女に真に選択する余地はあるのだろうか。社会が生活全体を支配下におくとき、赤旗に与することを望まない者たちには、外部と内部のなおいっそう徹底的な断絶の道以外、いかなる道が残されているのだろうか。

・亡命の試み・

ソヴィエト権力に直面して、ツヴェターエワには解決策は一つしかない。亡命である。彼女の同国人の多くが実践するような自己の内部への亡命、もしくは、他の多くのロシア人が選択した、あるいは余儀なくされた国外への亡命である。〈白軍〉が敗北したのち、夫のエフローンはプラハまで逃亡する。夫とのコンタクトをとることができたツヴェターエワは、夫に合流する決意を固める。数人の友人の援助のおかげで、彼女は出国許可を得、一九二二年五月、幼いアーリャを連れてロシアを離れる。ベルリンで夫と再会し、そこで数か月を過ごしたあと、彼らはプラハに居を構えるために出発する。三年後、家族にはいまやムルというあだ名の息子、ゲオルギーが増えていたが、パリに移住する。ツヴェターエワはパリに一四年間滞在するだろう（彼女が住むのは、もっと正確にいえば、プラハの場末、パリの郊外である）。

ツヴェターエワがソヴィエト・ロシアと断絶したのは、厳密に政治的な理由というよりも、家族への配慮と、彼女の人生哲学にかかわる諸要求のせいである。彼女はつねに個人として物を考えてきたのであって、グループの従順なメンバーとしてではない。それが彼女の階級、性、あるいは職業と関連したグループであろうとも、である。ところで、ソヴィエト・ロシアにおいては、いまや集団が個人に対して勝利をおさめている。ツヴェターエワは自分にはもはや居場所がないことを理解する。彼女にとって共産主義の形而上学的な計画は完全に無縁である。「そして問題なのは、政治ではなく——非人間的な——〝新しい人間〟なのだ。半分、機械——半分、猿——半分、羊。」公的生活の慣習に対する敬意の欠如のせいで、彼女はこれらの新しい条件にとくに不適応をきたす。「私は大スターリンへの賛辞の手紙に署名することはできない。」それに、原則として、と彼女はいう。「私は勝ち誇った公認の教会が大嫌いだ。」[36] ツヴェターエワが理解しているような使命を担った詩人は、これら新しい規範に従った生活には断然、不向きである。ツヴェターエワの政治的な洞察力は、自分は「非政治的」だと声高にはっきりと公言しているがゆえに、また新聞を読むことを拒否し、これらのテーマにかんする論争に参加することを拒否しているがゆえに、ますます瞠目すべきものがある。しかしながら、状況についての彼女の理解は、ソヴィエトの同時代人の理解のみならず、移民の仲間たちのそれをも凌駕している。

その上、集団的なものへの彼女の不服従は、ロシア人移民という特殊グループに対しても及んでいる。ツヴェターエワは白ロシア人の一員をなしているにもかかわらず、これと一体化することがない——彼女は自分自身と一体化することを熱望しているのであって、それ以外の何ものでもない。文通相手のスイス人女性に述べているように、「私はロシア人移住者と折り合いがよくありません。私は私のノートのなか——それに借金のなか——でしか生きていません。そして、もし、ときおり私の声が聞こえるとすれば、それはつねに、まるで計算などのない真実なのです」。その結果、ツヴェターエワの亡命は実存の条件となる。「外国では——〝ロシア人女〟。ロシアでは——〝外国人女〟[37]。」

自分を孤立させるこのようなやり方は、もっとも影響力のある移住者の代表者たちの気に入らない。政府要人、ジャーナリスト、作家である彼らは、各人の政治的選択がその人のすべての行動を決定すると考えたがっている。つまり、ツヴェターエワは常時、誤解と不信の的になるのである。移住者が右翼も左翼も、さまざまな思想的傾向を含んでいたところで、ツヴェターエワははなからいかなる党派にもみずからの姿を認めることはない。ある日、彼女はパリを訪問中のマヤコフスキーの詩的な力強さに敬意を表する。右翼のジャーナリズムは、いっせいに彼女を排斥しはじめる。翌日、彼女は公の場で、皇室の虐殺に捧げられた幾編かの詩を読む。左翼の新聞はもう彼女の作品を発表しようとしない。彼女はソ連の友人によって組織された集会でも、その敵によって招集された別の集会でも、自分の詩句を朗誦することができる。彼女にとって大切なのは、つねに自分自身に対して真実でありつづけることだからである。そういうわけで、彼女は自分を「私たちの身内でもなければ、あなた方の身内でもない」ということのほうを好む。それは、詩人の使命とは批判することではなく、世界の全体性を愛し、そう述べることができることだからである。「政治的な嫌悪は詩人には付与されていない[38]。」

移住者内部においてこのようによそ者あつかいされていることは、家族の日常的実存に直接的な影響を及ぼす。エフローン自身も現実生活にうまく適応できないということも言っておかなければならない。彼はプラハ大学に登録している。その後、パリでさまざまな講義を聴講する。だが安定した仕事を見つけることは決してできない。計画から計画へと揺れ動く彼は、永遠にディレッタントのままである。しかも何度も病気にかかり、そのたびごとに長い時間を要する努力は妨げられる。ツヴェターエワの保護者であるどころか、あるいは文芸の庇護者《メセーヌ》、あるいは少なくとも、彼女が活動している創造の世界と、家族を養うのに十分なものを手に入れる実業の世界のあいだの役に立つ仲介者であるどころか、彼は妻に扶養してもらっている。ツヴェターエワは確認せざるを得ない。自分の日常的な心配事の大半は、「私のそばに私の問題を引き受けてくれるだれかがいないこと(39)」に由来することを。というのも、彼女の収入は――これは言っておかなければならない――多くはないからである。プラハでは、彼女はチェコ政府から亡命ロシア人芸術家に支給される奨学金を手に入れることに成功した。そしてフランス滞在の最初の数年間にも、何とかこれをもらいつづけることができる。亡命ロシア人の雑誌は彼女に印税を支払うが、きわめて微々たるものである――雑誌自体の財源がかぎられているのである。

彼女が見出す解決策は、すでに見たように、この人生においては報酬を期待しないことにある。このことによって、彼女は貧苦にくじけずに耐えることができるのである。彼女の内面生活は、ほかの源泉によってはぐくまれる。恋愛への熱中、詩的創造、家庭生活である。

・頭でっかちの田園詩《イディル》・

情熱は押し寄せる波のようにツヴェターエワに侵入する。「不治の悲しみで、あなたの息を区切る〝ああ！〟で、私はそれが愛であることがわかる。」彼女にはこれが必要だと言うだけでは足りない。「愛する。語としては弱い。生きる、だ。」しかし、熱中は、自分には不可欠であるけれども、厳密には愛には属していないことを彼女は自覚している。「これは〈愛〉である。それに対し、あれは〈ロマンティシズム〉である！」(40)と、セルゲイに対する感情と、行きずりの詩人に感じる感情を対立させて彼女は書いている。熱中はしっかり調整されたマニュアルに従って展開される色恋沙汰であって、その展開については、彼女はすみずみまで知っている。熱中は固定点の選定からはじまる。ひとりの男、あるいはときとしてひとりの女。一般に彼女よりも若い。できるなら病気で、とりわけユダヤ人で迫害の犠牲者（母性的な保護という要素が、ツヴェターエワの感情のなかにしばしば現前している）。第二の特徴。この若者は詩句を書いている、あるいは詩を愛している。だから彼女の詩を賛美している、あるいは賛美するかもしれない。こうした枠組みだけで十分である。ツヴェターエワは彼についてそれ以上を知ろうとしない。彼女が知識をそれ以上深めようとしないのは、意識的でさえある。一般に、短い出会いが適当である。さらには、賛美者の手紙が。現実の人となりについては何も知らないがゆえに、彼女はその人物を意図的なあらゆる美点で飾り立てることができる。想像力はすばらしい存在を産み出す。そして彼女は自分がその人に捧げる愛に霊感を得た詩編の爆撃を開始するのである。

だから、あるのはただちに誤解である。そしてこの誤解がやがて田園詩を混乱させる。選ばれた不幸な人は、自分がもっているといわれた感情を少しも感じない。不幸な人は得意には思うが、こんな言語の爆発を触発したことにびっくりする。だから距離を保つ。これが第二の著述の波の理由となる。今回は、これらの著述は、ツヴェターエワが提案した天上的情熱を共有しないという、かくも散文的な過ちを犯した者に対する叱責で充ちみちている。ついで、あっという間に第三段階が開始する。ツヴェターエワの幻想が消え失せる。熱中を引き起こした人物にもはやいっさいの興味を失い、しまいには彼女の優位で打ちのめす。彼女が要約しているように、それはつねに「同じ熱狂――同情――たっぷりと（愛という）贈り物をしたいという欲望――同じ――少しあとで、困惑――冷却――軽蔑」[41]である。

ベルリンに着くとすぐに、セルゲイが彼女に合流するためにプラハを発つ前なのに、ツヴェターエワはロシア人編集者ヴィシニャークに対する最初の熱中を体験する。彼女が現実の人となりにほとんど注目しなかったために、この「頭でっかちの色恋沙汰」はコミックな結末となるだろう。（はじまらなかった関係の）「断絶」の四年後、パリで開かれたある夜会で彼と鉢合わせするが、彼女には彼がだれだか皆目見当がつかないのである。名乗りあったのち、彼女は弁解するために抗議する。だって、あなた、ひげを剃ったんだもの！　それにメガネを外したわ！　今度はヴィシニャークが憤慨する。彼はひげを生やしていたこともなければメガネをかけていたこともなかった……。

一年後、若き批評家バフラフが彼女の詩編に捧げた記事を彼女に送る。新たな熱中が開始する。ツヴェターエワが彼に書くのは、最初は詩について、つぎに愛についてである。彼女は彼に出会ったことが一度もないのである。一夏中、彼女はバフラフが呆然として消極的な役割しか演じていない書簡体小説を産み出しつづける。つぎに、にわかに、彼女は自分が新しい恋愛をしていることに気づき、嵐ははたとやむ。彼女はバフラフに愛していないと告げるのである。何年もあと、バフラフに再会するとき、彼女は彼を取るに足りない少年扱いする。その後の熱中も、似たような道をたどる。後年の熱中の対象であるアナトリー・シュタイガーは、最後の段階で受け取る叱責の手紙に対する反駁として、このプロセスをもののみごとに分析している。「あなたはとても強く、豊かです。ですから、あなたが出会う人々を、あなたは自分の流儀で、あなた自身のために再創造するのです。その人々の本物の、真実の存在が表面に姿を見せると――あなたは、さっきまであなたが放つ光を反射していた者たちのくだらなさに驚きます――なぜなら、彼らの上にはもうあなたの光が反映していないからです[42]。」

他者のアイデンティティは、ツヴェターエワの熱中においては何の役割も演じない。恋愛関係に思いをめぐらせながら、彼女は一九三三年に書いている。「あなた、それは私＋私が私自身を愛する可能性。あなた、私が私自身を愛する可能性のみ。私の魂の外在化。」他人は自己と自己のあいだの仲介者、自己愛の道具でしかない。「私は他者の息吹があたえてくれる私自身の魂を必要としている。私を飲むこと」とも彼女は書いている。ツヴェターエワは他者を必要としない。彼女が追求しているのは、彼女を必要としているという印象をあたえ、このことによって彼女の実存を確認してくれる存在である。彼女が求めているのは、愛されることというよりも、自分自身の愛したいという欲望のための固定点をもつことである。この固定点が彼女の場合、創造のプロセスを開始させるのに役立つのである。このことについて、彼女は女友だちに明晰さをもって釈明している。「すべては私にとってどうでもいいのです。男であれ、女であれ、子供であれ、老人であれ――私が愛していさえすれば！　愛しているのが私でありさえすれば。以前は、私はこのようにしか生きていませんでした。音楽を聴き、詩句を読み（書き）、あるいは、ただたんに――空を流れる雲を見ること――そしてただちに、そのメランコリーを差し向けるべき顔、声、名がありさえすれば[43]。」恋をしていることは、ツヴェターエワにとって、ただちに恍惚へと到達し、絶対に浸ることを可能にする麻薬の等価物である。この状態を引き起こす者のアイデンティティなど、ほとんど取るに足りない。彼女に必要なのは耳であって、存在全体ではない。

期待はずれの恋愛のこの図式に対して例外をなすものがあるとしても、それはむしろ見せかけであって、現実ではない。例外の一つは、ツヴェターエワが一九二三年に、彼女の夫の親友であるコンスタンティン・ロジェーヴィチとともに生きる関係である。これが例外をなすというのは、この色恋沙汰が純然と頭でっかちではないからである。今回、ツヴェターエワが抱くのは地上的な情熱であり、彼女は数週間は自分の結婚の解消を考える。「あなたは私の上に奇跡を生じさせました。はじめて、私は天と地との一体性を感じたのです[44]」と彼女は彼に書いている。彼女は断絶を決心することはないだろう。セルゲイを苦しませることを恐れるのと同時に、今度もまた、人となりについて思い違いがあるからである。ロジェーヴィチのほうは、命がけの恋愛を生きているのではまったくない。ツヴェターエワとの関係は、このうぬぼれの強い素朴な若者の実存において、幾多の色恋の一つである（彼が理解するのは人生の終わり近くになってからでしかない。一九二三年のこの小さな恋のまねごとが理由となって、彼の名が〈歴史〉に残るのである……）。

年を経るにつれて、ツヴェターエワは新しい熱中を生きることができないことに絶望してゆく。「私は愛することが、ますます少なくなっていく」と彼女は書いている。彼女は美しくなろうとしない。化粧をしない。髪を染めようともしない。白髪まじりになりはじめているのである。総決算の時期になると、彼女は辛辣である。恋愛は彼女に苦痛しかもたらさなかった。「これが私の道だ――子供のころから。愛する。すなわち、苦しむ。」「私にとって、恋愛は大きな不幸である。」その理由は、ツヴェターエワが恋愛において成功よりも失敗を願っており、彼女が「共有されない、不可能な、不幸な愛に対する情熱」と呼んでいるものに刻印されており、満足を犠牲にして欲望の充溢を、幸福の平和よりも苦痛の充溢を求めていることにあるように思われる。すべては、まるで彼女が自分の詩的な力をはぐくむために熱中のなかで苦しむことを必要としているかのごとく進行する。「恋愛において私はただ一つのことしか知らなかった。けだもののように苦しむこと──そして歌うこと」と彼女は確認する。彼女はリルケにも語った。「だれが自分の苦しみを、熱狂せずに、つまり幸福を感じずに語ることができるでしょうか。[45]」実際には、歌は苦しみを贖うだけではない。まるで歌が苦しみを要求しているかのようである。というのも、苦しみだけが創造に必要な白熱状態を生じさせるからである。

・頂上での二つの出会い・

ツヴェターエワと男たちとの関係のなかで二つが特別扱いされなければならない。問題の人物が、かならずしも他と同様の人々ではないからである。一九三五年、彼女はある友人に書いている。「私と同等の力をもつ人々のなかで、私が出会ったことがあるのは、リルケとパステルナークだけです。[46]」この二つの出会いは、感情的な次元にのみ位置づけられるわけにはいかない。これは他と同様の熱中ではない。というのも、これは並外れた二人の詩人だからである。同時に、ツヴェターエワは交流が精神のレベルだけでおこなわれることを望んでいない。芸術と人生は、連続していなければならないのである。

リルケとの関係は長くはないだろう。この関係は一九二六年の夏の四か月しかつづかない。二人の出会いのきっかけは、詩人ボリス・パステルナークである。パステルナークは一九二六年三月、自分が住んでいるモスクワで、深い不満の時期を過ごしている──自分自身に対する不満、また自分の実存に対する不満である。そのとき、同時に二つのメッセージが彼のもとに届く。一つはツヴェターエワの作品『山の詩編』で、彼女が前の月に彼に送ったのだった。もう一つは、現在、ドイツに住んでいる父親の画家レオニード・パステルナークからの手紙である。父レオニードは、詩人のライナー・マリア・リルケから手紙を受け取ったが、そのなかでリルケがパステルナークの詩句を称賛していると知らせる。リルケはそれらの詩句のフランス語訳を読んだばかりなのである。この偶然のめぐり合わせにパステルナークは感動し、ただちに二人に返事を書く。リルケには感謝の念を伝えると同時に、ツヴェターエワについて語り、大きな才能をもった詩人だから、彼女に著書を送るべきだと書いている。リルケはただちに実行する。ツヴェターエワは返事を書く（ドイツ語で！）。おたがいに、いくつもの手紙と本を送り合う。やりとりは八月の終わりに途切れる。リルケの健康状態がどんどん悪くなっていくのである。彼は同年の一二月二九日に死去する。この死にツヴェターエワもパステルナークも動転する。

ツヴェターエワとリルケの交流は、短期の三つの段階を経由する。五月の一〇日間あまりの第一段階は、接触の確立、高揚——そしてすでに、ある種の不和の確認である。リルケから送られてきたものを発見して、ツヴェターエワは歓喜に包まれる。彼女が「擬人化された詩」であると信じている人から手紙を受け取るのだ！　そしてただちに、人間と詩人、人生と創造の関係について問いを発する。これら二つは分離すべきなのか、それとも統合すべきなのか。みずからの連続性への傾向を知りつつ、ツヴェターエワは慎重に切り出す。彼女は文通相手を逃したくないのだ。彼女はただちに彼をくつろがせる。「問題なのは人間リルケではありません（人間。私たちは人間であらざるをえません！）。そうではなく、リルケという精神です。これは詩人よりなおいっそう偉大なのです。」彼女が彼に突きつける要求はたしかに強い。しかし曖昧なままである。「私があなた、ライナーから期待しているもの？　何も。

すべて。[47]」

このきわめて生彩に富んだ手紙を受け取って、今度はリルケが感情を抑え、人生と創造の必然的な分離を前もって主張することを断念する。あるいはむしろ、彼は分離を主張するが、唯一、偶然の理由によってである。すなわち、彼が述べているのは、かつては二つのリルケは完全に調和して生きていたが（私たちは、まったくそうではないことを知っている）、現在は病気のせいで混乱を呈しているにすぎないということである（「この肉体とは、ここにいたるまでは、かくも純粋な合意がつねに可能でした」）。この手紙を受け取って、ツヴェターエワはこれを受け取るまでにすでに二度目の手紙を書いていたが、自分の真の確信を見出す。彼女は、人間と詩人を分離することによって、人間を犠牲にして詩人に高い価値をあたえることによって、彼女が他者において公然と非難している過ちをみずから犯していた。唯美主義である。彼女は仕方なくそうしたにすぎなかった。つまり、いっそう強い要求が彼の、あんなにたくさんの人たちに愛されている彼の気に障ることを恐れたのである。彼が自分の意見を表明したいま、彼女はそういうことができる。「人間－リルケ、これは詩人よりなおいっそう偉大なのです［……］――なぜなら、彼は詩人を支えているからです［……］。私は彼を詩人から分離せぬまま愛しています。[48]」彼女が欲している者は、もはや詩の作者だけではない。生き、呼吸し、どこかに住んでいる人間――そして自分を愛させてくれる人間である。きわめて地上的な要求がやって来るのも、このことからである。リルケに写真を要求するのである！

ツヴェターエワが彼女の通常の立場にもどった以上、リルケも同じことをしなければならない。新しい返事では、人間と創造者の調和はもはや問題にならない。問題になるのはむしろ、人間を創造者のために犠牲にすることである。ということは、人間に孤独を強いなければならないということであり、したがって他者には詩的な仕事の結果しか提供してはならないということである。人生のある時期に、妻と子供とともに家庭生活を営もうとしたことがあるが、それは、と彼は述べている、「若干、我が意に反して」であった。彼は早急に他者のもとを去り、みずからの「自然な孤独」をふたたび見出した。この選択は人里離れたミュゾットの館に住んでからさらに強化された。「私は常時、ひとりで暮らしています（友人がまれに訪ねてくれるのをのぞいて）。いつもひとりで暮らしてきたように。いや、なおいっそうひとりで。ひとりであることの意味がしばしば不安をかき立てるほど増大するなかで、ぎりぎりの最後の限界にまで達した孤独のなかで。」それは彼が孤独を愛しているということよりもむしろ、共同生活の犠牲を、いまや私たちが知っているように、彼が創造の必要条件として生きているということである。その証拠が、長い孤立の期間の終わりに起こった『悲歌』と『ソネット』の不意の出現である。「〝他者〟を容れ、他者とともに、他者のために生きることは、ただちに［……］いさかいと責務を生じさせる。私があまりにも無限に非の打ち所のないことをなし遂げた時期には、ひたすらこのいさかいと責務とを恐れていたのです(49)……。」したがって、彼には自分の選択の欠点を引き受ける覚悟があるのである――だがこの欠点はなおざりにできるようなものではない。欠点とは自分の身体的な苦痛（彼をむしばんでいる白血病に起因する）のことであるが、リルケはこれを神経の変調のせいに、つまり間接的には、この人生の選択そのもののせいにしているのである。彼はツヴェターエワに警戒をうながしながら結んでいる。自分が彼女の手紙に返事を書かないことがあっても、彼女はあまり気を悪くしないでほしい。出会うことについては、論外である。

ツヴェターエワはこの手紙を受け取って、冷水を浴びせられたような気がする。自分が直接に標的になっていると感じることを避けるために、彼女は文通相手の反応に対して一般化した説明を思いつく。

リルケは――と彼女はパステルナークに説明している――内面的には、何ものをもだれをも必要としない、どうしようもない老人である。彼はひとりである。「愛もなく、自信過剰で。」彼は人生に目もくれない。しかしながら、この反応（「そのブドウは青すぎる」式の）は手紙のやりとりの第二段階でやわらげられる。三週間の沈黙ののち、ツヴェターエワはふたたびリルケに手紙を書く。彼女は恨みを述べる――それは過ぎ去ったことだ。彼女は彼から何を望んでいたのか。「何も。」だがただちにつけ加える。「むしろ、あなたに近づくこと。たんに、ひょっとしたら、あなたに気に入られること。」この手紙に対する答えは、彼女の期待を超えるものである。リルケは彼女に献じた詩編「マリーナへの悲歌」を送るのである。これには大量の写真が添えられており、なかに彼が住んでいる家を見ることができる。彼にとって、この身振りは変化のしるしではない。人間と詩人は、おたがいに通じることのない次元で活動しているのである。ツヴェターエワはまったく異なった精神をもって返事を書く。彼女は彼女のためだけの領域を残しておくように彼に要求し、彼に対する感情を何の遠慮もなく表明する。「ライナー、あなたを愛しています。私はあなたに気に入られたいのです。[50]」唯一の返事として、リルケは彼女に新しい本を送る。これは『果樹園』としてまとめられた彼のフランス語詩集であり、韻文の献辞が添えられている。彼は詩人としての関係は維持するが、男女の関係については無言のままである。

リルケはこの交流における最後の第三段階の開始となる三週間後の手紙のなかで、この立場を確認している。彼はこの手紙でふたたび自分の病気に言及している――だがあまりに目立たないので、ツヴェターエワは気づかない。彼女は相変わらず精神的なものと身体的なもののあいだにいかなる区分も認めない。そして恍惚とした新しい手紙で言葉を継ぐ。「あなたといっしょに眠りたい――寝につき、そして眠りたい。[……]ライナー、日が落ちるわ。あなたを愛している。」彼女は自分の愛の性格を説明しようと気を配っている。それは、たとえばベアトリーチェに対するダンテの愛のような精神だけの愛ではない。だがたんなる肉体的な出会いでもない。「私があなたと私のことを思うとき、私が思うのは窓であって、ベッドではありません。」この愛は『地獄編』の登場人物であるパオロとフランチェスカの物語のように、肉体と精神を結びつける。リルケと彼女はいまや高次の世界に住んでいるのであって、この高次の世界では、私は——と彼女は述べている——「あなたの心に口づけする」ことができるだろう。「魂の（乳房の）奥底まで——これが私の口づけでしょう。(51)」だがそのためには出会わなければならない。つまり、ツヴェターエワは出発の準備をする。

そのとき、リルケから最後の返事が届く。非‐受容の終わりである。リルケのほうは、他人との融合が自分たちの運命に組み込まれているとは思わない。それでも彼が自分の文通相手を深く愛していることに変わりない。彼が彼女に送る最後の言葉は祝福のように鳴り響く。私たちを結びつけているものを、あなたの庇護のもとにおきなさい。「それを、あなたがもたらす歓喜の力にゆだねなさい。」それはリルケが自身の最期をますます強く予感しているからである（「私はこの試練の克服をもはや期待していない」）。ツヴェターエワはこれに書く手紙に返事をもらうことはない。数か月後、彼女は絵はがきを彼に送るだけで満足する。その絵はがきにはつぎの問いが添えられている。「親愛なるライナー！——まだ私を愛している？」一二月の終わりも押しつまってから受け取ったリルケの死の知らせに、彼女は反応するが、それは新しい手紙を故人に宛てて書くことによってである。彼女は彼との関係を変化させることを拒むのである。「親愛なる人よ、たとえあなたが死んでも、死は存在しません。生——それは生ではありません。」同時に、彼女が主張するのは、もはや肉体と精神の一体性、人生と芸術の一体性ではなく、天と地との断絶である。彼女が推奨するのは人間世界の有限性を受容することではなく、無限以外の場所で生きることを拒否することである。彼らの結合は、もはや何ものも到達できない神秘的な愛と化した。「私たちがここで出会えると思ったことは一度もありません。この世でもそうですよね。あなたは私に先んじましたが、それは私を歓迎してくださるために――部屋でも家でもなく――風景をちょっと片づけるためなのです[52]。」つまり、ツヴェターエワは、リルケがその信奉者であるロマン主義的二元論を拒否する。しかしながら、彼女自身は運命からこうむる打撃を逃れるための最後の心のよりどころを、彼女の世界観のベースにある形而上学的二元論に見出すのである。

リルケの死のおかげで、彼女は二人のあいだの不一致は確認したけれども、リルケのイマージュを無傷のまま保存することができる。パステルナークはこうした幸運に恵まれることはないだろう。彼らの関係は歓喜から幻滅にいたるサイクル全体を経巡るのである。この二人のロシアの詩人は一九一八年以降、何度も交差している。そして彼らは一九四一年のツヴェターエワの死まで関係を保つだろう。だが彼らの強度な交流は、ツヴェターエワが亡命した直後の一九二二年と、一九三五年、パステルナークがツヴェターエワの亡命以後はじめてパリで彼女に出会う年のあいだに位置している。離別は二人の愛情をはぐくみ、保護する。いっしょにいることは愛情を殺す。この中心的な時期に、パステルナークとツヴェターエワは約二五〇〇通の手紙を書いている。そのうち二〇〇通が完全な形で、または断片として保存された（これらの手紙は二〇〇四年にモスクワで出版された）。

距離をおいたこの関係もまた、三つの大きな段階に区分される。第一段階では、それぞれが相手の詩的作品を発見し、おたがいを現存する最良のロシア人詩人だと宣言し、彼も彼女も、理解し合える異性の友、精神の兄弟を発見したことを確認する。パステルナークはツヴェターエワの詩集『里程標』をモスクワで読み、ツヴェターエワのほうはプラハでパステルナークの『我が妹　人生』に没頭する。パステルナークは長文の賛辞を彼女に書き、ツヴェターエワは彼の詩に対して絶賛のエッセイを捧げる。関係は本質的に文学的なままである。この同じ数年間に、パステルナークは最初の妻ゲニアと出会い、結婚し、長男が生まれている。ツヴェターエワのほうでも、ヴィシニャーク、バフラフ、とりわけロジェーヴィチに対する熱中を生きている。

緊張は一九二五年から高まり、その高まりは一九二八年まで維持される（二〇〇通のうち一四〇通がこの時期にさかのぼる）。感情的次元でいっそう自由になった彼らは、二人とも、彼らがおたがいに抱いている文学的な称賛の念に自分たちの感情を混ぜ合わせる。一九二五年、パステルナークは長編詩『スペクトルスキー』を書きはじめるが、その主人公はツヴェターエワに霊感を得ている。ツヴェターエワの側でも男の子を産み落とすが、友人への賛辞《オマージュ》としてボリスと名付けようとする。一九二六年、ツヴェターエワの新しいテクストを読んだパステルナークは、何通もの絶賛の手紙を彼女に送り、彼女の詩句を前にした驚嘆と同時に、その作者に対する愛を述べている。それから間もなく、彼は彼女のそばに行くためにフランスに赴くつもりだと告げる。彼が彼女に対する称賛の念を表明するために、彼女をリルケと接触させるのは、このときである。ツヴェターエワは彼の激情をなだめ、来ないように勧める。リルケとの関係のほうが彼女の心を占め、ロシア人の友人のほうは若干、なおざりにされる。しかしドイツ人詩人の死が、また二人を接近させる。彼らは数多くの出会いの計画を練り上げる。だがどれ一つとして実現しない。

新たな隔絶がやってくる。一九三〇年、パステルナークが二番目の妻となるジナイーダと出会い、大恋愛に陥るのである。また彼はツヴェターエワの夫であるエフローンと文通するようになった。二人の詩人の交流はまれになるが、おたがいの尊敬は変わることはない。

ツヴェターエワについていえば、彼女が真に出会いを熱望することはない。そして共同生活を想像することにひどく難儀している。一九二六年六月、彼女はパステルナークに書いている。「ボリス、私たちの出会いほど私を怖がらせたものはありません。私にはどこで出会いを果たせばいいのかわかりません。」さらに、一九二七年一〇月、「親愛なるボリス、私はあなたと朝食も夕食もともにしたいとは思いません。客も仕事も、日常にかかわるものは何もいりません。［……］私はあなたとともに、永遠の時／永遠につづくひと時がほしいのです。行為の場所、すなわち夢。行為の時間――これら同じ三つの時。主人公――私の愛とあなたの愛。」彼女が共通の女友だちに書いているように、現実の空間での出会いは後悔と良心の呵責しかもたらすことができなかったらしい。神々は自分たちの問題にたんなる死すべき者《モルテル》を巻き込んではならないのである。「出会いという〈破局〉は絶えずくり延べにされていたのです。山々の背後のどこかに身をひそめている嵐のように。［……］私たちの現実の出会いは、何よりもまず、大きな不幸であったことでしょう（私には私の家族――彼には彼の家族、私の同情、彼の良心）。」ツヴェターエワは面と向き合って生きられる愛のなかに幸福を思い描くことができない。パステルナーク宛の別の手紙が、このことを詳しく述べている。「あなたとであれば、私は人生ではじめて田園詩を獲得することでしょう。田園詩――極度に空っぽの容器。縁までなみなみと注がれた田園詩は、すでに悲劇なのです[53]。」

しかしながら、共同生活への夢をこのように断念することは、人が他者を必要としないということを意味するものではまったくない。この時期全体を通じて、パステルナークはツヴェターエワの想像上の理想的対話者でありつづけている。彼女がそのノートで絶えず語りかけているのは、彼に対してである。というのも、彼女は彼が何もかも理解できると確信しているからである。彼は力において彼女と対等なのである。こうした接触はツヴェターエワには不可欠である。「あなた、ボリス、本質を捨て去り、それに耳を貸さずにすむ場所をもつために、深淵と無限が必要であるように、私にはあなたが必要なのです」と、彼女は一九二七年五月にパステルナークに書き送っている。彼女はこの役割にリルケを思い描いていた。だがリルケの死後、もはや選択の余地はない。「自分より偉大なものがなければ、この世で生きていくことはできません。リルケがそうでした。私はあなたにそうなってもらいたいのです。」彼のほうがこのつとめにふさわしい。というのも、彼女は彼をいっそう身近に感じているからである。彼は彼女の理想の化身として彼女に必要なのである。「あなたは、ある意味で、私にとって名誉の問題なのです。最後の名誉、私が人間存在を愛することができるかどうかを試す、私の最後の可能性。」その結果、だれかが彼女の前でパステルナークの名に言及するとき、彼女自身は長年、彼に会ったことがないにもかかわらず、彼女の即座の反応とは、「彼は私のもっとも身近な人なのです[54]」。

いまや、骨肉を備えた存在との出会いが、なぜこれほど恐れられるのかが理解できる。ツヴェターエワに必要なのは、イマージュであって、個人ではないということである。だが不可避的な出来事が生じる。一九三五年、ソヴィエト当局者がパリで〈文化の擁護のための国際会議〉を開催するよう働きかける。この会議は反ファシズムの闘いを促進するものと見なされている。意気消沈していたパステルナークは招待を退けていたが、参加することを強制されたのであった。六月末、一三年におよぶ文通ののち、二人の詩人はホテルの一室で出会う。数日するかしないかのうちに、ツヴェターエワはさめた気持ちでパリを去る。彼女は「非‐出会い」を生きたのである。パリ滞在の残りの日々をパステルナークに同行するのは、エフローン家のほかのメンバー、セルゲイとアーリャである。この失敗した邂逅のあと、ツヴェターエワはパステルナークに宛てて、さらに三通の手紙を出す。そのなかで彼女は自分たちの不和を総括して、つぎのように締めくくる。「私たちの物語は終わったのです。[55]」

ツヴェターエワの幻滅は三重である。まず最初に、彼女はすぐさま、自分たちの愛情関係が死んだことを確認する。これは本当の驚きではない。だがその味は苦いまま残る。パステルナークの頭にはモスクワに残してきた自分の妻のことしかなく、パリの店を駆け回ってお土産を買おうとする。ツヴェターエワはこんな仕事で彼の手伝いをすることを拒む。この女はツヴェターエワのあとでパステルナークの人生に入り込むという間違いを犯している――こんなことは決して起こってはならなかったのである。彼女はこのことを打ち明け話の相手の女性に説明している。「私は知っています。私がモスクワに――あるいは、彼が外国に――いたのであれば――たとえ一度でも、彼が私に出会っていれば――あの取るに足りぬジナイーダ・ニコラーエヴナは存在しなかったでしょうし、存在することもできなかったでしょう。[56]」ツヴェターエワは他の女性と競争することを拒否する。彼女は宇宙の同じ次元には住んでいない。ほかの女性はイヴである。彼女はプシュケである。

これよりずっと大きな心的外傷を引き起こす第二の幻滅は、政治的次元に位置している。パステルナークはソヴィエト社会の多くの事実と特徴を非難している。だがこのことは、彼が革命を信じ、共産党の歴史的役割を信じ、スターリンを信じる妨げにはならない。通常は、政治生活に関心はないと宣言しているツヴェターエワは、このテーマをめぐっては、いっさいの対決を回避するほうを好んでいる。しかしながら、こうした慎み深さはいつも可能だとはかぎらない。一九二六年、ツヴェターエワは、パステルナークが一九〇五年の〔第一次〕ロシア革命に捧げている作品を素直に受け入れ、彼のテクストのなかに、ソヴィエトの大義に対する全面的同意を看取できると信じる。彼女は彼が党員証を取得したとさえ想像する（これは間違っている）。その結果、彼女は絶交しようかとも考える。「あなたは私の恐怖がおわかりですか。私たちを永久（人生という短い永久）に別れさせるものがあったとすれば、これだけでしょう。」自分が間違っていたことがわかって彼女はホッとするが、彼女に不信と嫌悪を催させるもの――〈歴史〉の勝ち誇った歩み、革命的暴力、第三インターナショナル……――にパステルナークが同意していることを、彼女は確認せざるをえないのである。この点では、パステルナークは、きわめて親ソヴィエト派であるツヴェターエワの夫、エフローンと仲良くなれるだろう。「多くの事柄（たとえば、あらゆる公的な問題）において、あなた方はあなたと私以上に理解し合えるでしょう」と、彼女は予想している。彼女の予測は正しいだろう。パリから帰ると、パステルナークは、ソヴィエトの計画に対する共感を共にしている彼女の夫や娘と、いまでは完全に昵懇《じっこん》の仲であると感じているとはっきり述べている。「私はセリョーヤと友人になったばかりではありません。いうなれば、あなたのアーリャを口に入れて〔口癖までうつって、の意か〕、ここにもどって参りました。真剣に申し上げるのですが、彼らがいなかったら、私はパリでただ打ちのめされていただけでしょう。[57]」

ツヴェターエワは、これら一般的な政治的不一致よりも、彼らのパリでの短い非‐出会いで、パステルナークが文学創造にかんして、この政治的不一致から引き出す結論をはじめて知って、なおいっそう打ちひしがれる。パステルナークは、自己の存在がその餌食となっている矛盾、すなわち孤独と叙情性に対する個人的嗜好とソヴィエト社会の諸要求のあいだの矛盾を排除するために、詩は悪徳と病気に属している、だから自分は詩を断念し、コルホーズ（農業協同組合）礼讃に身を捧げることに決意したと、ツヴェターエワの前で宣言するのである。ツヴェターエワは反駁する。ひとり離れていることは人間の――なおのこと詩人の――権利である。ところで、ロシアでは、人民とともに人民――党によって定義されるものとしての人民――のために生きることは、義務と化した。そこでは個人はもはや居場所をもたない。他方、彼女にとっては、個人がすべてである。「いましか、一度しか生きていない私には、コルホーズが何であるかを知らない権利があります。同じく、コルホーズも――私が何であるかを――知りません。平等――これこそが平等なのです[58]。」ツヴェターエワは自分が賛辞を呈するために合唱隊に入ったりできないことを知っている。彼女が自分の作品を従わせている唯一の法則とは真実という法則である。というのも、彼女は〈存在〉の速記者となることを選んだのだから。数か月後、パステルナークが国際会議に参加したあとに彼に差し出す手紙で、ツヴェターエワは二人のあいだの隔たりが大きくなりつつあることを再度、強調している。パステルナークは、その名にあたいする唯一の審判者――自分の良心――に耳を傾ける代わりに、大衆のアピールに従うことを選択したのである。

　理想的対話者としてのパステルナークのイマージュがこうむった三番目で最後の打撃は、彼の旅行中のちょっとした出来事に由来する。パステルナークはドイツを横断してパリにやってきたが、亡命してミュンヘンで暮らしている自分の両親を訪問する必要はないと判断した。その上、二度と会うことがないだろう。パステルナークが両親をこのようになおざりにするのを見て、ツヴェターエワは動転する。彼女がそこに見るのは、パステルナークがこの点でリルケに似て、だが同時に他の多くの一流の創造者たちに似て、人間よりも作品を好んでいるというしるしである。「たとえ命を奪われようと、どうすれば自分の母親の近くを列車に乗って通り過ぎられるのか、私にはまったく理解できない――一二年間も待ちつづけている、そのそばをである。(……)あなたがお父さんとお母さんに対してしたことのあとでは、あなたは私にはもう何もすることができません。これはあなたからうけた、破壊的な最後の一撃です[59]。」これらの男たちは――と彼女は示唆している――セックスによってしか人間に執心しない。残余については、彼らは人生よりも詩を好む唯美主義者の態度を採用する。

ソ連への帰還後、ツヴェターエワは引き続きパステルナークの好意の恩恵をうける。パステルナークは彼女に仕事を見つけてやるのである。だが昔の親密さはもうない。ツヴェターエワによって夢見られた関係は、現実の襲撃にはひとたまりもなかった。いかなる人であれば、彼女の期待をかなえることができたというのだろうか。今日、この二人の詩人の往復書簡を読むと、二重のコントラストに驚かされる。そこでは偉大な才能をもった詩人が、天才的な女性と踵を接している。同時に、この女性は絶対に取り憑かれているので、しまいには彼を前にしてその原則を擁護したはずの人生を拒否するのである。パステルナークは、そのあらゆる悪癖と不完全さをもってして、より人間に近い。彼のその後の変化は、ツヴェターエワとの出会いが彼にとっていかなる役割を演じたかを示している。彼は徐々に公式のイデオロギーと手を切り、戦争直後には偉大な小説『ドクトル・ジバゴ』の執筆を開始する。彼はこれを大衆の要求も党の要求も考慮に入れずに書くのである。同時に、小説形式は、それ以前の彼の詩よりもいっそう直接的に同時代人に語りかけることを可能にする。いかなる出来事のせいで自分が変化したのかを問うとき、彼はとりわけツヴェターエワの運命と、その悲劇的な最期を想起する。「このことによって、私は彼女の名誉を守るべく、一種の復讐者となった。[60]」この小説もまたこの復讐の産物である。ツヴェターエワの教えが功を奏したのである。

しかしながら、この二つの「頂上での出会い」を総括すれば、幻滅すべきものである。しかもどうすれば幻滅せずにすんだのかは、あまりよくわからない。骨肉をそなえた人間は、絶対への要求を満足させることはできないだろう。ツヴェターエワは現実に幻滅することと、理想がしだいに消え去ることのあいだで選択しなければならない。だが、人生そのものが有限なものと相対的なものしか知らないとすれば、どうすればいいのだろうか。

・詩人の力・

詩的創造は、歓喜の感情、深い満足のときを、いつもツヴェターエワにもたらす。そして、遭遇するあらゆる障害を乗り越えて、彼女は何年にもわたる亡命の期間に一連のすばらしいテクストを生み出す。新しい詩編、新しい戯曲、とりわけまったく新しいジャンル（彼女自身の経歴においてのみ新しいのではない）の作品である。すなわち、彼女の記録作家《メモラリスト》としての散文、変貌した過去をめぐる物語である。

ツヴェターエワは書く。だが作家として実存するためには、出版され、読まれることを必要とする。ところで、彼女がそのなかで生まれ、自分の母国語を話している国は、彼女について語られるのにもはや耳を貸そうとしない。あらゆる亡命者同様、彼女も非‐人間と化したのである。彼女はほかの人々よりも非‐人間でさえある。というのも、彼女は皇帝一家に共感を抱いていると見なされているからである（彼女は皇帝一家に長編詩を捧げようとする）。権力によって――しかも彼女にも――評価されているソヴィエト作家は、彼女を軽蔑をもってあつかう。マヤコフスキーにとって、彼女はあまりに女性的である。ゴーリキーの場合は、彼女の著作はヒステリーとポルノグラフィすれすれである。その上、彼女の「モダンな」スタイルは、ソヴィエト芸術の公式の方針となろうとしているものと、もはや一致しない。つまり、ロシアで出版することは、彼女には不可能なのである。

第二の道が亡命者の前に開かれている。自分たちを受け入れてくれた国の文化に同化することである。この場合は、芸術家が使用する媒体に応じて、きわめて多様なケースが観察される。画家、音楽家、あるいはダンサーは表現手段を変える必要はない。詩人と作家については、事情は異なっている。彼らは新しい言語を獲得しなければならないのである。むろん、これが、ラフマニノフ、ストラヴィンスキー、プロコフィエフ、およびカンディンスキー、シャガール、さらにゴンチャローワ、ラリオノフ、ソニア・ドローネー、あるいはさらにニジンスキー、その後のバランシンのような創造者たちが、比較的容易にヨーロッパのさまざまな文化にとけ込むことができた理由である。亡命時に、すでに活動を開始していた作家の大半は、自分の母国語に閉じこもる――だから、受け入れ国の公衆から知られないままである。イヴァン・ブーニンがフランスで知られるのは、一九三三年にノーベル賞によって顕彰されたからである。だがフランスでだれが、アレクセイ・レーミゾフやウラジスラフ・ホダセイヴィチについて語るのを聞いたことがあるだろうか。だが彼らは偉大な才能をもった作家なのである。彼女の同時代人のなかでは、ベルジャーエフやシェストフのようなエッセイストだけが、住み着いた国の知的生活に参加することができる。

ツヴェターエワのケースは若干、特殊である。彼女は少女時代からドイツ語とフランス語を自由に操ることができる。つまり、この二つの言語で書くことができるのである。リルケが彼女に手紙を出すとき、彼女はドイツ語で返事を書くことに何の困難も覚えない――彼女のスタイルはリルケのスタイルに引けをとらない。一九二五年にフランスに到着すると、彼女のフランス語はふたたび活気を取りもどし、間もなくフランス語で自己を表現したり、自分自身の著作を――散文も詩も――翻訳したりできるように感じる。彼女の手帳にはフランス語でのメモが増えていく。彼女はこのようにして自分の詩編『少年』（ナターリャ・ゴンチャローワが挿絵を描いている）や、ヴィシニャークとの往復書簡に若干、手を入れたもの（『九通の手紙、および出されなかった一〇通目と受け取られた一一通目』）をフランス語に移し換える。彼女は『私の父とその美術館』、『馬たちの奇跡』のような物語、あるいはナタリー・ベルネに宛てたエッセイ『乗馬婦人《アマゾン》への手紙』をフランス語で書く。

ツヴェターエワは何度もこれらのテクストをフランスで出版しようと試みる。『コメルス』、『NRF』、『ムジュール』のような雑誌に送る。パリの文学界のさまざまな大立者に手紙を書く。たとえば、作家アンナ・ド・ノアイユ（一九一六年にはその小説をロシア語に翻訳している）とかアンドレ・ジッド、詩人シャルル・ヴィルドラクや翻訳家ジャン・シュズヴィル、批評家シャルル・デュ・ボスや哲学者ブリス・パランである。彼女が結ぶコンタクトは多少とも長続きする。だが結果はいつも同じである。彼らは何もしてくれないのである。だれも彼女の作品に興味を示さない。だれも、彼女が文学創造にもたらすものに気づかない。

いくつもの事情によって、この無関心、さらにはこの排斥を説明することができる。その事情の一つとは、パリの文学界に広まっていた自給自足の感情である。この感情は、両大戦間のほうが、それ以後よりも格段に強い。パリは文化世界の中心を自任し、他国に所属する人々がもたらすことができる貢献に関心を示すことが必要だなどとは判断しないのである（フランス語で書こうとするリルケの試みも、大した熱狂をかもさない）。これにつけ加えられるのが、女性の著作に対する平素の尊大な態度である。とりわけ、この女性が、ツヴェターエワの場合のように、貴族でも、金持ちでも、とくに美しいわけでもないときである。つぎにやって来るのが、どちらかといえば親ソヴィエトのフランス・インテリゲンチャの、亡命ロシア人作家に対する特別な不信感である（これが、たとえば『NRF』のディレクターのひとりであるブリス・パランのケースである）。最後に、ツヴェターエワの文学的な美意識が、フランスを席巻している美意識と一致しないという事実を認めなければならない。それはマラルメのエピゴーネンの美意識にも激情的なシュールレアリストのそれにも似ていない。ツヴェターエワはこのことをはっきり自覚している。彼女はつぎのような反応を報告している。「それはあまりに新しく、異例で、いっさいの伝統の外部にある。それはシュールレアリスムですらない。」これに彼女は注釈としてつけ加える。「神が私をそれからお守りくださったのだ！」まさしく彼女の創造原理は異なっている。「詩人にとって大切なのは、もっとも遠いきずなを発見することではない。それは、もっとも真実なものである。」つまり、排斥はもっともなのである――それでも、フランスの文学界全体が、みずからの内懐に天才的な作者がいることを知らないことに変わりはない。彼女自身、つぎのように結んでいる。「私はフランスで第一の詩人となりえただろう――彼らにはヴァレリーしかいない。彼は乞食だ。しかし……このようなことすべてが明らかになるのは私の死後だろう。[61]」

つまり、ロシアもフランスも禁じられている。ツヴェターエワに残されているのは、狭い出口だけである。移民内部でのロシア語での出版という出口である。だが第一に、生き残ることだけで苦労している移民には、詩的実践よりも優先すべきものがたくさんある。その上、ツヴェターエワの作品は二重の困難を抱えている。政治的内容が理由でロシアでは受け入れられない彼女の作品は、形式的な大胆さゆえに移民の読者と衝突する恐れがある。移民の読者は、たとえ詩的なものであっても、いっさいの革命に不信感を抱いている。あちらでは彼女の詩編は出版することができない。外国では受け入れられる――だが、だれもこれを必要としない。「このようにして、私はここにいる――読者もなく。そしてロシアでは――本もなく。」この対立は、ある意味で、移民のジャーナリズムそれ自体の内部にも見出される。左翼の出版物――社会主義者‐革命家の出版物――は、彼女の詩編のモダンな表現様式は受け入れるだろうが、彼女のロシア帝政的テーマとは衝突する。右翼のジャーナリズムは、まったく逆の理由で彼女を排斥する。

ツヴェターエワが受け入れられがたく認められがたいのは、偶然ではない。それは、自分の良心または自分の「デーモン」の声にしか耳を傾けず、読者の要望も文学界の影響力もまったく考慮に入れず、いっさいの妥協を拒否する創造者の困難である。彼女は自分の詩を通して追求する絶対を、彼女の読者との関係においても実践する。つまり、読者が彼女に追随すべきであって、その逆ではないのだ。いかなる時代、いかなる場においても、危険な挑戦である。彼女は自分を取り巻く事情を非難するわけにはいかない。「パリは無関係だ。移民も無関係だ――〈革命〉中のモスクワでも同じことだった。だれも私を必要としない。だれも私の火を必要としない。これは粥を炊くためにあるわけではない。(62)」ツヴェターエワは歌うすべは知っているが、文壇に参加するすべを知らないのである。

・　絶対的存在　・

恋愛はことごとく挫折する。仕事をしても耳を傾けてくれない。残るのは、彼女の目には最初の二つの道よりも上位にある第三の道である。この道は、何人かの特別な個人に対する愛情に、何よりも高い価値をあたえることにある。ツヴェターエワがこのようにして特権化する存在は、だれでもいいというわけではない。彼女の社会関係も――これが欠くべからざるものだとしても――、彼女の熱狂の対象も、この役割を望むことはできない。

彼女が何よりも熱愛する人々は、自然によって刻印された例外的な性格をもち、したがって結局は、恣意的な選択に属していない人々である。すなわち、彼女の子供たちと、子供たちの父、セルゲイである――彼女の宇宙のなかでのセルゲイの位置は、愛人たちよりも子供たちに近い。セルゲイは彼女の目には凡百の魅力的で間違いを犯しやすい個人なのではない。彼はこれを最後と刻印されており、他のだれも望むことのできない位置を占めている。彼との絆はたんなる結婚ではない。それは奇跡の部類であり、聖なるものにかかわっている。一九一五年、女詩人ソニア・パルノークに対する情熱が絶頂に達したときでさえ、彼女は自分の夫の姉妹に語りかけている。「セリョーヤを、私は一生涯、愛します。彼は血によって私に似ています。絶対にどんなことがあっても、それがだれのためであれ、私が彼のもとを離れることはありません。」二人が出会って一〇年後の一九二一年、革命のせいで四年間引き裂かれたあとで、彼女は彼に書いている。「セリョーヤ。私が明日死のうが、六〇歳まで生きようが――いずれにしても――私は知っています。かつて、最初のときから、すでに知っていたように。――永久に。――ほかのだれも。[63]」ほかの人々との出会いは、まったく別次元に位置している。彼との出会いは、そのとき以来、恋愛の領域に属するのではなく、撤回できない義務に属している。彼女が熱愛する娘であるアーリャについても同様である。ツヴェターエワは彼女を愛するだけでは満足しない。彼女はアーリャを信じるのである。これらの人々に対して抱く愛情は、まさしく絶対の領域に属している。この愛情は彼女のあらゆる欲動に対してみずからの法を押しつけるのである。

　しかしながら、夫と妻はひとたび結びつけられると、生活は困難となる。セルゲイが家族の物質的充足に寄与できないからばかりではない。日常的実存を軽蔑しているツヴェターエワのような女性にとって、これは不都合であるには違いないが、二の次である。彼は大して家事の手伝いもしない。だがこの場合も彼女は文句をいったりしない。逆である。「男は女の仕事をすることができない。それはあまりに醜い（女にとって）[64]。」それよりもずっと重大なことは、セルゲイの内面的な変化である。革命以前は感じやすく傷つきやすい若者であり、反ボルシェヴィキの志願兵である彼は、ひとたび亡命すると、アイデンティティの危機に直面する。彼は社会生活にとけ込むことができない。彼はいつも病気で、しかも物質生活への才に恵まれていない。同時に、有名な詩人であるけれども、絶えず駆け出しの詩人に惚れている女の夫であることに満足できない。エフローンは自己のアイデンティティを構築する必要がある。そしてソヴィエト・ロシアに対する新しい立場を考え出すことによって、これをおこなう。第一段階では、彼は極端な反ソヴィエトの〈白軍〉と一線を画し、「第三の道」――親ロシアだが親ソヴィエトではない道――を画策する。この目的のために、彼はユーラシア運動に参加する。これはロシア的アイデンティティの非ヨーロッパ的要素を強調する思想家・作家のグループである。ついで、結局は自分の祖国のパスポートを再取得するために、徐々にソヴィエト的立場へと移行していく。〈白軍〉が〈赤軍〉になったのである。彼はもはやロシアに帰ろうとしか考えない。帰国が許可されるまで、彼はパリでソヴィエト本部、〈祖国帰還同盟〉のリーダーをしている。彼が妻に語っていないこととは、一九三一年以降、彼がソヴィエト政治警察の秘密諜報部員として採用されているということである。

〈赤軍〉と〈白軍〉という政治的区分の上方で生きているツヴェターエワにとって、もっとも深刻なのは、夫の信念に起こった方向転換なのではない。彼女にとって、誠実さと忠実さは政治的理想の中身よりも大切である。ところで、彼女はセルゲイが正直であることに疑いを抱いていない。反対に、彼女を心底、混乱させるのは、セルゲイの人生において政治参加――彼女はこれを取るに足りないと判断する――が占める位置そのものである。彼女は、その存在理由がもっぱら物質的生活の内部に位置している人物と、ますますコミュニケーションがとりづらくなる。彼女はこの物質生活から自分を引き離すことを自分の至上原理としているのである。これこそが形而上学的不一致である。「主たる差異。彼のほうは社会的で社交的――私のほうは孤独（な狼）。彼は新聞なしでは生きられない。私は新聞が主役をなしているような家と世界では生きられない。私は完全に出来事の外部にある。彼は外部の出来事に完全に没頭している。[65]」

ツヴェターエワは、相変わらずエフローンのある種の特徴――欲のなさ、誠実さ――を尊敬してはいるが、もう何ごとについても彼と一致することはない。外的世界と政治体制についても、子供たちの教育についても、日常生活の仕方についても、である。彼女はいまや自分があまりに早く人生をはじめてしまったことを自覚している。あまりに早くに――一八歳にして。しかも、この開始は取り消しができないと思い定めている以上、彼女はおたがいに苦しめ合うこの絶え間ない口論からなる実存を受け入れなければならない。彼女がセルゲイのもとにとどまるのは哀れみのせいである――哀れみがなかったら、どうなることだろうか。彼が彼女といっしょにいるのも、おそらく同じ理由からである。彼らはまた、彼らの結婚生活の長さそのもの、共有した不幸な出来事の記憶によって結びつけられている。だがこのことだけでは彼らの共同生活に意味を付与するには不十分である。ツヴェターエワは別れなかったことをときおり後悔している――だが彼女にはそうする決心はつかない。

彼女が二〇歳で産んだ娘のアーリャは、ただちに絶対の一部をなした。アーリャは「私の生命の半分」である。「奇跡」である。アーリャの子供時代の最初のころは、ツヴェターエワは自分のノートいっぱいに、アーリャという語、アーリャについて観察した事柄を情熱的に書き記している。革命後の恐るべき時期、二人とも奇妙な共生の状態を生きている。ツヴェターエワは娘をどこにでも連れて行く。この七、八歳の娘はツヴェターエワのように話し、母親の詩句と見まがうばかりの詩句を書く。つぎに亡命がやってくる。アーリャは母親につき従う。そして一九二五年にムルが誕生する。ツヴェターエワは翌日に書いている。「もし、いま私が死ぬようなことになれば、［……］何よりも私は子供たちのために苦しむだろう。つまり――人間的なものにおいては――私は何よりもまず母親である[66]。」

しかしながら時間はたつ――そして子供たちは変わる。アーリャは成長する。ツヴェターエワは彼女に家の手伝いを頼みがちである。というのも、彼女には女中を雇う金がなく、セルゲイはいつもいないか、新聞を読むのに忙しいからである。つまり、アーリャは実際上、学校に行かずに、母親が家事をしたり弟の面倒を見たりすることの手伝いをするだろう。彼女が二〇歳になると状況は我慢できないものになる。自分に永遠に皿洗いをさせたり家の掃除をさせたりすることで母親を非難する。口論は絶え間なくなり、彼女は自殺未遂を起こす。しかも、彼女はソ連に対するノスタルジーを父親と共有しており、母親の政治的な生ぬるさを見下す。断絶は突然で決定的だろう。アーリャは一九三五年に家を飛び出し、その二年後、ひとりモスクワに帰還する。

ツヴェターエワはムル（およびセルゲイ）とパリにとどまる。彼女が息子に示す愛は、彼女が熱中のあいだに感じているものとは、まったく無関係である。熱中では、他者は彼女が自分自身に接近したり、詩的霊感を見出したりするための媒体として役立つ。ムルについて彼女は述べている。「私は彼がどのような子になろうとも愛するだろう。彼の美しさのせいでも、才能のせいでも、似ているせいでもない――なぜなら、彼が実在しているからである。」母親は、と同じく彼女はいう、自分の子供を愛する以上のことをする。「彼女――それは彼」である。だが成長するにつれて、ムルも選択をおこなう。彼は、姉と同様、新しいソヴィエト社会を選択する。遠いだけに、ますます望ましいのである（これはパリ郊外で生きた貧困よりも、と彼は考える、悪いということはありえない）。そして、父親のように、新聞に夢中になる。その上、数多くの少年たちと同じく、賭け事と車、広告と三面記事が大好きである。これらすべてにツヴェターエワはいつもいらいらさせられる。「彼には二つの情熱がある。勉強と気晴らし。私の情熱を萎えさせる二つのもの。」「新聞はいつも私に嫌悪を催させた。ムルは——これをむさぼっている。」ツヴェターエワのムルへの執着は強いままだが、こうした生活の状態は長続きせず、ムルもまた立ち去るしかないことを彼女は知っている。ところで、彼女は自分に祖母の魂があるとは感じていない。彼女は結んでいる。「ムルが大きくなれば（アーリャはもう大きくなった）——この有用性はもう問題にならない。一〇年後には、私は老いのとば口にさしかかって、絶対的に孤独だろう。そして私は——最初から最後まで——悲惨な生活を送ったことになるだろう。[67]」ツヴェターエワがこの一文を書くのは一九三一年である。

その間、平和の避難所、確実さの場であるべき家庭生活は、小地獄と化している。だがツヴェターエワは自分の信念を否認しない。人間的なものの次元では、彼女はいかなる母親以上のものである。そして母性は彼女のもっとも重要な体験である。「愛よりも長生きする唯一のもの、それは〈子供〉である。[68]」ただ、子供たちに対する愛は、しばらくたつと相互的でなくなり、受け取るために与えるのではないという考えを、あきらめて受け入れなければならない。「子供たちにはまったく何の希望ももたずにすべてを与えなければならない——彼らが夢中にさせるということでさえない。なぜなら——それが必要だからだ。なぜなら、それ以外は不可能だからだ——あなたにとって。」彼女は、男の子の愛人が愛の証しとして男の子の母親の心臓を要求するというフランスのバラードに好んで言及する。男の子は母親の心臓を引っこ抜くが、恋人のもとに駆けていく途中、つまずく。そして心臓を落っことす。すると、心臓が彼に語りかける。

そこで心臓が彼に言うのだ。

痛くなかったかい、坊や？[69]

亡命生活をおこなおうとするツヴェターエワの試みがもたらすのが、これである。すなわち、男たちの愛は不可能となった。出版はごくわずかなものにかぎられる。家庭生活は食うや食わずである。ＵＲＳＳへの帰還は、ツヴェターエワともっとも身近な親族との関係を、最後にもう一度、メチャメチャにするだろう。アーリャとセルゲイは、家族がいっしょになったわずか数か月後に逮捕される。ツヴェターエワは遠慮をかなぐり捨て、近親者の消息を知ろうとしたり、彼らに小包や金銭を渡す試みをおこなうために、刑務所の門に行列をなしている母親、妻、姉妹たちの群れに加わる。しばらくは何の消息もつかめない。ついで、わずかな情報がもたらされる。訪ねることなど問題にならない。父と娘は違った刑務所にいる。待ち時間は際限がない。ツヴェターエワはまた、内務大臣であるベーリヤに長い手紙を書き、夫の無実を叫ぶ。一〇年も前から、夫はソ連の崇拝に身を捧げてきたのだ！　この手紙は驚くべき資料である。投獄された自分の夫を助ける目的で警察長官に書きながらも、ツヴェターエワは自分の文学的スタイルを守らざるをえないのである。同時に、彼女は何の繕いもしないし隠しもしない。共産主義に対する信仰告白を口先だけでも唱えることもせずに、自分の伝記のなかから自分について好印象をもたらすのに適していると思われる事実を選び出そうと努力している。セルゲイについては、「彼はきわめて偉大な純粋さをもった男で、きわめて偉大な犠牲精神と責任感を備えています。[70]」ツヴェターエワの無邪気さには何かしら悲痛なものがある。

数か月後、ツヴェターエワはＵＲＳＳで出版すべく、一冊の詩集を準備しようとする。この詩集の劈頭に、彼女は一九二〇年にエフローンに捧げた詩編を配する。その結果、この書物全体が自分の夫へのオマージュの様相を呈する。いくつかの詩節は変わらぬままだが、第二節は全面的に書き直されている。ツヴェターエワは自分がエフローンに対して感じているものを四行に凝縮しようとするのである。三〇年におよぶ共同生活、別離と再会、喧嘩と和解。下書きノートには、この詩節の四つの異本が書かれている。とくに最後から二行目の詩句にツヴェターエワは苦労している。わずか数語で最上級の感情を指し示そうとしているのである。退けられた異本にはつぎのようなものがある。「世界中にあなたのような補佐役はいない」、「あなたはアラー、私はあなたのマホメット」、「あなたがいなければ私は死ぬ！　私は死ぬ！　私は死ぬ！」最終的に採られた異本はつぎの通りである。

［……］そして、みんながこのことを記憶するために、
あなたは愛される！　愛される！　愛される！　愛される！――
私は虹で署名した。(71)

ツヴェターエワは自分の忠誠を隠すような類の人間ではない。とくに忠誠の対象が脅威にさらされているときには。アーリャとも関係を結び直す。アーリャが収容所に送られるとき、彼女は定期的に手紙を書き、小包を送る。

ツヴェターエワはその場かぎりの熱狂をなおも生きているが、それを本当に信じることはなくなっている。かつての友人は姿を消したか変わってしまったかである。彼女は新しい友人を作るのに必要なエネルギーと欲望を自分のうちに見出すことができない。いまや収容所にいる娘に書いている。「私は、最近のことですが、愛情は持続の問題だと考えました。愛情を抱くには、いっしょに生きなければなり

ません。ところで、これについては、私には時間も、欲求も、力もないのです。[72]」内面生活はつづくが、彼女は外部にはもはや何の支えも見出せない。ツヴェターエワが出版されるのを期待して準備していた詩集は退けられる。ソヴィエト世界に対して敵対的な感情を表現しているとして非難されるのである。彼女は新しい作品を書くことはないだろう。

それより二〇年前、ツヴェターエワはみずからに問いかけた。いつの日にか、自分はもう書きたいと思わないようなことがありうるだろうか、と。答えは、諾《ウイ》であった。結論は首尾一貫している。「詩編を書くのをやめることができたのであるから、いつの日か、私は愛することをやめることができるだろう。そのとき、私は死ぬだろう……。私は、もちろん、自殺で最期を迎えるだろう。」ところで、フランスでの生活の最後の数年、パステルナークとの断絶ののち、セルゲイが立ち去ったあと、何かが彼女の内部で壊れた。はじめて、彼女は書くのをやめる。「これには一連の理由がある。主たる理由は、それが何になるのか？　である。」URSSに帰還した彼女は、さらに激化したこの感情にふたたびめぐり会う。「私は自分が書かなければならなかったことを書いた。もちろん、私はなおも書くことができるだろう。だがそれないしで完全にやっていける。[73]」晩年のワイルドのように、彼女は創造への意欲を失う。愛すべき人々も読者の可能性もないのであれば、だれのために書き、なぜ生きなければならないのだろうか。

彼女にとって、作品よりも、恋愛よりも大切なのは、すでに見たように、血によって彼女に結びつけられた存在である。ところで、他のすべての人々と違ったこれら身近な存在は、もはやいない――いかなる生活においてもそうであるように、彼女が彼らと疎遠になったり口論したりして、一時的に彼らを見失ったからばかりではない。今回は、彼らは共産主義国家というあの非人格的な怪物に呑み込まれ、粉みじんにされてしまったせいである。アーリャとセルゲイが逮捕されると、ツヴェターエワは自分の生存理由をあらかた失ってしまった。いつか彼らと再会できるかどうか彼女には確信がもてない。彼らが逮捕されて一年後、彼女は手帳に書いている。「だれも気づかない――だれも知らない、もう（およそ）一年も前から、私の目が――鈎のようなものを探しているけれども、どこにもないことを。なぜなら、どこもかしこも電化されているからだ。一個の〝シャンデリア〟さえない……。一年も前から、私は寸法をはかっている――死の。すべてのものが醜い。そして――恐ろしい。薬をあおる――ぞっとする。敵意――水に対する生まれつきの嫌悪を乗り越えなければならない。［……］私は欲しない――死ぬことを。私は欲する――存在しないことを。」だがただちに気を取り直す。「ばかげている。今のところ、私を必要としている人がいる[74]……。」

「人」とは、ムルである。しかしながら、どんな子供もそうであるように、彼も成長し、したがって徐々に彼女を必要としなくなる。ツヴェターエワはこれを予感し、戦慄する。彼らをロシアに連れて行く船上で彼女が見るムルは、いつもほかの船客といっしょにおり、その人たちといると晴れやかである。母親のことなど気にかけない。彼女は思う。これが私の未来なんだわ。年を経るごとにこの不安は募っていく。一九四一年一月、彼女は手帳に記している。「ムルへの心配をのぞいて私に何が残されているだろうか（健康、将来、一六歳という年齢。この年齢がパスポートと責任とともに近づきつつある）[75]。」だが、とりわけ、ムルの独立、母親の必要ではなく、母親からの自由の必要とともに。

とどめの一撃は、もうひとりの全体主義的独裁者、ヒトラーによってもたらされる。ヒトラーがソ連侵攻をおこなうのは一九四一年六月二二日である。ツヴェターエワは息子とともにモスクワを離れることを余儀なくされる。彼女が住みつこうとするのはタタールの村、エラブガであるが、この村では展望も、仕事も、人間的交流もまったく得られない。死ぬという決意がなされるのは、このことからである。彼女の三通の遺書で問題になっているのは、執筆活動でも恋愛でもない。それに対して、ムルへの思いがいたるところに見出される。一通は知り合いの作家に宛てたもので、ムルを自分の息子のように世話してほしいと頼んでいる。二通目は自分の死亡の証人たちに宛てられており、証人たちに自分の息子をこの作家の家まで連れて行ってくれと懇願し、さらにつけ加えている。「ムルには生きて勉強してほしい。私とともにいて、彼はダメになっていました。」まるで、いまや彼女はムルの開花の障害物であって、開花のための助けではないかのように——彼、彼女がこの存在を愛するのは、彼のためであって、自分のためではないのである。最後に、三通目の手紙はムル自身に宛てられている。この手紙はツヴェターエワが自分の家族のメンバー、すなわちセルゲイ、アーリャ——最後の瞬間まで彼女は彼らを愛していた——、そして彼自身（「私はあなたを熱烈に愛しています」）に対して抱いている愛をくり返している。それから、説明を試みる。「ますます悪くなっていったでしょう。」ムルは彼女のもとを去らなければならない。彼女はもはや、我が身を犠牲にすることによってしか、自分の愛を彼に示すことができない。彼女はこうしたこと全体を「袋小路に[76]」ある、と呼んでいるのである。

・笛吹き男・

息子が誕生した年である一九二六年、ツヴェターエワは長編詩『ネズミ使い』という「叙情風刺詩」を書き上げていた。これはハーメルンの笛吹き男という有名な伝説の個人的解釈である。先行する有名な諸異本に忠実に、この詩編はいくつかの主要なエピソードをつなぎ合わせている。ネズミが町に侵入したこと、笛吹き男のおかげてネズミを退治したこと、彼に報酬（町長の娘の手）を与えることを拒否したこと、笛吹き男がハーメルンのすべての子供たちを連れ出して復讐したこと。しかしツヴェターエワはこの伝説に風刺的でアレゴリックな解釈を施し、彼女の詩編をオーウェルの『動物農園』の一種の先駆者にしている。町長と議員によって支配されている町の住民は、ツヴェターエワが激しく嫌悪するブイチ *byt*、日常的実存の化身である。彼らは自分たちの凡庸さの上にあぐらをかいている飽食した俗物である。ネズミはダイナミックな侵略者、革命家、ひとことでいえば（ツヴェターエワによって暗示されてはいるが、はっきりとは述べられていない）ボルシェヴィキである。ただ、ひとたびハーメルンの町の権力を奪取すると、今度はネズミがブルジョワ化した。彼らは以前の住民と同じように飽食し無感動になった。自分たちの状況と結びついた快楽にのみ惹きつけられるようになった。笛吹き男、それ以上にこの詩編で大きな自律性が付与されている彼の笛そのものは、日常的実存に対立する価値を具現している。すなわち、人間、および人間を生きさせるもの、つまり音楽、詩である。

生活に対する芸術の優越性というこのロマン主義的な図式は、しかしながら、フルート奏者の最後の身振りの曖昧さによって混乱させられる。たしかに、町からネズミを厄介払いすることは称賛すべき行為である。だが子供たちの誘拐については何をいうべきだろうか。大人たちはおそらく自分たちにふさわしい罰を受けた。だが子供たちはなぜ、大人たちの大罪の償いをし、自分たちは楽園に行くのだと信じながら、湖の水に姿を消さなければならないのだろうか。あるいは、夢、および子供たちがひょっとしたら到達するかもしれないすばらしい世界は、必然的に期待はずれの実存よりもつねに好ましいと考えなければならないのだろうか。芸術と詩の力は莫大だとツヴェターエワは示唆しているように思われる。だがその力はかならずしも有益なわけではない。その作用からは、善も悪も出てくる可能性がある。

ツヴェタ―エワはこの長編詩を書いたが、もちろん、自分自身の運命がこの伝説の新しい異本を例証することとなり、自分自身、この伝説の主要登場人物のひとりになるなどとは夢にも思わなかっただろう。ハーメルンの笛吹き男とは両親から子供たちを奪い去る力なのである。この笛吹き男は、ツヴェターエワの実存において三つの変装をおこなった。最初の変装は〈人生〉それ自体という変装である。子供たちは成長し、両親と子供たちの愛は相互的でなくなるのである。両親は子供をもつことも、もたないこともできる。子供たちは両親をもたないことができない。つまり、子供たちは両親に対して何の責任もないのである。子供たちが両親を必要としたのは、あくまでも小さいからであった。ひとたび大きくなれば、子供たちが必要とするのは、両親が遠ざかっていき、自分たちを自由に生きさせてくれることである。アーリャは子供であるかぎり、母親によってのみ生きる。大人になると、アーリャは母親から遠ざかるためにあらゆることをおこなう。ムルも同じ道を歩んだ。

笛吹き男の第二の変装は〈ユートピア〉という名で呼ばれる。これは〈第一次世界大戦〉後の何年間かでヨーロッパに広まる。ヨーロッパ諸民族の子供たちを魅惑するのは、実際には詩と芸術ではない。それは口ひげを生やした二人の独裁者、スターリンとヒトラーによって表明された、地上の楽園を樹立する約束である。何百万人もの青年が、この新しいネズミ使いたちの音楽によって魔法にかけられる。ドイツではナチのリーダーのアピールによって、ヨーロッパの他の国では共産主義の約束によって。ヒトラーとスターリンは、詩人と音楽家には思いもよらない力をそなえた芸術家となった。というのも、これら人々を魅惑する者たちは、もはや語や音によって自分たちの作品を築くのではなく、さまざまな個人とさまざまな社会の助けをもって作品を築くのだから。彼らは「新しい人間」と「新しい国民」の創造者である。ツヴェターエワはこの悲劇をみずからの骨肉において生きる。ソヴィエトのプロパガンダの魅惑的な歌に連れ去られるのは、彼女自身の子供たちだからである。だが伝説におけるのと同様、これらの約束は幻想であることが判明する。子供たちは楽園に行くのだと信じている。実際には、湖の水に呑み込まれるのである。

笛吹き男の最後の化身は、〈歴史〉である。ツヴェターエワの子供たちは彼女とは繋がりがなくなったが、少なくとも彼らは自由に生きている。この最後の慰めが彼女から奪い去られる。彼女が大きな子供扱いしているセルゲイは、ソヴィエトの牢獄に姿を消す。アーリャは北極圏に位置する収容所に捕えられている。そこから帰還する望みはあまりない。残るはムルである――だが戦争がはじまる。戦争は長引くだろう。その間に、この子は大きくなり、戦いに行かなければならないだろう。そして彼が生還するチャンスはどれほどあるだろうか。ツヴェターエワが恐れるのは当然である。ムルは一九四四年七月、一九歳にして前線で戦死する。彼だけではない。二五〇〇万のソヴィエト人がこの戦争で死ぬのである。

ツヴェターエワの物語は、ネズミ使いの伝説に比較して、なおいっそう大きな刷新をみせている。子供たちは自分たちの破滅に向かって進むだけでは満足しない。彼らは自分たちの母親を引きずり込むのである。フランスでは、彼女はつらい生活をおくった。URSSでは生活は不可能になる。ところで、ツヴェターエワがURSSに舞い戻ったのは、子供たちのせいである。まず最初にアーリャである。この不屈の熱狂者は新しい信仰を奉じ、ネズミ使いの軍隊に加入し、自分の夢の楽園――ソ連――に帰還する。つぎはセルゲイ。その秘密諜報部員としての活動によってフランスから逃亡しなければならなくなる。最後はムル。たったひとりで母親のそばに残っていたが、いつも夢見ているこの芸術家よりも現実主義的な世界観をもっていると確信している。彼もまた約束の地にたどり着きたくてうずうずしており、一四歳に達すると、最終的帰還を認めさせる。この動きを開始させるのはアーリャであり、これを閉じるのもアーリャである。一六年後にグラーグからもどってくると、彼女は母親の詩編の出版に、つまり作家としての母親の復活に、残りの人生を捧げる。同時に、彼女はこれを通じて最後の暴力をふるう。というのも、アーリャは何としてでも、母親をソヴィエトの規範と一致する詩人として提示しようとするからである。嘆かわしき誤解のみが、母親をソヴィエトの規範から遠ざけていた、といいたいのである。

・死と復活・

人間存在はつねに、自分たちの非宗教的な生活に聖なるものを導入し、自分たちを超越するある本質の存在を仮定することを余儀なくされた。ツヴェターエワが生きている時と場においては、絶対に接近する方法は形を変え、数を増加させた。長いあいだ絶対を天上に求めたあとで、人間はこの理想を地上に引きずり降ろそうとしたのである。みずからを犠牲にしなければならないとしても、それはもはや神や神授権をそなえた王のためではなく、これらの集団、だが純粋に人間的な集団、すなわち祖国や国民、階級や人種のためであるべきである。彼女と同時代の人々の多くは、この超越的理想を革命のうちに見出した。社会秩序を変化させれば、人類の幸福を実現することが可能だと信じたのである。その結果がいかなるものであったかは知られている。ナショナリズムと全体主義によって、ヨーロッパおよび世界に、惨憺たる結果がもたらされたのである。

青春時代以来、ツヴェターエワは絶対の存在に心を奪われ、その身近にとどまることを選択した。だからといって、同時代人の幻想を共有することはない。そのとき別の道が彼女の前に開かれる。何人かの例外的な人々――言語の才能を受け取った選ばれた者たち――が詩的創造のなかに絶対を見出したのである。ツヴェターエワはリルケとパステルナークを称賛し、彼女自身、こうした躍動の一端を担っているが、自分の価値体系では、人間は作品よりも上に位置することを知っている。だがよくよく考えれば、彼女にはこのような方法では絶対に接近できるとは思えない。「詩人は完結へと到達するまったく別な道では不可避的に大失敗する。絶対に慣れ親しみ、(彼自身によって)絶対に精通させられているがゆえに、詩人が人生に要求するのは、人生がもたらすことができないものである。[77]」彼女が理性的であるならば、美的解決の安楽だけで甘んじるべきだろう。しかしながら、彼女は自分の近親者に対するこうした要求をくり返しくり返し表明せざるを得ない。そして死の瀬戸際で彼女が思うのは、彼らのことなのだ。ツヴェターエワは自分の芸術と人生を対立させて考えることを拒否し、作品と人間とに異なった基準を適用することを拒否する。ワイルドと違って、彼女は恋愛関係のために執筆活動を犠牲にすることができない。リルケと違って、彼女は愛するのをやめることができない。彼女はいずれの側においても同じ強度を熱望する。ヒエラルキーがあるとすれば、彼女は人間を優遇するだろう。ただ、あらゆることにおいて彼女が求めている絶対の尺度は、詩によって与えられるのである。人生は芸術によって変貌すれば美しくなる。だがツヴェターエワは、自分でいっているように「火のなかで生きる」ことができるのであれば、世界中の本という本をくれてやるだろう。

ここにおいて、彼女は現代のヒューマニズムの要求と一致する。その要求は、作品よりも人間を、抽象よりも個人を私たちに選ばせ、したがって人類の救済の名において人間を殺すことを禁じるのである。ツヴェターエワ自身はこの理想に同意する。だが彼女の聖なるものは、以前の聖なるものの特徴を保持している。芸術と実存のあいだの境界を廃棄しながらも、彼女は乗り越えることのできないもう一つの障壁を維持するのである。天使たちと接しながら恍惚のなかで生きることと、物質のなかに浸りきった母と妻としての日常的義務――食事を作り、洗い物をし、世話をすること――を引き受けることのあいだの障壁である。ロジェーヴィチとの関係の当初にあったように、「天と地との一体性」を感じることができるような時は、例外である。このように絶対の地位に高められた人々が誤りやすく、彼女の身振りだけが彼らを他のすべての人たちから区別したことを知っていながら、彼女は彼らを古代の神々と同じく情け容赦ない主人にする。「それぞれが絶対であり、絶対を要求する。[78]」相対的なものを絶対へと変化させることができる――そして、このようにして万人が見習うべき手本を提供している――彼女は、すぐに聖なるもののこの起源を忘却し、あたかも外部から押しつけられたかのように、この聖なるものに従順に服従する。彼女には神から切り離された人間的実存のパラドックスを引き受けることがどうしてもできない。人間的実存は超越性を必要とするのに対して、世界は相対的で部分的な満足しか与えない。また人間的実存は無限に触れようと欲しながら、人間および人間相互間に確立される関係は、悲劇的なまでに制限されており、はかない。あるいはまた、彼女は自分を取り巻く人々を彼女の飛翔の出発点として役立たせるために、彼らを純然たる虚構でもって置き換えることを余儀なくされる。あるいはまた、もっとも身近な人々、つまり夫や子供たちとの関係を神聖視するあまり、彼らが変化するという事実を受け入れることを拒否する。彼女は自分の周囲にいる諸個人が、まるで絶対の純粋な化身であるかのように振る舞う。彼らが絶対の化身でないことを確認すると、彼女は絶望に追い込まれる。

ツヴェターエワの悲劇を前にして、絶対は人間的関係のなかにふさわしい場所をもたないと覚悟しなければならないのだろうか。おそらく、そうではない。絶対は相対的なものに由来し、唯一、自由意志による決定によって相対的なものから抽出されたのである以上、絶対は相対的なものから深淵によって切り離されてはならないのである。「子供たちにはまったく何の希望ももたずにすべてを与えなければならない」とツヴェターエワはいった。子供たちに向けられる絶対的な愛は、別離や不和の時期によって否定されることはないだろう。これらの時期は不可避でさえある。というのも、子供たちは子供であることをやめるからである。ツヴェターエワが一八歳のときにおこなった夫婦の信義の誓いが絶対であるのは、彼女がそのように決意したからにほかならない――「何が起ころうとも」と、彼女はベーリヤ宛の手紙(79)で書いている。だが人格がもはや同じでなければ？　ＮＫＶＤのスパイである一九三七年のセルゲイに対しても、一九一一年の傷つきやすい青年に対するのと同じ反応を示さなければならないのだろうか。それはツヴェターエワが人間的関係の絶対を求めているからばかりではない。ちょうど熱狂のあいだにほかの男性や女性におこなうように、彼女はこうした理想的構築を現実の人間から引き離すのである。問題を生じさせるのは天への欲望ではない。天と地のあいだに道が存在しないことである。

人は自分の両親を選ぶこともできなければ、自分がそのなかに誕生する枠組みを選ぶこともできない。ツヴェターエワは自分の理想への情熱を、両親にもこの枠組みにも負っている。私たちは容易には〈歴史〉の歩みの方向を変えることはできない。ツヴェターエワに対して革命、破壊、飢餓、亡命、さらには亡命した同国人たちおよびフランスの文学者たちが彼女の作品に無関心であるという事実をもたらすのは、この〈歴史〉である。私たちに責任があるとすれば、私たちと他者との関係がとる形態に対してである。しかるに、ツヴェターエワは容易には人間の条件のなかに組み込まれた不完全性を受け入れることができない。だから、あるときは現実の存在の代わりに想像上の存在を発明することによって、またあるときはある種の人々に犠牲すれすれの崇拝を捧げることによって、この人間の条件と――成功することはないが――闘う。他者は彼女を助けることはできない。というのも、彼女は他者を無力へと追いやったからである。彼女はまるで過酷な二者択一に閉じ込められてしまったかのようである。恍惚か、死かである（なるほど二つの絶対であるが）。彼女が知ることがなかったもの、それは日常と崇高のあいだの架け橋である。だから、近親者が奪い去られると、彼女は袋小路に追い込まれるのである。

実存の袋小路は詩の失敗を意味しない。絶対は書かれた作品のなかに生きており、その作者に対して不死を保証している――そもそも、ツヴェターエワが確信していたのがこのことである。ワイルドとリルケの場合と同様、彼女の作品のもっとも成功した部分は、当初、作品となるはずのなかった部分、すなわち手紙である。彼女自身、パステルナーク宛の手紙で書いた。「私の好みのコミュニケーション方法は、彼岸の性質を帯びています。夢、夢で見ること。二番目にやって来るのが書簡です。手紙は〝彼岸〟的コミュニケーションの方法としては、夢ほど完全ではありません。しかし法則は同じです。[80]」愛のメッセージであれ、打ち明け話、あるいは疑念を訴えるメッセージであれ、彼女の手紙はしばしば詩編と同じく推敲を重ねられており、しかも対話者が存在するおかげで、その著者についてなおいっそう生き生きとしたイマージュを含んでいる。ここにおいて、「生きる‐書く」あるいは「書くこと――それは生きること」が最高度に実現されている。また、ここにおいて、ツヴェターエワは知らず知らずに、「彼岸的」コミュニケーションではなく、崇高と日常、存在と実存、天と地の相互浸透に到達するのである。

ツヴェターエワの死は、彼女を大地よりも上方へと上昇させた――そして彼女はつねにそこにいる。一九一三年に、自分の死を思いながら、彼女はある詩編のなかで書いた。

［……］大地に埋葬されるのは、私ではないだろう。
いかにも、私ではない。[81]

もちろん、彼女は正しかった。エラブガの墓地のどこかに眠っているのは、彼女の死すべき亡骸のみである。詩人は死を知らない。あるいはむしろ、死は詩人が与えつづけるのを妨げることはない。詩人はもはや受け取ることができないだけである。イエスもみずからの決定的な死を信じなかった。「二人または三人が私の名によって集まるところでは、私もそのなかにいるのである。」ツヴェターエワは彼女の最後の詩編をこのテーマに捧げている。[82] 詩人のメッセージは預言者のメッセージの代わりにここにやって来るのである。この詩編は一つの歴史をもっている。一九四一年三月、ツヴェターエワは若き詩人アルセニー・タルコフスキーに出会った。彼は彼女の気に入る。誘惑の動きがかいま見られる。タルコフスキーは一編の詩を書いたが、その第一行目はつぎのように述べている。「私はテーブルを六人のためにこしらえた。」この六人とは、詩人自身とその近親者、すなわち両親、兄弟たち、妻である。しかしツヴェターエワのひらめきがはじまるのは、ここである。六人の人々が――彼の名によってではなく、彼ら共通の人間性の名によって――集まるところでは、詩もまた存在するだろう。ところで、彼女は詩の化身である。あなたが理解しないなどということが、どうしてあり得ただろう、と彼女は同業者に呼びかける。

六人……
それは七人ということ――というのも、私がこの世に在るのだから！

ツヴェターエワの運命が他の人間たちの運命と異なっているのは、この点においてである。しかしながら、ツヴェターエワの運命は、万人がたどることのできる道を指し示している。彼女の果てしない要求は、同時に謙虚さの身振りでもある。

そして――墓はない！　断絶も！
立ち上がる――運命が。祝祭が――ふたたびはじまる。
そしてさながら婚礼の昼食における死のように
生命である私はこの晩餐に参加する。

そして私たち全員が、その晩餐に招待されているのである。

＊　絶対とともに生きる　＊

以上のページで言及したのは、伝統や同時代の社会が提供する絶対に甘んじるのではなく、自分たち自身で選んだ絶対とともに生きようとした三人の個人の運命である。ワイルド、リルケ、ツヴェタ－エワはこの総体的計画にそれぞれ異なった解釈をほどこした。にもかかわらず、彼らの経歴はその帰結において一つになる。この帰結は、その主役自身には悲劇的なものとして映じるのである。ワイルドの肉体的・精神的な頽廃、リルケの苦しみに満ちた長い鬱状態、自殺へといたるツヴェタ－エワの政治的・個人的な袋小路である。ワイルドだけではない。三人ともが半獣神マルシュアスに似た運命を体験した。マルシュアスのように、彼らは彼らの芸術によって絶対に到達したと信じた。マルシュアスのように、彼らは神々に挑戦し、自分の実存を自分の理想に一致するように自分で編成しようとした。またマルシュアスのように、彼らも無関心な神々によって敗北を喫する。そして彼らの歌は途絶えた。

今日、私たちがこれらの不幸の理由を訊ねるのは、むろん、この三人の偉大な芸術家がどのように彼らの実存を送るべきであったかと、死後になって彼らを非難したり忠告したりするためではない。遺伝、文化、また人がそのなかに生まれる社会の重量がいかなるものであろうと、人生は生きられる前には確定されないように、ひとたび開始されたこの人生は、終わったときにその展開は不可避的であったという印象を与えるがゆえに、ますます必然の様相を帯びるようになる。同性愛を隠してブルジョワ的な二重生活を送るワイルド、メランコリーを克服して、やさしく娘の教育に専念するリルケ、パリでもモスクワでも愛され歓迎される、勝ち誇ったツヴェターエワなどは想像しがたい。彼らはそうすることもできただろうが、そうすれば別人となっていただろう。そして私たちが彼らを深く愛し、彼らの実存に思いをめぐらすきっかけとなったテクストを書くこともなかっただろう。だがこれらの人生は、その計画、高揚、挫折とともに、それ自体、世界のなかで意味を充塡された部分と化した。私たち、実存がまだ終わっていず、したがってまだ実存の確定していない私たちには、そこに学ぶべき何かがある。

これらの運命の悲劇的性格は、注意深く探求されるにあたいする。おそらく今日では、創造者のなかにも、その読者のなかにも、ある計画の名において、同じようにして自分の実存全体を危険にさらすような人は、だれも、あるいはほとんどだれもいないだろう。しかしながら、昔の殉教者を彷彿とさせる彼らの自己拘束の強さは、私たちを無関心にしてはおかない。ワイルド、リルケ、ツヴェターエワは、もし私たちが彼らの道の上にまき散らされているあらゆる障害をそれとして認め、これらの障害から苦い教訓を引き出すならば、充溢への熱望と絶対への関係において、私たちひとりひとりの役に立つことができる。彼らの彷徨は、絶対へのいっさいの熱望が挫折するよう定められているということを意味しはしない。その逆である。

まず最初に考慮に入れなければならないのは、これらの芸術家が生きた歴史的・地理的コンテクストである。このコンテクストはリルケの運命には比較的弱い作用しかおよぼさない。リルケは自分の世紀の出来事に対して身を引くことを選んだからである。〈第一次世界大戦〉中は完全には身を引くことはできない。戦争のおかげで、一つの国から他の国へと絶えず移動することが不可能になり、同時に彼がオーストリア＝ハンガリー帝国軍に召集されるからである。だが残余の時間は、何人かの富裕な学芸の庇護者《メセーヌ》から恩恵を受けているおかげで、彼の実存は外部の状況に左右されない。ワイルドとツヴェターエワについては事情は異なっている。ワイルドがフランスで生活していたのであれば、同性愛の性癖で追及されたり投獄されたりすることはなかっただろう。ツヴェターエワについては、彼女の悲劇的な運命は、ボルシェヴィキ革命なしには考えられない。ツヴェターエワが経済的に自立することもできず公衆の好意も得られないような体制を彼女の国に樹立したのも、彼女を亡命させ極貧の生活に追いやったのも、最後に、夫を破滅させ、最後の破綻を引き起こすのも――この場合は、たしかにドイツ軍のＵＲＳＳへの侵入が相まってのことだが――、このボルシェヴィキ革命である。つまり、あとの二人の状況においては、自分を取り巻く事情は大いに関係する。だがその場合ですら、これらの事情は決定的ではない。出来事の圧力がいかなるものであれ、異なった選択は可能である。ヴィクトリア朝イングランドにおいて、すべての同性愛者が同じ迫害を受けるわけではない。ロシア人亡命者のすべての運命が、ツヴェターエワの運命と同じほど悲惨だとはかぎらない。

・二元論の伝統・

つぎのように考えざるを得ない。すなわち、我らが三人の冒険者が体験した困難のこれに劣らず重要な理由の一つは、歴史的な状況にもなければ、彼らがこうむった伝記的、または歴史的な限定にもなければ、また彼らの全体的な人生計画にもない。そうではなく、彼らがおこなったある種の独特の選択、それ自体、彼らの人間世界と自分自身についての表象にもとづく選択にある、と。三人とも複数の本質、だが別個に存在しているわけではない本質のあいだに連続性を確立できないことで苦しんでいる。ワイルドの場合は自己と他者、リルケの場合は創造と実存、ツヴェタ－エワは、存在することと実存すること、崇高と日常である。この断絶は彼らがまれに見るすぐれたテクストを産出する妨げにはならない。これらのテクストのおかげで、私たち、今日の読者は、充溢の状態に接近し、たとえつかの間であろうとも、絶対と接触することが可能となるのである。それでもやはり、この非連続性は彼らの実存を袋小路へと追いやる。言い換えれば、この三人は、彼らが多かれ少なかれ共有しているロマン主義的な概念の犠牲者なのである。このことから結果として、彼らがおこなう独特な選択が出てくる。

ワイルド、リルケ、ツヴェタ－エワは自分たちの人生計画を自由に選択した。だからといって、彼らはこの人生計画を何から何まで発明したのでもなければ、この選択が勝手気ままにおこなわれるわけでもない。逆に、彼らはある長い伝統に組み込まれている。そしてこの伝統自体、行き当たりばったりに形成されたわけではない。それは人間の条件そのものであって、ある困難をうちに秘めており、これを人間は克服しようとするのである。この困難を克服する方法は無際限にあるわけではない。そういうわけで、歴史上の隔たった諸時代に、またおたがいに何の交渉もなかった地球上のさまざまな部分で、似通った反応が見られるのである。この困難は、人間が有限な実存を有し、かつ無限へと開かれた意識を備えているということにひそんでいる。人間はこの意識に宇宙全体と永遠とを取り込んで分析することができるが、同時に、自分たちがこの宇宙に迷い込んだちっぽけなちりにすぎず、宇宙時間の展開の微小な一部分でしかないことを知っている。人間は自分たちの精神によって想像した至福と、自分たちが体験することの大半のつまらなさとのコントラストを確認せざるを得ない。人類に固有のこの非連続性に対する反応として可能な選択の一つは、二つの世界が完全に切り離されたまま共存するということを肯定することにある。一方の世界は下界にあって、有限で悪しく、他方の世界は彼岸に、天上にあって、完璧で無限である。一方の世界から他方への移行は地上の人間《モルテル》の大多数には禁じられている。だが若干のまれな選ばれた者は、もし適切な態度を採り入れれば、これを成功裏におこなうことができる。

人間の条件に根ざしたこの緊張を克服する方法は、一神教の到来によって最初の途方もない推進力を受け取る。というのも、一神教は神々の数を減らすことだけで満足するのではなく、神と現世の関係の性格そのものを変化させるからである。異教世界が宇宙の起源に位置づけ、カオス——形相を付与することによって、これを飼い慣らし、秩序づけることが人間の役目であった——と同一視した無限なるものと果てしなきものは、一神教のパースペクティヴのなかで、到達不可能な理想の象徴と化す。フランソワ・フラオーが指摘しているように、「昔の宇宙開闢説では、無限は欠陥として——なお悪いことに、破壊的未分化、つまり存在することへの妨げとしてみなされていた。〔ところが〕一神教は価値を転倒させた。無限は〈存在〉の完全さと化したのである。[1]」異教的伝統においては、起源にカオスが見出される。神々の介入によって、徐々にそこに制限、規則、禁止、つまり秩序を導入することが可能となる。一神教の場合、無限の神と有限の世界、天上の絶対的完璧さと下界の貧弱さのあいだに断絶が位置している。神はもはや漸進的文明化の要因ではない。神は、世界が決してそのレベルまでみずからを高めることができない到達不可能な理想の名と化したのである。

紀元後の最初の数世紀、しだいに大きくなるキリスト教の影響力への反動として、この断絶の性格を強化し明確化する新しい宗教理論が発展する。というのも、キリスト教は、キリストは神であり同時に人であると主張し、したがって天と地とのきずなを形成するからである。対照的に、新しい理論はこの預言者の神的な性格を否定し、天と地の分離を強化する。これらの理論を指示するために私たちが今日使用している総称は、グノーシス主義という用語である。これはとりわけ二世紀に出現した運動をさしている。そのもっとも完成され、もっとも影響を及ぼした異本とは善悪二元論〔マニ教〕である。これが広まるのは三世紀である。この二つの用語の現在的な意味は相補的である。「善悪二元論」が意味するのは、何よりもまず世界の記述、私たちの状態にかんして下された診断である。「グノーシス」はむしろ私たちの状態を治癒させるための治療薬、私たちの不充足を克服することを可能にする道である。

つまり、グノーシス主義者と善悪二元論者〔マニ教徒〕は、宇宙の二重の性格——嘆かわしい現世と天国——を肯定するのである。下界では、生はあまりに不完全であるがゆえに神の仕業ではあり得ない。生は物質的な拘束に服し、暗黒に陥り、死すべき運命の制限に束縛され、性的関係と生殖、肉体と時間への隷属を強いられている。それは根本的に悪しき世界であるがゆえに、人間はそこで自分の存在そのものを懲罰や不正として生きている。人間が感性的世界に対して抱く嫌悪と軽蔑は、彼岸への逃避の欲望に引き継がれる。彼岸では、至高の完全さが実現し、正しき光、純粋な精神が君臨しているのである。天国が神に由来するのであれば、下界は暗闇の帝王の仕業でなければならない。この暗闇の帝王は、悪魔とも呼ばれるだろう。人間が下界にいるのは偶然でしかない。これほど截然とした対立を前にすれば、これらの場所の一方を捨て、他方においてみずからを救済しようと願わないはずがあるだろうか。

しかしながら、この通過は万人に許されているわけではない。この理論は宇宙だけでなく人類の二分割をも含意している。一方に、大多数の人々、平凡な人間、真の光に対して永久に盲目である者たち。他方には、少数の人々、すなわち群衆を超越し、物質と精神の耐えがたい混合物から霊的な純粋さを有した精神へと移行することができる選ばれた者たち。グノーシスの実践、または超自然的な認識の実践を要求する彼らの救済は、地上の生ではでたらめに混合している諸実体のあいだに完全な断絶を再確立するだろう。

グノーシス主義者と善悪二元論者はキリスト教徒と対立する。だが彼らは同時にキリスト教徒の語彙を借用する。キリストを信じるとは——と聖パウロは教えた——各人のなかにひそんでいて直接的な欲望のみに引きずられる「古い人」を捨て、「神にかたどって造られた新しい人」になり、「真理にもとづいた正しく清い生活」[2]を送ることにある。グノーシス主義に採り入れられると、この対立は、相互に交渉のない二つの世界、すなわち選ばれた者と堕地獄の運命にある者という二つの人種、私たちそれぞれのうちにある二つの原理——神的なものと動物的なもの、精神と肉体——に引き継がれる。キリスト教のほうはグノーシス主義者や善悪二元論者などを異端と判断して、それらと闘い、最終的には排除するが、キリスト教もまた内部からそれら異端の影響をこうむる。キリスト教のスポークスマンのある者たちは、別の語彙をもちいるのではあるが、自分たちの敵対者の二元論をみずから引き受けることになる。これらの二元論はさまざまな経路で、とりわけボゴミール派とカタリ派のような宗派を介してヨーロッパ文化に到達する。これらの宗派は宮廷風恋愛の概念をつちかうのに一役買うだろう。そして今度は、この宮廷風恋愛の概念が、ドゥニ・ド・ルージュモンのいわゆる「西洋における愛」の表象すべてに深い痕跡を残すことになる。すでに見たように、リルケはこの概念の遅れてやって来た信奉者であった。

・唯美主義の陥穽・

つまり、絶対への関係を待ち伏せている最初の危険は、そのあらゆる形態における善悪二元論なのである。だがそれだけではない。この勇敢な冒険者たちにのしかかっている第二の脅威は、唯美主義と呼ぶことができるだろう。このように呼ばれるのは、美の要求のみが私たちの生活規則を決定すると主張する教義だからである。すでに見たように、ワイルドは往々にしてこの唯美主義を引き受けようとしたし、リルケとツヴェタ一エワといえどもこれと完全に無縁なわけではない。なぜ、この教義は挫折するのだろうか。なぜなら、この教義は人間の実存が多様だということを認めないからである。美は絶対の性格を帯びている。だが絶対は美で汲み尽くされるわけではないし、この瞬間の充溢は、これを美的経験に還元することなく生きることができる。ワイルドのように、承認と愛への欲求を前もって押し殺すことによって個人の開花を構想してはならない。「私たちは相互関係なくして存在することができない」と、フォイエルバッハは地上の絶対について問いかけるなかで指摘した。「共同体のみが人間性を表現する。[3]」また、真と善に対する愛着は個人に特有のものではあり得ず、つねに外部から押しつけられるということを公準として立てることによって、個人を台なしにしてもならない。ワイルド自身、美学を倫理の代替物ではなく倫理を豊かにするものとして記述したときには、いっそう正鵠を射ていた。それでもやはり、美は望ましきものであった。美的考察が法律を、善を、愛を閉め出しはじめるとき、独断的な唯美主義に陥るのである。

一八四八年、初期の唯美主義宣言の一つで、エルネスト・ルナンはつぎのようにみずからの信条を表現した。「〃美しくあれ。そして一瞬一瞬、あなたの心が鼓吹するがままをなせ。〃ここに道徳のすべてがある。他のすべての規則は、その絶対的形態において過ちであり虚妄である。[4]」これを補足する詳細な記述がまったく付されていないことからすれば、ルナンは他の斟酌をやっかい払いした美をもくろんでいたと思われる。ここでは、美学は倫理にいかなる場も残していないのである。この還元的唯美主義——これを反ヒューマニズム的唯美主義と呼ぶことができるかもしれない、それほど人間をゆがめている のである——に対立するのが、それより一五世紀前の聖アウグスティヌスの警句である。ルナンが自分の格言を表明するときには、おそらくこの警句を念頭に置いていたのかもしれない。すなわち、「愛しなさい。そしてあなたの欲することをなしなさい」[5]。人間的行動に対して突きつけることができるあらゆる要求をこのようにただ一つの要求に還元することもまた、おそらくは行き過ぎである。にもかかわらず、この命令よりもルナンの教えのほうが、はるかに重大な影響を及ぼす恐れがある。

『一九八四年』の作者であるジョージ・オーウェルは、二〇世紀半ばに、反ヒューマニズム的唯美主義についてとくと考えた作者のひとりである。彼がまず最初に問いかけるのは、傑作が花開くのを見るために私たちが支払うことを承諾する代価である。「もしシェイクスピアが明日、この世にもどってくるとして、そして彼の好みの楽しみが鉄道車両のなかで少女を陵辱することであるならば、彼がもう一つの『リア王』を書く可能性があることを口実に、そのような行為をつづけてもいいと彼にいったりすべきではないだろう。」私たちであれば、そうはいわないだろう。というのも、ここには二つのパースペクティヴ、美学と倫理（さらには法）の混同があるからである。それぞれの行為はそれ自体として判断されなければならない。一方は他方の贖いにはならない。つぎはボードレールが主張したことだが、これは真実ではない。

　肉体の美こそは、崇高なる天賦の宝で、
　いかなる破廉恥のわざにも、赦免を得ずにはおかぬと。[6]

美が特徴づけるのは、事物や存在の一つの（しかも一時的な）面であって、その全体性ではない。「私たちが壁に要求する第一の要件は、それが立っていることである」と、なおもオーウェルは書く。「立っているのであれば、よい壁である。そして壁が役立っている目的の問題は、壁から切り離すことができる。にもかかわらず、最高の壁でも、もしそれが強制収容所を取り囲んでいるのであれば打倒されるにあたいする。[7]」壁の機能は、その外観がたとえことのほか美しくても忘れさせることのない、壁のもう一つの本質的な部分である。

〈第二次世界大戦〉中のベルリン爆撃の際、ヒトラーのお気に入りの建築家で、その軍需相となったアルベルト・シュペーアは、爆撃によって自分が仕えている国家が危機に瀕しているにもかかわらず、爆撃される光景の美しさを堪能する快楽に我を忘れる。「このヴィジョンの魅惑に我を忘れないためには、現実の残酷な相貌を絶えず呼び起こさなければならなかった。[8]」チェルノブイリの原子炉が爆発した際には、すぐ近くに住んでいた科学者たちは、立場上、原子炉の危険を十分に知っているにもかかわらず、見物するために近づくことをどうしてもやめることができない。あの火があまりに心を捉えて放さないのである。私たちはこのような美の魅惑に賛意を表することにためらいを覚える。私たちは、この魅惑が、この場合にもまた「現実の残酷な相貌」を隠蔽することをあまりにもよく知っているからである。いわんや、自分の快感の代価として身の回りの人々を苦しませることを意に介さず、美的快楽を培うような人を尊敬することはむずかしい。そういうわけで、私たちはネロを断罪する。古典的な逸話によれば、ネロは火事の美しさを堪能するためにローマに火を放ったのであった。彼の美的恍惚はローマの住民の悲嘆でもって支払われた。しかるに、一方の人々の苦しみは他方の美よりも重いのである。

私が物語った三つの人生は、とりわけ善悪二元論と唯美主義へと行きつく陥穽の例証となっている。これらの教義は、特殊な歴史的コンテクスト、すなわち近代ヨーロッパの歴史的コンテクストの内部で、その種々の特徴を獲得する。これらの教義をもっとよく理解したければ、ヨーロッパ近代史の主要な諸段階にも通じておかなければならない。ここでは、これについて大ざっぱな輪郭を描くことにとどめようと思う。

ある大変動が近代の歴史を特徴づけている。それが宗教によって構造化された世界から、人間にのみ、地上的価値観にのみ準拠して組織される別世界への移行である。その遠い起源はおそらく、キリストの国はこの世の国にあらずとするキリスト教の教義にある。これが自律的な地上の権力を可能にするのである。キリスト教がひとたび国家宗教と化すと、問題となる原理はなおざりにされる。ところが、その一〇〇〇年後の中世の終わりに、皇帝たちは教皇の後見から自由になろうとして、キリスト教の教義の純粋さを取りもどすことを熱望している者たちのなかに貴重な同盟者を見出す。一六世紀の宗教戦争の際、教義によって強制される選択から独立した権力を獲得する必要が募ってくる。つまり、王が主権者なのである。王政はすでに地上における絶対を具現している。というのも、王政は制度として時間のなかで永続するからである——死すべき人間によって代理されてはいるけれども。今度は世界の認識もまた宗教的後見から自由になる。プライベートな道徳生活はそれぞれの人の価値観に従って調整される。芸術は人間を礼賛する。もはや神だけを礼賛するわけではないのだ。

数世紀来持続し、歴史家たちが微に入り細を穿って記述してきたこの解放のプロセスにおいて、ヨーロッパでは他の何にもまして一つの日付が断絶を画している。それが一七八九年である。実際、フランス革命は君主制の絶対主義や貴族の特権にのみ向けられたわけではない。問題なのは、たしかに権力を人民の手に譲渡することであるが、同時に権力の最後の土台を、つまり、まさしく絶対を変えることである。宗教専用の領域はもはや残っていてはならないのである。〈聖書〉の代わりに〈人権〉をもってくることは、たんにあるテクストをほかのテクストで置き換えることではない。それはまた、地上の絶対が天上の絶対に取って代わったと公然と宣言することである。驚くべきは、この一七八九年夏に憲法制定会議のメンバーが、憲法制定の活動で多忙を極めているにもかかわらず、〈人権および市民権の宣言〉(一七八九年八月二六日)という形で、自分たちの行動の最終的な土台を確立するために時間を割いていることである。この〈宣言〉では、神への言及も教会への言及もまったくおこなわれていない。前文では「人間の譲渡できない神聖な自然的権利」に準拠する必要が主張される。神聖なものは、いまや純然と人間的なものと化しているのである。〈宣言〉の著者たちが自分たちの要求に基盤を見出そうとするときには、「共通の有用性」や「公的な必要性」を引き合いに出す。人間の行動は唯一、人間の法律にのみ服する。ところで、「法律は一般意志の表現である」[9]。

この一般意志が、今度は抽象的な集団的本質に向かわせる。〈国民《ナシオン》〉である。〈国民〉は〈王政〉を引き継いだものであって、〈王政〉の特徴を分かちもっている。〈国民〉は純粋に地上的な本質であるが、同時に——何世代も前から存在している以上、〈歴史〉においても、また現在においても——あらゆる個人を超越している。いかなる個人の離脱もこれに打撃を与えることはできない。一七八九年初頭に公刊されたパンフレットである『第三身分とは何か』で、シエイエス神父は「国民は何よりも先に存在する。国民はすべてのものの起源である。国民の意志はつねに合法的である。国民は法律そのものである」[10]と宣言して、地ならしをしていた。つまり、〈人権および市民権の宣言〉は「すべての主権の原理は本質的に〈国民〉にある」を踏襲することができるのである。〈国民〉は地上の絶対という原理を具現したものであり、そのいっそう具体的な代替物である〈人民《プップル》〉によって、またさらにその制度的な次元での翻訳である〈国家《エタ》〉によって補佐される。神聖なものは神から〈人間〉に譲渡されるのである。だけれども、地上に絶対をもたらし、純粋に人間的な集団的本質を神聖化する革命的な試みには、何も問題がないといえるだろうか。フランス人であれ外国人であれ、これを観察した者たちは、疑念を抱きはじめる。とりわけ一七九二年から、つまり〈恐怖政治〉がはじまるときからである。自由への闘いが自由の抹殺に到達するのである。これは計画が最初からやり方を間違えていた証拠ではないだろうか。そのとき、二つの大きなタイプの反動が出現する。第一の反動は変化の目標そのものを拒否し、以前の秩序を復興させることに存する——しかも、その擁護者のうちでもっともラディカルな者たちによれば、神権政治の秩序を創設することに存する（フランスの君主制はそうではなかった）。神権政治においては、宗教的な価値観が直接に政治的決定を左右するのである。第二の反動は自由主義者たちの反動である。その教義は、まさにこの時期に、革命をめぐるさまざまな出来事に触れて、不足しているものが補われ、明確化していく。この反動は、当初は一七八九年の運動の批判的な部分を受け入れ、宗教にもとづいた神聖な秩序を放棄することに存する。だが〈恐怖政治〉へとみちびく漂流を考慮に入れて、国民、人民、国家を神聖化することはもはや要求しない。とはいえ、自由主義者たちは純粋に否定的な立場に逃げ込むわけではない。同様に、いっさいの超越性を放棄しているのでもない。彼らが望むのは、超越性の選択が個人の自由の管轄に属することである。

これによって導入されるのが、地上の絶対の歴史において根本的な役割を演ずるべき区分である。すなわち、地上の絶対の集団的形態と個人的形態との区分である。一方で、救済は国家の変化によって、その後は、人種の再生や抑圧された労働者階級の解放を通じて達成される。他方で、人は社会の改善を見限って、個人の改善と個人的理想の崇拝に没頭する。

この自由主義的な綱領の初期の論述の一つが、フランスにおけるそのもっとも輝かしいスポークスマンのひとりの著作のなかに見出される。バンジャマン・コンスタンである。『政治原理』と題された一八〇六年の草稿で、彼は近代民主主義のなかでの宗教の位置について問うている。たしかに、宗教はもはや政治制度の土台として役立ってはならない。なおいっそう抑圧的な市民宗教によって置き換えられてもならない。しかし、このことから宗教感情それ自体の消滅を演繹したり、宗教の重要性を過小評価したりするのは間違いだろう。宗教感情をもっとよく理解するために、コンスタンは、直接的な利害の探求によっては説明できない一連の人間的姿勢のなかにこれを位置づける。こうした姿勢があるからこそ、個人は自分より上位にある力、絶対のもつ魅力によって動かされると感じるのである。厳密な意味での宗教感情をのぞけば、こうした姿勢のなかに見出されるのは、自然を前にした瞑想、純粋に非宗教的な枠内でおこなわれる、有徳な、勇敢な、または高潔な行為に対する感嘆の念、身近な存在に対する愛、最後に、とくに芸術作品のなかで発見できるような美を前にした感嘆の念である。「あらゆる分野における美の観想のなかには、完全なものは私たちよりも価値があると感じさせ、このことによって私たちを私たち自身から切り離す何かがある。[11]」宗教的体験は社会的な機能を失った。それは、そのいずれもが個人に絶対と接触することを可能にする他の幾多の個人的体験の一つと化した。宗教的体験は社会秩序を包含し、これを基礎づけるのにはもはや役立たない。そうではなく、それは社会秩序に包含され、秩序立てられるのである。コンスタンはその偉大な著作『宗教論』のなかで、この問題にかんする自分の議論を増幅させる。『宗教論』は一八二四年から出版される。

・美的教育・

コンスタンは美にこのような位置を認めた最初の人ではない。プラトンはすでに主張していなかっただろうか。「人生が人間にとって生きるにあたいするのは、人間が自分自身のうちに美を熟視するときである。」あるいはまた、「善であるすべてのものは、何の疑いもなく、美しい[12]」。その上、美への感嘆にかんするみずからの話の支えにするために、コンスタンは自分にこのような見解をもたらした「天才」に言及する。問題となるのはゲーテである。コンスタンはそれより数年前に、ジェルメーヌ・ド・スタール夫人といっしょにドイツを旅行した際にゲーテに出会っている。このドイツ旅行で、彼らはゲーテ、シラー、それに「ドイツ・ロマン主義者」と呼ぶべき人々、たとえばシェリング、アウグスト・ヴィルヘルム・シュレーゲルなどのもとに足繁く通った。美的体験の強調はこの小グループのすべてのメンバーが共有している見解である。この点にかんする最初のテクストは、フリードリヒ・シラーの『人間の美的教育に関する一連の書簡』である。これは一七九四年に書かれ、出版は翌年である。

シラーの著作はフランス革命に対する自由主義的反動の枠内に含まれる。著者シラーはヴィルヘルム・フォン・フンボルトの友人である。フンボルトは、フランスにおける種々の出来事の成り行きに触発されて、一七九二年に『国家活動の限界を定める試みのためのイデー』を出版した。これは近代自由主義を創始したテクストの一つである。シラーは友人のためらいを共有する。国家の神聖化にふるえあがったのである。同時に、彼は宗教秩序の復興を熱望することはまったくない。彼は信仰ではなく理性にもとづいた国家を創造しようとするフランス人の勇気ある試みに賛意さえ表している。しかし一七九三年のルイ一六世の処刑に接して、彼は死刑執行人を「おぞましい屠殺者」と形容するにいたる。六か月後、フランス革命の成り行きにかんする彼の判断には曖昧なところがない。フランス革命はフランス、ヨーロッパ、世紀全体を「蛮行と隷属状態のなかに[13]」突き落としたのである。だがシラーはこうした診断だけでは満足しない。彼は治療薬をも提供する。フランス革命がこれほどひどいことになったのは、革命をみちびき、革命の恩恵に浴するべき人たちが、必要とされる資質を備えていなかったからである――彼らは自由にふさわしいほどには成熟していなかったのである。シラーにとって、絶対は、制度として具象化されるのではなく、個人の体験に結びつけられていなければならない。つまり、まず最初に個人の教育に取りかかり、個人を道徳的存在へと変化させなければならない。このような教育は――これがシラーの書物の主題である――美的なものとなるだろう。

ここで「人間を美的にする」という要求は何を意味するのだろうか。シラーがこれによって理解しているのは、各人は自分の人生を美の要求に服させることによって変化させなければならないということである。美は、彼のいうことを信じるならば、私たちの人間性をあらわにする。美は「私たちの第二の創造者」である。その理由とは、美の創造がいかなる外部の目的にも服さず、みずからの目的を自己自身のうちに見出すということである。この観点からすれば、美はシラーが「遊戯衝動」と名づけるものと強く結ばれており、したがって人間的自由が具現されたものと化す。「人が自由へと向かうのは美を通じてである。」そういうわけで、美的教育は道徳的存在に直接的な影響をおよぼす。この二つのパースペクティヴは個人の変化のなかで一致する。美の自律は同時に倫理的美徳だからである。しかしながら、美は昔の道徳よりもすぐれている。というのも、美は外部から強制されるいっさいの命令をまぬがれており、個人的存在それ自体にしか依拠しないからである。ところで、美の人間的具現とは芸術である。その結果、人間が教育されうるのは、芸術の実践を通じてであるだろう。「求められる手段は、美しい芸術である。」

ということは、シラーは教訓的な芸術を奨励しようとしているのだろうか。まったくそうではない。芸術は、自由な活動――それ自体とは別なものに服する代わりに、それ自体の内部に合目的性を見出す自由な活動――の例をたんに提供することによって、人類を教育するだろう。同時に、芸術とは感性的なものと知性的なもの、物質的なものと精神的なものの出会いである。だからこそ、芸術は「無限なものの表象」と化すのである。神のように、美は絶対を指し示す。美術と接することによって、人間はみずからを改善することができるだろう。たとえ「生きるというなおいっそうむずかしい術[14]」に言及しているとしても、シラーが検討している教育は、芸術の実践そのものをしないですませられるような教育ではない。

つまり、芸術を残余の人間的活動から切り離すことは問題にならない。シラーの計画は芸術的なものと政治的なものを密接に結びつけるのである。美は真と善にみちびくだろう。そして芸術と頻繁に接していることは、人間に自由のみならず平等をも教えることになっているだろう。というのも、万人は美の前で平等であり、同じ資格で美に参加することができるからである。「美にもとづいた関係のみが社会を一つにする。なぜなら、そうした関係は万人に共通のものにかかわっているからである。」美は社会的特権も階級も知らない。「美的な国家においては、全員が、道具に過ぎない未熟練労働者それ自身も自由な市民であって、その権利はもっとも高貴な人々の権利と対等である[15]。」このように教育されれば、人間は、自由のために働いていると信じながら〈恐怖政治〉をもたらしたフランスの革命家たちの二の舞になる恐れはない。それ自体、自律の同義語である美の具現である芸術は、信仰の発見にまかせられていた機能を徐々に引き受ける。すなわち、人々の再生という機能である。聖パウロは古い人間と新しい人間について語った。これと同じ変化させる力が、いまや美的教育に付与されるのである。

シラーのプログラムは読者の側でただちに反応に出会う。というのも、そのおかげで、読者は、フランス革命の目的——地上に絶対を持ち来たらし、絶対を人間に接近可能なものにすること——に対する同意と、〈恐怖政治〉(これは集団的で非人間的な決定機関を神聖化した)の断罪を両立させることが可能になるからである。同時に、このプログラムは、同じ轍を踏まないためにたどるべき道を読者に指し示している。すなわち、芸術による人間の美的教育である。つまり芸術は、芸術家を得意にならせることにしかならない立派な役割を与えられているのである。ドイツ・ロマン主義全体が、このようにシラーによって作成されたプログラムの実行に身を投じるだろう。

新しい教義によれば、芸術は宗教と少なくとも同等の位置を占める。宗教は、すでに見たように、絶対に到達するための王道なのであった。ノヴァーリスは『花粉』(一七九八年)のなかで書いている。「詩人と司祭は当初、一つでしかなかった。分化したのは、あとになってからでしかない。しかし真の詩人はつねに司祭のままであった。さて、未来は昔の事態を再度、私たちのもとに持ち来たらすのだろうか。」しかしながら、多くの場合、詩人は司祭に対して特権を享受している。ヘルダーリンによって霊感を与えられ、一七九六年にシェリングによって書かれ、つぎにヘーゲルによって書き写され、おそらくは修正を加えられたある有名な計画書は、芸術にかんする計画を「人類の最後で最大の営みとなる」「新しい宗教」として記述している。ヘルダーリンはその小説『ヒューペリオン』(一七九七年)のなかで同じヒエラルキーを主張している。「芸術は神の美の第一子である。[……]美の第二子は宗教である。」宗教がやってくるのは二番目である。これが驚くべきことではないのは、ここで宗教が美のたんなる一つのあらわれに還元されているからである。ヴァッケンローダーはその『芸術の友であるある修道士による芸術に関する思いつき』（一七九七年）で、人間が「天上のすべてのものをそのあますところなき力強さでもって把握し理解する」二つの方法、そのいずれもが宗教的慣例、聖書研究、または祈りへと逆戻りさせることのない二つのすばらしい言語活動を思い描いている。自然の熟視と芸術的実践である。芸術は調和に満ちた世界を創造することによって、人間が神に似ることを可能にする。その結果、「芸術はこの上なく高い人間的完成を私たちにもたらす」[16]。ヴァッケンローダーの計画は、キリスト教の理想に依存したままである。だがこの理想にみちびく道は、もはや教会によって推奨される道ではない。それは美の熟視である。

きわめて若い人々からなるこのグループ（一七九七年には、ヘルダーリンは二七歳、ノヴァーリスは二五歳、ヴァッケンローダー二四歳、シェリング二二歳！）は、実体験に確証を求めようとせずに、みずからの表現に酔っているように感じられる。芸術的体験は彼らの著作では神秘的恍惚と紙一重である。美は実際、神に取って代わったのである。後世の彼らのエピゴーネンのひとりがいっているように、「〈美〉はその絶対的エッセンスにおいては神である。」つまり、このカテゴリーは価値のヒエラルキーの頂点に就かせられているのである。「理性の至高の行為、理性がそれを通じてすべての思想を把握する行為とは、美的行為である」と、ヘルダーリンから霊感を汲んだ『プログラム』は宣言する。「人間が神であるならば、美しくしかありえない[17]。」美によって、人は間違いなく絶対に到達するのである。ヘルダーリンはその小説で美と神的なものとの同一性を確証しているのである。

美はなぜ、このような特権を享受するのだろうか。シラーによってすでに指摘された理由によってである。シェリングが美について与えている定義とは、「有限な仕方で表象された無限」である。美は私たちと無限との接触を指し示す。同時に、美、および芸術における美の生産は、特別な目的に服さない自由な活動を具現している。この自由な活動は、神的なものとの関係の特徴でもある。「芸術が神聖な性格と純粋さを有しているのは、外的な目標から独立しているおかげである」と、シェリングはさらに書いている。実際、美は芸術のなかに模範的な仕方であらわれる。そういうわけで、詩の人類に対する教育的役割が確証される。ヴァッケンローダーは宣言する。「芸術はこの上なく高い人間的完成を私たちにもたらす。」シェリングにとって、「天才が可能なのは、芸術においてでしかない」。そして「芸術は存在するただ一つの啓示である」。ここで問題なのは、もはや宗教ではない――無限に向かう王道は芸術なのである。ノヴァーリスもまた一七九八年に書く。「詩は真に絶対的な現実的なるものである。これこそが私の哲学の中核である。[18]」

美の典型的な具現である芸術と詩に定められたこの役割は、ほかの人間的活動に背を向けなければならないということを意味するのではまったくない。シラーにとって、美的教育と政治的計画は対になっている。人間は美を発見するだけで十分だろう、とヘルダーリンはいう。「そのとき、もろもろの精神の自由と普遍的平等が支配するだろう。[19]」個人的な道と集団的な道は矛盾しない。ただ、その二つの道を同時にたどることはむずかしい。ヘルダーリンの小説で、ヒューペリオンはその二つの道を交互にたどる。あるときは政治闘争に参加し、あるときは政治闘争から逃れてひとりの女性、ディオティマへの愛に走る。だが二つの体験を通じて、彼はもはや宗教的な性格をもたぬある絶対を追求している。人間は自分の同類たちの物質的生活に背を向けることはできない。だが彼は美への呼びかけを通じてこの物質的生活に方向性を付与するのである。

つまり、伝統的宗教への関係は二重である。断絶（というのも、好まれるのは祈りよりも芸術作品、預言者よりも詩人だから）であると同時に連続である。連続というのは、芸術的活動はそれ自体、宗教的実践をモデルとして記述されるからである。人間が出会う他のいっさいの存在や活動と違って――と聖アウグスティヌスは述べた――、いかなる外的な目標ももたず、〈それ〉自身が最終的な目標であるのが神である。何らかの目標へのいかなる服従からも自由であるのが美であり芸術作品である、とロマン主義の教義はくり返す。無限だとして考えられるのは一神教の神である。今後、そこに到達することを可能にするのは芸術である。神を引き合いに出す人間たちがいかに卑劣な言動をしようと、神は〈その〉台座から動こうとしない。同様に、ロマン主義者も自分たちの理論が同時代人の行動にほとんど影響を及ぼさないことに動揺したりしないだろう。彼らのうちで二元論の伝統に忠実な者たちにおいては、天上と地上との断絶は実際には排除されず、ただ位置がずらされるだけである。すべては下界で起こる。だが乗り越えることのできない距離が、天才的な芸術家たち、ヴァッケンローダー[20]のいわゆる「人々のなかで選ばれたこれら少数の非凡な人々」と、この非凡な人々が啓蒙するとみなされている大衆とを隔てている。芸術は職人仕事の上位の段階ではない。芸術はある意味で職人仕事の否定である。というのも、後者は依存関係の具現であり、前者は自由の具現だからである。芸術は宗教に取って代わったが、宗教に倣って構想されるのである。

逆もまた真なりである。この時期に、キリスト教内部に、宗教をあたかも芸術作品であるかのように考える動きの兆しが見えてくる。莫大な人気を博したシャトーブリアンの『キリスト教精髄』（一八〇二年）が、このことを立証している。その著者にとって、神は「代表的な美」である。そしてキリスト教が慕われるにあたいするのは、キリスト教が「もっとも詩的、もっとも人間的、自由・芸術・文学に対してもっとも好意的[21]」だからである。つまり、シャトーブリアンは自分の書物で、キリスト教の儀式が美しいということ、自然の驚異は神の実在の証拠となっているということ、キリスト教によって霊感を与えられた芸術作品はこの上なく最高のものであるということを証明することに専念する。言い換えれば、彼のキリスト教擁護は、キリスト教から解放された者たちによって整備された個人主義的な美的枠組みの内部に位置づけられている。彼は非宗教的な理由をもって神聖なものを称賛するのである。

・天才と俗物・

フランス革命によって明確なものとなり大規模に押し進められた還俗の動きのなかで、天上の絶対を地上の絶対でもって置き換えようとするときに、新たにやってきた者たちの一部が、神と宗教に依拠しようとする動きを締め出そうとしてもむだだろう。二元論的思考の構造が、したがってグノーシス的で善悪二元論的な世界観のひそかな、だが強い影響もまた維持されるだろう。彼らのうちにふたたび見出されるのは、一方が嫌われ他方が褒め称えられる現実世界と理想世界との根本的な対立、不平等な二つの集団、すなわち盲目の大衆と炯眼《けいがん》のエリートへの人類の分割、および自分たちに定められた知のおかげで、このエリートたちが有する最高天に到達する可能性である。この教義はここで、「絶対の着陸」に際して、その第二の力強い推進力を受け取る。

これらロマン主義的な対立の、とりわけはっきりした（おそらく、それゆえに途方もない影響力を発揮した）集大成がショーペンハウアーの作品のうちに見出される。『意志と表象としての世界』（一八四四年）第二巻の「天才」に捧げられた章では、その著者が「意志」と呼んでいるもの――通常の生活を規定している力域――を犠牲にして知的表象が礼賛されている。これら二つの道は、二種類の人間のうちに典型的な仕方で具現される。一方には知性の大家である哲学者と芸術家、他方には共通の道徳に服し、地上の快楽に汲々としている実践的人間、すなわち職人、商人、または学者である。後者は全員が「意志」の奴隷である。前者は、「事物と世界の本質、すなわちもっとも高邁な真実を理解し、この真実をいわば再生産する」ことを熱望する者たち、後者は、自分たちの活動を個人的で実践的な目的に従属させる者たちである。あるいは、もっと乱暴に事を言い表わせば、一方は天才、他方は俗物である。

「天才」とは何か。それは認識と表象をそれ自体のために、つまりそれらを下等な仕事に役立てることなく探求する人間である。平凡な人間は逆に、「意志」に押しつけられた自分の利害にそれらを全面的に従属させる。この意味で、平凡な人間は正常である。天才のほうは、自然に逆行しいっさいの規範をまぬがれた怪物、狂人、犯罪者に近い。「このような人間にとって」とショーペンハウアーは言葉を継ぐ、「彫刻、詩、思想は目的である。ほかの人間には、それは手段に過ぎない。[22]」ショーペンハウアーをその先達から区別するのは、対立の性格（精神‐物質、一般‐個別、無用‐有用、理論‐実践……）ではなく、これら二つの項を隔てる深淵であり、一方のみを重視する断固たる排他的な態度である。ここには大きさ、英雄崇拝、美が、あちらには小ささ、臆病さ、醜さである。

しかしながら、いかなるメダルにも裏面がある。天才は自分が選ばれたことに対する代償として、苦しみに満ちた地上の生活——天才は地上の生活についてはあまりに才能に乏しいのだ！——を送らなければならない。「知性を照らし出す光が生き生きしていればいるほど」とショーペンハウアーは一つの公準として仮定する、「知性はみずからの条件の悲惨さをありありと認識する。」天才が「自分の個人的な幸福を客観的な目的のために犠牲にする」ことから自然に帰結するこの悲惨さ。人類の運命を解釈することにかけては巧妙なこの人は、身近な人々の意図を見抜くことも、それを自分の利益にすり替えることもできない。もっとも重要な事柄に集中しているために、彼は日常生活の無数の細々としたことを知らない。例外的な存在である「天才は本質的に孤独である」。彼はふつうの人間である隣人たちとつき合うことができない。「彼らの喜びは天才の喜びではない。彼の喜びが彼らの喜びでないように。彼らはたんに個人的な関係に制限された道徳的な存在であるにすぎない。彼は同時に純粋な叡知であり、そのようなものとして人類全体に属している。」そういうわけで、天才はもっぱら、他者との関係を断ち切ることができる人間のなかに見出される。女性のほうは「決して天才をもたない。というのは、女性はつねに主観的だからである」。理想的な解決策は、自分がつき合っている天才の物質的生活をしっかり支えることで女性が満足することである。というのも、「天才に分け前として偶然に転がり込むもっとも幸福な運命とは、天才の得意分野ではないあらゆる実践的活動をまぬがれ、いっさいの時間的余裕を仕事をし生産するためについやせることである(23)」からである。天才はほかの人々のような仕方では幸福にはなり得ない。神なきこの世界で、彼は殉教者でなければ隠者に似ている。極言すれば、苦悩の追求は、この下界では天才の条件に近づくための確実な方法と化すのである。リルケはショーペンハウアーによって普及させられた善悪二元論的な教えを、いささか過度に真剣に受け取ったのではないだろうか。

ドイツの哲学者とともに、創造者の苦悩は創造にとって必要条件であり、芸術家は自分の実存を芸術の祭壇に生贄にしなければならない、ということができるだろうか。リルケとツヴェターエワ、さらにほかの何人かの芸術家の苦しみに満ちた運命は、たしかに、このような体験が作品の完結の妨げにはかならずしもならないことを示している。だが機械的な因果関係を演繹することはできない。たとえば、ワイルドの運命はその逆を証明している。というのも、執筆活動における幸福は彼の場合、人生における成功と両立し、牢獄は彼にとって創造を不可能にするからである。傑出した芸術創造が実存の他のすべての面を犠牲にしたり服従させたりする必要が少しもなかったような、ほかのケースを見出すことには何の苦労もいらない。苦悩と創造が両立しないわけではないということは、一方が他方の必要条件であることをいささかも意味しない。ショーペンハウアーの知的構築は支持することができない。

世界の二元論的概念は、二種類の地上の絶対――集団的なものと個人的なもの――に入り込むことができる。ロマン主義の思想家は善悪二元論的な世界の表象をふたたび引き受けた。ここでは、芸術家と詩人は人類のエリートを形成し、芸術は昔の宗教教義でグノーシスにゆだねられていた役割を演ずるのである。人類や人民の集団的救済を夢見る空想的社会改革家《ユトピスト》についても事情は同じである。政治的善悪二元論と美的善悪二元論は、ある種の状況で対立し合うことがある。それでも、それらが似たような世界観を共有していることには変わりない。全体主義的ドクトリンの推進者は、ロマン主義の思想家がいかなる政治参加にも背を向けると、侮蔑をもって評価してもむだである。彼らは同じ歴史的運動に棹さしているのである。カール・ポッパーは政治的過激主義と美的過激主義の類似に敏感であるが、全体主義の起源にかんする自分の分析をつぎのように結んだ。「素晴らしき世界というこの魅惑的な夢はロマン主義的ヴィジョンにほかならない(24)。」

夢見られた理想が政治的性格を帯びるとき、根本的な断絶、全面的革命、したがって同時にもっぱら絶対へと没入することへの要求が、いかなる損害を引き起こしたかは私たちのよく知るところである。つまらない現在を光輝く未来でもって置き換えることを提案したユートピア思想は、二〇世紀の全体主義に姿を変えた。この治療薬は、ユートピア思想が治癒させると主張した病よりも格段に悪かった。今日では私たちは、政治的な夢の商人、すなわち万人にとって幸福の到来は間近だと約束していた空想的社会改革家を捨て去っている。というのも、これらの約束はレーニンとスターリン、ムッソリーニとヒトラーの陰険な策略を隠していることを私たちは学んだのだから。私たちは往々にして、芸術的な完全さというロマン主義的イマージュは、そのアンチテーゼであると思い込んでいる。実際には、そんなことはまったくない。両者は相互に作用を及ぼし合ったり敵対的関係にあったりしただけではない。それらは同じ一つの世界観から生じている。すなわち、低いものと高いもの、現在と未来、悪と善を根本的に対立させ、前項を決定的に排除しようとする世界観である。ところで、理想が限界であることをやめ、日常生活の規則に変化するならば、結果は惨憺たるものである。それが恐怖の支配である。歴史が私たちに教えているのは、ロマン主義的な夢——すなわち政治的ユートピアの転倒したコピー——は、人命を奪うことからはあたうかぎり遠いとしても、やはり幻滅をはらんでいるということである。

・芸術と革命・

一八四九年五月二七日の夜、一台の駅馬車がコンスタンス〔ボーデン〕湖畔に位置するドイツの都市リンダウの城門に到着する。警官が旅行者たちのパスポートを持ち去る。彼らは湖を横切ってスイスに行こうとしているのだ。旅行者のひとりがとくに不安がっている。というのも、彼が監査官に差し出すパスポートは本当は彼のものではないからである。しかも有効期限が切れている。彼は友人からこれを借り、国から逃げ出そうとしているのである。この旅行者とはドイツの作曲家リヒャルト・ヴァーグナー、当時、三六歳である。警官は何も気づかない。ヴァーグナーは船に乗り、スイスにたどり着く。彼はスイスで長い亡命生活をはじめる。彼は幸福である。投獄をまぬがれたのである。

ドイツでは、ヴァーグナーは、一八四八年以来ヨーロッパを動揺させている革命運動に加担したために追及されている。同じ年の五月、統一ドイツを創造することを訴え、未来の国家に憲法を付与するために、ドイツ全国の代表者がフランクフルトに結集した。この集会は制度的には結実しなかったが、人々の精神を揺り動かすのに一役買う。一八四九年四月、フランクフルト国民議会はプロシア王にドイツ皇帝の王冠を授与することを申し出る。プロシア王はこの提案をはねつける。彼は自分の家臣から王冠を受け取ることを望まないのだ。民衆は不満を表明し、一八四九年五月三日、ヴァーグナーが住み仕事をしている、ザクセン王国の首都であるドレスデンの通りという通りにはバリケードが築かれる。この作曲家は反乱者側に身を投じる。七日、ヴァーグナーは自分の妻、犬、オウムを安全な場所に移すことに決め、彼らを隣町に連れて行く。八日、ドレスデンにもどると、闘いは終わっている。主導者たちは投獄されている。彼自身は命からがら逃げのびることができる。この日以後、スイスに到着するまで、彼は身を隠さざるを得ない。反乱に先立つ数か月、ヴァーグナーは自分の共感を隠そうとしない。手紙、公衆の面前での講演、新聞記事で、必要ならば力ずくで社会を変える必要を主張する。音楽と演劇に情熱を燃やす人であり、E・T・A・ホフマンやその他のロマン主義作家の賛美者であるこの人物は、当時、ドレスデンに亡命していたロシア人無政府主義者であり職業的革命家であるバクーニンを通じて、自分が新しいタイプの指導者であることに気づき、プルードンやフォイエルバッハという無神論者の教えを採り入れる。彼は普遍的友愛、民衆の権力、個人の開花を信じている。彼はまた社会を人間のために役立てることを提唱する。

スイスに亡命した直後、ヴァーグナーはいくつかのテクストを書き、そこで芸術と、芸術が社会とのあいだに維持している関係について、みずからが確信しているところを説明しようとする。それが『芸術と革命』と『未来の芸術作品』である。いずれも一八四九年に書かれている。ヴァーグナーは絶対を熱望している。だが既存の宗教には求めない。彼の目に絶対の最良の具現と見えるのが芸術である。芸術が「表現された生きた宗教[25]」なのである。それ以後――と彼は示唆している――芸術活動と社会生活のあいだに二重の関係が打ち立てられる。一方で、芸術が開花するためには、社会は芸術に対してこの上なく有利な諸条件を提供しなければならない。ところで、ヴァーグナーが生きている世界、すなわち同時代のドイツ諸国は、これらの条件を糾合するにはほど遠い。この世界を変えなければならない。つまり革命を支持しなければならない。ヴァーグナーが政治に関心を示すのは、政治が芸術の開花に一役買うかぎりにおいてでしかない。社会革命は彼にとってそれ自体が目的ではない。それは芸術革命を容易にする手段、新しい建物を構築することを可能にする土台なのである。

なぜ、このような名誉を芸術家に認めるのだろうか。芸術と社会の第二の関係が介入するのは、ここである。「人間の至高の目的は芸術という目的である。」そして「芸術は人間のもっとも高邁な活動である」。この世の人間の実存に王冠をかぶせる活動である。「真の芸術はもっとも高邁な自由である。」ヴァーグナーはサン＝シモン主義者の夢を共有している。それによれば、近い将来、機械が人間のつらい労働を引き受けることができるだろう。へとへとにさせる苦役をやっかい払いして、万人は自由と喜びのさなかで自分たちの関心を芸術創造のほうに振り向けるだろう。ロマン主義的教義の他の異本が望むようには、芸術は人生と対立しない。芸術は人生の王冠である。「芸術的な人類」は「人間の自由な尊厳」の同義語である。職人仕事は芸術と化す。プロレタリアは芸術家になる。産業の奴隷は美の生産者に変わる。未来の社会は、ヴァーグナーがさしあたって要求しているような芸術に資する社会ではもはやない。というのも、いかなる人生も芸術的だからである。芸術はここでは社会の理想的モデルと化すのである。もはや芸術家を称賛する必要はないだろう。というのも、だれでもがみな芸術家になっているからである。もっと正確にいえば、創造者の態度を採用するのは、自由にみずからの実存を決定する、全体としての共同体である。「だが、だれが未来の芸術家となるのだろうか。詩人？　俳優？　音楽家？　彫刻家？——これをひと言でいおう。民衆である。[26]」それは共同の努力だけが、ヴァーグナーがエゴイズムの対極として選択するあの計画、すなわち共産主義——これについては、それより一年前の一八四八年、マルクスとエンゲルスが『宣言』を公刊している——を実現できるからである。集団的救済と個人的救済が手を携えて歩むのは、これが最後だろう。

　つまり、芸術は社会の部分であり、同時にそのモデルなのである。今度は社会のほうが、芸術のために資すると同時に、みずから内部から変化するために芸術を吸収しなければならない。ヴァーグナーがいかなる形式の地上の絶対も放棄せずにすむのは、そのおかげである。個人の形式と社会の形式は相補的である。ヴァーグナーがキリスト教の貢献と異教の貢献、エルサレムとアテネ、イエス＝キリストとアポロンの共存を提案することによって表明しているのは、このことである。ヴァーグナーにとって純粋に人間的な登場人物であるイエス、彼が『ナザレのイエス』と題するオペラに登場させようとしたイエスは、社会正義への熱望を具現している。アポロンは芸術形式の完全さである。『芸術と革命』はつぎのようなイマージュで終わっている。「このようにしてイエスは、私たち人間がすべて平等で兄弟であることを示した。アポロンはこの友愛に満ちた結合に力と美の刻印を押した。彼は自分の価値に疑いを抱いている人間を、人間がもっているもっとも高邁な神的な力の自覚へとみちびいた。[27]」民衆全体によって芸術作品が産み出されるまでは、集団的活動と個人的活動、社会の変化と芸術的天才の創造は、二つながら人類の改善のために必要なのである。

・芸術の享楽・

ボードレールがパリにおけるヴァーグナーのもっとも熱烈な支持者のひとりになる予兆は何もなかった。彼はことさら音楽好きではないし、まるで音楽的教養というものももっていない。たしかに、彼自身も一八四八年の革命の日々を強烈に生きた。だが彼の体験はヴァーグナーのそれとは異なっている。回顧して、彼は昔日の酩酊を「取壊しの、自然的な快楽」でもって説明するだろう。社会を再生させようとするユートピアの希望によってではないのだ。その上、ヴァーグナーについて書くときには、同じ革命の内部で芸術と社会を結びつけようとするヴァーグナーの計画を許されるべき弱点として言及するだろう。「芸術において理想が慣習を決定的に制圧するのを見たいという至高の欲求に憑かれて、彼は、政治の次元での諸革命が、芸術における革命の立場を有利ならしめるだろうと（これは本質的に人間的な錯覚だが）期待するようなことがあったのだ。[28]」ボードレールのほうは、この点についてまったく錯覚することがない。人類の救済は彼の問題ではない。初期のロマン主義者と違って、彼は芸術と美のなかに人間性の改善に使用されるべき道具を見ることはもはやない。このことによって、彼は近代的唯美主義の幕を切って落とす。

ボードレールがヴァーグナーに関心を抱くのは、あくまでも完璧な芸術家としてである。一八六〇年二月八日、彼はパリで催されたこのドイツの作曲家が指揮するコンサートに行く。彼はそれまでこの作曲家については噂でしか知らない。彼は動転して出てくる。私はそこで体験した、と彼はある友人に書く。「私の生涯に味わった大きな楽しみの一つを。たっぷり一五年というもの、こうした昂揚を感じたことはありません。」翌日、彼はヴァーグナーに一通の手紙を書いて、称賛の念を告げるとともに、この称賛の念を自分自身に対して説明しようとする。一年後、彼はこの作曲家に一編の論文を捧げる。彼がヴァーグナーのうちに見出す驚くべきこととは、彼自身の理想が実現されているということである。この創造者は、彼が絶対と接触すること、すなわち共通の体験の彼岸にあるものと接触することを可能にするのである。彼がそこに発見するのは、「われわれの生よりも広大な一つの生」であり、「何かしら昂揚された、かつ人を昂揚させるもの、何かしらさらに高く上ろうと渇望するもの、何かしら過度で最高度なもの」である。それは、と彼はヴァーグナーに書く。「絶頂に登りつめた魂の最後の叫び」である。論文でも、このことについて触れている。ヴァーグナーの音楽がもたらすのは、「逸楽と認識とからなる恍惚」、「何かしら無限に大きく無限に美しいものの観照[29]」である。ヴァーグナーの音楽は私たちを超人間的なものと接触させる。ところで、これこそが芸術に求めることができるものである。人生には存在しない絶対は、その代わりに芸術のなかにあるのである。

恍惚と絶頂、無限に大きなものと無限に美しいものが、ボードレールの人生に長期にわたって住み着くことはない、というだけでは足りない。彼の書簡集を読むと、むしろこの世でもっとも不幸な人間のひとりと相対しているような気がする。母親の再婚以来、また遺産の浪費を防ぐために一八四四年に法定後見人の後見のもとにおかれてからはなおのこと、ボードレールはつぎのメッセージを飽くことなくくり返す。それは彼の連禱と化す。「不幸せで、屈辱を味わい、悲しんでいるぼく」。「貧困、そしていつも貧困」。「私はひどく恐ろしく不幸せです」。「私は恐ろしく不幸です。」「私は破滅しました。絶対的に破滅しました。」「生きるとすれば、いつも同じように、堕地獄の人間として、生きるだろう」。一八四五年の自殺未遂のあと、自分の人生に終止符を打とうという考えは二度と彼の念頭を離れない。「これほど、これほど長の年月、私は四六時中、自殺の瀬戸際で生きています。」「ぼくは、自殺というものを、これほど、これほど長の年月、そのなかに生きる羽目に立たされている、おぞましい紛糾すべての唯一の解決、とりわけもっとも容易な解決として、相変わらず目の前に見ているのです[30]。」

物質的かつ感情的な悲惨さのなかで生きざるを得ないために、ボードレールは自分自身を愛することができない。「私はつねに自分に不満である。」「ぼくは怠惰と激越さでできた惨めな生き物です。」しかし彼の世界に対する拒否は自己の拒否よりも格段に強い。彼は「すべての人間に対する荒々しい憎悪」を感じており、彼の書物『悪の華』は「あらゆることへの私の嫌悪と憎悪の証言として」ありつづけるだろう。「ぼくは生を嫌悪しています」と、彼は別の手紙で強調している。「ぼくは人間の顔から逃げ出そうとしているのです。」彼の人間嫌いが強度において彼の女嫌いに凌駕されてもむだである。彼の人間嫌いが徹底的なものであることに変わりはない。「ぼくは人類全体を敵に回したいのです[31]。」年を追うごとに、梅毒にむしばまれ麻薬によって荒廃していくボードレールは、手紙につぐ手紙で、自分の出版者たちへの金の無心と指示の合間に、この同じ言葉をくり返す。人生は恐ろしく、世界はおぞましい。

代わりの道がなければ、彼は生きつづけることはできないだろう。美と絶対へと彼をみちびく詩の道である。世界に期待するものはもはや何もないとしても、彼は「文学のほかに楽しみもなく」と述べている。つまり、文学が例外をなし慰めをなすのである。しかも、彼にとりわけ重くのしかかっているのがこれである。すなわち、彼の美への熱望と耐えがたい実存とを隔てる深淵、「私の精神面で栄誉ある立場と、この不安定で悲惨な生活との、屈辱的な、厭わしい対照」である。ただ一つの絶対が世界に残っている。美である。美に到達し、美を強化することが、今度は嘆かわしい日常生活を贖う唯一の手段となる。このようにして、詩人は世界を改善すると同時に、自分自身の人生に意味を与える。というのも、美は真実を包含するからである。詩人の特殊能力である想像力「は諸能力のなかでももっとも科学的なものである」。美は善と正義をもたらす。「よくできた一編の詩、一個の芸術品はかならず、自然また必然に、一個の道徳を暗示する。[32]」人間的理想の頂点に祭り上げられた美は、「美への讃歌」によって褒め称えられる。

きみが天から来ようと、地獄から来ようと、それが何だ、
おお〈美〉よ！　法外な、怖ろしい、無邪気な怪物よ！
私の愛する、だがかつて識ったことのない〈無限〉の
扉を、きみの眼、きみの微笑、きみの足が、私に開いてくれるならば？

魔王から来ようと、神から来ようと、それが何だ。〈天使〉だろうと、〈人魚〉だろうと、
それが何だ、もしきみが、——ビロードの目をした妖精よ、
律動よ、香りよ、淡い光よ、おおわが唯一無二の女王よ！——
宇宙の醜さを和らげ、一瞬一瞬の重荷を減じてくれるならば？

だがこれは万人に到達可能な真実および道徳ではない。同時に、ボードレールは「化粧礼讚」をおこない、つぎのように主張する。「万人の従うべき実際的で実践的な道徳がある。しかし諸芸術の道徳というものがある。この道徳はまったく別物であって、世界のはじまりこの方、諸〈芸術〉はそのことをしかと証明してきた。[33]」

このとき、なぜボードレールが「およそこの世に、詩的な精神、感情における騎士道にもまして貴重なものは何もありません」と判断するのかが理解できる。ひるがえって、彼自身にとって最悪の脅威と彼が考えているものとは、「動揺に満ちたこのぞっとするような生活のなかで、感嘆すべき詩的能力[34]」を失うことである。詩人として生きることによって、彼はもっとも重要なものを守ることが可能となる。絶対、無限、永遠への到達である。ボードレールにはまったく人類を救済する意思もなければ（彼はこの幻想をヴィクトル・ユゴーにまかせる）、ヴァーグナー流に民衆を救済する意思さえない。彼はこの点で新しい世代、一八四八年以後の世代の象徴である。彼らの年長者が一七八九年（または一七九三年）の幻滅に国民を美的に教育することを提案することで対応するのに対して、一八四八年に失望した者たちは、政治革命に背を向け（これを職業的革命家にゆだねる危険を冒してでも）、新しい崇拝——美の崇拝——を実践することによって個人的な救済にのみ没頭するのである。

美が善に取って代わる、あるいは善を美に従わせることを望むのは、詩人だけではない。すでに見たように、エルネスト・ルナンについても事情は同じである。ルナンについては、ボードレールはこの当時、その「批評的叡知、明察」を称賛している（彼が生まれたのは一八二三年、ボードレールの二年後である）。ルナンは学者であり哲学者である。ところが一八五四年に彼は書いている。「私も同じく将来について、道徳という語は不適切になり、他の語によって置き換えられると考えている。私独特の用法として、道徳に代えるに、むしろ美学という名をもってしたい。ある行動を前にして、私はそれが善いか悪いかよりも、美しいか醜いかと考える。」この置き換えの利点は、いっさいの道徳的パースペクティヴの放棄にあるのではない。そうではなく、判断基準が厳密に個人的だという事実にある。善をおこなうということは、芸術家として行動するということである。というのも、この行動は、社会に共通の道徳原理と違って、個人の魂という物差しの助けを借りて判断されるからである。「私として宣言したいのは、私が善をおこなうとき、［……］私は自分の魂の奥底から美を抽出し、これを外部に実現する芸術家の行為と同じほど、独立した自発的な行為としておこなうということである［……］。有徳な人間は、彫刻家が大理石上に美を実現し、音楽家が音によって美を実現するように、人間生活のなかに美を実現する芸術家である。(35)」美（二つの存在もしくは一つの生の諸部分間の照応）という個人的基準が、善という共通の基準の代わりにもってこられたとすれば、美学が倫理に取って代わったのである。芸術のための芸術の運動から派生し、美学を道徳的、宗教的、または政治的ないっさいの後見から解放しようとする衝動の性質を帯びている唯美主義は、これらの領域の新しい結合に到達する。だが今回は美の支配下においてである。

・美への二つの道・

美を階梯のいちばんの高みにおくこの諸価値のヒエラルキーが提起されると、ボードレールはこのヒエラルキーと一致して生きる二つの方法を検討する。第一の方法は、自分の生活を可能なかぎり美しくすることに存する。この道をわかりやすく説明するために、詩人はある社会的役割を演ずる人物を利用し、これに新しい意義を付与する。これがダンディである。この語は一九世紀初頭においては、衣服の優美さのためにすべてを犠牲にし、洗練された物腰を鼻にかける人を意味している。最初のうちはボードレールはこの語をその共通の意味に近い意味でもちいている。ダンディとはボードレールによれば、「物質的生活のなかに移し換えられた美の観念の至上の化身であり、形を定め作法を整える人間(36)」である。「旅への誘い」は韻文詩も散文詩も、とりわけこの物質的な美しさ、ダンディ－唯美主義者がそのなかで生きている美しい事物の蓄積に触れている。

　光沢《つや》のよい家具が、
　歳月に磨かれて光り、
私たちの寝室を飾るだろう。
　世にも珍しい花々の
　匂いにまじり漂うのは、
微かに、あるかなきかの、龍涎《りゅうぜん》の香《か》、
　贅を凝らした天井も、
　奥行き深い鏡も、
東方の国をさながらの輝かしさも、
　すべては語りかけるだろう、
　魂に向かい、ひそやかに、
生まれの国の、なごやかな言葉を。
彼処では、すべてはただ秩序と美しさ、
奢侈、静けさ、そして逸楽。

しかしながら、感覚の享楽だけでは物足りなくなるときがやってくる。ボードレールは、彼自身の生活に適用された、ダンディスムのこの解釈に激しい非難とともに言及する。「ひたすら快楽だけに、不断の刺激だけに、熱中しました。旅行、美しい家具、タブロー、娼婦たち、等々。」この概念と手を切るためには、ダンディの態度を、精神的でもあり物質的でもある実存の全体に移し換えなければならない。そのとき、化粧の優美さはもはや「みずからの精神の貴族的な優越性の象徴」でしかない。そしてダンディの定義は拡大する。「これらの者たちは、みずからの身の裡《うち》に美の理念を培養し、みずからの情熱に満足を与え、感じ、そして考えることのほかには、何の本業ももたない。」ダンディであるとは、もはや安易な快楽で満足したり、贅沢な環境に楽しみを見出すことではまったくない。そうではなく、美の理想によって課せられる、往々にして厳しい要求に服することである。この意味で、とボードレールは述べている。「ダンディスムは精神主義や克己主義《ストイシスム》と境を接する。」ダンディにおいては、体験の質は他のいっさいの思惑に勝っている。「一瞬の裡に享楽の無限を見出した者にとって、堕地獄の永遠といえども何ほどのことがあろう。[37]」

ボードレールはこのような生き方を称賛すべきものとは思うけれども、常時、資金が不足しているからでしかないとしても、これを自分自身のために採り入れることはできない。ところで、富裕は美の象徴でしかないとしても、その存在は望ましい。「自分の情熱をもってみずからの崇拝の対象とする人々にとって、金は欠くべからざるものである。[38]」

みずからの生活を美の星の下でみちびこうとする者には、第二の道が残されている。もはやみずからの生活を美しくするのではなく、これを全面的に美しい作品の創造に捧げること、言い換えれば、芸術家になることである。この語をきわめて一般的な意味でとらえることができる。すなわち、ありのままの世界で満足することなく、芸術 art を手段として世界を変化させようとする者の意である。ボードレールにとって「自然」人は醜悪である。完全さは芸術からしか生じない。「すべて美しいもの、気高いものは、理性と計算の賜物である。犯罪に対する嗜好は人間獣が母の胎内から汲みとってきたものであって、その起源からして自然的だ。［……］悪は努力なしに、自然に、宿命によって、なされる。善はつねに技巧 art の産物だ。」そういうわけで、ボードレールは「化粧礼賛」を歌い、自分の理想を「〈芸術〉が〈自然〉にまさるのと同じように、他のすべてにまさる」と判断する。「そこでは〈自然〉が夢によって作り変えられ、矯正され、美しくされ、鋳直されている。」[39]

しかしながら、芸術を狭義で理解することもできる。詩、絵画、音楽である。というのも、あらゆる芸術は「もっぱら〈美〉にのみ向けられる愛」によって、その完璧さへとみちびかれるからであり、芸術というものは「極端な追求」だからである。この観点から、ボードレールは安易な快楽を惜しげもなく放棄すると明言し、自分の詩的作業、「それによって一つの夢想が一つの芸術作品と化する」詩的作業においてかいま見られる「完璧なものにしか夢中に[40]」ならない。詩人は世界の美しさを二重に増加させる。美しい作品を創造することによって、つまり、それ以前には世界にはなかったものを持ち来たらすことによって。および、自分が産出する表象のなかでこの世界を変化させることによって。この点で、詩人は太陽と同じ次元に位置づけられうる。これについて、ボードレールは述べている。

ひとりの詩人のように、彼が都会のなかに降りてくるときは、
こよなく卑しい物たちの運命をも高貴ならしめる、

あるいは、ボードレールが『悪の華』のために計画している「エピローグ」のように、錬金術師に比較される。

おお御身ら！　完全なる科学者のごとくまた聖なる魂のごとく
私がみずからの義務をなしたことの証人となりたまえ。
　なぜなら私はおのおのの物から精髄を抽出したからだし、
きみは私にきみの泥を与えたのに、私はそれから黄金を作ったのだから。[41]

今度は散文詩「午前一時に」（一八六二年）が、美の創造に捧げられた人生のこの第二の形態に言及し、さらにこれをボードレール自身に似た詩人の日常生活のなかに位置づけている。詩は彼の一日の記述からはじまる――あらゆる点でやりきれない一日である。第一に、他人たちとの出会いは詩人に何の喜びももたらさなかった。彼はこのことを嫌悪とともに思い返し、「手袋を買っておくという用心をせずに」、「握手をふりまいた」ことで自分を責めている。彼の感情は二つの叫びに要約される。「恐ろしい生活よ！　恐ろしい都市よ！」だが、ひとりになったことも詩人に平穏をもたらすことはない。もたらすのは、ただ苦しみの入れ換えである。「人間の顔の暴虐は消え失せ、いまから私は、私自身によって苦しむのみとなるだろう。」実際、彼自身、他者よりもよいわけではない。「もろもろの人に不満を抱き、自分にも不満を抱く」。私たちはパスカルから遠からぬところにいる。世界はむなしい。自我は嫌悪すべきである。
　パスカルもそうであるが、ボードレールはそのとき神のほうを向いている。だがボードレールの神は同じではない。そして彼が神に差し向けるのも同じ懇願ではない。神はいまや、道具ではないとしても、補助者としてとらえられているのである。というのも、ボードレールが口にする祈りはつぎの通りだからである。「主なる我が神よ！　私が人間のなかで最下等の者ではなく、私のさげすむ人々に劣る者ではないことを私みずからに証すよすがとなる、数行の美しい詩句を、恩寵をもって私の手にならしめたまえ！」美を生産する能力は、平凡な実存をあがなう。神は最終的な目標、それ自体によって、またそれ自体において善なのではもはやない。神が存在するのは、ほかの目的、神の礼拝とは区別される活動、つまり詩の執筆行為、美の創造、にみちびく仲介者としてでしかない。詩は祈りに取って代わった。詩は、祈りが私たちを神に結びつけるように、美に結びつける。そして絶対への到達を確証することによって、最終的な報いを手にするのは個人それ自体である。美の創造、あるいは美の知覚——たとえば、ボードレールが実践していない音楽を聴いたり、絵画をじっくり見たりすること——だけでさえ、実存のすべての不幸の埋め合わせをすることを可能にする。ボードレールはヴァーグナー宛の手紙のなかでもこのことについて語った。「あなたの音楽を耳にした日以来、私は絶えず、わけても苦しい刻《とき》には、こうひとりごつのです、もし、せめて、今夜ヴァーグナーを少し聴くことができたなら！　と。」[42]

　つまり、ボードレールは人生と絶対の関係を二つの異本——美しさを培うべき人生、または美の生産の犠牲にされる人生——に従って解釈している。しかしながら、いずれの場合にも、美の探求は通常の人生に対立しているのであって、個人的な体験にとどまり、共同体の運命に対して影響を及ぼすことがない。ボードレールはバクーニンの信奉者ではないのである。

　私たちはいまや、「よき人生とは何か」という問いに対するロマン主義的な答えは、絶対への個人的な道を特権化することに存するだけではなく、同時に、人間存在が自給可能なものとして認識され記述される個人主義的人類学にもとづいていることを確認することができる。さらに確認できるのは、この答えが、一方の芸術と美、他方のそれ以外のすべての充溢の形態のあいだに、乗り越えることのできない断絶を設立しようとする要求にもとづいていることである。ところで、こうした選択の実存レベルでの結末は、取り返しがつかない。この選択がもたらすのは幸福ではなく、苦悩であり悲嘆である。ヘルダーリンは自分を取り囲む世界の圧力に屈服することを拒否する。彼は現実と幻想を区別する能力を失い、狂気に陥る。ボードレールは自分の時代と同時代の人々を軽蔑する。これは彼が病気や貧困という形でこうむっている懲罰の原因なのだろうか、それとも結果なのだろうか。ワイルドは、自分は同時代の社会に挑戦できると信じる。同時代の社会は彼を牢獄での強制労働の刑に処する。彼は打ちのめされて牢獄から出てくる。リルケはみずからの実存を芸術と詩に捧げることが可能となるように、世界を断念する。彼は人生を執筆活動における不毛と神経的な抑鬱状態と闘うことで過ごす。ツヴェターエワは地上よりも天国で生活したいと願う。だが実存の荒々しさは、しまいに彼女を窒息させる。世界は、世界を軽蔑する者たちに残酷な復讐をする。この徹底した絶対崇拝は致死的である。それも当然である。死は無限であり絶対だからである——生ではないのだ。ツヴァイクがクライストの自殺にあれほど感嘆し、リルケの死去を意図的な死と解釈し（彼は事実の次元では間違っているが、象徴的には正しい）、自分自身が自殺し、今度はツヴェターエワがみずからに死を与えるのは、偶然ではない。こうした生き方の化身となった人々に絶えず感嘆し、彼らを愛していると、自分もまた彼らに同情せざるを得なくなるのである。

・フロベールとサンド・

ロマン主義の教義が明確になるまさにそのときに、いくつかの調和を欠く声が発せられる。一八四三年以後、キルケゴールは『あれか、これか』でそれに対する批判を表明する。二、三十年後、教義の正しさがあらためて論争の的となる。今回は、ひときわ異彩を放つひとまとまりの記録においてである。ギュスターヴ・フロベールとジョルジュ・サンドの往復書簡である。フロベールはロマン主義的ドグマの無条件の信奉者である。しかしながら、このことは彼のような考え方をしない者たちの長所を認めることの妨げには少しもならない――たとえば、サンドである。サンドのほうでも、フロベールの諸原理には同意しないとしても、この人間を愛し、この芸術家に感嘆することをやめることができない。その結果として生じるのが、一八六六年（サンドは一八〇四年生まれ、フロベールは一八二一年である）から一八七六年のサンドの死にいたるまで花咲く美しき友情であり、みごとな往復書簡である。

サンド宛の手紙では、フロベールは信条を述べるだけにとどめているが、この信条について、彼は一八五七年にもうひとりの文通相手の女性に宛てたメッセージで、つぎのように表明した。「人生とは何とも醜いものですから、人生に耐えぬく唯一の方法は、それを避けることです。そして、〈芸術〉に打ち込み、〈美〉によって示される〈真〉を無限に追求しながら、それを避けるのです。」彼は人生と世界を忌み嫌う。そして宣言する。「人は〈絶対〉のなかでしか幸福ではないのです。[43]」しかしながら、彼がサンドにおいて感嘆するのは、まさしく彼自身の態度とは逆のもの、断絶ではなく連続性である。「あなたは何ごとにおいても、最初の一跳びで天上に昇り、そして、そこから地上に降りてくるのです。

ば、あなたの偉大さが生じるのです。[44]［……］このことから、人生に対するあなたの寛大さ、あなたの平静さ、もっとも適切な言い方をすれば、あなたの偉大さが生じるのです。[44]」

サンドはフロベール的世界観のある種の要素を共有している。とりわけ、フロベールのように、サンドは絶対への熱望を不可欠なものと判断する。「ああ！　もし人々が、美と真とを凝視し夢見るために、だれにも何もいわずに逃げ込む小さな聖域、内なる小寺院をもっていないのであれば、それが何になるのだろう？　と、いわなければならないでしょう。」だが、フロベールと違って、彼女は芸術と人生、絶対と相対のあいだに断絶があるとは考えない。たとえこの二つの項が明確に区別されるとしても、ある種の連続性が両者のあいだに確立している。一方は他方の否定ではなく、その代償、浄化、具体化である。その結果、今度は、人間の条件の真実を明らかにすることを目標としてもつ芸術が、善悪の二元論的分離を克服し、逆に一方から他方への漸次的変化を示さなければならない。「芸術は批評と風刺だけではありません。批評と風刺は真実の一面を描写しているにすぎません。私はありのままの人間を見たいのです。人間は善か悪かではありません。人間は善であり悪なのです。けれども、まだ何かがあります。陰影《ニュアンス》です。この陰影が、私にとって芸術の目標なのです。」数か月後、彼女の最後の手紙の一つで、ふたたびこの問題に触れている。「芸術は真実の探求でなければなりません。そして真実とは悪を描写することではありません。真実は悪と善の描写でなければなりません。一方しか見ない画家は、他方しか見ない画家と同様、真実性を欠いているのです。[45]」

高と低とのあいだの連続性のこの発見から帰結するのは、フロベールのものとはきわめて異なった態度である。フロベールは選り分け、感嘆し、とりわけ徹底的に攻撃する。サンドのほうは愚劣を知らないわけではないが、これを残余の世界との連続性において考えることのほうを好む。「哀れな愛しい愚劣を、私のほうは憎悪しない。私はそれを母親の目で見ています。」その結果、愚劣を告発することに人生を捧げる代わりに、彼女は世界の多様性全体に感嘆することができるのである。彼女の意見では、フロベールが忘れているのは、「芸術の上には何かが、つまり叡知があるということです。芸術は、その頂点にあっても、この叡知の表現でしかありません。叡知はすべてを理解します。美を、真を、善を、したがって歓喜を。叡知は私たちの外部に、私たちのうちにあるものよりも高い何ものかを見ることを私たちに教え、凝視と感嘆を通じて、徐々にこれを自分のものにすることを私たちに教えるのです。」[46] 高と低との差異、美しさと凡庸さとの差異は消えない。だが同時に、一方から他方へと移行する可能性、フロベールが知らないものを「徐々に」理解する可能性が残存している。フロベールは自分の女友達の厳しい叱責にも説得されることはないだろう。おそらく、別人とならずには、つまり私たちが感嘆する書物の作者であることをやめることなくして、説得されることは不可能だった。サンド自身は自分の友人の作品は自分自身の作品よりも完成度が高いと評価している。だが彼女は、この形式的な完成度の高さが作者の人間嫌いを必要とするとは考えない。その上、もはや自分の格言に閉じこもっているのではなく、その手紙によって明らかになるフロベールの態度は、彼が自分の実存そのもののうちに充溢を見出し、これを堪能することができることを示している。芸術のなかでだけではないのだ。彼自身の奥底では、自分が文よりも存在を好むことを彼は知っているのである。

フロベールはサンドよりも芸術を理解している。だがサンドは世界についてフロベールよりもすぐれた判断を示している。彼女が人生全体を受け入れるということは、人生の不完全さを前にした消極的な態度を意味しない。この観点からすれば、サンドの平静さはフロベールの絶えざる憤りよりも格段に干渉主義的である。フロベールにとって、愚劣を打破するというつとめは実現不可能である。だから、彼はしまいには愚劣を甘受するのである。サンドの場合、善と悪の連続性は逆に、改善可能性の方向に働きかけるべく駆り立てる。同じ理由で、サンドは民主主義に反対するフロベールの偏見に与しない。彼女もまた、愚劣は大衆のうちに広まっていることを知っている。だが愚劣と知性のあいだに断絶が存在しない以上、一方を減じさせ、他方を増大させる手伝いは可能だと考える。世界の一瞬一瞬の美しさを発見することは、この世界をなおいっそう美しくするために、この世界に働きかけるのを拒否することを意味しないのである。

当時のフランス文学に深く通じていたオスカー・ワイルドは、フロベールとサンドとに同時に惹かれていた。彼は自分が区別していた二つの道の一方、芸術家の道をフロベールがみごとに具現していることを知っている。芸術家の実存は全面的に作品創造に捧げられるのである。フロベールは「最高の芸術家」である。この芸術家はみずからを世界と世界の誘惑から切り離すことができた。この選択のおかげで、彼がなし遂げたのは、「みずからのうちにあったものを完璧に実現することであった。このことから、彼は個人的には比類なき利点を引き出し、宇宙全体には比類なき持続的な利点を引き出すことを可能にした。」サンドに対するワイルドの感嘆の念は、もっと驚くべきものであるように見える。しかしながら、彼は彼女を強く熱い精神と文学的天才を兼ね備えた偉人と形容している。だが彼をとくに惹きつけるのは――ここに彼自身が身を投じた道を認めることができる――彼女の「すばらしい人格」、「全体として捉えられた彼女の作品を貫く精神」である。この精神は、とワイルドは言明する、「近代的生活のパン種である。この精神は私たちのために世界を整備し直し、私たちの時代を新たに作り直す」(47)。フロベールとサンドの二人はワイルドの二重の理想をなすのである。

・「美が世界を救うだろう」・

フョードル・ドストエフスキーは二人のフランス人作家の往復書簡を知ることはできない。だが彼らの作品はドストエフスキーに馴染み深い。彼には傑作『ボヴァリー夫人』は模範だとしてあまりにしばしば示されたが、彼はフロベールの立場に大した共感を覚えない。ジョルジュ・サンドについていえば、若きドストエフスキーの偶像のひとりだった。社会主義者の信仰を共有していた時期である。その後、彼は大きく変化した。しかしながら、サンドの死に際して、彼は『作家の日記』の数ページを彼女に捧げる。これは何よりも感動にうちふるえる礼賛である。彼が思い出すのは、第一に、一つの理想への執着によって、また女主人公たちの道徳的な偉大な純潔によって、サンドが彼に与えたすべての幸福と喜びである。このことは、作者が「慈悲とか、忍耐とか、正義とかのなかに最高の美を理解し、認識すること」を前提としている。だが同じ一八七六年のドストエフスキーは自分をサンドに近いと感じ、彼女の作品のなかに自分に似た思想を読み取っている。「ジョルジュ・サンドは自分ではそれと知らずに、この上なく完全なキリスト信奉者のひとりであったかもしれない。彼女が自分の社会主義や、自分の信念や、希望ないし理想の基礎としたのは、人間のなかに見出される道徳感情、人類の精神的渇望、その感性と純潔に対する希求であって、決して蟻塚式の必要ではない。彼女は無条件に人間の人格を信じ（その不死まで信じて）、人格について抱いている表象をおのれの作品の一つ一つに昂揚し拡充し、それによって思想的にも、感情的にもキリスト教のもっとも根本的な思想の一つ、すなわち人格とその自由（したがってその責任）を再発見したのである。[48]」

ドストエフスキーの見解は、私たちにとって特別なかかわりをもつ。というのも、彼が「美は世界を救うだろう」という公式の作者だからである。もっと正確にいえば、この文は二度くり返して彼の小説『白痴』（一八六八年）のなかに出てくる。『白痴』では、この文は二人の登場人物によって小説の主人公であるムイシュキン公爵のものだとされている。この文はムイシュキン公爵の哲学の要約だと見なされている。だが正確にはどのような意味なのだろうか。

　公爵が格言の形で表明することによって思いを致している「美」とは、肉体的な美しさではない。たとえば、ムイシュキンはこれにきわめて敏感であるけれども、女性の美しさではない。この語が何を意味するかを知るためには、『白痴』の執筆を企てることによってドストエフスキーが取り組んだ計画とは何であるかを、ここで想起しなければならない。ドストエフスキーはこれを友人のマイコフにつぎのように説明する。「その意図とは、完璧に美しい人間を描くことです。」翌日、姪のソフィアにくり返す。「小説の主たる思想は、本当に美しい人間を描くことです。」ドストエフスキーはつぎのような創造的な等価性をつけ加える。「美が理想です。ところで、理想、私たちの理想、あるいは文明化されたヨーロッパの理想は、いまだに練り上げられることからはほど遠いのです。この世には絶対的に美しい存在は、ただひとりしか実在しません。キリストです。ですから、途方もなく、無限に美しいこの存在の出現は、きっと無限の奇跡なのです。」美が世界を救うことを信じているムイシュキン公爵自身は、イエスという人物の、純粋に人間的な、現代的な異本である。小説の創作ノートでは、このことは何度もくり返して、率直に述べられている。「公爵――キリスト」[49]と。

　同じ時期に、ドストエフスキーが「美」と「キリスト」を互換性のある用語としてしばしば使用しているとはいっておかなければならない。『白痴』を構想しはじめる際、彼はマイコフ宛の手紙で、無神論者が批判するキリストの「神々しい最高の美しさ」について語っている。数年後、一八七三年の『作家の日記』で、彼はこれら同じ無神論者を思い起こし、彼らをキリストの美しさと対決させる。「それでもやはり、〈神－人〉の光輝く相貌、その到達不可能な道徳的偉大さ、その驚異的で奇跡的な美しさは残されていた。」無神論者ですら、これを感じ取ることができる。たとえば、ルナンである。彼は「その何から何まで冒瀆的な『イエスの生涯』のなかで、イエスは、にもかかわらず人間的な美しさの理想であると宣言したのであった[50]」。

いかなる点で、ムイシュキンの態度はキリストの態度を現代的世界に置き換えたものなのだろうか。公爵の驚くべき最初の特徴は、自分自身に対する関係にかかわっている。彼は自尊心〔己惚れ〕を知らないといえるからである。しかしながら、この特徴は彼の対他関係と無関係ではない。というのも、このことが意味するのは、他者が彼について抱くイマージュを彼が少しも気にかけないということだからである。つまり、彼のほうが、つぎにこのイマージュを内在化するというようなことがないということであり、他者の期待について彼が推察することができるものと自分とを比較対照しようとすることがないということだからである。

しかしながら、この分け隔てのない好意は、彼が表明する唯一の感情ではない。規則に対する例外が生じるのは、自分の目の前の人が深く苦しんでいるときである。そのとき、公爵はいっさいの敵対感情を回避するだけでは、もう満足できない。彼はそれよりもはるかに積極的な態度を持している。同情の愛である。彼が出会う人の苦しみが大きければ大きいほど、彼はますますその人を愛する。この点で、彼はキリストの教えに一致している。「隣人」とは、苦しんでいる人を助けに行く者のことである。他人の苦しみを見るや否や、公爵は自分の好意を愛へと変化させる。しかしながら、この愛は感覚の情熱ではない。この愛はエロース erôs でもフィリア philia〔ひいき〕でもない。アガペー agapê、または愛―慈悲である。ムイシュキンの実存は、この深い信念にもとづいている。「同情は全人類の実存の主要法則、おそらく唯一の法則である。」そういうわけで――と彼は認めている――、誠実さと率直さだけでは行動規則としては十分ではない。それらがかかわるのは自我でしかない。他人ではない。この別の公式が表現しているのが、このことである。「たんなる真実だけでは不当である。[51]」

ムイシュキンは、完全さは人間の条件に属さないことをとてもよく知っている。人間は永遠の生を熱望する。しかし人間は死すべきものである。だが人間が有限であるという意識は、彼を絶望に陥れることはない。というのも、この意識は無限が存在することを否定しないからである。このような反応の例を、バーゼルにあるホルバインの有名な絵画『死せるキリスト』について彼が語っていることのなかに見ることができる。周知のように、ドストエフスキー自身、この十字架から降ろされたイエスの表現に深く印象づけられたのであった。この表現はイエスを厳密に人間として、端的に死者として示しているのである。それは人間の死骸である。それ以上のものではない。だがこの絵は、彼はその真実性と力強さを認めるが、彼に信仰を失わせることはない。この絵に強く印象づけられたもうひとりの登場人物であるラゴージンの疑惑に対する答えとして、公爵はいずれも信仰にかかわる四つの小逸話を物語るだけで満足している。しかしながら、推奨すべき行動の具体例を挙げることはない（自分の子供のほほえみを見て喜ぶ農民の女の例をのぞいて）。これらの弱点は、イエスのまさに現実の死もそうであるが、世界を愛することをやめなければならないということを意味してはいない。「宗教感情の本質は、いかなる熟慮のなかにも入っていない。それはいかなる間違った歩みにも、いかなる犯罪にも、いかなる無神論にも左右されない。[52]」ムイシュキンの世界観には素朴なものは何もない。彼は人間を実際よりもよく想像したりすることはない。美は事物の内在的な特性でもなければ、人間の内在的な特性でもない。事物と人間が美を受け取るのは、それらに対して採用される態度のおかげである。ドストエフスキー自身は、絵画で示されているようなホルバインの信仰に自分を認めている。悪と死の前で目を閉ざさず、幻想でみずからを欺かず、だがつねにキリストのメッセージに従いつつ、である。

根本的には、これがドストエフスキーが主張しているキリスト教道徳である。これはつぎの教えに要約される。独占愛ではない愛によって、みずからの隣人を愛すること。「同情、これがキリスト教そのものである」と、彼は『白痴』の創作ノートに書いている。彼はこの点で使徒たちの教えに忠実である。パウロに——パウロは慈悲の愛をキリスト教の土台に据える（「〈律法〉全体は、この一句によってまっとうされる。隣人を自分のように愛しなさい」）。ヨハネに——ヨハネにとって、神を愛することは人間を愛することと以外の何ものでもない。「神は愛である」。「私たちがたがいに愛し合うならば、神は私たちのうちにとどまってくださる[53]」。つまり、これがまた世界を——ひょっとすると——救ってくれる美の意味である。

ドストエフスキーは、自分の「美」という語の使い方が万人に共有されているわけではないことを、しっかり意識している。〈パリ・コミューン〉の際、〈コミューン〉の参加者たちがまったく異なった美の概念の名において行動していることを彼は認めている。彼はある友人に書いている。「パリの火災は恐るべきことだ。〝うまくいかなかったのだから、世界など滅びてしまえ。というのも、〈コミューン〉は人間の幸福とパリよりも上にあるのだから！〟彼らは（その他大勢も）こうした憤怒を美として受け取っている。このようにして、人類の美の概念は混乱を呈したのだ。」つづく長編小説『悪霊』（一八七三年に本として出版される）で、ドストエフスキーはこの異なった美の概念を、彼がその卑劣な言動を非難する危険な陰謀家たちのせいだとしている。それが打算的で冷酷な狂信者ピョートル・ヴェルホーヴェンスキーである。ヴェルホーヴェンスキーはつぎのような言葉で偶像スタヴローギンに語りかける。「スタヴローギン、あなたは美しい！〔……〕ぼくは美しさが好きだ。ぼくはニヒリストだ。だが美しさが好きだ。(54)」〈パリ・コミューン〉の参加者、ヴェルホーヴェンスキー、あるいはクラカトア火山の噴火を前に恍惚となったニーチェは、人類がそこから利益を引き出すことができるかどうかに無関係な、アモラルな美の概念に同意する。ドストエフスキーによって説明されたもう一方の美の概念は、厳密に人間的で、したがって愛する能力と一体となっている。

ムイシュキン公爵は『白痴』のなかで、この後者の形態の美を引き合いに出す。だが小説はその勝利を物語っているといえるだろうか。かなりむずかしい。ここで想起しなければならないのは、『白痴』がドストエフスキーの長編小説のなかで独自の位置を占めているということである。『罪と罰』から『悪霊』と『未成年』を経て『カラマーゾフの兄弟』にいたるまで、作者が示しているのは、同時代の唯物論と無神論によって引き起こされた悪習であり、これらの世界観がいたり着く袋小路である。『白痴』は逆に、その主人公がキリストの近代的等価物である以上、ドストエフスキーの思想の肯定的側面から生じている。ところで、この小説が報告する物語は少しも勝利の物語ではない。公爵の無条件の寛大さは、しまいにはこの寛大さが向かう人々を辱めることになる。彼の普遍的な同情の愛は人間どうしの交流を混乱させる。というのも、この愛は激しい恋心《パッション》を排除し、その結果、公爵は二人の女のあいだで自分の愛を分割せざるを得なくなるからである。このことは、いずれの女をも満足させない。心底、善良なこの男との接触を役立てる代わりに、この本のほかの登場人物は、自分たちの不幸と苦悩になおいっそうのめり込んでいき、なおいっそう傲慢で意地悪になっていく。公爵の存在はこの小説を締めくくくる犯罪の間接的な原因と化す。ロゴージンによるナスターシャ・フィリッポヴナの殺害である。

つまり、『白痴』の教訓は、万人はムイシュキンのように行動しなければならないと述べることには存しない。このような行動は逆に、破局を引き起こす。ところで、ムイシュキンは何から何まで疑いようなく美しい人間であり、現在におけるキリストの再来であり、同時にドストエフスキーの理想の雄弁な例証である……。それでは、いかにしてこの挫折を理解すべきだろうか。

おそらく、キリストのうちに生きることはキリストのように行動することを意味しない。人間である彼は、同時に神である——私たちはそうではない。世界に住んでいるのは英雄ではなく、平凡な人間たちである。この平凡な人々のなかに正真正銘の聖人が存在することは、幸福より以上に悲劇的な事件を招き寄せる。キリストとの一体化はこの世のものではない。これが実現されるのは時間の終わりでしかない。最初の妻の死の翌日、一八六四年四月一六日に書かれたテクストで、妻の遺体がまだ彼らの寝室に横たわっているときに、ドストエフスキーは自分の世界観を凝縮した数行で表現している。彼は書いている。「キリストの戒律に従って、人間を自己自身のように愛することは不可能である。地上における人格の法則が拘束し、自我が妨げる。キリストだけが人間を自分自身のように愛することができた。だがキリストは人間が希求し、自然の法則によって人間が希求しなければならない永遠不変の理想であった。」[55] ムイシュキンはこの警戒を知らない。彼は地上の人間をみちびいているエゴイズムと自尊心を忘れている。彼は女性に対する自分自身の愛——エゴイスティックな愛——さえ見誤っている。彼は無限が有限な存在の生を支配することを望んでいる。だが結果は明白である。彼らのあいだを通過することは、彼らを喜びに近づける代わりに、苦悩を募らせるのである。そういうわけで、『白痴』が物語るのは悲劇的な物語である。このことから結論づけられるのは、美が世界を救うのは、唯一、美が外部から世界に押しつけられるのではなく、この世界そのものからほとばしり出るときだけであるということだろう。

小説の最後のシーンは忘れがたい思い出を残す。ロゴージンはナスターシャ・フィリッポヴナの心臓を貫いたばかりである。ムイシュキン公爵がロゴージンの暗い住居にやってきた。公爵は遺体を見た。二人の男は、死んだ女が横たわっているベッドの足下に寄り添って横になる。そこで彼らは彼女の霊魂が抜け出す音を聞く。ロゴージンは夜の残余の時間を錯乱状態で過ごし、公爵は落ち着かせるためにロゴージンの頭を撫でている。朝になって、彼らは連れ去られるだろう。ロゴージンは刑務所に、それから流刑地に。この流刑地で、彼は刑に服するだろう。ムイシュキンは精神病院に。そして二度とそこから出ることはないだろう。この場面を通じて、ドストエフスキーは、善、愛、美の化身たらんとするすべての人々に、警告みたいなものを投げかけているように思われる。善意だけでは足りない。善意は破局を引き起こす危険さえはらんでいる。この場面は同時に、ワイルドの失墜、リルケの抑鬱、ツヴェターエワの自殺を予告していないだろうか。

・現状考察・

要約しよう。

一七八九年－一八四八年。地上における絶対の二つの大きな形態――一方は集団的な形態、他方は個人的な形態――が定着する。個人的な道はその推進者によって「美的な」道と呼ばれることになるが、この個人的な道の推進者は、しかしながら自国の政治的運命に無関心なわけではない。彼らの信じるところによれば、芸術はよき市民の教育に不可欠であり（シラー）、宗教としての社会的地位を占めるべきであり（初期のロマン主義者）、すべての人間的活動のモデルとなるべく定められている（ヴァーグナー）。言い換えれば、彼らの目には、この二つの形態は結び合わされているのである。だが美の、つまり個人の後見下においてである。

一八四八年－一九一五年。革命はヨーロッパ中のさまざまな国に伝播していたが、この革命の失敗は、逆にこの二つの道を分離させることになる。ボードレールにとって、芸術が世界に影響を及ぼすのを見たいという希望は、錯覚の部類である。マルクスのほうでも個人の美的教育など念頭にない。二人は見事なほどおたがいを知らない。しかし二人とも絶対を断念しようなどとは夢にも思わない。ワイルド、リルケ、ツヴェターエワはこの枠組みに含まれる。

一九一五年－一九四五年。この二つの形態は、二つのきわめて異なった仕方で、ふたたび相互作用をもちはじめる。〈第一次世界大戦〉直後、ロシアとドイツとイタリアとを問わず、芸術的なアヴァン－ギャルドがみずからの創造活動の領域を、生全体を覆うまでに拡張しようとする。その代表者たちは宣伝する者、現実生活に役立つ芸術の製造業者、建築家となる。他方では、これら同じ三つの国で権力を奪取する独裁者たちは、まったき自由のなかで、新しい人間、新しい社会、新しい民衆を作り上げる芸術家の態度を採用する。アヴァン－ギャルドの芸術家と全体主義のリーダーは、多くの場合、そうと知らずに、同じ革命計画を共有している。アヴァン－ギャルド芸術家たちの社会的野心は、きわめて中途半端な結果にしか到達しない。独裁者たちの側では、影響は破壊的である。全体主義国家では、集団的絶対は個人的絶対を守ろうとする淡い望みを粉砕する。

現代、つまり〈第二次世界大戦〉が終結し、ナチ国家とファシスト国家が消滅したあとに、何が起こるのだろうか。第一段階では、つまり一九四五年から一九七五年にかけて、もう一つの全体主義国家——ソ連——の威信の保持、さらには強化が、意識の変化を遅らせる。西欧では、共産主義的理想への同意が多数派になったことは一度もない。にもかかわらず、この同意は、一方の芸術家と知識人、他方の大学生の若者たちという擁護者のために、強い影響力を発揮する。一九五六年〔ハンガリー動乱〕、ついで一九六八年〔五月革命〕という幻滅にもかかわらず、西ヨーロッパにおいて共産主義イデオロギーがインパクトを喪失するには一九七〇年代を待たなければならない——この喪失は、その一五年後、東欧とURSSにおいて、共産主義イデオロギーを標榜していた体制が崩壊することによって確証される。私たちの現在は、このときをもって開始する。共産主義への信仰の消滅とともに、二〇世紀の最初で最後の偉大な政治的宗教、および、したがって絶対への集団的な道に対する信頼が消え去る。

今日、ヨーロッパ諸国に住んでいる個人は、別の道によって絶対を熱望しているのだろうか。冒頭で述べたように、絶対の探求の昔の諸形態は消え去っていない。それらは意味を変化させたのである。伝統宗教の枠内における天上的な絶対の探求は、つねに存在している。だが、それは個人的な幸福を厳格な理想の祭壇の犠牲にすることを勧めるよりも、宗教をして絶対の探求のための個人的体験を押し広げ豊かにすることを可能にする道具にするのである。イスラム教であれ、ユダヤ教であれ、あるいはキリスト教であれ、民族的・宗教的な共同体への熱烈な同意は、根本的には自己肯定の欲求によって動機づけられている。たしかに、個人の意志を集団の意志に従属させる、宗教の伝統的諸形態と思われるものを復興させようとする試みは、あちらこちらで見ることができる。しかしながら一般には、伝統宗教の枠内で体験される絶対との接触へと突き動かされるのは、内的な欲求によってであって、社会規範と対決しようとするからではない。同じように、今日でも、政治的または人道的な計画を信じる人たちが大勢いるとしても、彼らの社会参加は、公的もしくは非個人的な目標の追求が強度な個人的体験を伴っている場合しか、彼ら自身の目に正当なものとして映じない。集団的タイプの地上的絶対の探求はヨーロッパにおいては消え去っていない。さまざまな大義のための活動がつづけられている。しかし、全面的な自己犠牲は例外的である。そして、そう言おうが言うまいが、これらの社会参加が人格の開花に一役買っているということでは意見が一致している。

ヨーロッパ諸国の政治体制である民主的国家は、その市民に対して内的完結のための処方箋を提供することはない。民主的国家はその責任を各人にゆだねている。住人は一般に、自分たちがそのなかで暮らしている政治秩序を大切にしているが、これを絶対とは見なさず、そこに自分たちの人生の意味を見ることもない。このような国家が提供するのは、住人の体験の自由な方向づけに必要な条件であって、その十分条件ではない。普通選挙、思想の自由、社会保障、失業対策は絶対のあらわれとは認められない。これにもっとも執着している人たちによってさえそうである。公平な法律に従っているという意識をもっているだけでは、人生が美しくなり、豊かな意味に満たされるのには十分ではない。ましてや、貧困を免れているという意識だけでは。欠乏が満たされることが充溢を創造することはないからである。民主的国家は絶対の化身ではない。それが形成するのは、改善可能で相対的な秩序であり、救済の約束ではない。私たちが民主的国家に要求するのは、私たちの安全に留意し、実存の波乱から私たちを守ってくれることであって、私たちがいかに生きるべきかを指図することではない。私たちが国家からますます独立できるために、国家にますます多くのことを要求するとは、まさしく逆説である！

ヨーロッパの二〇世紀前半は、魅力的であると同時に脅威的な、数々の壮大な政治的計画によって支配されていた。これらの計画に対して、何人かの聡明な精神の持ち主は、いくつかの不可侵の倫理的原則を守る必要を対立させた。もっと最近になって、政治と倫理のこの対立に取って代わったのが、数世紀以前から潜在的に存在していた、だがますます現実的になってきた、もう一つ別の対立である。かならずしもこうした観点で認められることはなかったとしても。この対立は、一方の全体として捉えられた政治と倫理──というのも、つねに共通の枠組みに準拠しているから──と、他方の、個人が自分にふさわしい生きる術《アール・ド・ヴィーヴル》を探求する個人的な道を分離する。こうした探求は何に帰着するのだろうか。

残余の世界については語らぬとしても、ヨーロッパ大陸の住民の大半は「自分の欲求に応える」ための配慮を特別扱いしている（だがこの表現は誤解を招きはしないだろうか。当該の欲求はもっぱら物質的であると言外に意味するからである）。権力への欲望、性的な魅力、私たちを取り巻く人々からもたらされる承認への欲求は、行動への強い動機である。自分たちのヒエラルキーの頂点に、職業的経歴における成功、商業やスポーツでの成績、金銭や名声を位置づける人は多い。このような動機に特別に独創的なものは何もない。しかしながら、新しいこととは、これらの動機が、宗教的戒律や政治体制から強制される拘束、社会的規範や道徳的命令によって優先的に形成されている枠組みに、つまずくことはもはやないということである。個人の行動に求められるのは、それらの行動が法律の限界を越えないということだけである。同じく、この枠組みの不在とまさしく一致するのが、物質的と「文化的」とを問わず、そのあらゆる形態における消費の権力への上昇、および、それぞれの人が自分の余暇の時間を満たす数知れぬ気晴らしである。あらゆる快楽を味わおうとすることも可能である。しかしながら、これらの活動は、仮に目標に到達するとしても、期待された満足をもたらすことはない。「自由に楽しみたまえ」は、私たちの同時代人がなかなか実行できないでいるスローガンである。この絶え間ないレースは私たちを満たすよりも、フラストレーションと空虚の感情を産み出す。ジル・リポヴェツキーが指摘しているように、「つねにさらに多くの物質的満足、つねにさらに多くの旅行、遊び、平均寿命。しかし、このことが私たちに生きる喜びの扉を大きく開け放つことはなかった[56]」。

一部の人たちは大急ぎで、この空虚に、宗教的であれ政治的であれ、集団的な確信の崩壊の不可避的な結果を見ようとした。これが、臆面のなさと消費的熱狂の混合物たる個人主義の、まぎれもない相貌だというのである。私たちは空虚か過剰かの不毛な二者択一、絶対との断絶か外部から強制される絶対への服従かの選択を余儀なくされているのだろうか。現代の女性も男性も、そんなことは信じていないように思われる。彼らは世評からもたらされる外的な承認を放棄することなく、それ以上とはいわぬまでも、それと同じほど、完結と生き甲斐という内的感情に気をつかっている。公衆の判断を完全には信頼せず、また最後の審判の結果をあまり期待せずに、彼らは自分自身との沈黙の対話のなかで、自分自身の良心の承認を追求する――この良心が完全には自分たちだけのものではなく、だが厳密に人間としての普遍性から生じることを公準として立てつつである。

実際、彼らが確認するのは、彼らが放棄しようとはまったく意図していない多くの活動が、消費の論理にも承認の論理にも依存していないということ、それらの活動が直接的な快楽の追求によっても成功の追求によっても説明されないということである。これらの活動の中心部は、他の人間存在に対する関係が占めており、この関係のもっとも高く評価される形態が愛なのである。恋人どうしの愛、だが同時に自分の子供に対する親の愛（あるいは、その逆）、友人どうし、近親者どうしの愛である。自分が愛する人といっしょにいたいと願うのは、自分のキャリアをもっと前進させるためでも、もっとよく気晴らしするためでもない。その人がいることを楽しむのである。これら有益性の論理から逃れ去るもう一つの活動は、私たちの精神と周囲の世界との対決から生じる。これが認識し、創造することへの欲求である。私たちに自然と文化のよりよき理解を求めさせる欲動が、科学研究のみならず、無数の日常的活動の土台にある。この欲動は消費とは似ていない――創造というこのもう一つの欲求が消費に似ていないように。創造は芸術的活動のなかに昇華されているが、だがこれもまた万人に馴染みが深い。最後に、この同じ仲間に属するのが、内的な改善のため、個人的な完結のためにおこなわれる作業であって、この作業はしまいには多少なりとも叡知に接近する。

これらさまざまな活動が共通にもっているものは二つである。一方で、これらの活動は手で触ることができるような利益をもたらすことがない。たとえ個人が自分の学者としての努力、芸術家としての苦しみが、同時代人の尊敬を保証してくれることを期待するとしても、これが理由で彼はこの道に足を踏み入れたわけではない。同時に、これらの活動が彼にいっそう強度の満足をもたらすとすれば、まさしくこれらの活動によって〈真〉、〈美〉、〈善〉、〈愛〉という普遍的なカテゴリーと接触するような印象をもつからにほかならない。このカテゴリーは彼の熱意だけに所属しているわけではない。私たちはここで、まったき自由のなかで獲得され、しかも個々の主体の意志に左右されない個人的絶対という逆説に直面する。もちろん、個人的絶対という概念そのものが問題をはらんでいるのである。もし個々の個人が自分の人生で何が絶対であるかについて全権をもって断を下すのであれば、そのとき、自分が逃れ得たと信じたあの相対主義に連れ戻されるのではないだろうか。たしかに問題はある。だが解決不可能ではない。すなわち、これは決して恣意的な選択ではないということである。私たちひとりひとりは、自分のうちにありながら自分からはみ出すもの、自分ひとりによって明るみに出されながら他者に伝えうるものを発見する。つまり、逆説は、存在しないことを意味しないのである。この個人的絶対の存在が、私たちが「美しい」とか「意味を豊かにはらんでいる」とか形容する人生と、ただ成功や楽しみ事に飾られるだけの人生との差異を私たちに感じさせるのである。

こうした行為や態度によって獲得される充溢の感情は、万人によって知られている。だが、宗教、道徳、または政治による集団的目印を欠いた私たちの世界においては、私たちはそうだとして考えるすべを知らない。その結果、私たちは往々にして充溢の感情の存在そのものを疑っているほどである。やむを得なければ、私たちは、美の規則と人間的完成について、永遠の芸術と絶対詩について、恍惚と感情の激発について、無限に偉大なものと永遠に美しいものについて、説得力に富んだ文をつなぎ合わせることができる。だが私たちは私たち自身の実存について語るためにこれを使おうとは思わない。二一世紀の住人である私たちは、人類がかつて解決する必要のなかったさまざまな困難に直面している。私たちは踏み固められた小道の外を歩くことを余儀なくされている。しばしば私たちがさまよっているとしても驚くに当たらない。私たちが手探り状態にあることは当然である。

人間は物質的に滞りなく生きつづけ、社会的承認を獲得し、生活の喜びを享受することを必要としている。だが人間はまた、つねに、もっと意識的でない仕方で、しかしやはりさし迫った状態で、自分たちの実存のなかに絶対のための場を確保しようとしている。人間が死者を埋葬しはじめてから今日にいたるまで、つねにそうであった。そこには、人間が消費の熱狂や成功への配慮によって全面的に呑み込まれているように思われる時期も含まれている。というのも、人口に膾炙しているのとは逆に、「すべては相対的である」は真ではないからである。

・もっとも美しい生活・

唯美主義と善悪二元論はヨーロッパ思想に深い影響をおよぼした。キリスト教の枠の内でも外でも。というのも、一八世紀末以降、ロマン主義者も革命家も、唯美主義と善悪二元論から幾多の公準を借用しているからである。だがこれらの伝統だけが精神に作用をおよぼしたわけではない。同じく、それらに敵対的な風潮も歴史全体を通じて存在していた。そしてこれらの風潮が、日常的な共同生活のさなかで、いかにすれば充溢に近づけるかをいっそうよく理解することを可能にするのである。いまや、手短でしかないとしても、これら別の伝統、絶対とともに生きる異なった方法をはぐくんでいる伝統に言及することができる。

はじめに、キリスト教は、たとえ二元論の伝統に浸透されたとしても、同時にこの伝統と闘い、しまいにはこれを打破したことを想起しよう。人間であるとともに神でもあるイエスという役割そのものが、善悪二元論〔マニ教〕と両立しない。この宗派、あるいは他の似たような宗派がぶつかったのが、キリストの教えのこれこれの要素ではなく、その神的な本性そのものであったことは偶然ではない。その後、断絶と連続性との対立は、キリスト教内部のさまざまな傾向のなかで続行された。

同じく、極東のある種の伝統が同じく善悪二元論的表象を——キリスト教徒はきわめて異なった仕方でではあるが——拒んでいる事実に触れておこう。たとえば、日常的なものを豊かなものにするすべての控えめな芸術を想起することができるだろう。庭の手入れをすること、花を活けること、物を配置すること、布を並べ置くこと、包みを包むこと、茶を入れることである。谷崎潤一郎はその薄暗がりを礼賛する小エッセイで、昔の日本人は少なくとも理論的には、どんなものをも詩化しようとして、しみを取りのぞいたり隠したりするよりも、これを美の構成要素にしようとしていたことを指摘している。谷崎はトイレの造作から満月を見るための場所の選定にいたるまで、日常的なものをもっと美的にするこの可能性の数多くの例を挙げている。彼はこのような態度の説明を日本の伝統とヨーロッパの伝統の対照に見出している。「われわれ東洋人が、いつの時代でも、自分たちの現在の条件に満足してきたのは、われわれに押しつけられるさまざまな限界に順応しようとしてきたからである。」つまり、世界を根本的に変化させようとするよりも、物事の隠された美しさを明らかにすることのほうを好むということである。それと対照的に、西洋人は「つねに進歩することをねらっており、現在よりもよりよい状態を求めて絶えず動き回っている。(57)」

自分を「まじり合った状態」にあると記述しているモンテーニュもまた、これら別の思潮に属している。そしてつぎの行動規則を残した。「われわれの務めは、自分の性格を作ることで、書物を作ることではない。勝利と、諸州をかちとることではなく、生き方に秩序と平静をかちとることである。われわれの偉大な光輝ある傑作は、立派に生きることである。それ以外のすべては、統治することも、富を蓄えることも、建物を建てることも、せいぜい付随的、副次的なものにすぎない。」人はそれぞれ、混沌を秩序によって置き換えることによって、自分の生活を職人や芸術家のような仕方で手直しすることができる。私たちが人間の条件のうちに含まれている約束がなし遂げられることを望むのであれば、それは私たちの義務でさえある。だからといって、作家や政治家の行動を模倣する必要はない。教訓は二重である。王国は私たちの内部にあるのであって、外部にではないということ、そして王国と王国でないものとのあいだに断絶は存在しないということである。最初の結論は、ニヒリズム（王国は存在しない）とも、ユートピア思想（王国は存在する。だが王国を奪取するには、闘いを開始しなければならない）とも距離をとることを可能にする。第二の結論は、善悪二元論的な幻想やロマン主義的な幻想を放棄することを私たちに教える。だからモンテーニュは結論することができる。「もっとも美しい生活とは、私の考えるところでは、ふつうの、人間らしい模範に合った、秩序ある、しかし奇跡も異常もない生活である。」[58]

地上の実存の悪口をいい、私たちが余儀なくされている物質性を呪うのではなく、低と高、現実と理想、相対と絶対、日常と崇高のあいだの連続を容易ならしめることに努め、したがって、同時に、（フラオーふうの言い方をすれば）無限を文明化することに努めることができる。そのとき、私たちは地上の生活と天上の王国のあいだに乗り越えることのできない深淵を見るのではなく、王国はここにいま存在するという確信から出発するだろう――わずかでも、これを認めるすべを知っていさえすればである。選択はもはや理想主義と現実主義のあいだにはない。それらの根本的な分離と隣接とのあいだにある。ロマン主義者は現実よりも夢を選択する。その結果、あたかも、現実を撃退しようとする彼らの試みに対して、当の現実が彼らを罰しているかのように、すべては展開する。逃避という安易な満足のあとに、世界の厳しさとの苦痛に満ちた対決がやってくる。もう一つの解決策は、夢を放棄することではなく、夢に居場所を認めることにある。そのときに追求されるのは、いっそう困難だが、いっそう強く持続的な満足感、人生そのもののなかに人生の意味を発見することを可能にする満足感である。芸術を人生の犠牲にする（ワイルドが結局はそうするように）のでも、芸術の祭壇に人生を生贄として捧げる（リルケがそう忠告しているように）のでも、存在することと実存することを切り離す（ツヴェターエワが望んでいるように）のでもない。そうではなく、共同生活を美しくするのである。絶対、または無限、または聖なるものは、これらの概念が前提としているものとは逆に、それ自体として善なのでも、完全さの異名なのでもない。というのも、人生のほうは有限であり、かつ相対的だからである。このように善を人生の外部に位置づけると、人間の条件を拒否する危険がある。不完全な人間存在であって天使ではない私たちは、連続的な恍惚のなかで、充溢の有頂天のなかでのみ生きることはできない。これを要求することは、みずからに苦悩を強いることである――これがまさしく、ツヴェターエワ、リルケ、ワイルドの運命である。

純粋状態で具現された絶対を探求すれば、死と無に直面する。生きているものは必然的に不完全で滅びるべきものである。このことによって、人間的想念が極限状態を偏愛する理由が説明される。極限状態が絶対のもっとも確実な象徴をなすからである。愛する人――または愛される人――の犠牲は、愛が申し分なかったことを証明するのである。ところで、私たちは私たちの有限な世界の内部で充溢を知ることができる。デカルトはいった。「その人がどんなに不完全な人間であっても、われわれはその人に対してきわめて完全な友情をもちうるのである。[59]」この感情は対象のすぐれた性質の結果ではなく、主体の特性に由来する。親子の愛情が私たちを感動させるのは、親子いずれかのすぐれた性質のせいではない。親子をおたがいのほうに向かわせる衝動の特性のせいである。どんな愛についても事情は同じである。私たちの外部に位置して、摘みに来るのを待っているような絶対はすでにそこにはない。絶対はいついかなるときにも作り出されなければならない。出会いの偶然は人生の必然と化する。だが出会いの偶然はまったく同様に容易に消滅する。私たちが到達する絶対は相対的なものと質的に異なってはいない。絶対とは相対的なものの、いっそう凝縮され、いっそう純化された状態にほかならない。グノーシス主義者と善悪二元論者に嫌悪を催させる混合は、人間の条件の真実を述べている。それは不幸なのではなく、完結への欲望の不可避的な出発点である。同時に、この混合は私たちをここといまに連れ戻す。人は子供を抽象的に愛するだけでは満足できない。子供に乳を飲ませ、服を着せ、見つめ、話しかけたりもしなければならないのである。

芸術についても同じである。芸術的媒体と日常生活を形成する素材のあいだに往々にして断絶はあるとしても――たとえば音楽において――、創造をはぐくむ天分は通常の実存と無縁ではない。言葉によって魅惑する術は、書物の作者にのみ定められているわけではない……。ロマン主義者は人生と芸術のあいだに真っ向からの対立を創設し、芸術のなかに人生をいっそう濃縮しただけの形式を見ることを拒み、芸術が人生の否定なのではなく、その形式化や解明――つねに一時的なその意味の発見――であることを認めようとはしない。しかしながら、特異でありかつ普遍的な芸術が、充溢の雄弁なイマージュであることは間違いない。芸術は存在の啓示である。この上なく破壊的な芸術ですら、形式と意味の担い手なのである。芸術の補足的な利点――物語、イマージュ、リズムを含んだ、広義で解された芸術の利点――とは、男女を問わず万人に差し向けられているということであり、それぞれの人にひそかに世界の美しさに目を開くようながすことである。そのメッセージは宗教的または哲学的なドグマに形骸化することはない。それは強制するよりもむしろ提案する。つまり、それぞれの人の自由を尊重するということでもある。人間は素材であり、素材のなかで生きている。科学によって人間は素材を知ることを学び、技術によって素材を変化させることを学ぶ。だが人間はまた自分たちの表象のさなかで生きている。自分たち自身の表象であるとともに人間性の表象である。そして人間はこれらの表象を知り変化させることもそれに劣らず必要としている。まさにこうした企図ゆえに、芸術はよき仲間なのである。技術と芸術のあいだで選択し、一方が他方を全面的に追放するのを放置しておかなければならない理由はない。私たちにはその両者が等しく必要なのである。

個人的な生活のなかに充溢を熱望することが意味するのは、日常的な実存全体が手の施しようのないほど凡庸だと宣言することでも、その代わりに別の実存を発明するということでもない。そうではなく、むしろ、日常的実存を内部から輝かせるすべを学ぶということ、それをいっそう明るくかつ濃密にするすべを知るということを意味する。ロマン主義的な教義に同意する者たち自身は、日々の生活のなかで絶対を生きるすべを知っているが、この体験を自分たちの教義に組み込むすべを知らない。私たちの冒険者たちは、しばしば知らず知らずのうちに、この教訓の例証となっている。満足すべき相互作用が居場所を見出すのは、とりわけ彼らの書簡集においてである。だから私たちは、何年もあとになって、彼らの手紙を読み、彼らの人格や文体に賛嘆の念を覚えるのである。いわゆる『深き淵より』は、ワイルドがかつて書いたなかでもっとも感動的なテクストの一つである。リルケのルー・アンドレーアス＝ザロメとの往復書簡、「若き詩人」に宛てた手紙、またはベンヴェヌータとメルリーヌに対する愛のメッセージは、彼のもっとも美しいページに含まれる。手紙や手帳に分散したツヴェターエワの自伝的告白は、彼女のもっとも強烈な詩との比較を正当化する。日常的な慣習にも作品にも似た彼らの書簡集で、これらの作者たちは、他のロマン主義的ドグマの信奉者と同様、残余の時間には認めない美を例証し、彼らが標榜している断絶の代わりに連続性を実践している。

つまり、美の要求だけでは人間的実存を秩序づけるのには十分ではないのである。美の要求を一般化できるのは、「美」に普遍的愛の意味をこめたドストエフスキーがおこなったように、同時にその意味を拡張する場合でしかない。だがこうした拡張をおこなうことに大きなメリットはあるのだろうか。ドストエフスキー自身、自分の原則〔「美が世界を救うだろう」〕を表明したとたん、美－愛と美－激昂を区別することを余儀なくされる。その上、絶対を愛だけに還元しなければならないのだろうか。彼の公式の他の項もまた、私がこの公式を引き受けるのであれば、再解釈されるべきだろう。というのも、問題なのは世界ではないからである。ドストエフスキーが美に期待する行為が問題にするのは、人間だけであって、無機物でも国家でもないからである。「救うだろう」もまた正確ではない。というのも、それは私たちの現在の条件と断絶した、最終的な至福の状態を含意しているからである。ところで、混沌と悪に対する勝利は、決定的でも全面的でもあり得ないだろう。救済は、逆説的だが、よそにはないということ、そうではなく、つねにすでに、ここにいま存在するということを理解することに存する。

絶対の冒険者たちが私たちに伝達するメッセージは、高い代償を支払われたがゆえに、ますます貴重である。このメッセージは、第一に、世界と人生の美しさを、彼らの作品そのものを通じて例証することによって強く主張することに存する。彼らの言葉は信じられないとしても、彼らの著作に対する賛嘆の念に身をゆだねれば、私たちはこのことを確認することができる。彼らは自分たちが到達した充溢の時のすばらしさを私たちにかいま見させてくれる。彼らの体験がどれほど悲劇的であろうとも、彼らをそこにみちびいた躍動は見事であり、私たちはこの躍動に夢中にさせられる。このようにして完全さに到達する可能性を確証する彼らは、私たちを、遠近を問わず私たちの過去に、伝統宗教に、あるいは政治的ユートピア思想に送り返すことはない。彼らが示しているのは、各人は個人的追求の枠内でこの道を見出すことができるということである。最後に、苦悩に満ちた彼らの運命によって、彼らはまた、私たちがいかなる陥穽を警戒しなければならないかを教えている。夢と現実との混同、個人の社会的本性の忘却、善悪二元論、唯美主義である。ロマン主義的な悪癖から学んだ私たちは、私たちの公的生活にも私生活にも、孤独や愛にも、意味と美を見出すことができる。私たちが未来に持って行くべき過去の遺産とはこれである。

それぞれの人にとって、この内的に完結した人生とはどのようなものなのだろうか。これを発見するのは、各人の役割である。たとえ個人が自分を取り巻いている不特定多数の他者に対して、自分の選択を理解し共有してくれることを期待できるとしても、集団的な答えの時代は過ぎ去っている。だがすでにして言えるのは、この美、またはこの叡知に到達するには、神に祈ったり偶像の前でひれ伏したり、理想の〈国〉を建設したり、その敵と闘ったりする必要がなかったように、書物を書いたり読んだり、絵画を描いたり見たりする必要はないということである。これを発見できるのは、頭上の星空や自分の心のうちの道徳法則を見つめることによって、自分の知的な力を誇示したり近親者に身を捧げたりすることによって、畑を耕したり、ゆがみのない真っ直ぐな壁を建設したりすることによって、夕食の支度をしたり子供と遊んだりすることによってである。

アウシュヴィッツで死んだオランダ国籍のユダヤ人女性であり、驚くべき著作の作者であるエティ・ヒレスムは、リルケの詩と手紙を愛読書としていた。彼女はそこに自分の人生をいかにみちびくかについて霊感を汲みとっている。彼女は日記につぎのように書いている。「リルケはこれまでずっと私の偉大な師のひとりだった。私は一瞬一瞬、このことを確認している。」ヴェステルボルク収容所——彼女がアウシュヴィッツに出発するのは、ここからである——に送られる直前の一九四二年一〇月一七日に書かれたこの日記の最後のページで、彼女はこの詩人が自分の実存において演じている役割について考え、書いている。「彼はもろい男であった。彼は迎え入れられた数々の城の壁に囲まれて、その作品の大半を書いた。そして私たちが今日、体験している諸条件のなかで生きなければならなかったとすれば、おそらく彼は抵抗もしなかっただろう。だが平和な時代に、好ましい状況のなかで、偉大な感受性をもっている芸術家たちが、落ち着き払って、自分たちのもっとも深い直観の表現にとってもっとも適切でもっとも美しい形式を、ゆっくり時間をかけて探求することは、いっそう混乱した憔悴させる時代に生きる人々が、彼らの作品に触れて元気を取りもどし、自分たちのエネルギーのすべてを日常的な苦難のために奪われて、自分たちでは表現も解決もできない苦しみや問題のために、準備のすっかりできあがった避難所をそこに見出すためだということは当然だし、上手な倹約というものではないだろうか(60)。」混乱に満ちた憔悴させる時代に芸術は必要である。リルケが、だがワイルドとツヴェターエワが、さらにはほかの多くの芸術家が、各人にみずからの実存をよりよく考え、みちびく手伝いをしてくれるのである。

フィレンツェのアカデミア美術館に四つの大理石の塊が保存されている。ユリウス二世の墓にするために、一六世紀の最初の数十年にミケランジェロによって荒削りされたものだが、ついで放棄された。これらの塊は『奴隷』と呼ばれている。スポンサーが道半ばにして変わったために、彫像はもはや歓迎されなくなった。未完成なのは、それゆえである。人物像がそこで無機物と分かちがたく混じり合っているのは偶然によってである。しかしながら、今日、私たちは形をもつものと形をもたぬものとのこの相互浸透のなかに、ある象徴を読み取らざるを得ない。何の象徴か。ある者たちはそこに、隷属の表現、物質に対する人間の服従の表現を見ようとした。私についていえば、この『目覚める奴隷』を見るとき、まったく別のメッセージを受け取る。すなわち、一つの形と一つの意味を徐々に発見していくというメッセージ、混沌のなかから秩序がほとばしり出るというメッセージである。まさにこの瞬間に、物質は美と化すのである。

・訳者あとがき・

本書は Tzvetan Todorov, *Les Aventuriers de l'absolu*, Robert Laffont, 2006. の全訳である。

本書について訳者が述べておきたいのは、つぎの二点である。

第一に、絶対と人間の関係、絶対の探求の歴史について論じている本書『絶対の冒険者たち』は、二〇世紀最後の年に出版された『悪の記憶・善の誘惑——二〇世紀から何を学ぶか』（邦訳二〇〇六年）においで、すでに予想されていたということである。トドロフはこの書物の第1章「世紀病」で、レーニン、スターリン、ヒトラーが大衆に求められ、愛された理由を訊ねて、民主主義と全体主義の差異をつぎのように述べている。

民主主義諸国の住民、少なくともその代弁者は、人間が熱望しているのは自分の直接的な欲望と物質的な欲求の充足でしかないと、しばしば信じてきた。もっと多くの快適さ、もっと多くの便利さ、もっと多くの余暇、である。〔……〕人間はたしかに快適さと楽しみを必要としている。しかしもっと目立たないが、もっと有無をいわせぬ仕方で、人間は物質的な世界では手に入れることのできない幸福をも必要としている。自分たちの生活に意味があることを、自分たちの存在が〈宇宙〉の秩序の中に居場所をもつことを、自分たちと絶対なるものとのあいだで接触がおこなわれることを、人間は望んでいるのである。全体主義は民主主義と違って、これらの欲求を満足させると主張する。

だからこそ、全体主義は当該の国民によって自由に選択されたのである。

（『悪の記憶・善の誘惑』四六－四七ページ）

全体主義が「これらの欲求を満足させると主張する」のは、種が元来もっている不完全さから解放された新しい人間を創造し、この地上に楽園を樹立することを約束することによってである。だが二〇世紀の歴史とは、この約束がもたらすことになった災厄の証言以外の何ものでもない。言い換えれば、トドロフの観点からすれば、二〇世紀を席巻した全体主義の脅威は私たちの宗教的な熱情と直結しているということになるだろう。実際、たとえば『悪の記憶・善の誘惑』の「マルガレーテ・ブーバー＝ノイマンの世紀」の章にある「二〇年代のドイツにおいて、人はなぜ、いかにして、共産主義になるのだろうか」（一三六ページ）という一文以下の段落においては、共産党への入党は宗教的体験とみまがうばかりの歓喜と安堵に満ちた内的体験として記述されている。それでは、全体主義がもたらした災厄を回避するためには、私たちは自己のうちなる宗教感情を捨てなければならないのだろうか。いや、そうではないとトドロフはいう。それどころか、

今日、超越性との関係は昔と同様に必要とされている。

（『悪の記憶・善の誘惑』四七ページ）

「必要とされている」というだけでは足りない。トドロフは本書『絶対の冒険者たち』で、人間における超越性との関係を、「厳密な意味で人類学的な（あるいは、そうもいわれるように「人類の起源と結び《アントロポジ》ついた《エーヌ》」）ある傾向によって捉えられたもっとも共通した形態」であり、こういった「宗教的体験は種

の突然変異を引き起こすことなくして消え去ることができない」(『絶対の冒険者たち』六ページ)と言い直している。そうだとすれば、残された道はただ一つしかない。人間における超越性への欲求に耳を傾けつつ、

全体主義的な逸脱を回避するためには、この関係は政治綱領とは無縁なままでなければならない〔……〕。(『悪の記憶・善の誘惑』四七ページ)

これが二〇世紀が次世紀に遺した教訓である。つまり、それまでは伝統的な諸宗教が、つぎに世俗宗教(ナチズムと共産主義)が引き受けていた、人間のうちなる超越性への欲求の充足という人間存在の最大の事業は、今後は、集団的なコードから切り離され、純粋に個人の管轄下に置かれるのである。これが『悪の記憶・善の誘惑』の冒頭で述べられていることである。

ところが同書では、伝統的な諸宗教から解放され、個々人の内的な冒険としてとらえられるべき絶対の探求がそれ自体として論じられることはない。それも当然である。この書物のテーマとは、二〇世紀における全体主義の起源を問い、全体主義が猛威をふるうさなかで、トドロフが「批判的ヒューマニズム」という名で呼ぶ人々(ワシーリー・グロスマン、マルガレーテ・ブーバー゠ノイマン、ダヴィッド・ルーセ、プリーモ・レーヴィ、ロマン・ガリ、ジェルメーヌ・ティヨン)が、全体主義の根底にひそむ「善の誘惑」(善悪二元論)をいかに克服しつつ生きようとしたかを記述し、この「善の誘惑」が現代においても民主的世界を脅かしていることに対して警鐘を鳴らすことだからである(この点で、二〇〇三年五月-六月、すなわちイラク戦争の最中に書かれた『イラク戦争と明日の世界』は、この『悪の記憶・善の誘惑』

の、とくに第6章「民主主義の危機」の続編のように見える)。つまり、『悪の記憶・善の誘惑』は人間の宗教的本性を現代という文脈のなかに置き直したけれども、それを展開せぬままに放置しているのである。私たちがこの空白部に『絶対の冒険者たち』のような書物を予想した所以である。

だがその六年後に出版された本書『絶対の冒険者たち』に接して、予想とはまったく違った展開にとまどったというのが訳者の偽らざる感想である。というのも、本書でオスカー・ワイルド、ライナー・マリア・リルケ、マリーナ・ツヴェターエワの人生を通じて記述されるのは、絶対の冒険者としての彼らの輝かしい文学的偉業とか、彼らの作品から導き出されるべき現代における絶対の探求のあるべき姿ではなく、彼らの実存の苦難であり、個人的な絶対の探求において彼らが陥った陥穽だからである。トドロフ自身、まるで私たちの期待を知ってそれに先んじたかのように、「序文」でルソーの例を引きながらつぎのように述べている。

つまり、この恐るべき問い、「いかに生きるべきか」にアプローチするために、私は回り道をして、若干の人々の運命をたどることにする。彼らの人生の物語は省察への仲介者として役立つだろう。私たちにとってモデルとして役立つという意味では、これらの人生は模範的ではない。これらの個人は完璧ではなかったし、あまり幸福でもなかった。しかしすでに遠い昔から、私たちは聖人の人生から霊感をくむことをやめている。むしろ私たちのように間違えやすく落ち着きのない人々の人生のほうを好んでいる。〔……〕私たちの時代の不完全な主人公は模倣や服従ではなく、検討と問いかけへと駆り立てるのである。

(『絶対の冒険者たち』一〇-一一ページ)

では彼らの人生において、何を検討し、何を問いかけるべきなのだろうか。本書が示しているところによれば、それは彼らを躓かせた陥穽とは何かということである（ワイルドは書けなくなって斃《たお》れ、リルケは抑鬱の果てに白血病で死に、ツヴェターエワは自殺する）。その陥穽とは、「夢と現実との混同、個人の社会的本性の忘却、善悪二元論、唯美主義」（『絶対の冒険者たち』二九九ページ）であるとされるが、ここにあげられたものは、いずれも善悪二元論というその一要素に還元されるだろう。トドロフは本書の最終章「絶対とともに生きる」の「二元論の伝統」と題された項目で、ワイルド、リルケ、ツヴェターエワが直面した二元論をつぎのように特定している。彼らにおいてそうであったように、二項のうちの一方を決定的に排除しようとするとき（狂気に陥るか死ぬかする以外に現実的には不可能であるにしても）、これは善悪二元論となる。すなわち、

ワイルドの場合は自己と他者、リルケの場合は創造と実存、ツヴェターエワは、存在することと実存すること、崇高と日常である。（『絶対の冒険者たち』二三五―二三六ページ）

この二元論は彼らの発明になるものではない。トドロフはその起源を、キリスト教への反動として二、三世紀ごろに形成された宗教理論であるグノーシス主義と善悪二元論に求めている。ということは、「二元論の伝統」という小見出しそのものが示しているように、我らが絶対の冒険者たちが逢着した善悪二元論は、とりもなおさず「伝統」、すなわち歴史のなせる業であって、絶対の探求に内在するものではないということになるだろう。

ここにいたって、本書におけるトドロフのモチーフが明らかになるように思われる。それはワイルド、

リルケ、ツヴェターエワにおける絶対の探求を歴史のなかに位置づけ（最後の章「絶対とともに生きる」はまさにその試みである）、そのことによって彼らの絶対の追求を相対化し、ひいては彼らの探求と不可分であるように見える善悪二元論を相対化するということである。つまり、たとえば、リルケが絶対の探求においてみずからの指針にしている格言、友人のルドルフ・カスナーが創造のために地上的幸福の放棄を呼びかけた「誠実から偉大に通じる道は犠牲を通っている」という格言は、永遠の真理を述べているのではなく、あくまでも歴史的な文脈のなかで理解されなければならないのである。

訳者が述べておきたい第二点目とは、本書『絶対の冒険者たち』のキーワードの一つである accomplissement の訳語についてである。本書がこれに「完結」という訳語を採用したのは、『共同生活』（一九九五年、邦訳一九九九年）の最終章「共存と完結」Coexistence et accomplissement との連続性においてだということである。トドロフは「完結」を「承認」との差異においてつぎのように規定している。ここに訳者が accomplissement について「完成」でも「成就」でもなく「完結」という訳語をとった理由のいっさいがある。

自己の完結と承認〔……〕を区別することを可能にする指標は、媒介の在不在である。承認は必然的に他者によって媒介される。たとえ、それが匿名の、非人称的な、あるいは内的な他者であろうとである。完結は直接的〔無媒介的〕である。完結は承認のプロセスを飛び越える。それはみずからのうちに、みずからの報酬をふくんでいるのである。私たちはそこから私自身であるという感情、真実〔……〕のなかで生きているという感情を引き出す。だが、オスカー・ワイルドが近代という切妻壁に書き込まれているのを見たこの「自己自身である」という要請は、依然としてあまりにも自己認可に寄りかかっている。というのも、現在の身ぶりが自己の理想的イマージュと比較されているからである。ある種の心理学者が述べている「自己実現」についても事情は同じである。完結のほうはいっさいの比較を必要としない。それは純粋な現前である。

(『共同生活』一八八ページ)

『共同生活』によれば、人間の定義をめぐって、古代ギリシアから現代にいたるまでヨーロッパ思想史に一貫して見出されるのは、個人と社会とは相反するものだとする「非社会的な伝統」である。この伝統に革命をもたらしたのはルソーである。ルソーはヨーロッパではじめて社会性を人間の本質と見なし、人間は本源的不完全性とともに誕生するがゆえに他者を必要とし、他者に尊敬されることを必要とする存在だと定義する。ルソーのこの「尊敬」はアダム・スミスにおいて「注目」として継承され、つぎにヘーゲルによって「承認」(Anerkennung)として受け継がれる。トドロフが採用するのは、このヘーゲルの概念である。そしてトドロフは、最新の学問・理論にもとづいて、ヘーゲルにおいて「万人の万人に対する恒常的な戦争」と混同されるまでに矮小化されたこの「承認」にルソーの「尊敬」がもっていた意味と価値を回復させ、たとえば「人間は人間にとって狼である」といった類の人間の実存を貧困化させ疎外を引き起こす個人主義的表象を退けようとするのである。トドロフはつぎのように書いている。

個人主義的な幻想をやっかい払いしなければならない。対他関係の外部に充実〔plénitude ――『絶対の冒険者たち』では、これを「充溢」と訳している〕はない。励まし、承認、協力、模倣、競争、他者との一体化は、よろこびをもって生きることができるのである。（『共同生活』一九七ページ）

だが同時に困難はここからはじまる。社会性を人間の根底に据え、「承認」に本質的な役割を与えることによって、私たちは「私たちの幸福の破壊の潜在的な道具」を他人に手渡すことになるからである（『共同生活』二〇〇ページ）。私たちは絶え間ない変化と偶然性、相対性にもてあそばれる。おそらく、だからこそ古来、個人はトドロフが非難するような個人主義的表象によって武装する必要があったのだろうが、トドロフが見出す道はまったく別である。彼はこの他者の眼差しに左右される私たちの不安定な実存のうちに、この「共存」とは異質な「いっさいの比較を」免れた内的体験を指摘するのである。それがこの「完結」の状態である。ほかに自己を支えるモデルを必要としない、内的に自足した充溢の体験である。

いうまでもなく、『絶対の冒険者たち』は音楽による感動という「内的完結の状態」の体験の記述からはじまっている。むろん「内的完結の状態」が絶対の感情を含んでいるからである。絶対の冒険者であるワイルド、リルケ、ツヴェターエワがそれぞれの方法で「内的完結の状態」を追求していることも、またいうまでもない。ただしトドロフはつぎのような警告を発している。

私たちはこの存在の完結の状態、充溢の状態で常時、生きることをはできないということ、問題なのは限定された範囲《テリトワール》というよりも限界《オリゾン》であるということをよく知っている。とはいえ、この状態がなければ人生は同じ値打ちを有しているとはいえない。

（『絶対の冒険者たち』三 - 四ページ）

ここでは二つのことが述べられている。一つは、この「存在の完結の状態」は人生と対立するものではないということである。それどころか、私たちはこの体験からさらに豊かになって抜け出してくるのである。第二に、ワイルド、リルケ、ツヴェターエワの人生の苦難の原因は、本来、限界状況であり、まれにしか到来しない瞬間であるこの「存在の完結の状態」を恒常的に生きようとしたことにあるということである。トドロフは最終節「もっとも美しい生活」で、彼らの運命をひとことで述べている。

不完全な人間存在であって天使ではない私たちは、連続的な恍惚のなかで、充溢の有頂天のなかでのみ生きることはできない。これを要求することは、みずからに苦悩を強いることである――これがまさしく、ツヴェターエワ、リルケ、ワイルドの運命である。

（『絶対の冒険者たち』二九五 - 二九六ページ）

彼らが善悪二元論を積極的に引き受けたのも、自分たちに充溢の状態をもたらすこの体験にとって障害となるものを徹底的に排除しようとしたからであることもまた容易に見て取ることができるだろう。だがこれら絶対の冒険者を絶対の探求の歴史の内部に置き直したとき、彼らが私たちに遺す教訓とはこのことだけではない。彼らの冒険が私たちに教えているのは、私たちが絶対の探求において新しい段階に到達したということである。内的に完結した人生を求めるべきは、伝統的宗教のうちでも政治的ユートピアのうちでもない。集団的な答えの時期は過ぎ去ったのである。トドロフは書いている。「ロマン主義的な悪癖から学んだ私たちは、私たちの公的生活にも私生活にも、孤独や愛にも、意味と美を見出すことができる。」「頭上の星空や自分の心のうちの道徳法則を見つめることによって、自分の知的な力を誇示したり近親者に身を捧げたりすることによって、畑を耕したり、ゆがみのない真っ直ぐな壁を建設したりすることによって、夕食の支度をしたり子供と遊んだりすることによって」(『絶対の冒険者たち』二九九−三〇〇ページ)、つまり私たちは今後、ワイルド、リルケ、ツヴェターエワがあんなにも排した対他関係、実存、日常生活を通して人生の充溢と内的な完結の状態に達することができるのである。

だがこうしたヨーロッパが精神史的に新しい段階に入ったというトドロフの主張から、EU(欧州連合)の確立と発展という歴史的エポックを自然に連想したとしても、これを訳者の思い過ごしだとはかならずしもいえないだろう。トドロフのこの本を訳了してみると、あらためてワイルド、リルケ、ツヴェターエワがなめた辛酸は、ヨーロッパが一つの世紀を閉じ新しい世紀の扉を開くために流した血の汗のようにも思われるのである。

人生(ボジーへの愛)のために創造を犠牲にしたワイルドは、その書簡によって、人生という書簡体小説を創造したという指摘、創造のために人生を徹底的に排除したリルケが、にもかかわらずその書簡、彼のもっともすぐれた作品ともいうべきその書簡によって、この上なく豊かな人生(対他関係)を生き得たという逆説、またハーメルンの笛吹き男の伝説の個人的解釈であるツヴェターエワの長編詩『ネズミ使い』の幾重にも重なる解釈など、本書にはトドロフ的解釈のおもしろさがふんだんにふりまかれているが、本書においてもトドロフの紹介者としての力が遺憾なく発揮されていることをとくに述べておきたい。『悪の記憶・善の誘惑』でワシーリー・グロスマンの人生と作品が一般読者に対して紹介されたように、本書ではツヴェターエワの魅力的な人生と作品が紹介されている。訳者自身がそうであるように、マリーナ・ツヴェターエワの名にはじめて接する人は多いと思う。そしてグロスマンのときにそうであったように、私たちは二度とこの名を忘れることはできないだろう。トドロフは本書が出版される前年、『マリーナ・ツヴェターエワ——火のなかで生きる』*Marina Tsvetaeva - Vivre dans le feu*, Robert Laffont, 2005. を上梓していることをつけ加えたい。

最後に、トドロフが本書においても、それ以外でもしばしば言及しているフランソワ・フラオーについて触れておきたい。一九四三年生まれのフラオーはCNRS（国立科学研究センター）の研究員である。もっと正確にいえば、CNRSに所属する芸術・言語研究センターの研究指導教授といえばいいのだろうか。訳者が在外研究などで渡仏する際には、ほかに手段がないのでご迷惑を顧みずトドロフ氏に招聘状をお願いしてきたが、その際、トドロフ氏がみずからの所属機関として書類上に記載しているのが、この芸術・言語研究センターであるから、同じ研究機関の同僚ということになるだろう。スイユ社から出版されたフラオーの『媒介する言葉』（一九七八年）に序文を書いているのはロラン・バルトである（ロラン・バルト著作集10『新たな生のほうへ』みすず書房、四四 - 四九ページ）。またトドロフはフラオーに対して『共同生活』を献じている。近著をあげれば『おとぎ話の思想』（二〇〇一年）、『実存の感情——自明でないこの自己』（二〇〇二年）、『なぜ資本主義の拡大を制限しなければならないのか』（二〇〇三年）等の著者であるフラオーとトドロフの思想上の親近性については、「二〇年来、共同生活は私たちの会話にもっとも頻繁に登場したテーマである。そして彼はこのテーマにいくつもの著作や記事を捧げてきた。今日では、私が私の名前で発表するもののなかで彼の思想であるものを正確に区別することは不可能である」（『共同生活』五ページ）というトドロフ自身の言葉が明白に示している。実際、『なぜ資本主義の拡大を制限しなければならないのか』の第5章「認識における革命――社会は個人に先行する、共存は自己の実存に先行する」は、そのまま『共同生活』に組み込まれても違和感はないだろう。

訳者が本書を翻訳できたのは、法政大学出版局の前編集長平川俊彦氏のおかげである。この「訳者あとがき」に述べたように、訳者は『悪の記憶・善の誘惑』を訳了したとき本書のような本が書かれることを期待していた。本書が出版されたことを知って、ただちに平川氏に翻訳したい旨を申し入れたが、すでに数名の方が名乗りを上げておられた。これを私にゆだねてくださったのは、ひとえに平川氏のご厚意である。できばえがご厚意を裏切らぬことを祈りつつ、ここに氏に対し心より感謝の意を表したい。

平川氏がご病気から快癒なされたのを機にご退職になり、本書は新編集長の秋田公士氏の手で世に問われることとなったが、今度は訳者自身の都合で訳了が大幅に遅れてしまったことをお詫びしなければならない。いずれにしても、秋田氏の丁寧で的確な読みに訳者が力づけられたことを記し、氏に対する謝意としたい。

二〇〇七年一一月、北上川のほとりにて

訳　者

叢書・ウニベルシタスより／トドロフの著作

（表示価格は税別です）

199 他者の記号学 アメリカ大陸の征服
及川馥・大谷尚文・菊地良夫訳……4200円

204 象徴の理論
及川馥・一ノ瀬正興訳……品 切

255 はかない幸福―ルソー
及川馥訳……品 切

262 象徴表現と解釈
及川馥・小林文生訳……2700円

344 批評の批評
及川馥・小林文生訳……2800円

382 極限に面して 強制収容所考
宇京頼三訳……3500円

402 歴史のモラル
大谷尚文訳……品 切

444 アステカ帝国滅亡記
G. ボド共編／菊地良夫・大谷尚文訳……6300円

594 フランスの悲劇 アメリカ大陸の征服
大谷尚文訳……3300円

629 共同生活 一般人類学的考察
大谷尚文訳……2600円

707 われわれと他者 フランス思想における他者像
小野潮・江口修訳……6800円

714 ミハイル・バフチン 対話の原理
大谷尚文訳……4500円

719 言説の諸ジャンル
小林文生訳……5000円

754 未完の菜園 フランスにおける人間主義の思想
内藤雅文訳……4400円

780 バンジャマン・コンスタン 民主主義への情熱
小野潮訳……2600円

837 越境者の思想 トドロフ，自身を語る
小野潮訳……5700円

848 悪の記憶・善の誘惑 20世紀から何を学ぶか
大谷尚文訳……5300円

880 異郷に生きる者
小野潮訳……3200円

著　者

ツヴェタン・トドロフ（Tzvetan Todorov）

1939年，ブルガリアに生まれる．1973年，フランスに帰化．ロラン・バルトの指導のもとに『小説の記号学』（67）を著して構造主義的文学批評の先駆をなす．『象徴の理論』（77），『象徴表現と解釈』（78），『言説の諸ジャンル』（78），『批評の批評』（84）で文学の記号学的研究をすすめるかたわら，『他者の記号学――アメリカ大陸の征服』（82）以後，記号学的見地から〈他者〉の問題に関心を深め，『ミハイル・バフチン――対話の原理』（81），『アステカ帝国滅亡記――インディオによる物語』（83），『はかない幸福―ルソー』（85），『われわれと他者』（89），『極限に面して』（91），『歴史のモラル』（91），『フランスの悲劇』（94），『共同生活』（95），『異郷に生きる者』（96），『未完の菜園』（98），『悪の記憶・善の誘惑』（2000），『越境者の思想』（02），『イラク戦争と明日の世界』（03）などを刊行している．91年，『歴史のモラル』でルソー賞を受賞．現在，国立科学研究所（CNRS）の芸術・言語研究センターで指導的立場にある．

訳　者

大谷尚文（おおたに　なおふみ）

1947年に生まれる．東北大学文学部卒業．現在，石巻専修大学教授．訳書に，トドロフ『歴史のモラル』，『ミハイル・バフチン　対話の原理』，『イラク戦争と明日の世界』，『悪の記憶・善の誘惑―― 20世紀から何を学ぶか』，『他者の記号学――アメリカ大陸の征服』（共訳），トドロフ他『アステカ帝国滅亡記』（共訳），ショーニュー『歴史とデカダンス』，ヴェーヌ他『個人について』，ラルセン『風景画家レンブラント』（共訳），オリヴィエ『母の刻印』，『母と娘の精神分析』（共訳），リポヴェツキー『空虚の時代』（以上，法政大学出版局）などがある．

《叢書・ウニベルシタス　884》
絶対の冒険者たち

2008年 3 月15日　初版第 1 刷発行

ツヴェタン・トドロフ
大谷尚文訳
発行所　財団法人　法政大学出版局
〒102-0073 東京都千代田区九段北3-2-7
電話03(5214)5540 振替00160-6-95814
組版：海美舎　印刷：平文社　製本：誠製本

Printed in Japan

ISBN978-4-588-00884-9

人名索引

〔ア行〕
アイスナー，クルト　Eisner, Kurt　106
アベラール，ピエール　Abélard, Pierre　132
アルコフォラード，マリアーナ　Alcoforado, Mariana　114, 116, 144
アルディ，フランソワーズ　Hardy, Françoise　8
アルニム，ベッティーナ・フォン　Arnim, Bettina von　114
アレッサンドリーニ，リナルド　Alessandroni, Rinaldo　1, 2
アンドレーアス＝ザロメ，ルー　Andreas-Salomé, Lou　91, 93, 94, 97, 110, 115, 119, 121, 129, 135, 147-150, 158, 159, 298
イエス＝キリスト　Jésus-Christ　36-38, 51, 61, 101, 154, 156, 231, 237, 239, 243, 261, 279-284, 293
イプセン，ヘンリック　Ibsen, Henrik　32
イワーノワ，ソフィア　Ivanova, Sofia　279
ヴァーグナー，リヒャルト　Wagner, Richard　258-263, 266, 272, 286
ヴァッケンローダー，ヴィルヘルム・ハインリヒ　Wackenroder, Wilhelm Heinrich　251-253
ヴァレリー，ポール　Valéry, Paul　16, 211
ヴィヴァルディ，アントニオ　Vivaldi, Antonio　1
ヴィシニャーク，アブラハム　Vichniak, Abraham　191, 201, 209
ヴィルドラク，シャルル　Vildrac, Charles　210
ヴィンケルマン，ヨハン・ヨアヒム　Winckelmann, Johann Joachim　67
ウォッツ，ジョージ　Watts, George　60
ヴォルコンスキー，セルゲイ　Volkonski, Serguei　176
ウンガレッティ，ジュゼッペ　Ungaretti, Giuseppe　106
ウンセット，シーグリズ　Undset, Sigrid　161
ヴンダリー＝フォルカルト，ナニー　Wunderly-Volkart, Nanny　92, 147
エステラジー，M・C　Esterhazy, M. C.　58, 59
エフローン，アリアドナ（アーリャ）　Efron, Ariadna (Alia)　177, 185, 187, 203, 205, 213, 215-219, 221, 222, 224-226
エフローン，イリーナ　Efron, Irina　182, 185
エフローン，ゲオルギー（ムル）　Efron, Gueorgui (Mour)　187, 215-217, 221, 222, 224, 225
エフローン，セルゲイ（セリョーヤ）　Efron, Serguei (Serioja)　177, 182, 185, 186, 189-191, 193, 201, 203, 205, 212-216, 218-222, 225, 229
エマーソン，ラルフ・ウォルドー　Emerson, Ralph Waldo　98
エロイーズ　Héloïse　114, 132, 133

エンゲルス，フリードリヒ　Engels, Friedrich　261
オーウェル，ジョージ　Orwell, George　223, 241
オーデン，W．H．　Auden, W.H.　57, 68, 82

〔カ行〕
カサノヴァ，ジャコモ　Casanova, Giacomo　13
カスナー，ルドルフ　Kassner, Rudolf　126, 131, 153, 175
カップス，F・X　Kappus F.X.　121
ガッララーティ・スコッティ，アウレーリア　Gallarati Scotti, Aurelia　106
カンディンスキー，ヴァシリー　Kandinsky, Wassily　209
キッペンベルク，アントン　Kippenberg, Anton　105
キッペンベルク，カタリーナ　Kippenberg, Katharina　105
キルケゴール，セーレン　Kierkegaard, Sëren　274
クイーンズベリー，ジョン・ショルト・ダグラス侯爵　Queensberry, John Sholto Douglas, marquis de　20, 39, 52, 55, 56, 74, 75, 85
クライスト，ハインリヒ・フォン　Kleist, Heinrich von　153, 164, 167, 168, 273
クラウゼヴィッツ，カール・フォン　Clausewitz, Karl von　8
グレイ，ジョン　Gray, John　69
クロソウスカ，エリザベート（バラディーヌ，メルリーヌ）　Klossowska, Elisabeth (Baladine, Merline)　137, 138, 140-145, 298
クロソウスキー，ピエール　Klossowski, Pierre　138
ゲーテ，ヨハン・ヴォルフガング・フォン　Goethe, Johann Wolfgang von　99, 165, 169, 172, 175, 247
ゲブザッテル，エミール・フォン　Gebsattel, Emil von　148
ゴーシェ，マルセル　Gauchet, Marcel　8
ゴーリキー，マクシム　Gorki, Maxime　164, 165, 208
ゴール，クレール　Goll, Claire　105, 117
コンスタン，バンジャマン　Constant, Benjamin　246, 247
ゴンチャローワ，ナターリャ　Gontcharova, Natalia　209

〔サ行〕
サヴォナローラ，ジロラモ　Savonarole, Jérome　181
サッフォー　Sappho　114
サンド，ジョルジュ　Sand, George　274-278
シエイエス，エマニュエル・ジョゼフ（神父）　Sieyès, Emmanuel Joseph (abbé)　244
シェイクスピア，ウィリアム　Shakespeare, William　30, 32, 46, 67-69, 241
シェストフ，レフ　Chestov, Lev　209
シェラード，ロバート　Sherad, Robert　66
シェリング，F・W・J　Schelling, F.W.J.　247, 250-252
ジッド，アンドレ　Gide, André　15, 16, 47, 50, 52, 210
シャガール，マルク　Chagall, Marc　209

シャトーブリアン，フランソワ・ルネ（ド） Chateaubriand, François René (de) 253
ジャンヌ・ダルク Jeanne d'Arc 174, 181
シュズヴィル，ジャン Chuzeville, Jean 210
シュタイガー，アナトリー Steiger, Anatoli 192
シュペーア，アルベルト Speer, Albert 242
シュレーゲル，アウグスト・ヴィルヘルム Schlegel, August Wilhelm 247
ショー，ジョージ・バーナード Shaw, George Bernard 25
ショーペンハウアー，アルトゥーア Schopenhauer, Arthur 254-257
シラー，フリードリヒ Schiller, Friedrich 247-252, 286
スターリン，イオシフ Staline, Joseph 187, 204, 224, 258
スタール，ジェルメーヌ（ド） Staël, Germaine (de) 247
スタンダール，アンリ・ベール，通称 Stendhal, Henri Beyle, dit 13, 78
スタンパ，ガスパラ Stampa, Gaspara 114, 116, 144
スチュアート，メアリー Stuart, Marie 16, 17
ストラヴィンスキー，イゴール Stravinski, Igor 209
スピノザ，バールーフ Spinoza, Baruch 32, 34, 113
セザンヌ，ポール Cézanne, Paul 95, 96, 124
聖アウグスティヌス Saint Augustin 240, 253
聖ジュリアン，修道士 Saint Julien l'Hospitalier 101, 126, 152, 172
聖パウロ Saint Paul 239, 250, 282
聖ヨハネ Saint Jean 62, 282
ゾラ，エミール Zola, Émile 54- 55

〔タ行〕
ダーウィン，チャールズ Dawin, Charles 59
ダグラス，アルフレッド（ボジー） Douglas, Alfred (Bosie) 20, 39-41, 43, 44, 53, 54, 69, 70, 72-83, 85, 86, 110
タゴール，ラビンドラナート Tagore, Rabindranath 104
ターナー，Ｊ・Ｍ・Ｗ， Turner, J.M.W. 85
谷崎潤一郎 293
タルコフスキー，アルセニー Tarkovski, Arseni 231
ダンテ Dante 24, 199
チェリーニ，ベンヴェヌート Cellini, Benvenuto 58
チーホン（総主教） Tikhon (patriarche) 184
ツヴァイク，シュテファン Zweig, Stefan 13, 50, 157, 158, 164-168, 174, 273
ツヴェターエワ，マリーナ Tsvetaeva, Marina 12, 15, 16, 161-165, 168-236, 240, 256, 273, 285, 286, 295, 296, 298, 301
テイラー，アルフレッド Taylor, Alfred 70
デカルト，ルネ Descartes, René 296
デュ・ボス，シャルル Du Bos, Charles 210
ドゥーゼ，エレオノーラ Duse, Eleonora 114

トゥルン・ウント・タクシス，マリー（フォン） La Tour et Taxis, Marie (de) 110, 119, 125, 130, 140, 142, 147, 150
ドストエフスキー，フョードル Dostoïevski, Fiodor 7, 49, 50, 278, 279, 281-285, 298
トラー，エルンスト Toller, Ernst 106
トルストイ，レフ Tolsoï, Lev 13, 103
ドレフュス，アルフレッド Dreyfus, Alfred 58
ドローネー，ソニア Delaunay, Sonia 209
トロツキー，レフ Trotski, Léon 184

〔ナ行〕
ナポレオン Napoléon 173
ナポレオン二世（鷲の子） Napoléon II (L'Aiglon) 177
ニジンスキー，ヴァツラフ Nijinski, Vatslav 209
ニーチェ，フリードリヒ Nietzsche, Friedrich 26, 27, 29, 33, 39, 87, 148, 165, 283
ネロ Néron 242
ノアイユ，アンナ（ド） Noailles, Anna (de) 114, 210
ノヴァーリス，フリードリヒ・フォン・ハルデンベルク Novalis, Friedrich von Hardenberg 250-252

〔ハ行〕
バクーニン，ミハイル Bakounine, Mikhaïl 259, 272
パスカル，ブレーズ Pascal, Blaise 116, 271
パステルナーク，エヴゲニア（ゲニア） Pasternak, Evguenia (Genia) 201
パステルナーク，ジナイーダ Pasternak, Zinaïda 201, 204
パステルナーク，ボリス Pasternak, Boris 163, 173, 194, 195, 198, 200-207, 220, 227, 230
パステルナーク，レオニード Pasternak, Leonid 195
ハッティンベルク，マグダ・フォン（ベンヴェヌータ） Hattingberg, Magda von (Benvenuta) 124, 125, 127-131, 133-136, 139-141, 147, 149, 158, 159, 298
パーネル，チャールズ・スチュワート Parnell, Charles Stewart 25
バフラフ，アレクサンドル Bakhrakh, Alexandre 191, 201
パラン，ブリス Parain, Brice 210
バランシン，ジョルジュ Balanchine, George 209
ハリス，フランク Harris, Frank 48, 71
バルザック，オノレ・ド Balzac, Honoré de 86, 96
バルチュス Balthus 138
パルノーク，ソニア Parnok, Sonia 213
ピサロ，カミーユ Pissarro, Camille 95
ピトエフ，ジョルジュおよびリュドミラ Pitoëff, Georges et Ludmilla 100
ヒトラー，アドルフ Hitler, Adolf 221, 224, 242, 258
ヒレスム，エティ Hillesum, Etty 300

フィチーノ，マルシリオ　Ficin, Marsile　68, 69
フォイエルバッハ，ルートヴィヒ　Feuerbach, Ludwig　240, 259
プガチョフ，イエメリアン　Pougatchev, Iémélian　172
プーシキン，アレクサンドル　Pouchkine, Alexandre　172
ブゾーニ，フェルッキオ　Busoni, Ferruccio　125
ブーニン，イワン　Bounine, Ivan　209
フラ・アンジェリコ　Fra Angelico　132, 133
フラオー，フランソワ　Flahault, François　237, 295
プラトン　Platon　68, 69, 247
プルースト，マルセル　Proust, Marcel　16, 163
プルードン，ピエール・ジョゼフ　Proudhon, Pierre Joseph　259
ブルーノ，ジョルダーノ　Bruno, Giordano　181
フロイト，ジークムント　Freud, Sigmund　149
プロコフィエフ，セルゲイ　Prokofiev, Sergueï　209
フロベール，ギュスターヴ　Flaubert, Gustave　46, 95, 101, 274-278
フンボルト，ヴィルヘルム・フォン　Humboldt, Wilhelm von　247
ヘーゲル，G・W・F　Hegel, G. W. F.　250
ペーター，ウォルター　Pater, Walter　24, 29, 31, 57
ベッカー，パウラ　Becker, Paula　96
ベートーヴェン，ルートヴィヒ・ファン　Beethoven, Ludwig Van　95, 129
ベーリヤ，ラヴレンティ　Beria, Lavrenti　218, 229
ベルジャーエフ，ニコラス　Berdiaev, Nicolas　209
ヘルダーリン，フリードリヒ　Hölderlin, Friedrich　98, 104, 156, 164-169, 173, 175, 250-252, 273
ベルナール，サラ　Bernhardt, Sarah　19
ベルネ，ナタリー　Berney, Natalie　209
ホダセイヴィチ，ウラジスラフ　Khodassevitch, Vladislav　209
ポッパー，カール　Popper, Karl　257
ボードレール，シャルル　Baudelaire, Charles　15, 21, 22, 25, 97, 98, 101, 241, 262-267, 269-273, 286
ホフマン，E・T・A　Hoffmann, E.T.A.　259
ホールデン，R・B　Haldane, R. B.　41, 49
ホルバイン，ハンス（子）　Holbein, Hans (le Jeune)　281, 282
ポングス，ヘルマン　Pongs, Hermann　102, 108

〔マ行〕

マイコフ，アポロン　Maïkov, Apollon　279
マッテオッティ，ジャコモ　Matteotti, Giacomo　106
マホメット　Mahomet　98, 219
マヤコフスキー，ウラジミール　Maïakovski, Vladimir　172, 188, 208
マラルメ，ステファン　Mallarmé, Stéphane　210

マルクス，カール　Marx, Karl　261, 286
ミケランジェロ　Michel-Ange　67-69, 108, 301
ムッソリーニ，ベニート　Mussolini, Benito　106-108, 258
モンテヴェルディ，クラウディオ　Monteverdi, Claudio　2
モンテーニュ，ミシェル（ド）　Montaigne, Michel (de)　67, 294

〔ヤ行〕

ユイスマンス，ジョリス＝カルル　Huysmans, Joris-Karl　27
ユゴー，ヴィクトル　Hugo, Victor　266
ユリウス二世　Jules II　301

〔ラ行〕

ラフマニノフ，セルゲイ　Rachmaninov, Serguei　209
ラベ，ルイーズ　Labé, Louise　114
ラリオノフ，ミハイル　Larionov, Mikhaïl　209
リープクネヒト，カール　Liebknecht, Karl　106
リープクネヒト，ゾフィ　Liebknecht, Sophie　105
リポヴェツキー，ジル　Lipovetsky, Gilles　289
リルケ，クラーラ 旧姓ヴェストフ　Rilke, Clara, née Westhoff　93, 95, 110, 120, 121, 123, 148
リルケ，ライナー・マリア　Rilke, Rainer Maria　12, 14-16, 89-164, 166, 167, 175, 178, 179, 194-201, 203, 206, 209, 210, 227, 230, 233, 234, 236, 239, 240, 256, 273, 285, 286, 295, 296, 298, 300, 301
リルケ，ルート　Rilke, Ruth　120, 122-124, 138
ルイ一六世　Louis XVI　248
ルージュモン，ドゥニ（ド）　Rougemont, Deni (de)　239
ルクセンブルク，ローザ　Luxemburg, Rosa　105
ルソー，ジャン＝ジャック　Rousseau, Jean-Jacques　10
ルナン，エルネスト　Renan, Ernest　240, 241, 266, 280
レ，ポール　Rée, Paul　149
レーニ，グイード　Reni, Guido　60
レーニン，ウラジミール・イリイチ　Lénine, Vladimir Ilitch　184, 258
レーミゾフ，アレクセイ　Remizov, Alexei　209
ロジェーヴィチ，コンスタンティン　Rodzevitch, Constantin　193, 201, 228
ロス，ロビー　Ross, Robbie　45, 46, 57, 69-72, 76, 80
ロダン，オーギュスト　Rodin, Auguste　89, 90, 93-96, 98-100, 108, 122, 124, 142, 152, 153, 155
ロマネッリ，ミミ　Romanelli, Mimi　115, 116
ロラン，ロマン　Rolland, Romain　104

〔ワ行〕

注

序　文*

(1) R. Alessandrini, *Monteverdi*, Arles, Actes Sud, 2004, p. 161.
(2) *Canopée*, 1, 2003, p. 11.
(3) M. Gauchet, *Le Désenchantement du monde*, Gallimard, 1985, p. 297.
(4) S. Zweig, *Essais*, Le Livre de poche, 1996, p. 439.
(5) *Les Cahiers de Malte Laurids Brigge*〔『マルテ・ラウリス・ブリッゲの手記』〕, in *Œuvres en prose*, Gallimard, 1993, p. 435; à la comtesse Margot Sizzo-Noris Grouy, le 12 novembre 1925, in *Œuvres*, t. III, Le Seuil, 1976, p. 588.
(6) *Sobranie sochinenij*, Moscou, Ellis Luck, t. II, 1994, p. 363.

* そうでない場合を除いて，以下の書物の出版地はパリである。ページの表記は引用された順序に従っている。

ワイルド

オスカー・ワイルドの作品は *Complete Works*, New York, Harper Collins, 1994で読むことができる。フランス語では，*Œuvres*, Gallimard, collection《Bibliothèque de la Pléiade》, 1996（本書のページ表記では *Œ* と略記される）。ワイルドの書簡集—— *The Complete Lettres*, Londres, Fourth Estate, 2000（本書の表記では *CL*。*De Profundis*〔『獄中記』田部重治訳，角川文庫はその部分訳である〕も含まれる）。フランス語では，*Lettres*, 2 vols., Gallimard, 1966 および *Lettres*, Gallimard, 1994。

(1) R. Ellmann, *Oscar Wilde*, Gallimard, 1994, p. 229.
(2) *Le Critique*, *Œ*, p. 838; *Formules et maximes*, *Œ*, p. 970; *Le Portrait de Dorian Gray*, *OE*, p. 402〔『ドリアン・グレイの肖像』福田恆存訳，新潮文庫〕; R. Ellmann, p. 342 et 382.
(3) R. Ellmann, p. 63.
(4) *Le Jeune Roi*, *Œ*, p. 264, 265〔『若い王』西村孝次訳，『幸福な王子』所収，新潮文庫〕; *L'Enfant de l'étoile*, *Œ*, p. 333.〔『星の子』西村孝次訳，『幸福な王子』所収，新潮文庫〕
(5) *Le Portrait*..., p. 403, 473.

(6) *Ibid.*, p. 365, 474, 419.

(7) *Ibid.*, p. 370; *Ecce homo, pourquoi je suis si avisé*〔「私はなぜこんなに利口なのか」,『この人を見よ　自伝集』所収，川原栄峰訳，『ニーチェ全集』15 所収，ちくま学芸文庫〕; *La Volonté de puissance*, trad. d'Albers, Le Livre de poche, 1991, p. 229-230.〔『権力への意志』〕

(8) *Le Portrait...*, p. 473.

(9) *Ibid.*, p. 369.

(10) *Ibid.*, p. 534, 489; *La Volonté de puissance*, trad. Bianquis, Gallimard, 1948, t. III, p. 437.（D. Halevy, *Nietzsche*, Grasset, 1944, p. 489 に引用）〔『権力への意志』下，原佑訳，『ニーチェ全集』13 所収，ちくま学芸文庫〕

(11) *Ibid.*, p. 423, 493, 474.

(12) R. Ellmann（éd.）, *O.W., A Collection of Critical Essays*, Englewood Cliffs, N.J., Prentice Hall, 1969, p. 36; *Le Déclin du mensonge, OE*, p. 803; *Le Livre du philosophe*, Aubier-Flammarion, 1969, p. 203, 211.〔『哲学者の書』渡辺二郎訳，『ニーチェ全集』3 所収，ちくま学芸文庫〕

(13) *Le Portrait...*, p. 450, 455.

(14) H. Ibsen, *Peer Gynt*, Éditions théâtrales, 1996, p. 86; *L'Âme de l'homme*, p. 938, 941.

(15) *Ibid.*, p. 965, 936; *La Volonté de puissance*, p. 208, 388.

(16) *L'Âme...*, p. 962, 961, 962.

(17) *De Profundis*, p. 731, 732, 733.〔『獄中記』田部重治訳，角川文庫〕

(18) *W.H., OE*, p. 207; *L'Âme...*, p. 949, 946; *De Profundis*, p. 740.

(19) *L'Âme...*, p. 938-939, 939, 963.

(20) *De Profundis*, p. 751, 744.

(21) *Ibid.*, p. 746.

(22) *Ibid.*, p. 739, 733.

(23) *Ibid.*, p. 756; *CL*, p. 658; R. Ellmann, p. 519; *De Profundis*, p. 736; à M. Adey, le 18 février 1897, p. 678.

(24) À R. Ross, p. 655.

(25) À D. Young, le 5 juin 1897, p. 882; à C. Blacker, le 12 juillet 1897, p. 912; à A. Daly, le 22 août 1897, p. 929; à W. Rothenstein, le 24 août 1897, p. 931.

(26) À C. Blacker, le 16 septembre 1897, p. 935; à Douglas, août 1897, p. 933.

(27) À C. Blacker, le 22 septembre 1897, p. 947; à R. Ross, le 8 novembre 1897, p. 978; à M. Adey, le 27 novembre 1897, p. 995; à L. Smithers, le 11 décembre 1897, p. 1106.

(28) À L. Smithers, le 9 février 1898, p. 1023; à F. Harris, février 1898, p. 1025; à C. Blacker, le 9 mars, 1898, p. 1035; à R. Ross, le 17 mars 1898, p. 1039.

(29) À R. Ross, le 14 mai 1898, p. 1068; à G. Weldon, le 31 mai 1898, p. 1080; à R.

Ross, le 16 août 1898, p. 1095.

(30) À L. Housman, le 14 décembre 1898, p. 1111; à L. Smithers, le 14 décembre 1898, p. 1010; à R. Ross, le 14 décembre 1898, p. 1110; à R. Ross, avril 1899, p. 1142; à F. Harris, le 2 septembre 1900, p. 1195.

(31) *L'Âme...*, p. 951; *Le Portrait...*, p. 347; à L. Housman, le 22 août 1897, p. 928; à F. Harris, fin février 1898, p. 1025; R. Ellmann, p. 576.

(32) À F. Harris, le 18 février 1899, p. 1124; à L. Wilkinson, le 3 février 1899, p. 1123; à L. Smithers, le 3 juin 1899, p. 1150.

(33) *Contemporary Portraits*, Londres, 1915 (E. H. Mikhail (éd.), *O.W., Interviews and Recollections*, t. II, p. 423 に採録); à M. Davitt, mai-juin 1897, p. 870; à S. Image, le 3 juin 1897; à E. Rose, le 29 mai 1897, p. 864; à C. Blacker, le 12 juillet 1897, p. 912.

(34) À R. Ross, le 14 mai 1898, p. 1068; à A. Gide, le 10 décembre 1898, p. 1109.

(35) *Trois Maitres*, Essais, Le Livre de poche, 1996, p. 128.

(36) *CL*, p. 731.

(37) *Ibid.*, p. 755; *Oscar Wilde. In memoriam*, Mercure de France, 1947, p. 12-13.

(38) Le 10 novembre 1896, p. 668; au ministère de l'Intérieur, le 22 avril 1897, p. 803; à R. Turner, le 17 mai 1897, p. 832.

(39) *De Profundis*, p. 757; le 2 juin 1897, p. 873; le 3 juin 1897, p. 876.

(40) *CL*, p. 703; à A. Douglas, le 20 mai 1895, p. 652.

(41) *De Profundis*, p. 758; à R. Ross, le 28 mai 1895, p. 652.

(42) *CL*, p. 1200, 1303, 1368.

(43) Cité par O.W., à L. Smithers, le 10 décembre 1897, p. 1004; à R. Ross, le 29 mars 1899, p. 1138; à A. Schuster, le 23 décembre 1900, p. 1229; 《An Improbable Life》, in *Collection*, p. 127.

(44) *CL*, p. 826, 825; *L'Âme...*, p. 959; R. Ellmann, p. 599; *La Volonté de puissance*, trad. Albers, p. 54.〔『権力への意志』上，原佑訳，『ニーチェ全集』12 所収，ちくま学芸文庫〕

(45) *L'Âme de l'homme*, p. 940; à L. Smithers, le 19 novembre 1897, p. 983.

(46) *Œ*, p. 900.

(47) *Œ*, p. 157, 159.

(48) *Véra*, *OE*, p. 1038; *La Duchesse*, p. 1159; *Salomé*, p. 1258-1259.〔『サロメ』西村孝次訳，『サロメ・ウィンダミア卿夫人の扇』所収，新潮文庫〕

(49) *Le Pêcheur...*, *OE*, p. 326-327.〔『漁師とその魂』西村孝次訳，『幸福な王子』所収，新潮文庫〕

(50) *L'Éventail*, p. 1165〔『ウィンダミア卿夫人の扇』西村孝次訳，『サロメ・ウィンダミア郷夫人の扇』所収，新潮文庫〕; *Une femme*, p. 1332.

(51) *Un mari...*, p. 1403, 1391.

(52) *Le Portrait...*, p. 429.
(53) À R. Payne, le 12 février 1894, p. 585.
(54) À R. Ross, le 18 février 1898, p. 1019; du 17 mai 1883, p. 210.
(55) *Le Portrait...*, p. 458, 463.
(56) *Forewords and Afterwords*, N.Y., Vintage, 1989, p. 451.
(57) *W.H.*, p. 221, 225, 251.
(58) R. Ellmann, p. 497.
(59) À R. Turner, le 21 juin 1897, p. 905.
(60) *CL*, p. 629.
(61) Le 3 décembre 1898, p. 1105; à L. Smithers, le 28 décembre 1898; à R. Ross, le 28 décembre 1898, p. 114; à F. Harris, le 29 décembre 1898, p. 1115; à R. Ross, le 2 janvier 1899, p. 1116; à L. Housman, le 28 décembre 1898, p. 1113; à R. Ross, le 12 janvier 1899, p. 1118; à M. Adey, mars 1899, p. 1129.
(62) *De Profundis*, p. 730.
(63) Mars 1893, p. 560; R. Ellmann, p. 419-420.
(64) Le 16 avril 1894, p. 588; juillet 1894, p. 594; *De Profundis*, p. 700.
(65) À R. Ross, le 28 février 1895, p. 634; *Déclin*, p. 789.
(66) À M. Adey et R. Ross, le 9 avril 1895, p. 642; à R.H. Sherard, le 16 avril 1895, p. 644; à A. Levereson, le 23 avril 1895, p. 645; à A. Douglas, le 29 avril 1895, p. 647; mai 1895, p. 650; le 20 mai 1895, p. 651-652.
(67) Le 23/30 mai 1896, p. 655; à R. Ross, novembre 1896, p. 670.
(68) *De Profundis*, p. 685, 687, 726.
(69) *Ibid.*, p. 690.
(70) *Ibid.*, p. 706, 687, 709.
(71) *Ibid.*, p. 778.
(72) Août 1897, p. 932-933; le 4 septembre 1897, p. 934; à R. Turner, le 23 septembre 1897, p. 948.
(73) À L. Smithers, le 10 décembre 1897, p. 1004; le 2 mars 1898, p. 1929.
(74) Mai 1895, p. 650.
(75) À H.C. Marillier, le 12 décembre 1885, p. 272.
(76) *Déclin*, p. 791; *Le Critique*, p. 865, 871, 853.
(77) À C. Blacker, le 9 mars 1898, p. 1035.

リルケ

リルケの作品は *Sämtliche Werke*, 6 vol., Francfort, Insel, 1955-1966 で読むことができる。フランス語では，*Œuvres en prose*, Gallimard, collection《Bibliothèque

de la Pléiade》, 1993（ページを指示した作品としては，とくに *Les Cahier de Malte Laurids Brigge*〔『マルテ・ラウリス・ブリッゲの手記』〕, *Rodin*〔『ロダン』〕, *Les Cinq Lettres de la religieuse portugaise*〔『ポルトガルの修道尼の五通の手紙』〕, *De l'amour de Dieu pour les hommes*〔『人間に対する神の愛について』〕, *Solitaires*〔『孤独な者たち』〕, *Les Livres d'une amoureuse*〔『恋する女の書』〕，およびカプス宛の手紙（《*le jeune poète*》〔『若き詩人への手紙』〕）とセザンヌにかんするクラーラ宛の手紙が含まれている)。全書簡集の版は，*Briefe, 1897-1926*, 2 vol., Wiesbaden, 1950。フランス語では，*Correspondance (Œuvres, t. III)*, Le Seuil, 1983。

(1) *Rodin*, p. 906.〔『ロダン』高安国世訳，岩波文庫〕

(2) À Lou Andreas-Salomé, RMR-L. Andreas-Salomé, *Briefwechsel*, Francfort, 1975（仏訳 *Correspondance*, Gallimard, 1985), le 1er mars 1912, à la même, le 4 juillet 1914; à M. Taxis, in RMR-Maie von Thurn und Taxis, *Briefe*, 2 vol., Francfort, 1986（仏訳 *Correspondance avec Marie de la Tour et Taxis*, Albin Michel, 1960（extrait)), août 1913, à la même le 17 décembre 1912.

(3) 31 octobre-8 décembre 1925.

(4) Le 10 juillet 1926, in RMR; A. Gide, *Correspondance*, Corréa, 1952; le 30 novembre 1925; le 21 décembre 1925; le 11 mai 1926; le 17 septembre 1926.

(5) À H. Pongs, le 21 octobre 1924; à A. Rodin, *Lettres à Rodin*, La Bartavelle, 1998, le 29 décembre 1908.

(6) À Rodin, le 11 septembre 1902; à Lou, le 10 août 1903; à Rodin, le 1er septembre 1902; à Lou, le 8 août 1903.

(7) À Clara, le 3 septembre 1908.

(8) À Clara, le 9 octobre 1907; à la même, le 21 octobre 1907.

(9) À Merline, le 20 février 1921.

(10) *Œuvres*, le Seuil, 1972, t. II, p. 307.〔「鎮魂歌」星野慎一訳，『リルケ詩集』所収，岩波文庫〕

(11) À Lou, le 18 juillet 1903.

(12) À F.X. Kappus, le 17 février 1903〔『若き詩人への手紙』高安国世訳，『若き詩人への手紙　若き女性への手紙』所収，新潮文庫〕; à M. Taxis, le 31 mai 1911; à I. Erdmann, le 21 décembre 1913.

(13) *Œuvres complètes*, t. II, p. 754-755.

(14) *Rodin*, p. 857; à F.X. Kappus, le 16 juillet 1903; à M. Taxis, le 17 novembre 1912.

(15) *Rodin*, p. 867; à M. Taxis, le 19 août 1920.

(16) À R. Bodländer, le 13 mars 1922; à Clara, le 19 octobre 1907; à J. Uexküll, le 19 août 1909.

(17) À Clara, le 19 octobre 1907.

(18) Le 23 janvier 1923.

(19) À H. Pongs, le 21 octobre 1924.

(20) L. Tolstoï, *Écrits sur l'art*, Gallimard, 1971,《Qu'est-ce que l'art?》, chap. XVIII, p. 252, 246; à A. Gallarati Scotti, *Lettres milanaises, 1921-1926*, Plon, 1956, le 17 janvier 1926.

(21) *Briefwechsel mit Katharina Kippenberg*, Wiesbaden, Insel, 1954, octobre 1918.

(22) À Clara Rilke, le 7 novembre 1918; à Anni Mewes, le 19 décembre 1918.

(23) Le 5 janvier 1926.

(24) Les 17 janvier 1926, 14 février 1926.

(25) À F.X. Kappus, le 23 décembre 1903.

(26) À H. Fischer, le 25 octobre 1911; à M. Taxis, le 4 janvier 1920; à la même, le 7 mai 1921; à Lou, le 29 décembre 1921; L. Andreas-Salomé, *Rilke*, Maren Sell, 1989, p. 77.

(27) À F.X. Kappus, le 12 août 1904; à M. Taxis, le 31 mai 1911; à F. Westhoff, le 29 avril 1904; *Solitaires*, p. 399.

(28) À E. Schenk zu Schweinsberg, le 4 novembre 1909; à F.X. Kappus, le 16 juillet 1903.

(29) *Malte...*, p. 569, 598, 600, 604.〔『マルテの手記』望月市恵訳, 岩波文庫〕

(30) *Ibid.*, p. 597; à E. Schenk zu Schweinsberg, le 4 novembre 1909; Spinoza, *Éthique*, Le Seuil, 1988, V, 19; *De l'amour de Dieu pour les hommes*, p. 1028; à Heise, le 19 janvier 1920.

(31) *Malte...*, p. 600, 569.

(32) *Ibid.*, p. 521; *Les Cinq Lettres*, p. 972.

(33) Le 8 août 1903.

(34) À Mimi Romanelli, in RMR, *Lettres à une amie vénitienne*, Gallimard, 1985, le 3 décembre 1907; à la même, le 11 mai 1910.

(35) *Pensées*, b. 471, 1, 396.〔『パンセ』前田陽一・由木康訳, 中公文庫〕

(36) C. Goll, *R. et les femmes*, suivi de *Lettres de R.*, Falaize, 1955, p. 21, 23.

(37) À Lou, le 15 août 1903.

(38) À Lou, le 28 décembre 1911; à la même, le 10 janvier 1912; à M. Taxis, le 24 décembre 1911.

(39) À L. Pasternak, le 14 mars 1926; à Nanny Wunderly, *Briefe an Nanny Wunderly-Volkart*, Francfort, Insel, 1977, 2 vol., le 8 décembre 1926.

(40) À E. von Bodman, le 30 juillet 1901; à F. Westhoff, le 29 avril 1904.

(41) À F.X. Kappus, le 23 avril 1903; *Les Livres d'une amoureuse*, p. 977.

(42) À Lou, le 25 juillet 1903, le 10 août 1903, le 13 novembre 1903.

(43) À Lou, le 7 janvier 1905.

(44) À C. Sieber, le 10 novembre 1921.

(45) À Lou, le 20 juin 1914.〔「転向」富士川英郎訳,『マルテの手記・ロダン』(『現代世界文學全集』6) 所収, 新潮社〕

(46) À Benvenuta, les 16-20 février 1914.

(47) À Benvenuta, les 16-20 février 1914.

(48) À Benvenuta, le 7 février 1914.

(49) À Benvenuta, le 10 février 1914; le 23 février 1914.

(50) À Benvenuta, le 26 février 1914.〔「ベンヴェヌータへ」星野慎一訳,『リルケ詩集』所収, 岩波文庫〕

(51) À Lou, le 9 mars 1914; M. von Hattingberg, *R. et Benvenuta. Lettres et souvenirs*, Denoël, 1947, p. 59-60.

(52) *Benvenuta*, p. 205.

(53) *Ibid.*, p. 14.

(54) À Rilke, le 9 mars 1913; M. de Tour et Taxis, *Souvenirs sur RMR, L'Obsidiane*, 1987, p. 124, 125.

(55) *Benvenuta*, p. 52, 124.

(56) *Ibid.*, p. 116, 179, 201.

(57) À Benvenuta, le 22 février 1914.

(58) À Lou, les 8-9 juin 1914; *Benvenuta*, p. 249, 250.

(59) *Benvenuta*, p. 200.

(60) *Ibid.*, p. 138.

(61) À Merline, in RMR-Merline, *Correspondance*, Zurich, Max Niehaus, 1954; フランス語では *Lettres françaises à Merline*, Le Seuil, 1950, le 29 décembre 1920, les 12-13 décembre 1920, le 22 février 1921, le 16 décembre 1920, le 20 février 1921, *Le Testament*, Le Seuil, 1983, p. 27, 45.

(62) *Le Testament*, p. 57, 45-46.

(63) À Merline, le 2 octobre 1920; *Le Testament*, p. 59; à M. Taxis, le 17 février 1921; *Le Testament*, p. 38.

(64) À Mirbach-Geldern, le 10 mars 1921.

(65) *Souvenirs*, p. 132, 153.

(66) *Le Testament*, p. 41.

(67) *Le Testament*, p. 28, 51; à Merline, le 18 novembre 1920.

(68) À Rilke, le 31 août 1920; à M. Taxis, le 25 juillet 1921; à Merline, le 9 février 1922.

(69) À Lou, le 30 juin 1903, le 25 juillet 1903.

(70) *Malte...*, p. 497; à Lou, le 15 avril 1904; *Le Testament*, p. 21; à Benvenuta, le 7 février 1914.

(71) À Marie Taxis, le 21 mars 1913.

(72) À Gebsattel, le 14 janvier 1912, le 24 janvier 1912.
(73) À Rilke, le 22 juillet 1903, le 13 janvier 1913; à Lou, le 20 janvier 1912.
(74) À Rilke, le 16 mars 1924, le 12 décembre 1925.
(75) À A. Gallarati Scotti, le 12 mars 1926.
(76) *Rodin*, p. 891; à Lou, le 28 décembre 1911; à la comtesse Mirbach-Geldern, le 10 mars 1921.
(77) À F.X. Kappus, le 23 decembre 1903; à M. Taxis, le 16 décembre 1913.
(78) À M. Taxis, le 17 décembre 1912, le 6 septembre 1915.
(79) À Rodin, le 26 octobre 1905; *Rodin*, p. 911.
(80) Exode, XX, 5.
(81) 《Adieu à Rilke》, in S. Zweig, *Souvenirs et rencontres*, Grasset, 1997, p. 89, 96, 88, 97, 101.
(82) À Rilke, le 11 juin 1914, le 2 juillet 1914.
(83) À L. Andreas-Salomé, le 29 décembre 1921; à L. Heise, le 2 août 1919.

ツヴェターエワ

ツヴェターエワのテクストはロシア語では *Sobranie Sochinenij*, 7 vol., Moscou, Ellis Luck, 1994-1995（*SS* と略記。つづくローマ数字は巻数，アラビア数字はページ数を示す）。彼女の日記と手帳は *Neizdannoe, Svodnye tetradi*, Moscou, Ellis Luck, 1997，および *Neizdannoe, Zapisnye knizhki*, 2 vol., Moscou, Ellis Luck, 2000-2001（*ZK* と略記）において出版されている。彼女の手紙と手帳の選集は，フランス語では *Vivre dans le feu*, Paris, Robert Laffont, 2005（*VF* と略記）の題で出版されている。

(1) *VF*, p. 314, 295; *SS*, V, p. 342.
(2) *SS*, V, p. 317; VII, p. 424.
(3) *SS*, V, p. 203; VII, p. 609.
(4) *VF*, p. 261.
(5) *VF*, p. 243.
(6) S. Zweig, *Le Combat avec la démon*, in *Essais*, Paris, Pochotèque-Le Livre de poche, 1996, p. 200.
(7) *Ibid.*, p. 282-283, 285.
(8) *Ibid.*, p. 323, 283.
(9) *Ibid.*, p. 277.
(10) *Ibid.*, p. 271, 318.
(11) *Ibid.*, p. 253.

(12) *Ibid.*, p. 271.
(13) *SS*, V, p. 305, 335, 362.
(14) *SS*, V, p. 359; *VF*, p. 270; *SS*, V, p. 362.
(15) *SS*, V, p. 286, 293, 354.
(16) *VF*, p. 93; *ZK*, I, p. 159; *VF*, p. 229, 321.
(17) *SS*, V, p. 284.
(18) *SS*, V, p. 353, 374, 367.
(19) *SS*, V, p. 282, 233; VI, p. 67; V, p. 239; *VF*, p. 94.
(20) *VF*, p. 72, 94, 184.
(21) *Ibid.*, p. 93.
(22) *SS*, VII, p. 261.
(23) *VF*, p. 267, 448.
(24) *Ibid.*, p. 228.
(25) *Ibid.*, p. 63, 448, 270, 127.
(26) *Ibid.*, p. 126, 142, 254, 261.
(27) *Ibid.*, p. 229, 166, 167, 202.
(28) *Ibid.*, p. 166, 83, 281, 267, 239.
(29) *Ibid.*, p. 216-217.
(30) *Ibid.*, p. 90, 188.
(31) *Ibid.*, p. 85.
(32) *Ibid.*, p. 56; *SS*, V, p. 509, 523.
(33) *Ibid.*, p. 92.
(34) *Ibid.*, p. 96, 105.
(35) *Ibid.*, p. 172.
(36) *Ibid.*, p. 45, 383.
(37) *Ibid.*, p. 248.
(38) *Ibid.*, p. 384; *SS*, V, p. 524.
(39) *Ibid.*, p. 265.
(40) *Ibid.*, p. 80; *SS*, VI, p. 165; *VF*, p. 138.
(41) *Ibid.*, p. 173.
(42) *Ibid.*, p. 380.
(43) *Ibid.*, p. 201; M. Tsvetaeva, B. Pasternak, *Dushi nachinajut videt'*, Moscou, Vagrius, 2004（*TP* と略記）, p. 475; *VF*, p. 340.
(44) *Ibid.*, p. 192-193.
(45) *SS*, IV, p. 407; *VF*, p. 202, 220; *SS*, V, p. 71; *VF*, p. 397; *SS*, VII, p. 69.
(46) *Ibid.*, VII, p. 397.
(47) *Ibid.*, VII, p. 55, 57.

(48) R.M. Rilke, B. Pasternak, M. Tsvetaeva, *Correspondance à trois*, Paris, Gallimard, 1983, p. 101; *SS*, VII, p. 61.
(49) *Correspondance*, p. 112, 114.
(50) *SS*, VI, p. 252; VII, p. 63, 65.
(51) *Ibid.*, VII, p. 69-70.
(52) *Correspondance*, p. 244; *SS*, VII, p. 74.
(53) *TP*, p. 229, 403-404; *VF*, p. 256; *TP*, p. 364.
(54) *Ibid.*, p. 254, 397, 436, 561.
(55) *Ibid.*, p. 561.
(56) *VF*, p. 256.
(57) *TP*, p. 267, 438, 557.
(58) *VF*, p. 260.
(59) *TP*, p. 558, 561.
(60) B. Pasternak-O. Freidenberg, *Correspondance*, Paris, Gallimard, 1987, p. 401.
(61) *VF*, p. 296, 301; *TP*, p. 545.
(62) *Ibid.*, p. 324.
(63) *Ibid.*, p. 82, 140.
(64) *SS*, VII, p. 63.
(65) *VF*, p. 339.
(66) *Ibid.*, p. 70, 95, 220.
(67) *VF*, p. 220; *SS*, V, p. 414; *VF*, p. 342, 263.
(68) *SS*, V, p. 485.
(69) *VF*, p. 357. 問題になっているのは，おそらくジャン・リシュパンの詩編である。オリジナルでは，つぎのように述べられている。
「すると心臓は泣きながらいった／痛くなかったかい，我が子よ？」
(70) *VF*, p. 429.
(71) *SS*, I, p. 538.
(72) *VF*, p. 454.
(73) *Ibid.*, p. 456, 395, 442.
(74) *Ibid.*, p. 423.
(75) *Ibid.*, p. 449.
(76) *Ibid.*, p. 457, 458.
(77) *Ibid.*, p. 269.
(78) *TP*, p. 238.
(79) *VF*, p. 426.
(80) *SS*, VI, p. 225.
(81) *Ibid.*, I, p. 176.

(82) Mt, 18, 20〔『マタイによる福音書』18, 20〕; *SS*, II, p. 369.

結　論

(1)《Entre émancipation et destruction》, *Communication*, 78, 2005, p. 40-41.

(2) Épître aux Éphésiens, IV, 22-24.

(3) *L'Essence du Christianisme*, Maspero, 1968, p. 298.

(4) *L'Avenir de la science*, *op. cit.*, p. 871.

(5) *Commentaire de la premier épître de saint Jean*, VII, 8, Le Cerf, 1961, p. 328-329.

(6)《Allégorie》, *Les Fleurs du mal*, *op. cit.*, I, p. 116.〔「寓意《アレゴリー》」阿部良雄訳,『悪の華』(『ボードレール全集』I) 所収, 筑摩書房〕

(7)《Benefit of clergy》, in G. Orwell, *The Penguin Essays*, Londres, Penguin, 1984, p. 253.

(8) *Au cœur du Troisième Reich*, Fayard, 1971, p. 409.

(9) *Les Constitutions de la France depuis 1789*, Garnier-Flammarion, 1979, p. 3-35; cf. M. Gauchet, *La Révolution des droits de l'homme*, Gallimard, 1989.

(10) *Qu'est-ce que le tiers état?*, PUF, 1982, p. 67.

(11) *Principes de politique*, VIII, 1, Hachette, 1997, p. 141.

(12) *Le Banquet*, 211d; *Timée*, 87c.

(13) Lettres du 13 juillet 1793, in *Schiller's Briefe, 1892-1896*, t. III, p. 333.

(14) *Lettres sur l'éducation esthétique de l'homme*, Aubier-Montaigne, 1943, p. 281, 263, 191, 75, 133, 191, 205.

(15) *Ibid.*, p. 351, 355.

(16) Novalis, *Œuvres complètes*, t. I, Gallimard, 1975, p. 367-368;《Le plus ancien programme systématique de l'idéalisme allemand》, in P. Lacoue-Labarthe et J.-L. Nancy, *L'Absolu littéraire*, Le Seuil, 1978, p. 54; F. Hölderlin, *Hypérion*, Gallimard, 1973, p. 143; W. Wackenroder,《De deux langages》, in *Les Romantiques allemands*, Desclée de Brouwer, 1963, p. 291-294.

(17) R. Töpfer, *Réflexions et menus propos d'un peintre genevois*, t. II, 1847, p. 60; *Programme*, p. 54; *Hypérion*, p. 142.

(18) F.W. Schelling,《Système de l'idéalisme transcendantal》, in *Essais*, Aubier, 1946, p. 169, 171; W. Wackenroder, p. 294; F.W. Schelling, p. 165, 167; Novalis, *Œuvres complètes*, t. II, p. 137.

(19) *Programme*, p. 54.

(20) W. Wackenroder, p. 292.

(21) Garnier-Flammarion, 1966, p. 101, 57.

(22) 仏訳 PUF, 1943, p. 196.

(23) *Ibid.*, p. 195, 196-197, 201-202, 203, 202. N. Huston, *Les Professeurs de désespor*, Arles, Actes Sud, 2004 を参照。

(24) *La société ouverte et ses ennemis*, t. I, Le Seuil, 1979, p. 135.

(25) R. Wagner, *Œuvres en prose*, Éditions d'aujourd'hui, 1976, t. III, p. 91.

(26) *Ibid.*, p. 19, 16, 243.

(27) *Ibid.*, p. 58.

(28) C. Baudelaire,《Mon cœur mis à nu》, *Œuvres complètes*, t. I, Gallimard, collection《Bibliothèque de la Pléiade》, 1975-1976, p. 679〔『赤裸の心』阿部良雄訳,『ボードレール全集』II所収〕,《Richard Wagner》, t. II, p. 787.〔『リヒャルト・ヴァーグナーと「タンホイザー」のパリ公演』,『ボードレール全集』IV所収〕

(29) *Id.*, *Correspondance*, 2 vol., t. I, Gallimard, collection《Bibliothèque de la Pléiade》, 1973, p. 671, 673-674; *Œuvres*, t. II, p. 788.〔『書簡』,『ボードレール全集』VI所収〕

(30) *Id.*, t. I, p. 122, 143, 587; t. II, p. 95, 144, 201, 25, 201.

(31) *Ibid.*, t. II, p. 293, 300, 96-97, 114, 254, 553.

(32) *Ibid.*, t. II, p. 357, t. I, p. 438, 336, t. II, p. 325.

(33) *Id.*, *Œuvres complètes*, t. I, p. 194.〔「悪の華(初版)裁判に関する覚書その他」,『ボードレール全集』I所収〕

(34) *Ibid.*, t. I, p. 25〔「美への讃歌」,『悪の華』,『ボードレール全集』I所収〕; *Correspondance*, t. I, p. 335, 327.

(35) *Id.*, p. 675; E. Renan, *Le Désert et le Soudan et L'Avenir de la science*, in *Œuvres complètes*, 10 vol., t. II, p. 542, t. III, p. 1011, Calmann-Lévy, 1947-1961.

(36) *Id.*,《Notes nouvelles sur Edgar Poe》, in *Œuvres complètes*, t. II, p. 326.〔『エドガー・ポーに関する新たな覚書』,『ボードレール全集』II所収〕

(37) *Id.*, t. I, p. 53〔「旅への誘い」,『悪の華』,『ボードレール全集』I〕; *Correspondance*, t. II, p. 153;《Le Peintre de la vie moderne》, in *Œuvres complètes*, t. II, p. 710〔『現代生活の画家』,『ボードレール全集』IV〕;《Le mauvais Vitrier》, t. I, p. 287.〔「無能なガラス屋」,『パリの憂鬱』(『ボードレール全集』IV)所収〕

(38) *Id.*,《Le Peintres...》, p. 710.

(39) *Ibid.*, p. 715;《L'Invitation au voyage》, in *Œuvres complètes*, t. I, p. 302.〔「旅への誘い」,『パリの憂鬱』(『ボードレール全集』IV)所収〕

(40) *Id.*,《Théophile Gautier》, in *Œuvres complètes*, t. II, p. 111〔『テオフィル・ゴーチェ』,『ボードレール全集』II所収〕; *Correspondance*, t. I, p. 679, 675.

(41) *Id.*, *Œuvres complètes*, t. I, p. 83, 192.〔「太陽」,「悪の華(第二版)エピローグ草稿」(『ボードレール全集』I)所収〕

(42) *Ibid.*, p. 287-288〔「午前一時に」,『パリの憂鬱』(『ボードレール全集』

IV）所収〕; *Correspondance*, t. I, p. 674.

（43） G. Flaubert, *Correspondance*, t. II, Gallimard, 1980, p. 717, 468.

（44） G. Flaubert/G. Sand, *Correspondance*, Flammarion, 1981, p. 521.

（45） *Ibid.*, le 28 janvier 1872, p. 371-372; les 18-19 décembre 1875, p. 511; le 25 mars 1876, p. 528.

（46） *Ibid.*, le 8 décembre 1874, p. 486.

（47） O. Wilde, 《L'Âme》, p. 929; 《M. Caro on G. Sand》, *Critical Writings*, Chicago, University of Chicago Press, 1969, p. 86-87.

（48） F. Dostoïevski, *Journal d'un écrivain*, trad. française, Gallimard, 1951, p. 26-328.〔『作家の日記』上，米川正夫訳，『ドストエフスキイ全集』14 所収，河出書房新社〕

（49） *Polnoe sobranie sochinenij (PSS)*, Leningrad, Nauka. また，J. Frank, *Dostoïevski, les années miraculeuses*（*JF* と略記）, Arles, Actes Sud, 1998 を参照。翻訳はときに修正されている。Lettres à Maïkov, le 31 décembre 1867〔『書簡』中，『ドストエフスキイ全集』17 所収〕; *PSS*, t. XXVIII, 2, p. 240-241; *JF*, p. 380 を参照。Lettre à Sophia, le 1er janvier 1868〔『書簡』中，『ドストエフスキイ全集』17 所収〕; *PSS*, t. XXVIII, 2, p. 251, *JF*, p. 383 を参照。草稿は *PSS*, t. IX, p. 246, 249, 253.〔『白痴　創作ノート』，『ドストエフスキイ全集』8 所収〕

（50） *Id.*, Lettre du 16-28 août 1867〔『書簡』中，『ドストエフスキイ全集』17 所収〕, *PSS*, t. XXVIII, 2, p. 210; *JF*, p. 317 を参照。《Gens d'autrefois》, in *Journal d'un écrivain*, p. 107.〔「昔の人々」，『作家の日記』上，『ドストエフスキイ全集』14 所収〕

（51） *PSS*, t. VIII, *L'Idiot*, p. 192; 仏語版 *L'Idiot*, Arles, Actes Sud, collection 《Babel》, 1993, 2 vol., t. I, p. 382-383, 355; t. II, p. 176.

（52） *Ibid.*, p. 184; 仏訳 t. I, p. 366.

（53） *PSS*, t. IX, p. 270. *Gal.*, V, 14; *I de Jn*, IV, 8 et 11.

（54） À Strakhov, le 25 mars 1870, *PSS*, t. XXIX, 1, p. 115. *JF*, p. 567 を参照。*Les Démons*, *PSS*, t. X, p. 323. *JF*, p. 633 を参照。

（55） *PSS*, t. XX, p. 172.

（56） G. Lipovetsky, 《La société d'hyperconsommation》, in *Le Débat*, n° 124, mars-avril 2003, p. 98.

（57） J. Tanizaki, *L'Éloge de l'ombre*, POF, 1977, p. 79-80.〔谷崎潤一郎『陰翳礼讃』，新潮文庫〕

（58） M. de Montaigne, *Essais*, III, 13, Aléa, 1992, p. 845-846, 852.〔モンテーニュ『エセー』六，原二郎訳，岩波文庫〕

（59） R. Descartes, 《Les Passions de l'âme》, 83, *Œuvres et lettres*, Gallimard, 1953.〔『情念論』野田又夫訳，『世界の名著』27 所収，中央公論社〕

（60）E. Hillesum, *Une vie bouleversée*, Le Seuil, 1985, p. 210, 229.

参考文献

ワイルド『ドリアン・グレイの肖像』福田恆存訳，新潮文庫，平成 7 年
ワイルド『幸福な王子』西村孝次訳，新潮文庫，平成 15 年
ワイルド『サロメ・ウィンダミア卿夫人の扇』西村孝次訳，新潮文庫，平成 17 年
ワイルド『獄中記』田部重治訳，角川文庫，平成 10 年
リルケ『マルテの手記』望月市恵訳，岩波文庫，昭和 45 年
リルケ『ロダン』高安国世訳，岩波文庫，昭和 44 年
リルケ『若き詩人への手紙　若き女性への手紙』高安国世訳，新潮文庫，昭和 50 年
リルケ『リルケ詩集』高安国世訳，岩波文庫，昭和 39 年
リルケ『マルテの手記・ロダン』，『現代世界文學全集』6，新潮社，昭和 26 年
モンテーニュ『エセー』一〜六，原二郎訳，岩波文庫，昭和 40 年〜昭和 42 年
谷崎潤一郎『陰翳礼讃』新潮文庫，平成 7 年
『ボードレール全集』Ⅰ〜Ⅵ，阿部良雄訳，筑摩書房，昭和 58 年〜平成 5 年
『ドストエフスキイ全集』1 〜 20，別巻，米川正夫訳，河出書房新社，昭和 44 年〜昭和 46 年
『ニーチェ全集』1 〜 15，ちくま学芸文庫，平成 5 年〜平成 6 年
『デカルト』，『世界の名著』27，中央公論社，平成 6 年
『スピノザ　ライプニッツ』，『世界の名著』30，中央公論社，平成 4 年